하늘의 갈등

하늘의 갈등

발행일	2022년 5월 23일

지은이	송용만		
펴낸이	손형국		
펴낸곳	(주)북랩		
편집인	선일영	편집	정두철, 배진용, 김현아, 박준, 장하영
디자인	이현수, 김민하, 안유경, 김영주	제작	박기성, 황동현, 구성우, 권태련
마케팅	김회란, 박진관		
출판등록	2004. 12. 1(제2012-000051호)		
주소	서울특별시 금천구 가산디지털 1로 168, 우림라이온스밸리 B동 B113~114호, C동 B101호		
홈페이지	www.book.co.kr		
전화번호	(02)2026-5777	팩스	(02)2026-5747

ISBN	979-11-6836-321-2 03810 (종이책)		979-11-6836-322-9 05810 (전자책)

(주)북랩 성공출판의 파트너

북랩 홈페이지와 패밀리 사이트에서 다양한 출판 솔루션을 만나 보세요!

홈페이지 book.co.kr • **블로그** blog.naver.com/essaybook • **출판문의** book@book.co.kr

---

작가 연락처 문의 ▸ ask.book.co.kr

작가 연락처는 개인정보이므로 북랩에서 알려드릴 수 없습니다.

송용만

장편소설

하늘의 갈등

서로 다른 생각
서로 다른 색깔
서로 다른 목적

북랩

그 어떤 권력도 '다름'을 쉽게 받아들이지 않는다. 왜냐하면 다름을 받아들일 때 자신의 권력이 침범받을 수도 있다는 우려 때문이다. 그렇다면 '다름'을 인정받기 위해 목숨까지 걸어가면서 주장했던 사람이, 권력을 잡게 되면 어떤 모습으로 변할까? 과연 다름을 인정하는 관용된 모습을 보여줄 수 있을까? 아니면 다름을 '틀림'으로 규정하고 다름을 주장하는 사람들을 핍박할까?

사람은 저마다 생각이 다르고 추구하는 가치관이 다르다. 그냥 다를 뿐이다. 나와 다른 생각을 하는 사람을 틀린 사람이라고 규정할 수 있을까?

이 소설은 이것을 바탕으로 쓰였다.

하늘의 갈등

생각이 다른 사람들이 모여 사회를 이루고 국가를 형성한다. 즉, 서로에 대한 이해와 존중이 뒤따르지 않으면 이 사회는, 이 국가는, 존립할 수 없을 것이다. 세상의 모든 폭력은 다름을 인정하지 않았기 때문에 일어났다고 해도 과언이 아닐 것이다. 생각이 다른 사람들이 모여 사는 사회에서 일어나는 갈등은 필연이다. 갈등을 사회 발전의 기폭제로 삼을 것인지, 분열과 폭력으로 치닫게 방관할 것인지. 그건 전적으로 우리 몫이다.

하늘의 갈등

CONTENTS

선택받은 사람들

기성은 끓인 라면을 모니터 앞에 내려놓았다. 김치도 없는 라면을 입속으로 몰아넣은 그는 이메일을 확인했다. 편지함은 스팸메일과 광고메일로 가득했다.

"미래를 보장받고 싶지 않으십니까?"

기성은 삭제버튼을 클릭하며 말했다.

"웃기고 있네. 내 미래는 라면이 보장해 주는 거야."

말투와는 달리 이목구비가 뚜렷한 얼굴은 잡티를 찾아볼 수 없을 정도로 깨끗했다.

모두 선택해서 삭제버튼을 클릭하려는 순간, 호기심을 자극하는 메일에 손가락이 멈췄다. 심리실험 지원자를 모집한다는 제목이었다. 심리실험? 잠깐 생각한 기성은 그것 역시 관심이 없는 듯 삭제버튼을 클릭했다.

라면 국물을 소리 나게 들이키고 침대에 벌렁 드러누웠다. 그때 어디선가 고양이 소리가 들렸다. 표정이 급변한 그는 거칠어진 호흡을 안정시키려고 했지만 쉽지 않았다. 고양이 소리는 점점 더 심해졌고, 급기야 침대 밑으로 들어가 양손으로 귀를 틀어막았다. 점점 더 심해지는 증상에 몸과 마음이 지쳐갔다. 어떻게 고양이 새끼들을 전부 다 죽일 수 있을까. 고양이 소리가 멀어짐에 따라 거칠었던 호흡이 천천히 안정됐다. 다시 평온한 표정으로 돌아온 그는 문득 삭제한 메일이 떠올랐다. '당연히 스팸메일이겠지.'라는 생각이 들었지만, 왠지 모르게 머릿속을 떠나지 않았다. 편지함을 열어 비우지 않은 휴지통을 클릭했다.

당신의 고민이 무엇입니까? 해답을 찾고 싶나요?

고민에 대한 해답? 거창함과 소박함이 느껴지는 문장에 막연함이 가세했다. 다시 또 강렬한 호기심으로 발전한 문장은 어느새 손가락으로 전이됐다. 기성은 전화번호를 누르는 자신을 발견했다.

혜영은 자신의 그림을 한동안 응시했다. 역시나 마음에 들지 않았다. 컬러를 바꿔야 그림이 살아날 것 같은 생각에, 물통에 붓을 빨았지만 손은 선뜻 그림으로 향하지 못했다. 붓을 팽개치듯 내려놓은 그녀는 컵라면으로 늦은 점심을 해결하기 위해 버너에 물을 올렸다. 불이 켜지지 않았다. 텅 빈 부탄가스통이 자신을 비웃는 것 같았다.

"왜 이렇게 되는 일이 없는 거야 진짜!"

*

하늘의 갈등

편의점은 바로 앞에 있지만 나가기가 싫었다. 모든 게 싫다. 그림도 싫고 사람도 싫다. 인생 자체가 싫다. 무의미하게 인터넷을 서핑 하던 중 이메일을 확인했다.

고민에 대한 해답? 혜영은 전화번호를 눌렀다.

인적이 없는 시각, 경민은 보안등 불빛을 따라 이동하고 있었다. 잠시 주위를 둘러본 그는 골목길로 들어서 고급스런 주택 앞에서 발을 멈췄다. 시간은 새벽 2시에 가까워지고 있었고, 집주인이 들어오기까지 채 10분이 남지 않았다. 사전 답사로 알아낸 정보였다. 가스배관을 타고 방으로 들어서기까지 걸린 시간은 2분 남짓이었다. 5분 안에 끝내야 한다. 거실을 지나친 그는 곧바로 안방으로 들어서 현금과 패물을 찾기 시작했다. 벽시계의 초침 소리에 맞춰 손과 발이 빨라졌다. 긴장감이 최고조에 달할 즈음 현금 다발이 모습을 드러냈다. 얼른 현금을 챙겨 베란다로 나오니 2시까지는 1분이 넘게 남아있었다. 집을 빠져나갈 시간은 충분했다. 그제야 그의 날카로운 인상이 웃음을 머금었다.

"하하하. 스릴 만점이다."

여유 있게 가스배관을 타고 내려와 땅을 밟을 때였다. 골목 어귀에서 나타난 그림자가 빠르게 다가오고 있었다. 곧바로 그림자의 본모습이 두 눈을 사로잡았다. 두 명의 경찰이었고 아마도 순찰 중인 듯했다. 이런 젠장! 여유를 부리지 말았어야 했다. 하지만 어쩌겠는가. 이미 엎질러진 물이었다. 경찰들과의 거리가 가까워질수록 심박동이 빨라졌다. 경민은 최대한 침착함을 가장하고 경찰들이 지나가기를 기다렸다.

그때, 비었던 집에 불이 켜지면서 여자의 날 선 외침이 들렸다.

"도둑이야!"

에이 시팔. 경민이 고개를 돌렸다. 세상 어떤 경찰이 그냥 지나치겠는가.

"김 순경, 잡아!"

소리친 경찰이 뒷덜미를 움켜잡으려 했지만 경민의 주먹이 빨랐다. 인중을 정통으로 맞은 경찰이 의식을 잃고 쓰러졌다. 당황한 김 순경이 경찰봉을 빼 들어 공격 자세를 취했다. 하지만 갑작스런 상황에 자세가 몹시 불안정했다.

"지금 뭐 하는 거야. 우린 경찰이야. 당장 엎드려."

역시나 목소리는 심하게 떨렸다.

"경찰이면 어쩌라고? 초짜 경찰 같은데 그냥 가라."

"뭐라고?"

"나도 좀 먹고살자는 말이야."

"지금 뭐라는 거야!"

"저런 집엔 이 돈 없어도 된다고. 이 짭새 새끼야."

경민의 주먹이 휙 소리를 내며 허공을 갈랐고 김 순경이 두 눈을 질끈 감았다. 그때 무슨 이유인지 경민의 주먹이 허공에서 멈췄다. 차마 김 순경의 앳된 얼굴에 주먹을 날릴 순 없는 모양이었다. 주먹을 내린 그는 쓰러진 경찰을 뛰어넘어 전속력으로 뛰었다.

"거기 서!"

경찰의 목소리와 서늘한 새벽공기가 도망치는 남자를 따라갔다.

그로부터 며칠 후.

기성이 도착한 곳은 서울역 대합실이었다. 5분여를 기다리자, 삼십 중반으로 보이는 남자가 다가왔다. 깔끔한 정장 차림에서 세련미와 위엄이 동시에 느껴졌다.

"실례합니다, 김기성 씨 맞습니까?"

"네, 제가 김기성입니다."

"실물이 훨씬 더 미남이시군요."

남자는 기성의 잘생긴 얼굴과 탄탄한 체형에 부러운 시선을 건네고 다시 말했다.

"여기서부터는 우리 차량으로 모시겠습니다."

"어디로 가는 거죠?"

"저를 따라오시면 됩니다."

승합차에 오르니 다섯 명의 남자와 두 명의 여자가 이미 탑승해 있었다. 딱딱한 분위기로 보아 서로 모르는 사이인 듯했고, 표정은 제각각이었다. 한 시간 남짓 달리는 동안 아무도 입을 열지 않았다. 이윽고 도심을 벗어난 승합차는 시골길로 들어섰다. 황금색의 보리 물결이 드넓게 펼쳐졌다. 기성은 차창을 열어 숨을 크게 들여 마셨다.

신경질적으로 보이는 여자가 흩날리는 머리를 연신 손으로 넘기며 말했다.

"거기, 창문 좀 닫아줘요."

잠시 여자를 쳐다본 기성은 창문을 소리 나게 닫았다. 의도하지 않앉지만, 오해받기에 충분한 행동이었다. 아니나 다를까, 곧바로 여자의 신경질적인 말투가 날아왔다.

"창문 닫아달란 말이 그렇게 기분이 나빠요?"

"일부러 그런 게 아니라⋯."

"일부러 그런 게 아니라고요? 누가 봐도 일부러 그런 거 같은데."

그때 맨 뒷자리에 앉은 남자가 여자를 쏘아보았다. 경찰을 폭행하고 달아난 빈집털이범 경민이었다.

"어이, 아줌마. 일부러 그런 게 아니라잖아."

"어이, 아줌마? 댁은 뭔데 남의 일에 끼어들고 그래요? 그리고 말투가 원래 그래요?"

분위기가 험악해지려고 하자, 뚱뚱한 체격에 머리가 벗겨진 남자가 끼어들었다.

"자, 이것도 인연인데 우리 통성명이나 하면서 갑시다."

잠시 주위를 둘러본 남자는 다시 입을 열었다.

"내가 먼저 소개할게요. 이름은 김명수, 나이는 마흔다섯이고요. 직업은⋯."

여전히 신경질적인 여자가 말을 자르고 나섰다.

"직업까지 말할 필요 있나요?"

머쓱한 명수가 바로 옆자리에 앉은 남자를 쳐다보았다.

"네, 저는 박천수라고 합니다. 나이는 서른셋이고요. 현직 복싱선수로 뛰고 있습니다. 비록 지금은 슬럼프에 빠져 있지만."

천수는 언뜻 보기에도 복싱선수다운 탄탄한 몸을 소유하고 있었다.

"직업까지 말할 필요 없다고 했는데."

신경질적인 여자의 혼잣말이었다.

경민이 천수를 힐끗 쳐다보더니 자기소개를 했다.

"이경민, 서른다섯이요. 직업은 각자 알아서들 생각하쇼."

경민은 씹고 있던 껌을 바닥에 뱉었다.

"스물여섯 윤혜영입니다."

화가 지망생 혜영에 이어, 샌님처럼 보이는 남자가 입술을 오물거
렸다.

"이호석입니다. 나이는 서른여덟이구요. 잘 부탁합니다."

호석이 얼굴을 절반이나 가린 두꺼운 안경을 밀어 올렸다.

신경질적인 여자가 호석의 수줍고 어눌한 말투에 보이지 않게 살짝
웃었다.

"재밌을 거 같아서 참가한 박정탭니다. 스물여덟이구요. 종로에서 작
은 치킨집을 운영하고 있습니다."

정태는 짧은 스포츠머리에 넉살 좋을 것 같은 인상이었지만 어딘지
모르게 가볍게 보이는 얼굴이었다.

"거기 가면 치킨 싸게 주나?"

정태는 경민의 건방진 말투에도 아랑곳없이 시원하게 대답했다.

"당연하죠. 치킨만 싸게 드리는 게 아니라 술도 싸게 드릴 테니 한
번 오시기나 하세요. 그날만큼은 제가 책임지고 모시겠습니다. 하하하."

"김기성입니다. 나이는 서른셋이고요. 직업은…."

기성은 직업을 말하려다가 입을 다물었다.

경민과 천수가 기성의 탄탄한 체구를 바라보다가 시선을 창가로 옮겼다.

신경질적인 여자는 모두 소개가 끝났는데도 입을 열지 않았다.

"저, 본인 소개 좀….."

명수가 조심스럽게 말을 꺼냈다.

"우리나라는 이래서 문제야. 남의 개인사에 뭐가 그렇게 관심이 많은지 모르겠어, 도와줄 것도 아니면서… 좋아요. 이름은 김사랑, 나이는 마흔. 됐죠?"

그때 운전대를 잡고 있던 안내원이 룸미러를 쳐다보면서 말했다.

"어차피 다 아시게 될 겁니다."

김사랑으로 소개를 마친 여자는 마지못해 다시 소개했다.

"이름은 김덕순."

명수가 순간 터져 나오려던 웃음을 간신히 참았다. 덕순의 따가운 시선에 급히 표정 관리에 들어갔지만, 입가에 머문 웃음까지 감출 수는 없는 모양이었다.

승합차가 메타세쿼이아 가로수 길로 접어들었다.

기성이 창문을 열려고 하다가 덕순과 시선이 마주쳤다. 손을 떨어뜨린 그는 창밖의 풍경에 시선을 두었다. 가로수 길이 끝나면 다른 세상이 펼쳐질 것만 같은, 신비스런 느낌에 사로잡혔다. 그의 생각에 호응한 현실이 눈앞으로 다가오고 있었다. 눈동자가 휘둥그레졌다. 점점 가까워지는 건물은 중세시대에 지어졌다고 해도, 믿을 수 있을 정도로 견고해 보이는 거대한 성(城)이었다. 모두의 입에서 탄성이 터졌다. 성은 3층 높이에 반달 모양을 하고 있었고, 각층의 창문은 언뜻 보아도 삼십여 개는 족히 넘을 것처럼 보였다. 그것은 마치 로마시대 원형경기장을 절반으로 잘라 겹겹이 포개놓은 모양이었다. 천사와 악마 형상의 조형물이 분수대에서 서로를 노려보고 있었다. 그 옆으로 지구를 들고 있는 거인의 조각상이 있는데, 아마도 그리스신화에 나오는 '아틀라스'인 듯했다. 주변으로 안테나처럼 보이는 철골 구조물은 무슨 용도인지 알 수 없었고, 중세풍의 분위기와는 전혀 어울리지 않았다. 기성의 시선이 수로에서 멈췄다. 어떻게 만들었는지 흐르는 물은 정원을 가로질러 입구 바로 앞에서 멈췄다. 물은 어딘가로 계속 흐르고 있었지만, 주변을 둘러보아도 물길은 전혀 찾을 수 없었다. 기성은 특이한 공법이라고 생각했다.

잠시 기다리니 두꺼운 안경에 왜소한 남자가 모습을 드러냈다.

"여기까지 오시느라 수고 많으셨습니다. 저는 이번 심리실험을 주관한 한철웁니다."

철우는 고개를 깊이 숙였다. 이어서 안내원이 지원자들에게 태블릿pc와 배낭을 지급해주었다. 태블릿pc는 주머니에 쏙 들어갈 정도로 작은 크기였다.

"지금 지급해 드린 배낭 안에는 옷과 간단한 음식. 그리고 물을 포함해 실험에 필요한 물품이 들어있습니다. 실험에 임하는 동안 요긴하게 사용될 수 있으니 잘 챙기시기 바랍니다."

덕순이 배낭의 내용물을 확인하려고 하자, 철우가 손을 들어 제지했다.

"지급품은 성안에서 필요할 때 확인해 보시기 바랍니다."

고개를 갸웃한 덕순이 질문했다.

"선생님은 사업가이신가요? 아니면 학자이신가요?"

"제가 누군지는 중요하지 않습니다. 저는 학자일 수도 있고, 사업가라고 말할 수도 있습니다. 저는 또한, 보는 사람에 따라서 노동자로 보일 수도 있고 정치인으로 보일 수도 있습니다. 더 나아가 때로는 나라를 지키는 군인의 모습으로 보일 수도 있습니다. 여러분들이 저를 어떻게 규정하느냐에 따라서 제 모습은 결정되는 것입니다. 이 실험은 이것을 바탕으로 기획됐으니 참고하시기 바랍니다."

지원자들은 도무지 알아들을 수 없는 대답에 서로의 얼굴만 쳐다보았다.

덕순의 질문이 이어졌다.

"게임으로 생각하고 왔는데 제 생각이 맞는 건가요?"

"그럴 수도 있습니다."

"그럴 수도 있다니요?"

"잠깐의 게임으로 끝날 수도 있고, 생각에 따라서는 인생이 될 수도 있습니다. 그건 여러분들이 어떤 생각을 하느냐에 따라 달라질 것입니다. 한 가지 명심할 것은 여러분들이 어떤 선택을 하느냐에 따라서 안전하게 이 실험을 마칠 수도 있고, 그렇지 않을 수도 있습니다. 그건 전적으로 여러분들의 몫입니다. 여기에 동의하지 않는 분은 지금 포기하셔도 됩니다."

"안전이 보장되지 않는다고요?"

명수가 걱정스런 얼굴로 물었다.

"그래서 인생이 될 수도 있다고 말씀드린 겁니다."

경민이 바닥에 침을 뱉고 명수를 쳐다보았다.

"어이 형씨, 벌써부터 죽을까봐 걱정되는 거요? 그렇게 걱정되면 빠지죠. 괜히 물 흐리지 말고. 어차피 인간이란 안전이 보장되지 않는 세상에서 살고 있는 거요. 내 말이 틀렸나?"

명수의 얼굴이 경민의 비아냥거리는 말투에 실룩거렸다. 두 사람을 바라본 호석이 무언가 말하고 싶은 게 있는 듯 입술을 오물거리더니 고개를 떨궜다. 그는 습관처럼 커다란 안경을 밀어 올렸다.

철우는 한 사람, 한 사람의 얼굴을 살폈다.

"그럼, 모두 동의하신 거로 알고 절차대로 진행하겠습니다. 여러분들은 잠시 후에 저기 보이는 성에서 그때, 그때, 지시자의 안내를 받으며 목적지로 이동하게 될 것입니다. 목적지는 테블릿pc에 표시돼 있습니다."

명수가 태블릿pc의 전원버튼을 누르면서 질문했다.

"지시자는 누구를 말씀하시는 겁니까?"

"잠시 기다리시면 여러분들을 목적지까지 안내해줄 사람들이 도착할 겁니다. 편의상 '지시자'로 명명하겠습니다. 지시자는 모두 다섯 사람으로 구성돼 있습니다."

철우가 이마에 흐르는 땀을 닦으면서 말을 이었다.

"여러분들은 그 지시자를 선택해서 그 사람의 안내를 받으며 목적지에 도착해도 되고, 개인의 판단에 따라서 어떤 지시자도 선택하지 않고, 혼자만의 힘으로 목적지에 도착해도 상관없습니다."

현직 복싱선수 천수가 손을 들었다.

"질문 있습니다."

"네, 질문하세요."

"꼭 단독으로만 목적지에 도착해야 되나요?"

"그렇지 않습니다. 단독으로 도착해도 되고, 여덟 분 모두 힘을 합쳐 목적지에 도착해도 됩니다. 어떤 방법을 선택하든 모두 여러분들의 자유입니다. 그리고 실험 진행이 맘에 들지 않거나 힘들다고 생각하시면 언제든지 실험을 포기하셔도 됩니다. 그것 또한 실험의 또 다른 성공이니까요. 궁금한 사항 있으시면 빠짐없이 질문하세요."

이번에는 혜영이 손을 번쩍 들었다.

"말씀하세요."

"목적지에 도착해야만 제가 찾고자 하는 해답을 찾을 수 있나요?"

"저는 목적지에 도착해야만 해답을 찾을 수 있다고 말한 적 없습니다. 해답은 성으로 들어가 목적지로 가는 과정에서 얻을 수도 있고, 목적지에 도착해서도 해답을 찾지 못할 수도 있습니다. 하지만 지시자가 여러분들을 도와줄 테니 너무 염려하지 않아도 됩니다. 목적지로 가는 길에서 실험의 내용을 잘 파악하신다면 해답은 바로 앞에서 여러분에게 기쁨의 손짓을 보내올 것입니다. 이점 충분히 숙지하시기 바랍니다."

"무슨 말인지 알아야 숙지를 하든 말든 하지."

덕순이 작은 소리로 투덜거렸다.

그때 기다렸다는 듯, 승합차가 먼지를 날리며 들어왔고, 세 명의 남자와 두 명의 여자가 승합차를 내렸다. 그들은 저마다 어정쩡한 위치에 서 있었는데, 저마다 옷차림이 달랐다. 완고해 보이는 입술을 가진 남자는 새하얀 와이셔츠 차림이었고, 그 옆으로 인자한 미소를 머금고 있는 남자는 붉은색 난방을 입고 있었다. 검은색 티셔츠에 모자를 눌러쓴 남자는 나이를 예측하기 힘든 얼굴에 자그마한 체구였다. 조금 떨어져 먼 산을 응시하고 있는 여자들은 고급스러운 파란색과 노란색의 정장을 차려입고 있었다. 한눈에 보아도 개성이 뚜렷해 보이는 사람들이었다.

정태가 지시자들의 옷차림을 훑어보면서 물었다.

"지시자 분들은 선생님과 함께 이번 실험을 진행하는 안내원들입니까?"

"아닙니다. 저분들도 여러분들과 똑같이 이번 심리실험에 지원한 지원자들입니다. 여러분들은 저분들의 안내와 지시를 받으며 목적지에 도착하시면 됩니다."

"이렇게 보니까 두 분이 마음에 드는데 두 분을 선택해도 되나요?"

정태가 게슴츠레한 눈으로 여자 지시자들을 번갈아 보며 물었다. 탁월한 미모의 여자들을 바라보는 눈가에 음흉함이 번졌다.

"네, 두 분을 선택해도 되고 다섯 분을 모두 선택해서 지시를 받아도 무방합니다. 여러분에게 지급해 드린 태블릿pc는 지시자들의 태블릿pc와 모두 연결돼 있습니다. 어떤 분을 선택하든 자유이고 중간에 지시자를 바꾸는 것 또한 여러분들의 자유입니다. 그리고 이 실험이 끝날 때까지 휴대폰은 우리가 보관하고 있겠습니다."

안내원의 바구니에 휴대폰이 담겼다.

"그럼, 지시자분들은 목적지로 가는 길을 알고 있는 겁니까?"

명수가 질문했고 덕순이 거들었다.

"그거야 당연한 거 아니겠어요. 그래야 우리가 안내를 제대로 받으면서 갈 수 있겠죠."

철우가 의미 모를 웃음을 흘렸다.

"그렇지 않습니다. 지시자들 또한 여러분들과 똑같이 이곳은 처음이고, 당연히 성의 내부구조에 대해 잘 모릅니다. 단지 여기로 오는 동안 성에 대한 약간의 도면과 약간의 설명만 들려주었을 뿐입니다. 그 외에 성에 대한 정보는 여러분들과 똑같다고 보시면 됩니다."

지금까지 듣고만 있던 기성이 몹시 의아한 표정으로 물었다.

"그럼, 우리가 저분들을 어떻게 믿고 지시를 받나요? 언뜻 보기에도 성은 아주 크고 내부는 매우 복잡할 것처럼 보이는데요."

철우가 웃으며 대답했다.

"그게 이 실험의 목적이니까요."

배낭을 짊어진 그들의 모습은 흡사 모험을 떠나는 탐험가처럼 보였다. 참가자들이 성문으로 향하자, 희미한 안개가 그들을 따라붙기 시작했다. 점점 짙어진 안개는 푸른빛을 머금더니, 그들을 앞질러 거대한 성에 먼저 도착했다.

"우와, 무슨 꼭 천상의 세계로 들어가는 기분인데요. 하하."

정태가 재밌겠다는 투로 말했다.

거대한 성문이 기다렸다는 듯이 양팔을 활짝 벌렸다. 정태가 부푼 얼굴로 가장 먼저 들어갔고 일행들이 그 뒤를 따랐다. 뒤를 한 번 돌아본 호석이 내키지 않은 표정으로 성에 진입했다. 푸른빛의 안개가 성을 완전히 감쌌다.

성은 으리으리한 모습과는 달리 내부는 공사현장에 있을 법한 자재들이 널브러져 있었다. 높게 쌓인 페인트 통들과 에어를 이용해 페인트를 뿌릴 수 있는 '컴프레서'를 비롯해 판자에 각목, 철근과 망치에 이르기까지 내부는 공사자재들로 몹시 어지러웠다.

덕순이 판자에 묻은 먼지를 털어내며 말했다.

"이런 것들이 왜 여기에 있죠? 망치에 철근, 각목, 판자까지. 없는 게 없네요. 아직 공사 중인가 봐요. 밖에서 봤을 때 하고는 영 딴판이네요."

"아줌마, 그런 거에 신경 쓰지 말고 잘 따라오기나 하쇼."

덕순은 경민의 건방진 말투에 화풀이라도 하듯, 페인트 통을 발로 걷어찼다. 높게 쌓인 페인트 통들이 기우뚱했다.

"위험해요!"

앞서 걷던 기성이 재빠르게 덕순을 잡아끌었다. 그와 동시에 페인트 통들이 와르르 무너졌다. 실로 간발의 차이였다. 놀란 덕순이 입을 벌린 채 그 자리에 주저앉았다.

"이 아줌마가 진짜, 큰일 날 뻔했잖아!"

소리친 경민이 다가가려고 하자, 천수가 앞을 가로막았다.

"그만하시죠. 아무도 다치지 않았으니까 다행이라고 생각하고 그냥 넘어가죠."

"아무도 다치지 않았으니까 그냥 넘어가자고?"

서로를 바라보는 눈에서 불꽃이 일었다.

"시작부터 왜 이럽니까?"

기성이 끼어들려고 하자, 경민이 천수의 어깨를 가볍게 두드리고 돌아섰다. 혜영이 다가가 덕순을 부축했다.

"아줌마, 괜찮아요?"

"괜찮아요."

"혼자 걸을 수 있겠어요?"

"정말 괜찮아요."

덕순이 희미하게 웃었다.

호석은 불길한 예감에 성문을 바라보았지만 성문은 이미 굳게 닫혀 있었다.

그 자리에서 잠시 숨을 돌린 그들은, 로비로 이동해 벽을 장식한 그림에 시선을 두었다.

"세상에, 이 그림들이 어떻게."

그림을 바라보는 혜영의 눈망울이 감탄을 자아냈다. 미술을 전공한 그녀로서도 감히 흉내조차 낼 수 없는 걸작이었다. 그 어떤 그림도 이보다 더 강렬하고, 순수한 외경심을 불러일으키지는 못할듯했다. 연신 감탄한 그녀는 그림 앞에서 발을 멈췄다. 그 어떤 작품과도 비교할 수 없는 경이로움에 눈물이 솟을 것만 같았다. 정태가 혜영 옆으로 바짝 다가갔다.

"이 그림들이 그렇게 잘 그린 그림들인가요?"

"잘 그린 정도가 아니라 인간의 작품이라고는 믿기지 않을 정도예요. 인간이 아닌 신이 그린 그림 같다고 하면 설명이 되겠어요?"

혜영의 목소리에 물기가 묻어났다.

"그래요?"

그림에 문외한 정태는 표정에 변화가 없었다.

연신 감탄한 혜영이 한 그림을 가리켰다.

윗몸을 드러낸 뱃사공이 작은 배에, 한 남자를 태우고 강을 건너는 그림이었다.

"이 그림은 '카론의 배'예요."

"카론의 배요?"

"네, 그리스신화에 나오는 카론은, 망자를 이승에서 저승으로 인도하는 뱃사공이죠."

"그럼 저승사자요?"

"뭐, 비슷하다고 볼 수 있죠."

"왜 하필 이런 그림을 여기에 그려놔. 재수 없게."

심하게 눈살을 찌푸린 정태가 아름다운 풍경의 다른 그림을 가리켰다.

"그럼, 이 그림은 어떤 그림이죠?"

혜영이 그림을 자세히 관찰했다. 수풀과 작은 냇가에 자리 잡은 남녀들은 모두 반라의 차림이었고, 서로를 바라보는 얼굴에 미소가 가득했다.

"이 그림은 '엘리시움'을 묘사한 것 같네요. 엘리시움 또한 그리스신화에 나오는 곳으로 천국 같은 곳이죠."

"성경에 나오는 천당이요?"

"사람들은 흔히 천국 하면 기독교를 떠올리는데, 기독교 이전에 천국은 세계 모든 신화에서 찾아볼 수 있는 개념이에요."

혜영의 시선이 다른 그림으로 옮겨갔다. 앙상한 뼈만 남은 사람들이 좁은 공간에서 서로 밟고 밟히며 고통에 몸부림치는 끔찍한 그림이었다.

"그리고 이 그림은 르네상스 문학의 지평을 연, '단테'의 '신곡'에서 볼 수 있는 지옥을 묘사한 그림 같구요."

듣고만 있던 덕순이 끼어들었다.

"르네상스니, 지평이니. 무슨 말인지 도통 모르겠어요."

경민이 비웃음을 흘리며 덕순에게 다가갔다.

"이 아줌마, 또 나서네. 그럴 때는 그냥 못 들은 척하고 슬쩍 넘어가는 거야. 앞으로는 그렇게 하라고."

"그래요, 나 무식해요. 무식한 게 죄인가요?"

"당연히 죄는 아니지. 근데 문제가 뭐냐면, 그렇게 무식을 아무 데서나 티를 내고 다니면 아줌마 목에 올가미를 걸어서 끌고 다니는 놈들이 나타난다는 거야. 그렇게 당하고 싶어?"

덕순이 심하게 눈을 흘겼다.

혜영의 작고 하얀 손이 그림에 닿으려고 했다. 동시에 경보음이 울렸다. 화들짝 놀란 그녀가 얼른 손을 내렸고, 지원자들은 소리의 진원지

하늘의 갈등

를 찾아 두리번거렸지만 찾을 수 없었다. 아마도 손대지 말라는 경고음 같았다.

"쳇, 여기가 무슨 박물관이야, 뭐야."

정태가 불만스럽게 말했다.

그들은 태블릿pc를 꺼내 목적지를 확인했다. 목적지는 노란색 깃발로 표시돼 있었고, 가는 길은 미로처럼 복잡했다. 어느 방향으로 가야 할지 판단이 서지 않았다. 그들은 사방으로 뻗어 있는 복도와 계단을 살폈다. 천사와 악마의 조각상이 각 계단 입구를 지키고 있었다. 그 모습은 선과 악의 기로에서 어떤 길을 선택할 것인가를 묻고 있는 것처럼 보였다.

"자, 모여 봐요."

가장 연장자인 명수가 사람들을 부르고 주위를 둘러보더니 다시 말했다.

"아니, 어떻게 의자 하나 없죠? 앉아서 얘기할만한 자리가 없네."

그러고 보니 로비에는 그림과 조각상만 있을 뿐, 테이블은 물론 의자 하나 보이지 않았다.

기성이 바닥에 털썩 주저앉으며 말했다.

"아마, 여기서 오래 머물지 말고 빨리 이동하라는 뜻이겠죠. 빨리 상의하죠."

명수가 기성의 말을 받았다.

"네, 그러죠. 각자 움직이는 것보다 함께 움직이는 게 좋지 않을까요? 보시다시피 길이 너무 많아서 자칫하면 길을 잃을 수도 있을 것 같아서요. 이런 곳에서 미아처럼 헤맬 수 있다고 생각하니 상상만 해도 끔찍합니다. 그리고 어차피 우린 길도 모르니까 여러 지시자의 의견을 수렴해서 우리가 결정하는 게 좋을 거로 생각하는데 여러분들 생각은 어떠세요?"

기성이 반론했다.

"지시자들도 길을 잘 모르고 있다고 했잖아요. 그리고 길도 잘 모르는 지시자들을 전부 선택하는 건 오히려 혼란만 주지 않을까요? 이 실험에 어떤 의도가 숨어 있는지 모르겠지만, 그렇게 단순할 것 같지 않겠다는 생각이 들어서요."

덕순이 또 끼어들었다.

"나는 생각이 많은 사람들이 제일 싫어. 뭘 그렇게 복잡하게 생각해요. 지시자들은 이미 목적지에 가 있겠죠. 그럼 우린 그 사람들이 안내하는 데로 그 길만 따라가면 되고 우린 각자 문제점의 해답만 찾아서 집으로 가면 되죠. 안 그래요?"

"지시자가 목적지에 가 있는지, 아니면 다른 곳에 있으면서 안내만 할지 그걸 어떻게 알아요?"

경민이 기성의 어깨를 툭 쳤다.

"흠, 예리한 지적이네."

경민의 날카로운 두 눈이 명수를 향했다.

"어이, 형씨. 형씨는 너무 꼰대 냄새가 나. 그렇게 겁이 많으면서 여긴 어떻게 참가했어? 그냥 각자 알아서 하게 내버려둬, 형씨가 뭔데 바쁜 사람들 붙잡아 놓고 설교를 하는 거야."

명수의 얼굴이 벌게졌고, 경민은 그에 아랑곳없이 시선을 덕순에게 옮겼다.

"그리고 덕순 아줌마, 아줌마는 너무 단순해. 그런 단순함으로 어떻게 이 험한 세상을 살아왔어?"

"말조심해요!"

지원자들은 시작부터 삐걱거렸고, 참다못한 혜영이 나섰다.

"그런 댁은 뭐가 그렇게 잘났어요. 처음부터 분란만 조성하고. 그럼 댁은 어떤 계획을 생각하고 있는데요?"

"계획? 나는 계획 같은 거 없어."

"계획이 없다구요?"

"좋아, 내 계획에 관심이 많나 본데 알고 싶으면 말해줄게. 나는 이런 겁 많은 꼰대하고 세상 물정 모르는 이런 단순한 아줌마하고는 같이 가지 않겠어. 이게 내 계획이야. 이제 알겠어?"

말을 마친 경민은 기성을 쳐다보면서 다시 말했다.

"어이, 잘생기고 예리한 김기성. 나랑 같이 가지 않겠어?"

기성이 대답이 없자, 경민은 다른 사람들의 표정을 살피며 다시 말했다.

"누구, 나랑 같이 갈 사람 없나?"

모두 떨떠름한 표정이었고 나서는 사람은 아무도 없었다.

"그럼 나는 혼자 갈 테니까 알아서들 하쇼."

피식 웃음을 흘린 경민은 카론의 배를 쳐다보더니 몸을 뒤로 돌렸다.

"그럼 행운의 여신이 여러분과 함께 하기를."

경민이 한 손을 어깨 위로 올려 승리의 V를 날렸다.

"형님, 저랑 같이 가요."

급히 일어난 정태가 넉살 좋게 경민의 팔을 붙들었다.

"좋았어, 치킨집 사장님. 가자고."

경민과 정태가 반대쪽 복도로 향했고, 이내 그들의 모습이 시야에서 완전히 사라졌다. 잠깐의 정적이 흘렀다.

덕순의 굳어있던 얼굴이 조금 풀어졌다.

"난, 저런 사람하고 진짜 같이 있기 싫어. 도무지 예의라곤 눈곱만큼도 찾아볼 수 없으니. 없어져서 속이 다 후련하네. 근데 치킨집 사장은 저런 사람이 뭐가 좋다고 같이 가는 거야. 참, 알다가도 모를 일이네. 저 사람들은 저 사람들 일이고. 우린 이제부터 계획을 세워보도록 하죠. 먼저…"

"잠깐만요."

명수가 손짓으로 말을 끊었다.

"무슨 소리 못 들었어요?"

"무슨 소리요?"

명수가 무수히 뻗어있는 복도 중에서 한 곳을 가리켰다.

"저쪽에서 뭔가가 오고 있어요."

모두의 시선이 명수의 손가락을 따라갔다. 그와 동시에 복도를 타고 넘어오는 소리가 귀를 울렸다. 저벅저벅, 저벅저벅. 몇 명인지 모를 발소리가 들려왔다. 명수가 어디선가 들어본 발소리에 귀를 기울였다. 그때 다가오던 발소리가 순간 멎었다.

"군홧발 소리 같았어요."

혜영의 눈동자가 심하게 흔들렸다.

"군홧발 소리라면 군인이요? 군인들이 왜 여기서 나와요? 잘못 들은 거 아니에요?"

"난, 직업군인 출신이에요. 분명 군홧발 소리였어요."

멎었던 발소리가 다시 들리더니 금속성의 철컥거리는 소리가 같이 따라왔다.

천수가 말했다.

"아저씨 말이 맞아요. 저건 분명 군홧발 소리예요. 그리고 소총에다 탄창을 장착하는 소리 같은데요."

"무섭게 왜들 그래요."

덕순이 겁에 질린 표정으로 말했고, 그 자리에 얼어붙은 혜영은 움직이지 못했다.

"이 실험은 안전이 보장되지 않는다고 했어. 내가 걱정했던 게 바로 이런 거였어."

말을 마친 명수가 이마에 송골송골 맺힌 땀방울을 닦았다.

"자꾸 무섭게 왜들 그래요. 군인들이 여기서 나온다는 말은 없었잖아요."

덕순이 안절부절했고, 호석이 숨을 곳을 찾으면서 말했다.

"내가 이럴 줄 알았어. 아까 그냥 집에 갔어야 했는데."

일순간 사방이 고요해졌다. 뭔가를 직감한 명수가 소리쳤다.

"모두, 엎드려요!"

그 순간, 총탄이 날아왔다. 타타타타 탕. 난사된 총탄에 카론의 배가 걸레처럼 찢겨졌고, 천사와 악마의 조각상이 파편이 되어 흩어졌다. 섬광을 머금은 총탄은 쉬지 않고 날아들었다. 조각상의 파편이 공중으로 튀어 올랐다가 떨어졌다. 이어서 엘리시움과 지옥도가 형체를 알 수 없을 정도로 흩어졌다. 그때 어떤 날아드는 총탄이 한순간 멈췄다. 곧이어 탄창을 갈아 끼우는 소리가 들렸다. 도망칠 수 있는 기회였다.

"도망쳐요!"

명수가 덕순의 손을 잡고 달렸다. 제일 어두운 복도를 골라 무작정 들어갔고, 기성과 혜영이 그 뒤를 바짝 쫓았다.

"거기 있으면 위험해요!"

천수가 떨고 있는 호석을 잡아끌었다. 한참을 달린 그들은 바닥에 납작 엎드렸다. 도무지 믿을 수 없는 현실에, 모두 얼이 빠진 얼굴이었다.

"우릴… 죽이… 려나 봐요."

혜영이 엄청난 충격으로 말을 더듬었다.

덕순이 울음을 참아가며 간신히 말했다.

"이건 게임도 아니고 실험도 아니었어요. 이 실험은 처음부터 우릴 죽이기 위해 계획된 거였어요. 이건 실제상황이라고요."

호석이 한쪽으로 고개를 돌려 헛구역질했다. 그것을 바라본 천수가 얼른 손을 뻗어 호석의 입을 틀어막았다. 그들은 숨소리를 죽여 가며 전방을 주시했다. 더 이상의 총소리는 들리지 않았지만, 탄창을 갈아 끼우는 소리와 군홧발 소리가 미세하게 들렸다.

명수가 몸을 일으켰다.

"우릴 찾고 있는 게 확실해요. 일단 도망칠 길을 찾아봅시다."

혜영이 주머니에서 태블릿pc를 꺼내면서 말했다.

"저는 이 실험 포기할래요. 아까 언제든 포기할 수 있다고 했으니까 포기할 거예요. 제 문제점의 해답을 찾는 것도 중요하지만 목숨까지 걸어가면서 찾고 싶지 않아요."

호석이 혜영을 따라 태블릿pc를 꺼냈다.

"저도 포기하겠어요. 집에 갈래요."

선택의 갈림길

그 시각, 경민과 정태는 지시자의 안내를 받으며 복도와 복도를 오
가고 있었다. 두 명의 여자 지시자를 모두 선택한 그들은 싱글벙글하
며 발을 멈췄다.

"어? 이게 무슨 소리죠?"

"무슨 소리?"

"못 들었어요? 총소리 같았는데."

"여기가 전쟁터도 아니고, 무슨 총소리가 났다고 그래. 잘 못 들었을
거야."

"그런가?"

정태가 고개를 갸웃했다.

복도를 사이에 두고 마주 보고 있는 문은 어디로 향하는 문인지 알

수 없었다. 경민이 태블릿pc의 지시자를 클릭해 물었다.

"어디로 가야 하죠?"

"노란색으로 칠해진 오른쪽 문이 목적지로 가는 길입니다."

역시 언제 들어도 아름다운 목소리였다.

"가시죠, 형님."

오른쪽으로 방향을 튼 순간, 다른 목소리가 들렸다.

"그 문으로 들어가시면 안 돼요. 왼쪽 문으로 들어가야 합니다."

경민은 잘못 들었다고 생각했는지 다시 물었다.

"오른쪽이 아니고 왼쪽이요?"

"네, 파란색이 칠해진 왼쪽 문입니다. 제 말을 믿으세요."

두 사람은 상반된 안내에 쉽게 결정을 내리지 못했다.

"안내가 왜 이러죠? 한 사람은 오른쪽, 한 사람은 왼쪽. 어디로 가라고."

정태가 다시 입을 열었다.

"누구 목소리가 더 예뻤죠?"

"그게 결정을 내리는 기준이야?"

"이왕이면 다홍치마라고."

피식 웃은 경민이 다시 물었다.

"다시 한 번 물을게요, 어디로 가야 하죠?"

답변이 들려오지 않았고, 통신 상태에 이상이 있는지 심한 잡음만 들렸다. 그들은 어느 쪽을 선택할지 판단이 서지 않았다. 그때 오른쪽 문이 스르르 열렸고, 잠깐의 시간차를 두고 열린 왼쪽 문이 유혹의 손짓을 보내왔다.

경민이 불만스럽게 태블릿pc를 툭툭 쳤다.

"제길, 이거 뭐 하자는 거야. 어디로 가라고."

어디선가 소리가 들렸다. 크르릉거리는 소리에 이어, 철컹거리며 무언가 부딪치는 소리가 함께 들렸다. 두 사람은 소리가 흘러나오는 문으로 들어가 주위를 살폈다. 그곳 역시 좌우로 문이 열려 있었고, 소리가 들려오는 문은 왼쪽 문이었다. 태블릿pc는 여전히 잡음만 계속되고 있었다. 경민이 신경질적으로 태블릿pc를 주머니에 넣었다. 소리를 찾아 왼쪽 문으로 나가니 시커먼 그림자가 크게 입을 벌리고 있었다. 너무 놀란 정태가 그 자리에 주저앉아 시커먼 입에서 눈을 떼지 못했다. 자세히 보니 그것은 지하로 통하는 입구였다. 스스로도 무안했는지 얼른 일어나 옷을 털었다.

"쫄기는."

"누가 쫄았다고 그래요."

"방금 쫄았잖아."

"진짜 안 쫄았다니까요."

"알았어. 가자고."

정태를 토닥거린 경민이 앞장서 걸었다.

철컹거리던 소리는 무슨 일인지 더 이상 들리지 않았지만, 크르릉거리는 소리는 계속해서 들리고 있었다. 그들은 눈앞에 펼쳐진 광경에 입이 벌어졌다. 언뜻 보아도 족히 사십 평은 넘을 것 같은 응접실은, 오로지 손님접대에 목적을 둔 것 같은 분위기를 갖추고 있었다. 연대를 알 수 없는 도자기와 서양 골동품이 선반에서 벽을 장식했고, 호화로운 칵테일 바에는 이름을 알 수 없는 무지갯빛 칵테일이 황홀한 분위기를 자아냈다. 중앙에 자리 잡은 커피색의 원탁이 이 모든 것들을 아우르고 있는 것처럼 보였다. 왼쪽으로 고개를 돌린 그들은 순간 소리를 지를 뻔했다.

"형님, 돈이에요."

카펫이 깔린 바닥에는 돈다발이 제멋대로 놓여 있었다. 경민의 시선이 돈다발을 따라 이동했다. 소파 옆으로 입을 벌리고 있는 금고에는 돈다발과 금괴가 수북했다. 아마도 돈다발은 금고에서 쏟아진 것 같았다.

"역시 내 예상은 빗나가지 않았어."

"이런 상황을 예상했었어요?"

"나는 다른 건 몰라도 돈 냄새만큼은 기막히게 잘 맡거든. 그게 내 주특기니까."

"주특기요?"

"그런 게 있어."

그들의 눈은 돈에서 떨어지지 않았다.

"이런 곳에 돈이 없을 리가 없지. 우린 저 돈을 챙겨서 여길 뜨면 그만이야. 이게 내 계획이었다고."

경민이 자랑스럽게 말했다.

"역시 형님이에요. 저도 사람 보는 눈 하나만큼은 타의 추종을 불허하거든요. 그게 제 주특기예요."

"짜식, 아부는."

"아부가 아니라 진짜예요. 형님."

"알았어. 포기도 또 다른 성공이란 말은 이런 경우를 두고 한 말이었어."

"누가 오기 전에 빨리 챙겨서 나가죠."

금고로 발을 옮기려던 그들은 발을 멈춰야 했다.

"개가 있어. 조심해."

금고 바로 옆에서 자고 있는 거대한 개는 다행히 목줄이 채워져 있었다. 크르릉거리는 소리는 개가 자면서 내는 소리였다. 시커먼 털로 뒤덮인 거대한 개는 턱이 축 늘어져 있었고, 몹시 사납게 보였다. 두 사람은 조심스럽게 발을 옮기며 개를 살폈다. 개는 인기척을 느끼지 못한 듯 코를 더 심하게 골았다. 제발 깨어나지 마라. 경민이 금고 바로 앞에 도착해 손을 뻗을 때였다. 개의 길게 찢어진 눈이 자신들을 노려보고 있었다. 순간 몸을 일으킨 거대한 개가 침입자의 목을 향해 공격했다.

"피해요!"

경민은 가까스로 개의 공격을 피해 뒤로 물러났다. 으르렁 소리와 무쇠도 뚫을 것 같은 이빨에 오줌을 지릴 뻔했다. 만약 목줄이 풀렸더라면 얼굴이 뜯겨나갔을 것만 같았다. 두꺼운 목줄이 풀리지 않은 게 천만다행이었다. 개는 침입자들을 용납하지 않겠다는 표정으로 으르렁거리며 사납게 짖어댔다.

"괜찮아요, 형님?"

"괜찮아."

경민은 돈과 금괴를 가져갈 방법을 생각했다. 두 눈을 부릅뜬 그는 개를 죽이기로 마음먹었다.

"저 개새끼를 죽이자고."

"개를요? 저렇게 큰 개를 어떻게 죽여요?"

"저 돈을 포기할 거야?"

"그건 아니지만."

주위를 살펴도 무기로 사용할만한 도구는 보이지 않았다.

"잠깐만요, 지급품을 확인해봐요."

지급품을 확인하니 밧줄과 무선 그라인더, 서슬 퍼런 나이프가 나왔다. 왜 이런 공구가 배낭에 들어있는지 알 수 없었지만, 눈앞에 닥친 현실이 생각을 몰아냈다. 경민이 그라인더를 움켜잡아 스위치를 올렸다. 진동과 함께 돌아가는 무쇠 칼날이 살벌한 소리를 질렀다.

"형님, 그거보다 칼이 좋지 않을까요?"

"그게 좋겠군."

그라인더를 정태에게 건네고 나이프를 움켜잡았다. 개의 움직임에 따라 목줄은 팽팽하게 당겨졌고 철컹거리는 소리가 귀를 자극했다. 경민의 발걸음이 빨라졌다. 박혀 있던 목줄의 고리가 심하게 흔들렸다. 개는 요란하게 짖어댔고, 입에서 떨어진 침이 카펫을 적셨다. 나이프를 무기 삼아 공격 자세를 취했을 때, 개의 얼굴이 바짝 다가왔다. 동시에 핑 소리와 함께 목줄의 고리가 바닥에서 튕겨 나갔다.

"도망가요!"

때는 이미 늦었다. 그 자리에 얼어붙은 경민은 두 눈을 질끈 감았다. 그 순간 아무 소리도 들리지 않았고, 아무 느낌도 들지 않았다. 이게 죽음이란 말인가. 그렇게 시간이 얼마나 흘렀을까. 갑자기 개 짖는 소리가 크게 들리기 시작했다. 경민은 감았던 두 눈을 들어올렸다. 풀렸던 목줄은 다시 금고에 감겨 있었고, 벽에 기댄 정태가 벌벌 떨고 있었다. 개의 목줄은 풀리기 일보 직전이었다.

"일단, 여기서 도망가요. 형님."

돈다발과 금괴에 눈길을 한 번 던진 그들은 도망치기 시작했다. 복도로 나오니 펼쳐진 수많은 문들은 어디로 통하는 길인지 알 수 없었지만 그것을 생각할 겨를이 없었다. 도망치는 게 급선무였다. 목줄이 풀렸는지 으르렁거리는 소리가 점점 가까워지고 있었다. 개의 공포와 눈앞의 돈을 두고 온 아쉬움이 물밀듯 밀려왔다.

"저기로 들어가요."

두 사람이 눈앞으로 다가온 파란색 문을 향해 몸을 날렸다. 문이 쿵 소리를 내며 닫혔다.

사방은 고요했고 어두침침한 조명이 음산한 복도를 비추고 있었다. 경민과 정태가 세 갈래 길에 이르렀을 때였다.

군인들이 왼쪽 길에서 나오고 있었다. 소스라치게 놀란 경민과 정태가 가운데 길로 들어가, 바닥에 엎드려 숨소리를 죽였다.

"젠장, 진짜 총소리였어."

"이게 도대체 뭐 하는 거죠? 여기서 군인들이라니."

저벅저벅, 저벅저벅. 군홧발 소리에 입술이 떨리고 식은땀이 흘렀다. 거대한 덩치의 군인들이 두 사람을 지나쳐갔다. 몸을 일으키던 정태가 중심을 잃고 쓰러졌다. 쿵, 소리에 군홧발 소리가 멈췄다. 세상을 집어

삼킬 것 같은 침묵이 찾아왔다. 숨소리조차도 들리지 않았다. 군인들이 다시 움직이기 시작했다.

"도망가!"

경민과 정태가 잽싸게 일어나 뛰었다. 총탄이 빗발치듯 날아왔다. 세 갈래 길이 다시 펼쳐졌다. 경민과 정태는 오른쪽 길로 미친 듯이 달렸다.

경민과 정태를 제외한 여섯 사람은 태블릿pc의 음성 안내를 받으며 이동하고 있었다. 혜영이 발을 멈췄다.

"안 오고 뭐 해요?"

앞서 걷던 기성이 혜영에게 다가가 팔을 끌었다.

"이거 놔요. 우린 사냥당하고 있어요. 사냥당하고 있다고요."

"그러니까 여기서 도망쳐야죠. 빨리 와요."

"어디로 도망쳐요? 지금까지 안내받은 길은 전부 이상한 길이었어요. 지시자들은 서로 다른 주장을 하고 있고, 자기가 말하는 길로만 가야 한다고 했잖아요. 근데 저놈들은 계속해서 우릴 따라오고 있어요. 대체 우리한테 왜 이러는 거죠?"

절망한 혜영이 마침내 울음을 터트렸고, 덕순이 자리에 주저앉았다.

"아주머니까지 왜 이래요?"

기성이 손을 뻗었지만 덕순이 몸을 틀고 말했다.

"혜영 씨 말이 맞아요. 우린 도망칠 길이 없어요. 그리고 분명히 언제든지 포기할 수 있다고 했는데, 포기할 수 있는 방법도 모르겠고, 포기도 또 다른 성공이란 말의 의미도 모르겠어요. 지시자들은 포기는 곧 죽음이란 말만 하고. 세세하게 따져보고 참가했어야 했는데, 너무 안일한 생각으로 이 실험에 참가했어요. 어떻게든 여길 빠져나가 경찰에 신고해야 해요."

멀리서 들리던 군홧발 소리가 점점 가까워지고 있었다.

호석의 얼굴이 심하게 일그러졌다.

"대체 우리한테 왜 이러는 거야. 우리가 무슨 잘못을 했다고."

천수가 호석을 나무라는 투로 말했다.

"그렇게 약한 모습 보이지 마세요. 어쩌면 저놈들은 그걸 원하고 있는 건지도 몰라요."

"그럼, 저놈들하고 싸우자고요? 저놈들은 총을 들었어요, 총을."

명수가 두 사람을 중재했다.

"말다툼으로 해결될 일이 아니니 그만들 하고. 이렇게 합시다. 지시자들 모두 가라고 하는 길이 다르니까, 지시자를 모두 선택할 게 아니라 일단 한 사람만 선택해보고 상황을 판단하죠. 그때 가서 마음에 안 들면 다시 선택하기로 하구요."

천수가 그 말에 동의했다.

"그게 좋겠네요. 다른 분들도 동의하시죠?"

명수가 태블릿pc를 실행했다.

"아저씨는 누구를 선택하시겠어요?"

기성이 물었다.

"이 사람이 좋겠어요. 인상도 선하게 보이고."

하늘의 갈등

명수는 붉은색 난방 차림의 지시자를 가리켰다.

덕순이 손을 저었다.

"그 사람은 왠지 모르게 음흉하게 보이지 않아요? 이 사람이 더 낫지 않을까요? 가볍게 보이지만 차분한 목소리가 가장 좋았어요. 제 경험상 이런 사람은 거짓말 못 해요. 이 사람으로 선택해요."

덕순은 검은색 티셔츠에 모자를 눌러쓴 지시자를 가리켰다.

"그 사람도 좀…."

혜영과 호석도 다른 남자를 가리켰고, 그들은 위기 상황에서도 의견이 일치하지 않았다.

"이러고 있을 때가 아닙니다. 한 사람을 골라야죠. 저는 누구를 선택하든 거기에 무조건 동의하고 따라갈 테니까 어서 빨리 정하세요."

그들은 기성의 제안에 다시 선택했지만 의견은 여전히 일치하지 않았다.

"시발, 도대체 뭐 하자는 거예요!"

욕설을 내뱉은 기성이 다시 말했다.

"좋아요, 그럼 나는 혼자 움직일 테니까 각자 알아서들 하세요."

자리를 박차고 일어선 기성은 사방으로 뻗어있는 복도 중에서 한 곳을 선택해 걸었다.

혼자 떨어져 나온 기성은 후회가 밀려왔다. 내심 누군가 붙잡아 줄 것을 기대했지만, 분위기로 보아 남아있는 사람들도 각자 행동할 공산이 컸다. 군인들의 군홧발 소리가 들리지 않는다는 것이 불행 중 다행이었다. 그런데 시작지점인 로비에서 봤을 때와는 다른 점이 있었다.

그것은 복도에 그려진 화살표였다. 저마다 색깔이 다른 화살표들은 파랑과 노랑. 흰색과 검은색에 이어 붉은색이었다. 페인트는 잘 섞이지 않았는지 색상이 고르게 나오지 않았고, 우둘투둘하게 솟아오른 기포 자국이 보였다. 기성이 고개를 갸웃했다. 저것은? 화살표들과 지시자들의 옷 색깔이 일치했다. 더욱더 이상한 건 벽이었다. 벽은 토막토막 이어 붙인 것처럼 경계를 구분할 수 있었고, 가시로 덮인 벽과 회색 콘크리트 벽으로 나누어져 있었다. 가시 벽은 접근을 허용하지 않겠다는 듯, 온몸을 섬뜩한 가시들로 무장하고 있었다. 기성이 태블릿pc를 실행하려고 할 때 어디선가 발소리가 들렸다. 긴장한 그는 가시 벽을 피해 콘크리트 벽에 붙었다. 빨랐던 발소리는 느려졌다가 순간 끊겼고 다시 또 빨라졌다. 누군가를 찾고 있는 게 분명했다. 소리가 가까워질수록 심박동이 빨라졌다. 모퉁이로 자리를 옮긴 기성이 공격 자세를 취했다. 상대방이 그것을 감지한 듯 몸을 낮추는 모습이 그림자로 보였다. 그림자가 모퉁이에 이르렀다. 기성이 잽싸게 모퉁이를 돌아 그림자를 향해 주먹을 뻗었다. 그림자가 민첩하게 공격을 피했다.

"김기성 씨, 나예요. 박천수."

기성이 안도의 숨을 쉬었고 천수가 머리를 만지며 머쓱한 웃음을 흘렸다.

"하마터면 얼굴 날아갈 뻔했네. 무슨 운동했어요? 주먹이 엄청 빠르던데. 방심을 안 했으니 다행이지."

천수가 대답 없는 기성을 쳐다보더니 다시 말했다.

"한참 찾았잖아요. 무슨 걸음이 그렇게 빨라요?"

"저를 찾아요? 왜요? 뭔 일 있어요?"

"무슨 일 있는 건 아니고, 기성 씨하고 같이 가고 싶어서요. 제가 올 때까지도 의견이 일치가 안 되고 있어요. 답답한데 혼자서는 갈 엄두가 안 나고. 그래서 기성 씨를 찾아 나선 거죠."

"잘됐네요, 순간 화가 나서 혼자 오긴 왔는데 사실 좀 암담했거든요."

"이 넓은 성을 혼자 이동하기엔 아무래도 좀 그렇죠. 어디에 뭐가 있는지도 모르고. 참, 아까 자기 소개할 때 보니까 저하고 동갑이던데 우리 친구 하죠."

"그게 편하겠네."

기성이 천수가 내민 손을 잡았다.

"그럼, 어떤 지시자가 가장 믿음이 가는지 보자고."

천수가 태블릿pc를 실행했다.

"어느 길로 가야죠?"

역시 예상은 빗나가지 않았다. 다섯 명의 지시자가 모두 다른 길을 안내했다. 두 사람은 곧바로 의견의 일치를 보아 한 사람을 선택했다. 완고한 입술에 하얀 와이셔츠를 입은 남자 지시자였다. 천수는 길을 묻기 전에 먼저 묻고 싶은 게 있었다.

"당신들은 대체 우리한테 왜 이러는 겁니까? 우리가 무슨 잘못을 했다고."

"제가 맡은 역할은 당신들이 이번 실험을 마칠 수 있도록 도와주는 게 제 역할입니다."

"목적지는 분명 하나일 텐데 전부 다른 길을 안내하고 있어요. 대체 이유가 뭐죠?"

"같은 말을 반복하게 만드시네요. 저는 저를 선택한 분이 무사히 목적지에 도착할 수 있게 도와주는 역할을 맡았습니다. 그래야 저도 보상을 받을 수 있으니까요."

"그럼, 지금까지 우리가 위험에서 벗어나지 못하는 상황은 어떻게 설명하시겠어요?"

"그건, 제가 아닌 다른 지시자의 말을 따라서 생긴 결과입니다. 안타깝게도 그 여파는 이 실험이 끝날 때까지 지속될 것입니다. 여러분이 선택한 결과이니 유감일 뿐이죠. 이제부터라도 제 안내에 잘 따라주세요. 그럼 이 실험을 무사히 마칠 수 있고 두 분이 찾고자 하는 해답도 얻을 수 있으니까요."

듣고 있던 기성이 물었다.

"그럼, 당신을 제외한 다른 지시자들은 전부 나쁜 의도를 가지고 있다는 말인가요?"

"그렇습니다. 그들의 말을 믿어서는 안 됩니다. 그들은 모두 거짓을 말하고 있어요."

"당신만이 믿을만한 지시자인지 증명할 수 있어요?"

"그 말은 꿀벌이 일벌한테 자신을 증명하라는 말과 같습니다. 그저 맡은 자리에서 본분을 잃지 않고 제 할 일을 할 뿐이니까요."

쉽게 판단 내릴 수 없었지만 일단 믿어보기로 했다. 갑자기 기성의 얼굴이 침울해졌다.

"지시자들이 전부 거짓을 말하고 있다면 우리 일행들은 어떻게 되는 거죠?”

“애석하게도 그들은 목적지에 도착할 수도 없고 선택을 잘못한 대가를 치르게 될 것입니다. 그렇다고 기회가 소멸되는 것은 아니니 너무 상심하지 마세요. 목적지로 이동하면서 저와 힘을 합쳐 그들을 구할 방법을 찾아보죠.”

침울했던 얼굴이 다소 안정을 찾았다.

“좋아요, 그럼 이제 어디로 가야 하죠?”

“당신들은 목적지에 도착할 때까지 흰색 길로만 가시면 됩니다.”

천수가 색깔이 다른 화살표들을 보면서 물었다.

“흰색 길이라면 흰색 화살표를 말하는 건가요?”

“그렇습니다. 흰색을 따라가시면 로비가 나올 겁니다. 시작지점이죠. 거기서 카론의 배 그림을 지나 가고일 석상이 보이는 복도로 가세요. 그곳을 돌아가면 흰색으로 칠해진 문이 보일 겁니다. 거긴 문이 하나밖에 없으니 그 문으로 들어가시면 됩니다. 명심할 건 놈들이 주위를 수색하고 있으니 들키지 않게 조심해서 이동해야 합니다. 어서 가세요.”

“지시자님을 일단 믿어보겠습니다.”

“저를 전적으로 믿지 않고 믿어보겠다는 말이 왠지 마음에 걸리지만 두 분의 마음 충분히 이해합니다. 불신의 장벽을 없애기 위해 노력해보죠.”

복도를 돌아 로비로 나오니 처참했던 상황이 펼쳐졌다. 총탄에 맞아 너덜너덜해진 엘리시움과 지옥도. 조각상의 부서진 파편에서 잠시 수그러졌던 공포가 다시 고개를 내밀었다. 어디선가 발자국 소리가 들리고 있었다.

"발소리가 들려. 혹시 우리 일행일까?"

하지만 그것은 기성의 착각이었다. 의심할 여지없는 군홧발 소리였다.

"제길! 군홧발 소리야."

기성과 천수가 가고일 석상이 보이는 곳으로 뛰었다.

어디선가 한 무리의 남자들이 나타났다. 다섯 명의 남자들이었다. 간편한 옷차림에 배낭을 짊어지고 있었고, 길과 길을 오가는 모습이 몹시 수상했다. 귓속말로 무언가를 주고받은 그들은 가고일 석상이 보이는 곳으로 천천히 걸었다. 기성과 천수가 지나간 길이었다. 소리를 죽여 가며 천천히 이동하던 그들이 갑자기 발을 멈췄다. 그들의 얼굴에 긴장감이 서렸다. 한 남자의 손짓에 남자들이 뿔뿔이 흩어졌다가 다시 모였다. 배낭을 벗어 내용물을 확인한 그들은 기성과 천수가 지나간 길로 걸었다. 복도가 적막에 휩싸였다.

한편, 명수와 혜영은 동일한 지시자를 선택해 함께 움직이고 있었다. 두 사람이 선택한 지시자는 붉은색 난방 차림의 남자 지시자였다.

"지시자님 우리를 제발 여기서 나가게 해주세요. 너무 무서워요."

혜영이 애원하듯 말했다.

"그러니까 처음부터 저를 선택해서 안내를 받았어야 했습니다. 왜 자격도 없는 지시자를 선택해서 이런 결과를 만들었나요. 이제부터라도 제 안내에 잘 따르시면 목적지에 도착할 수 있고 찾고자 하는 해답을 찾을 수 있습니다. 부디 명심하세요."

혜영이 따지듯이 물었다.

"이 실험의 기획자는 지시자를 선택할 수 있는 자유가 있다고 했어요. 우린 기획자의 의도대로 행동했을 뿐이에요. 그게 뭐가 잘못됐다는 거죠?"

"자유가 방종을 의미하진 않죠."

"무슨 말이죠?"

"자유라는 이름으로 인간이 저지른 해악은 열거할 수 없을 정도로 많습니다. 그것은 스스로를 옭아맨 구속된 자유이고 곧 방종이었습니다. 저는 여러분이 그것을 깨달을 수 있도록 도와주는 역할을 맡았으니 저를 믿고 잘 따라와 주세요."

듣고 있던 명수가 발끈했다.

"그게 대체 이 실험하고 무슨 상관이 있다는 말입니까? 우린 어서 빨리 이 실험을 끝내고 싶을 뿐입니다!"

"아저씨, 그렇게 화를 내시면 어떡해요. 지시자님이 우릴 버리기라도 하시면 어쩌려고."

당황한 혜영이 지시자의 표정을 살폈다.

"허허, 저는 누구에게도 화를 내지 않습니다. 그것을 포용하는 것 또한 제 역할이니까요."

"화를 내서 미안합니다."

명수가 고개를 숙였다.

"길을 알려주실 수 있습니까?"

"물론입니다. 당연히 알려드려야죠. 그게 제 역할이니까요."

지시자는 '역할'이란 단어를 강조했다.

"제 말을 잘 들으세요. 두 분은 목적지로 이동하면서 할 일이 있습니다. 그것은 동료들이 가고 있는 길을 막아야 합니다. 잘못된 길로 가지 않도록 말이죠."

혜영이 명수를 앞질러 말했다.

"우리도 그러고 싶지만 동료들과의 의견 차이가 너무 심하고, 무엇보다도 지시자님의 말을 전적으로 신뢰할 수도 없는 일이잖아요. 그리고 우리가 갈 길이 올바른 길인지 잘못된 길인지 판단할 기준도 없고요."

"그렇다면 이동하면서 불신의 벽부터 허물도록 해야겠군요. 그래야 두 분의 믿음을 살 수 있으니까요. 그렇지만 분명한 건 동료들이 선택한 지시자들은 모두 목적지로 가는 길을 모르고 있습니다. 다른 지시자들이 알고 있는 길은 여러분들이 도달하고자 하는 목적지로 가는 길이 아닙니다. 그 지시자들은 자신들이 목적지로 가는 길을 알고 있다고 생각하는데 그것은 큰 착각이죠. 그러니 이동하는 길에 동료들을 만나면 그들을 인도할 수 있도록 힘쓰세요. 아시겠죠?"

혜영은 이해할 수 없는 부분이 너무 많았다.

"다른 지시자들은 목적지로 가는 길을 몰라요?"

"네, 그들은 목적지로 가는 길을 알고 있다고 생각하는데, 그것은 교만에 뿌리를 둔 아집일 뿐이고 거짓입니다. 동료들이 미명에서 깨어나야 하는데 심히 걱정되는군요."

"그렇다면 이번엔 제가 질문할게요."

명수가 의심의 눈초리로 지시자를 쳐다보았다.

"말씀하세요."

"지시자님을 포함해 다른 지시자들은 목적지에 있는 건가요? 아니면 다른 곳에 있으면서 지시만 하는 건가요?"

"저를 포함해 다른 지시자들 또한 가까운 곳에 있습니다. 우리의 위치는 두 분이 목적지에 도착하는 순간 알게 될 것입니다."

"그럼, 그곳에 있으면서 이 성에 대한 정보는 충분히 파악하고 있는 겁니까?"

"그건, 처음에 설명 들었을 텐데요. 우리 지시자들도 여기로 오는 동안 성에 대한 도면과 성 내부에 대한 약간의 설명만 들었을 뿐이라고요. 하지만 저는 바로 알았습니다. 어느 길로 가야 하는지 어느 문으로 들어가야 하는지를. 일종의 영감이라고 해두죠. 저를 의심하지 말고 전적으로 믿으시면 됩니다."

명수는 자신도 모르게 헛웃음을 흘렸다.

"일종의 영감으로 안내하는데 당신을 전적으로 믿으라고요? 상식적으로 생각해보세요. 당신의 말이 맞는지."

지시자의 부드러운 목소리는 변함이 없었다.

"믿음이란, 상식과 이성을 초월한 개념입니다. 그리고 이 성에서는 앞으로 상식과 이성적으로 판단할 수 없는, 이상한 일들이 많이 일어날 것입니다. 그것에 대비하면서 목적지로 가야 합니다."

"이상한 일들이 많이 일어난다고요?"

"생각해보세요. 의미를 알 수 없는 그림들과 느닷없이 등장해 총질을 하는 무장군인들을 상식과 이성으로 판단할 수 있나요?"

반론이 막힌 명수가 혜영을 쳐다보았다.

"혜영 씨는 어떻게 하겠어?"

"우리가 선택한 지시자님이니 믿어야죠."

"그래야겠지. 좋습니다. 당신을 믿겠습니다. 길을 알려주세요."

"이제야 저를 받아들이시는군요. 잘 선택하셨습니다. 이제부터 당신들은 붉은색 길로만 이동하시면 됩니다."

지시자는 두 사람을 적극적으로 안내하기 시작했다.

잠시 후, 두 사람은 붉은색 화살표를 따라 이동했다.

군인들이 홀연히 나타났다.

총 다섯 명의 군인들은 대위와 사병들로 구성돼 있었고, 하나같이 거구에 표정이 없었다.

대위의 사나운 눈초리가 부채꼴처럼 펼쳐진 갈래 길들을 훑으면서 지나갔다. 못 박힌 듯 서있던 대위가 무슨 소리를 들었는지 고개가 옆으로 돌아갔다. 그들은 기계처럼 탄창을 확인하더니 소리가 나는 방향으로 뛰었다.

덕순과 호석은 지시자의 지시에 적극 따르고 있었다. 그들이 선택한 지시자는 검은색 티셔츠를 입은 남자 지시자였다. 이로써 한 명의 지시자도 빠지지 않은 서막이 시작됐다.

덕순은 이동하면서 지시자와 대화를 주고받았다.

"늘 그래왔듯 여기서도 제 의견을 받아주는 사람이 없어요. 남편도 저를 은근히 무시했고, 심지어는 사랑하는 아들마저도 저를 무시하는 눈치였어요. 전 사소한 거 하나도 혼자 결정을 못 내리고 남을 따라다니는 삶을 살아왔어요. 당연히 많은 시간을 혼자 있기를 좋아했구요. 누군가와 같이 있으면 또 무시당할 것 같아서요. 그래서 전 여기서는 최소한 제가 결정을 내리고 제 의지대로 움직이고 싶었어요. 물론 지시자님의 안내를 받아야겠지만. 그래서 아무도 선택하지 않은 지시자님을 선택해 여기 호석 씨와 같이 있게 됐네요. 제가 올바른 결정을 내렸고 올바른 선택을 했다고 믿고 싶어요."

"그것이 이 실험에 참가한 이유인가요?"

"네, 저는 왜 사람들한테 무시당하면서 살아야 하는지, 언제까지 이렇게 살아야 하는지 도무지 모르겠어요. 그리고 결단력은 왜 또 이렇게 없는지 그 이유와 해답을 찾고 싶어요."

"그렇군요. 인생은 늘 선택의 연속이죠. 그 선택이 모여 인생이 되는 것이고요. 우리는 하루에도 수십, 수백 번 선택을 하면서 살아가죠. 차를 타고 가야 하나 걸어서 가야 하나. 점심은 뭐를 먹어야 하나. 어려운 사람을 도와주어야 하나, 아니면 그 돈으로 아들 용돈을 주어야 하나. 미운 남편 싸다구를 올려붙여야 하나, 엉덩이를 걷어차야 하나. 아참 이 말은 취소할게요."

덕순과 호석이 지시자의 너스레에 웃음을 터트렸다.

"말씀을 참 재밌게 하시네요."

"재밌었다니 다행이네요."

호석이 입을 열었다.

"저도 사실 문제점이 아주 많아요."

몹시 수줍은 표정의 그는 잠시 말을 끊었다가 이어서 말했다.

"저는 성격이 너무 소심해요. 집에 있을 때는 도둑 걱정에 하루에도 수십 번이나 문단속을 하고. 심지어는 자다가도 일어나 문단속을 할 때도 있어요. 그러니 밖에 나갔다가도 얼른 집에 가야 하고 직장도 제대로 다닐 수 없을 정도예요. 이런 성격을 개조해 보겠다고 노력도 해봤지만 다 소용없었어요."

"들어보니 두 분이 비슷한 면이 많네요. 그래서 두 분한테 적극 추천해 드릴 말이 생각났어요. 그것은 바로 '긍정'이란 말이죠."

고개를 갸웃한 현석이 물었다.

"긍정이란 말은 모든 사람들한테 추천해야 되는 말이 아닌가요?"

"물론 그렇죠. 그런데 사람들은 흔히 긍정이란 말을 혼동하는 경향이 있어요. 긍정이란 부정적인 것을 버리고 그것을 타파하라는 뜻이 아니고, 있는 그대로를 받아들이라는 뜻입니다."

덕순이 호석을 한 번 쳐다보고 물었다.

"긍정이란 말이 있는 그대로를 받아들이라는 말이라고요? 부정적인 것까지 모두 다요?"

"네, 부정적인 것 또한 버릴 수 없는 자신의 일부입니다. 그것을 포용하는 마음으로 받아들일 때, 진정한 자아 성찰이 가능하고 거기서부터 변화가 시작되는 것입니다. 자신의 못난 면을 버리려 하지 마시고 따뜻한 가슴으로 보듬어주세요."

"듣고 보니 위안이 많이 되네요."

호석이 두꺼운 안경을 밀어 올리며 웃었다. 그 모습이 어린아이처럼 순수해 보였다.

"지시자님, 호석 씨는 손재주가 아주 뛰어나데요. 집도 혼자 지을 수 있다고 했어요."

덕순의 칭찬에 호석이 뒷머리를 긁적였다.

"오우, 대단하네요. 그런 남다른 재능을 갖고 있는 분이 아주 사소한 문제에 집착을 했네요. 그런 재능은 아무나 갖고 있는 게 아니니 이제부터라도 자신을 사랑하고 자부심을 가지세요."

호석의 얼굴이 홍당무처럼 붉어졌다.

그들이 발을 멈춘 곳은 경민과 정태가 지나갔던 복도였다. 양옆으로 마주 보고 있는 문은 활짝 열려 있었고, 어디로 통하는 길인지 알 수 없는 복도는 보는 것만으로도 두려웠다. 잠시 풀렸던 긴장이 다시 엄습했다. 덕순은 자신도 모르게 몸을 부르르 떨었다.

"두려워 마세요. 제가 있잖아요."

"어느 문으로 들어가야 하죠?"

"검은색으로 칠해진 오른쪽 문으로 들어가세요."

문 안으로 발을 들여놓았을 때 지시자의 음성이 다시 들렸다.

"잠깐, 명심할 게 있어요."

"뭐죠?"

"목적지로 이동하다가 동료들이 당신들을 유혹할 수 있어요. 그 지시자들은 온갖 감언이설로 어떻게든 두 분을 포함해 다른 동료들을 끌어들이라고 했을 겁니다. 그 말에 절대 넘어가면 안 됩니다. 그들이 어떤 말을 하던 눈과 귀를 모두 막으세요. 만약 그들의 꾐에 넘어가면 목적지에 절대 이르지 못하니 부디 명심하세요."

"우리가 가는 길이 올바른 길이라면 동료들을 설득해서 같이 가면 되지 않을까요?"

"저는 해답을 찾을 자격이 되는 사람을 원하는 것이지, 자격도 없는 사람들을 원하는 게 아닙니다."

덕순의 얼굴이 일그러졌다.

"우리가 자격이 되는지 안 되는지 지시자님이 그걸 어떻게 알아요? 우린 만난 지 한 시간도 지나지 않았어요. 알겠어요. 지시자님까지 우릴 무시하시는군요."

"아닙니다, 아닙니다. 오해입니다."

지시자가 당황한 표정을 지었다.

"오해라고요?"

"네, 오해입니다. 저는 단지 두 분의 수고를 덜어드리려고 했던 말인데 그렇게 들렸다면 사과하겠습니다. 정 그러시다면 동료들을 만났을 때, 올바른 길로 갈 수 있도록 설득하세요. 제가 직접 도와드릴 순 없지만 저도 그 지시자들의 뻔뻔함이 어디까지인지 보고 싶네요."

덕순이 호석의 손을 잡았다.

"호석 씨, 할 수 있겠어요?"

호석이 미적지근하게 대답했다.

"한 번 해봐야죠."

덕순은 호석의 미적지근한 대답에 잡은 손에 힘을 주려다가 힘없이 손을 떨어뜨렸다.

"왜 그래요? 또 누가 와요?"

"벽을 보세요."

호석이 가시로 뒤덮인 벽을 보고 소스라치게 놀랐다.

"아까도 이랬었나요?"

"아니에요. 아까는 이러지 않았어요."

"그런데 왜 갑자기."

호석의 불안한 눈동자가 쉬지 않고 움직였고, 덕순이 지시자에게 물었다.

"지시자님, 갑자기 벽에 섬뜩한 가시들이 생겼어요. 어떻게 된 일이죠?"

"벽에 가시가 생겨요? 아, 유감이지만 저로서도 왜 그런 일이 일어났는지 알 길이 없군요. 하지만 제가 안내하는 대로만 이동하시면 큰 문제는 없을 겁니다."

덕순과 호석이 검은색 문으로 들어갔다.

군홧발에 쫓기는 사람들

기성과 천수는 군홧발 소리에 온 신경을 집중해서인지 시선은 한곳에 머물지 못했다. 그들의 입에서 깊은 숨이 흘렀고 비로소 주변 경관이 눈에 들어왔다. 또 한 번의 큰 숨이 흘렀는데 그것은 감탄의 탄성이었다, 흰색 길을 따라 들어온 곳은 자동차 전시장이었다.

"와, 이건…."

천수가 제대로 말을 잇지 못했다.

"이런 곳에 이런 차들이 있다는 게 믿어지지가 않아."

벤츠와 아우디, 크라이슬러를 비롯해 세계적인 명차가 자태를 뽐내며 자리를 차지하고 있었다. 그런데 전시장의 특이한 점은 옛날 헛간을 개조해 만든 것처럼 삽과 괭이 쇠스랑 등 농기구들이 즐비했고, 한쪽으로 덤불과 건초더미가 쌓여 있었다. 투박한 목재로 마감된 천장이 어설프게 보였다. 기성이 크라이슬러 자동차로 이동했다. 미려함과 권위를 동시에 느낄 수 있는 외관은 평소 흠모하던 모델이었다. 차체에 가깝게 접근했을 때 경보음이 울렸다.

"손대지 마세요. 차에 손을 대면 안 됩니다."

기성이 고개를 갸웃했다. 곧바로 시작지점이 떠올랐다.

"그렇습니다. 사물에 손을 대면 위치가 발각될 수 있으니 각별히 조심하시기 바랍니다."

"여긴 뭐 하는 곳이죠?"

"그곳은 그냥 무시하셔도 되는 곳입니다."

"무시하라고요?"

"위험에서 벗어나기 위해 어쩔 수 없이 선택한 곳이니 무시하고 그냥 지나가세요."

"이렇게 좋은 차들을 두고 그냥 가라니 발길이 떨어지지 않아요."

기성이 못내 아쉬운 표정으로 주변을 서성거렸다.

"많이 아쉬운 모양입니다. 하지만 자동차는 만질 수도 없고 사용할 수도 없는 수단이니 거기에 너무 연연하지 마세요. 미련을 버리시고 제 안내에만 잘 따라주세요."

기성이 갑자기 몸에 이상이 있는 듯 식은땀을 흘렸고 호흡이 거칠어졌다.

"왜 그래? 어디가 불편해?"

천수가 기성의 등을 쓸어내렸다.

"저 앞에 고양이가 있어."

"고양이? 아, 고양이를 무서워하는 거야?"

"고양이를 죽여줄 수 있어?"

"지금 무슨 소릴 하는 거야. 그리고 고양이가 어디 있다고 그래?"

"고양이를 죽여 달라고!"

기성의 호흡이 점점 거칠어지면서 눈에서는 살기가 느껴졌다.

"왜 고양이를 죽이지 않는 거야 이 새끼야!"

기성이 엄청난 악력으로 천수의 멱살을 움켜잡았다.

"무슨 이유인지 모르겠지만 일단 진정해 진정하라고. 고양이는 어디에도 없어. 자, 보라고."

기성이 고양이로 착각한 것은 덤불을 살짝 가린 검은 천이었다. 호흡이 편안해진 그는 천천히 안정을 찾아갔다.

"왜 그래? 그까짓 고양이가 뭐가 무섭다고. 고양이에 대한 안 좋은 기억이라도 있는 거야?"

"미안해. 진짜 미안하게 됐어. 나, 사실은… 아니야. 나 잠깐 지시자님하고 얘기 좀 하고 올게."

자리를 옮긴 기성은 자신의 비밀을 털어놓기 시작했다. 누구에게도 털어놓고 싶지 않은 비밀이지만 점점 심해지는 비밀의 무게를 감당하기 힘들었다.

"사실 전 누구에게도 말하고 싶지 않은 비밀이 있습니다."

"비밀이요?"

"전 고양이만 보면 옛날에 겪었던 일에 대한 트라우마가 되살아납니다. 그 트라우마는 점점 더 심해져서 이젠 일상생활이 어려울 정도예요. 그래서 전 도피처를 찾고 있었습니다."

"그 이유가 이 실험에 참가하게 된 이유 중 하나인가요?"

"네, 제가 초등학교 5학년 때의 일이고 비가 오는 날이었습니다."

어린 기성은 학교를 나와 어딘가로 향했다. 잔뜩 찌푸려 있던 하늘에서 비가 내리기 시작했다. 냇물이 흐르는 푸른 벌판을 지날 무렵, 가늘게 내리던 빗줄기는 굵은 빗줄기로 변해 벌판에 쏟아졌다. 우산도 없는 기성은 굵은 빗줄기를 온몸으로 맞으며 벌판을 가로질러 뛰었다. 우르릉 쾅. 우르릉 쾅. 한 건물이 내려치는 천둥 번개에 음산함을 더했다. 오래전에 폐교된 작은 학교였다. 넝쿨식물과 거친 나무들로 둘러싸인 학교는, 대낮에도 햇볕이 들지 않아 시커먼 곰팡이가 군데군데 붙어있었다. 강한 빗줄기를 뚫고 학교에 다다른 기성은 주위를 살폈다. 흙탕물이 발을 적시고 지나갈 뿐, 주위엔 아무도 없었다. 수풀을 헤치고 교실에 들어온 기성은 창밖에 비치는 풍경을 잠시 음미했다. 이곳에 들어올 때마다 빠트리지 않는 행동이었다. 곧이어 호흡이 거칠어졌고 손은 바지를 내리고 있었다. 아무도 없는 음침한 교실에서 자위행위를 시작했다. 우르릉 쾅, 우르릉 쾅. 자위행위를 행하기에 이보다 더 좋은 날씨는 없었다. 무섭지만 그럴수록 짜릿한 스릴이 온몸을 휘감고 돌았다. 호흡은 점점 거칠어졌고 기성은 손놀림을 빨리했다. 우르릉 쾅, 우르릉 쾅. 거친 호흡이 절정을 향해 치달을 때였다. 누군가 자신을 쳐다보고 있는 것 같았다. 기성은 심한 수치심에 얼른 책상 밑으로 들어가 침입자를 확인했다. 자세히 보니 사람이 아닌 고양이었다. 기성은 한달음에 달려가 고양이를 의자로 내리쳐 죽였다. 기성은 한동안 고양이의 주검을 내려 보다가 그 자리에 앉아 엉엉 울었다.

지시자의 얼굴에 애틋함이 서렸다.

"무서움 속에서 느끼는 성적 쾌감, 그것은 경험해보지 못한 사람은 그 짜릿함을 짐작조차 못할 것입니다. 하지만 저는 그 일이 있은 후부터 고양이만 보면 도망치고 싶으면서도 한편으론 죽이고 싶은 충동에서 벗어날 수 없었습니다. 그것을 이겨내기 위해 안 해본 운동이 없을 정도로 많이 해봤지만 다 소용이 없었습니다."

"누구에게도 말하기 힘든 비밀을 털어놓았군요."

"이렇게 막상 제가 가진 비밀을 털어놓으니 조금은 마음의 짐이 덜어진 것 같습니다."

"그렇습니다. 치유는 거기서부터 시작되는 것입니다. 사실 모든 인간은 가면을 쓰고 생활하고 있다고 말해도 과언이 아닙니다. '인간'을 뜻하는 영어 단어 'person'은 라틴어 'personal'에서 유래했습니다. 즉 가면을 뜻하죠. 연인을 만날 때의 '나'와 혼자 있을 때의 '나'는 같은 '나'이면서 다른 '나'인 것이죠. 친구로서의 '나'와 직장에서의 '나' 또한 서로 다른 얼굴을 보이듯이요. 우리는 모두 상황에 맞는 가면을 쓰고 살아가는 존재인 것입니다. 세상에 비밀이 없는 사람이 누가 있겠습니까, 과거에 너무 연연하지 마세요. 좋지 않은 선택입니다."

"역시 지시자님은 제 마음을 알아주고 받아줄 것 같았습니다. 제가 지시자님을 잘 선택한 것 같네요."

지시자가 인자한 미소를 머금었다.

"그렇게 생각하신다니 저 또한 기쁘네요. 앞으로 제가 인도하는…."

기성이 지시자의 말을 끊었다.

"지시자님, 잠시만요."

"무슨 일이죠?"

"어디선가 소리가 들리고 있어요."

천수가 달려오며 소리쳤다.

"군인들이 오고 있어!"

저벅저벅, 저벅저벅.

"지시자님, 군인들이 오고 있답니다!"

지시자가 몹시 긴장했다.

"아뿔싸, 아까 경보음이 울렸죠. 제가 너무 안일했습니다. 놈들에게 위치가 발각됐어요. 어서 빨리 숨어야 합니다. 서두르세요."

당황한 그들은 어디로 가야 할지 방향을 잡지 못했다. 소리는 점점 가까워지고 있었다.

"빨리 몸을 숨기세요!"

천수가 천장을 가리켰다. 각진 목재로 얼기설기 덧댄 천장이 지붕과 조금 떨어져 있었다.

"일단 위로 올라가야겠어."

기성이 천수를 따라 기둥을 잡고 오르기 시작했다. 천장의 틈은 한 사람이 들어가기에도 좁게 보였다. 시간이 촉박했고 그것을 따질 겨를이 없었다. 천장 가까이 올라 좁은 틈으로 몸을 밀어 넣었다. 땀이 비 오듯 흘렀다. 간신히 몸을 숨긴 그들은 밑을 내려 보았다. 저벅저벅, 지벅저벅. 군홧발 소리가 복도를 집어삼킬 듯이 다가왔다. 마침내 전시장으로 들어온 군인들이 날카로운 시선으로 주위를 훑었다. 두 사람의 심장이 터질 것처럼 뛰었다. 기성과 천수가 입을 틀어막아 숨소리를 죽였다.

대위가 사병들을 향해 어떤 지시를 내리는 것 같았다. 군인들이 기계처럼 몸을 돌려 자동차들을 일일이 확인하기 시작했다. 저벅거리는 군홧발 소리가 소름 끼치도록 다가왔다. 대위는 자리를 떠나지 않고 못박힌 듯 서있었다. 미세한 흔들림도 없는 굳건한 자세였다. 기성과 천수는 손가락 하나 움직일 수조차 없었다. 금방이라도 군인의 총구가 불을 뿜을 것만 같았다. 이윽고 자동차들을 전부 확인한 군인들이 돌아왔다.

군인들은 한마디의 말도 없었다. 눈빛으로 대화를 주고받는 것 같았다. 대위가 자동차를 향해 총구를 겨눴다. 그것이 신호인 듯 군인들의 총구가 일제히 불을 뿜었다. 타타타탕. 난사된 총탄에 맞은 자동차들이 순식간에 부서졌다. 기성이 두 눈을 질끈 감았다. 군인들이 탄창을 갈아 끼웠다. 총탄은 쉬지 않고 날아갔고, 자동차들이 처참하게 무너져 내렸다. 이윽고 총질을 멈춘 군인들이 전시장을 빠져나갔다. 곧바로 무언가 이상한 느낌이 들었다. 잠깐의 사이를 두고 어디선가 연기가 피어올랐다.

천수가 다급하게 말했다.

"놈들이 불을 질렀어."

매캐한 냄새가 코를 찔렀다.

"먼저 내려가."

천수가 말했다.

주위를 둘러본 기성이 덤불을 향해 몸을 날렸고, 뒤를 이어 천수가 바닥에 무사히 착지했다. 자욱한 연기에 처참한 모습의 자동차들이 흐릿하게 보였다. 기성과 천수가 오른쪽으로 몸을 틀어 뛰었다. 그 순간, 지시자가 두 사람을 멈춰 세웠다.

"오른쪽으로 가면 위험합니다. 그 길엔 놈들이 매복해 있어요. 반대쪽으로 가세요."

이내 시커먼 연기가 전시장을 집어삼키기 시작했고, 한 치 앞도 분간할 수 없는 상황이 펼쳐졌다. 설상가상으로 군홧발 소리가 다시 시작됐다. 기성과 천수는 후들거리는 다리를 움직여 반대쪽으로 뛰었다.

명수와 혜영은 붉은색 복도를 따라 이동하고 있었다. 혜영의 두 눈이 앞을 뛰어가는 남자들을 발견했다.

"어? 저기 김기성 씨 아니에요?"

"맞는 거 같은데."

"바로 뒤에 있는 남자는 누구였죠?"

"천수라고 했던가, 찬수라고 했던가. 아, 박천수. 박천수가 맞을 거야. 근데 두 사람이 같이 가나 보네."

두 사람이 가는 길은 흰색 길이었다.

"저기요!"

혜영이 자신의 큰 목소리에 급히 입을 틀어막았다. 금방이라도 군인들이 뛰어나와 소총을 겨눌 것만 같았다. 기성과 천수의 그림자가 점점 작아지고 있었다.

"아저씨, 어떻게 좀 해봐요. 두 분을 인도해야죠."

명수는 최대한 소리 나지 않게 뛰었다. 이내 그림자가 완전히 사라졌다. 낭패한 표정으로 수많은 문들을 쳐다보고 있을 때 혜영이 도착했다.

"어디로 갔어요?"

명수가 고개를 흔들었다. 수많은 문들 중에, 두 사람이 들어간 곳을 찾기란 사실상 불가능에 가까웠다. 명수가 지시자와 접속했다.

"동료들을 찾았나요?"

"두 사람이 어디론가 급히 뛰어가고 있었어요. 크게 부를 수 없는 상황이라."

"저런, 애석하군요."

"혹시 그들이 어디로 갔는지 알 수 없나요?"

"그건 저로서도 알 수 없습니다."

"그렇군요."

"그래도 다행인 건 이 많은 길들은 어느 지점에서 만나는 지점이 있습니다. 그 지점에 동료들이 있다고 장담할 순 없지만, 당신들은 동료들을 만났을 때 어떤 방법으로 그들의 길을 막고 그들을 인도해야 할지 그것을 고민해야 합니다."

명수가 벽에 손을 짚으려고 할 때 혜영이 소리쳤다.

"아저씨, 조심해요!"

놀란 명수가 얼른 손을 내렸다.

"젠장, 갈수록 태산이군."

양옆으로 늘어선 가시 벽은 아마도 길 곳곳마다 설치된 것 같았다.

"항상 조심해야겠어. 잘못해서 저 가시에 찔리기라도 하는 날엔 손이 남아나지 않겠어."

"시작부터 군인들에, 그것도 모자라서 가시 벽이라니 정말 앞이 캄캄하네요."

명수와 혜영이 지나간 길에 군인들이 홀연히 나타났다. 대위가 기계처럼 몸을 움직여 갈래 길을 유심히 살폈다.

군인들을 누군가 살펴보고 있었다. 기성과 천수였다. 군인들의 움직임을 면밀히 관찰한 기성이 고개를 갸웃했다. 명확하게 설명할 순 없지만 군인들은 뭔가 이상했다.

"여기서 잠깐만 기다려봐."

"뭘 하려고?"

"저놈들이 뭔가 좀 이상해."

군인들이 이동하고 있었다.

"걸리면 죽을 수도 있어."

기성은 모퉁이를 돌아나가 군인들을 예리하게 살폈다. 저건 어느 나라 군복이란 말인가. 국적이 불분명한 군복에 소총 또한 처음 보는 기종이었다. 허리에 찬 대검이 출렁거렸다. 한 사병이 소총에 대검을 장착했다가 다시 분리했다. 그 모습이 이상했다. 더욱 이상한 건 괴기한 얼굴이었다. 군인들의 얼굴은 위장크림을 바른 것처럼 몹시 창백했고, 절도 있게 움직였지만 어딘지 모르게 부자연스럽게 보였다.

기성은 조금 더 접근하기 위해 발을 옮겼다. 그때 발에 무언가 밟혔고 부스럭거리는 소리가 들렸다. 군인들이 뒤를 돌아보았다. 기성이 잽싸게 몸을 돌려 모퉁이에 숨었다. 걸렸을까? 군홧발 소리가 가까워졌다. 도망칠 곳은 곧게 뻗어있는 길뿐이었다. 갑자기 군홧발 소리가 다른 방향에서 들렸다. 천수가 숨어있는 곳이었다. 천수를 구해야 한다. 하지만 무장군인들을 어떻게 상대한단 말인가. 호흡이 가빠졌고 식은땀이 흘렀다. 군인들은 천수가 숨어있는 곳을 알고 있는 것처럼 오른쪽 길로 꺾어 들어갔다. 천수야 도망쳐! 기성이 재빠르게 몸을 놀렸다. 다행히 천수는 그곳에 없었고 군인들은 그 자리에 우뚝 서 움직이지 않았다. 대위의 입가에 회심의 미소가 번지는 것처럼 보였다. 저 웃음의 의미는 무엇일까. 희미한 형체가 모퉁이를 돌아 나오고 있었다. 탄통을 손에 든 사병이었다. 군인들이 탄통의 실탄을 탄창에 장착했다. 기성이 마른 침을 삼켰다. 대위가 손짓했다. 군인들이 민첩하게 움직였다. 기성이 천수를 찾아 뛰었다.

명수와 혜영이 들어온 곳은 학생들을 가르치는 교실 같았다. 그런데 이상한 건, 넓은 교실에 단 하나의 의자와 책상만이 자리를 차지하고 있었다. 명수의 시선이 외로워 보이는 의자와 책상에 잠시 머물렀다가 그림이 그려진 칠판으로 옮겨갔다. 악기를 연주하며 춤추는 무희들과 무릎을 꿇은 수많은 사람들이 그려진 그림인데, 그들의 놀이 공간은 웅장한 아름다움이 느껴지는 건물이었다.

하늘의 갈등

"재밌게 놀고 있는 그림인데 뭘를 의미하는 걸까?"

"놀고 있다기보다는 신전에서 신을 찬양하고 신에게 복종한다는 일종의 의식 같아요."

"신을 찬양하고 복종하는 그림이라고?"

"네, 예로부터 내려오는 모든 예술은 신화를 빼놓고 설명할 수 없어요. 건축, 미술, 음악 그리고 춤 등은 신을 찬양하고 복종하기 위해 만들어졌다고 해도 과언이 아니에요."

말을 마친 혜영이 갑자기 한 손을 들어 올리더니 몸을 부르르 떨었다.

"갑자기 왜 그래?"

"저기를 보세요."

혜영이 가리킨 곳에는 한 사람이 들어가기에도 빠듯하게 보이는 작은 문이 있었고, 문 바로 위에 그림이 그려져 있었다. 그림은 작은 사람들이 거인을 묶어놓고 살해하는 끔찍한 그림이었다. 더욱 괴이한 건, 거인의 살점을 들고 있는 사람들은 모두 즐거운 표정이었다. 혜영의 표정을 살핀 명수는 그림의 의미를 물어보았다.

"저 그림은 뭘 의미하는 거지?"

"신을 죽인다?"

"신을 죽인다고?"

고개를 갸웃한 명수가 지시자와 접속했다.

"우린 여기서 뭘 해야 합니까?"

"거기서 하실 건 없습니다. 작은 문으로 들어가기 위한 이동 통로라고 생각하시면 됩니다."

"문은 하나밖에 없는데, 저기 보이는 작은 문으로 들어가야 된다는 말인가요?"

"네, 거기선 선택의 문이 하나밖에 없어요. 어서 이동해야 합니다."

"하나밖에 없는 문이 어떻게 선택이 될 수 있습니까?"

명수는 지시자의 대답도 듣기 전에 접속을 끊어버렸다.

"아저씨, 그렇다고 접속을 그렇게. 지시자님을 신뢰하기 힘들어요?"

"솔직히 아직까진 우리가 옳은 선택을 했는지 확신이 서질 않아. 그래서 선뜻 물어보기도 그렇고."

"그래도 어쩌겠어요. 그분의 안내를 받고 여기까지 왔으니 믿어봐야죠."

명수와 혜영이 기겁했다. 온몸에 황금색의 분칠을 한 남자가 나가는 문을 막고 있었다. 족히 2m는 넘을 것 같은 키에 인상이 험악했다.

"아저씨, 너무 무서워요."

"누구세요?"

명수가 용기를 내 물었지만 남자는 대답이 없었다.

"도망가요."

"우린 여기 갇혔어."

들어온 문은 거인이 떡 버티고 있었고, 선택의 문 또한 굳게 닫혀있었다. 심각한 상황이 일어날 것 같았다. 혜영이 명수의 손에서 태블릿 pc를 얼른 가져와 울음 섞인 목소리로 말했다.

"지시자님, 앞에는 문이 닫혀있고 뒤에는 거인이 있어요. 여기서 어떻게 나가요?"

지시자가 위기를 직감했다.

"그 외에 또 뭐가 있나요?"

"여기는 지금… 엎드려요!"

그 순간, 벽에서 튀어나온 가시들이 명수와 혜영의 머리 위를 지나가 문에 박혔다. 엎드린 혜영이 숨도 쉬지 않고 말했다.

"지시자님, 작은 사람들이 거인을 죽여서 살점을 뜯어먹고 있는 그림이 있어요."

섬뜩한 가시들은 총탄처럼 난사돼 사방에 내리꽂혔다.

지시자가 다급하게 말했다.

"모두 눈을 감으세요! 어서요!"

지시자의 목소리가 가시들의 살벌한 소리에 묻혔다.

"뭐라고요!"

"빨리 눈을 감으세요!"

"눈을 감고 어디로 가요!"

"거인의 훤히 드러난 속을 보면 안 됩니다! 어서 감으세요!"

명수와 혜영이 두 눈을 감았다. 거짓말처럼 조용해졌다.

"그 자리에서 몸을 돌려 조금만 전진하면 문이 있습니다. 문을 통과할 때까지 절대로 눈을 뜨면 안 됩니다."

문 안으로 들어가기 직전이었다. 쿵쿵 울리는 소리에 명수가 실눈을 떴다. 거인이 무섭게 달려오고 있었다.

"빨리 들어가!"

명수와 혜영은 간발의 차이로 문 안으로 들어와 문을 잠갔다. 하지만 안도의 숨은 아직 일렀다.

"여긴 또 뭐야!"

명수가 소리쳤다.

눈앞에 펼쳐진 방은 밀실 같은 곳이었다. 역시나 사방의 벽은 가시벽으로 덮여있었다. 네 개의 시계가 벽에 걸려 서로서로 마주 보고 있었고, 시계 밑으로 네 개의 도어락이 각각 붙어있었다. 바닥은 아랍이 원산지인 것 같은 융단이 깔려있는데, 머리에 터번을 쓴 두 명의 남자가 그려져 있었다. 그림 속에는 요술램프를 손에든 남자가 승리의 미소를 머금고 있는 것처럼 보였다. 전체적으로 이색적인 분위기가 풍겼다. 고급스런 융단만 제외하면 단출한 방이었다. 사방 어느 곳을 보아도 나갈 수 있는 문은 보이지 않았고, 원탁에는 트럼프 카드가 가지런히 놓여있었다. 명수가 얼굴을 심하게 찌푸렸다.

"젠장, 우린 또 여기서 나가는 문을 찾아야 돼."

네 개의 도어락 중에서 나갈 수 있는 도어락을 찾았다고 해도 비밀번호가 필요했다. 그건 또 어떻게 알아낸단 말인가. 난감했다. 실로 첩첩산중이었다.

충격에서 벗어나지 못한 혜영은 두 눈에 초점이 잡혀있지 않았다. 참았던 눈물이 볼을 타고 흘렀다.

그때, 바닥이 쿵 울렸다. 아마도 거인이 무언가로 바닥을 내리찍는 것 같았다. 불길한 예감은 적중했다. 거인의 괴성이 문을 통해 전달됐다. 도무지 숨 돌릴 틈을 주지 않는 현실에 화가 치밀었다. 명수는 혜영을 잡고 흔들었다.

"지금 울고 있을 때가 아니야, 거인이 오고 있어. 거인이 오고 있다고!"

"그래서 나더러 어떻게 하라고요? 어떻게 하라고요!"

"여기를 봐, 여기를 보라고! 우리가 여기서 빠져나갈 수 있을 것 같아?"

"나도 더 이상 못하겠어요!"

혜영이 몸을 홱 돌려 다시 나가려고 했다. 문이 우지끈 소리를 내며 떨어져 나갔다. 거인이 손을 뻗었다.

"위험해!"

명수가 혜영을 잡아끌었다. 손을 거둔 거인은 괴성을 지르며 벽을 두드렸다.

"저 거인이 벽을 부수고 들어오기 전에 여길 나가야 해."

가시 벽이 쩍쩍 갈라지기 시작했다. 흔들리던 가시가 총알처럼 날아가 벽에 꽂혔다. 거인의 괴성은 계속됐고 그에 따라 가시들이 섬뜩한 빛을 발했다. 금방이라도 무섭게 날아와 몸에 꽂힐 것만 같았다.

"아무 문이나 열어볼래요."

명수가 혜영의 뻗은 손을 얼른 잡았다.

"제발 상황을 직시하라고!"

"몰라요, 몰라요. 모르겠다고요!"

망연자실한 명수가 지시자에게 도움을 청했다.

"여기서 나갈 문을 알려주세요."

"그 방에 뭐가 있는지 어떤 구조인지 상세하게 알려주세요. 어서요!"

총알처럼 날아든 가시들이 사방으로 튀었다. 혜영을 잡고 납작 엎드린 명수가 가쁜 숨을 몰아쉬고 말했다.

"우린 사방의 가시 벽에 포위돼 있어요. 각 벽마다 도어락이 중간쯤에 걸려 있고, 그 도어락 위로 시계들이 있어요. 바닥은 융단이 깔려있는데, 융단에는 남자 두 명에 요술램프가 그려져 있어요. 그리고 원탁이 모서리에 있어요. 그 위에는 트럼프 카드가 놓여 있고요."

"문을 열 수 있는 기회는 한 번뿐일 겁니다. 잘못하면 그 방에서 빠져나갈 수 없어요. 신중해야 합니다."

"젠장, 이 상황에서 어떻게 신중할 수가 있어요! 여기서 빠져나갈 수 있는 방법이나 빨리 알려주세요!"

지시자가 명수의 분노에 감정을 조절하는 것처럼 보였다.

"저도 감정을 가진 사람입니다. 자꾸 그렇게… 아닙니다. 미안합니다. 아까 말했던 상황이 전부인가요?"

"네, 전부예요."

명수의 목소리가 조금 수그러들었다.

"좋아요, 그걸로 단서를 찾아봅시다. 우선 카드를 확인해 특이점을 찾아보세요."

카드를 능숙하게 펼친 명수가 특이점을 찾기 시작했다. 군인들을 부르는 경보음은 울리지 않았지만 거인이 벽을 때리는 속도가 더욱 빨라졌다. 그에 따라 벽에 박힌 가시들이 다시 또 공격해 올 것처럼 빛을 내기 시작했다. 도박중독자인 명수는 카드의 특이점을 금방 찾아냈다.

"스페이드 에이스 카드와 스페이드 킹 카드가 한 장씩 더 있어요."

"숫자로 환원하면 13, 14가 되는 거죠?"

"그럴 수도 있고 1, 13이 될 수도 있죠."

"아마도 13, 14가 맞을 겁니다. 그건 분명히 비밀번호를 말하는 것일 테고요. 이제는 안전하게 나갈 수 있는 도어락을 찾아야 합니다."

"벽은 전부 똑같고 특이한 점이 없어요."

"아, 시계. 지금 시계들의 상태는 어떤가요? 혹시 멈춰 있지 않나요?"

지시자의 풀어나가는 솜씨는 노련했다. 그러나 거인의 괴성에, 벽에 박힌 가시들이 사방으로 튀었다. 가시에 맞아 처참하게 부서진 시계들이 바닥을 굴렀다.

"거인이 방해하고 있어요! 시계들이 전부 깨져서 알아볼 수 없어요!"

지시자의 두 눈이 크게 벌어졌다.

"큰일입니다. 시계에서 단서를 찾지 못하면 두 분은 거기서 빠져나갈 수 없어요. 무슨 수를 써서라도 시계를 맞춰놔야 합니다. 어서 하세요. 거인은 당신들을 절대로 포기하지 않을 겁니다."

혜영은 심한 충격으로 가만히 누워 천장만 응시하고 있었고, 명수가 엉금엉금 기어 시계의 파편들을 주워 모으려고 할 때였다. 그것조차 용납하지 않았다. 벽에서 튀어나온 가시들이 시계의 파편들을 공격했다. 명수가 얼른 손을 거뒀다.

"이건 미친 짓이야. 도대체 어떻게 하라고! 우린 여기서 빠져나갈 수 없어. 이젠 나도 모르겠어."

포기한 명수가 돌아누웠다.

"앞에 있던 시계하고 왼쪽에 있던 시계는 3시였고, 오른쪽과 뒤에 있던 시계는 9시를 가리키고 있었어요."

혜영의 작은 목소리였다. 그것을 기억하고 있었다니 놀라울 따름이었다. 명수가 얼른 들은 대로 말했다.

지시자의 얼굴에 화색이 돌았다.

"역시 제 예상이 맞았어요. 3시와 9시가 서로 마주 보고 있으면 같은 방향이 되니까요."

"그럼, 시계가 네 개니까 두 방향이 나와요. 우리가 있는 위치에서 오른쪽과 뒤쪽 벽이에요. 어느 방향의 도어락이 진짜인가요?"

명수와 혜영의 얼굴이 굳어졌다.

왼쪽과 앞쪽 벽이 쿵 소리를 내며 무너졌다. 엄청난 불길이 시커먼 연기를 뿜으며 혀를 날름대고 있었다. 설상가상으로 남아있는 가시 벽이 좁혀지고 있었다. 두 개 중에 어떤 게 진짜인지 알 길이 없었고 가시 벽과의 거리는 얼마 남지 않았다.

"지시자님! 무너진 벽에서 불길이 치솟고 있어요! 가시 벽도 좁혀지고 있어요! 얼마 남지 않았다고요! 빨리 알려주세요!"

갑자기 지시자와 접속이 끊어졌다.

"지시자님! 지시자님!"

명수가 미친 듯이 소리쳤고 정신을 차린 혜영이 융단을 살펴보고 있었다.

"아저씨, 융단이요! 해답은 융단에 있었어요. 요술램프를 손에 든 남자! 바로 이 남자예요!"

요술램프를 손에 든 남자가 승리의 미소를 짓고 있었다. 남자가 가리키는 방향과 시계의 방향은 오른쪽 벽의 도어락이었다.

명수가 재빨리 손을 뻗을 때였다.

"잠깐! 그 문을 열면 안 됩니다!"

돌아온 지시자가 소리쳤다.

명수의 손이 허공에서 멈췄다.

"그건 함정일 수 있어요. 그 문으로 들어가면 불길에 타 죽을 수 있습니다. 놈들은 그것을 노리고 있는 거예요. 그림을 다시 한 번 보세요."

혜영이 나섰다.

"그럼, 맞은편 남자가 가리키는 방향은 함정이 아니라고 어떻게 단정할 수 있어요? 여기서 빨리 나가야 해요!"

"요술램프의 주인은 알라딘입니다. 두 사람 중에 진짜 알라딘이 누구인지 찾아야 합니다."

"그걸 지금 여기서 어떻게 찾아요!"

"천일야화 속, 아라비안나이트에 보면 알라딘은 마술사로부터 요술반지를 거래의 대가로 받습니다. 요술반지를 끼고 있는 남자가 진짜 알라딘입니다."

명수와 혜영이 그림을 자세히 살필 때, 좁혀오던 가시 벽이 갑자기 멈췄다. 그때였다. 거인의 엄청난 괴성에 멈췄던 가시 벽이 다시 움직이더니 속도를 높였다.

"빨리 반지를 찾아야 해!"

"반지를 찾았어요!"

명수와 혜영의 외침이 거의 동시에 들렸다.

"반지 낀 남자를 찾았나요?"

"요술램프를 들고 있는 남자는 알라딘이 아니었어요. 하마터면 속을 뻔했어요. 근데 비밀번호는요, 13이 먼저인지 14가 먼저인지 알 수 없잖아요."

"알라딘이 바뀌었으니 14, 13이 맞을 겁니다. 일사일삼 거기서 빨리 나가세요!"

명수가 얼른 뛰어가 알라딘이 가리키는 도어락의 비밀번호를 눌렀다. 느낌이 없는 허공을 더듬는 것 같았다. 명수와 혜영이 열린 문으로 몸을 집어넣었다. 실로 간발의 차이였다. 서로 부딪친 가시 벽이 천둥치는 것처럼 우르릉거렸다.

다섯 명의 남자들이 모퉁이를 돌아 나오고 있었다. 수상한 남자들이었다. 그들은 갈래 길을 쉬지 않고 이동했다. 성의 구조를 잘 아는 것처럼 보이기도 했고, 그와 반대로 전혀 모르는 것처럼 보이기도 했다. 주위를 살펴본 그들은 흰색 길로 가려다가 검은색 길로 방향을 틀어 이동했다. 그러더니 다시 붉은색 길로 바꿔 걸었다. 얼굴에 서린 긴장감이 언제까지나 계속될 것만 같았다.

덕순과 호석은 검은색으로 칠해진 복도를 나와 어두운 곳에 이르렀다. 그렇게 얼마나 걸었을까. 한 번 시작된 어둠은 좀처럼 벗어날 기미가 보이지 않았다. 어둠은 그 자체로 공포였다. 다시 돌아가고 싶었지만 군홧발 소리가 어딘가에서 튀어나와 덮칠 것만 같았다. 덕순이 말했다.

"지시자님, 이 어둠이 어디까지 이어진 거죠? 앞이 보이지 않으니 정말 미칠 것만 같아요."

하늘의 갈등

"어둠은 정화 직전의 혼돈이고, 어둠은 만물의 시작입니다. 어둠을 두려워 마세요."

"무슨 말씀이신지 이해를 못 하겠어요."

"이해하려고 하지 마세요. 그 순간 개입된 주관이 당신의 의식을 지배할 것입니다. 왜곡의 시작이죠. 그냥 있는 그대로를 바라보고, 있는 그대로를 받아들이면 됩니다."

"저는 이 어둠을 있는 그대로 바라보고 있어요. 제가 이 어둠을 빛으로 바라보고 있는 것도 아니고, 빨강이나 노랑으로 바라보고 있는 것은 더더욱 아니에요. 지시자님은 말을 너무 어렵게 하는 경향이 있어요. 좀 쉽게 설명해줄 수 없나요?"

잠깐의 침묵이 이어졌고 지시자가 입을 열었다.

"여기서 벌어지는 모든 일들은 목적지에 도착하는 순간 그 이유를 알게 될 것입니다. 고난과 역경이 왜 필요했는지, 왜 수많은 길과 수많은 문이 존재했는지 그 이유를 알게 될 거란 말입니다. 목적지에 이르는 길은 이미 정해져 있고, 그 길이 고되고 힘들더라도 통과해야 하는 관문이라 생각하시면 됩니다."

"저는 무식해서 잘 모르겠지만 길이 정해져 있다는 말이 이해가 안 돼서요."

잠시 말을 멈춘 덕순은 다시 이어서 말했다.

"예를 들어 서울로 가는 길은 수 없이 많아요. 안양에서 가는 길도 있고 수원에서 가는 길도 있고 시내를 벗어나 외곽도로를 타고 가는 길도 있어요. 때로는 쉬운 길로 갈 수도 있고 때로는 어려운 길로 갈 수도 있는 거잖아요. 내 선택에 따라서 길은 얼마든지 달라질 수 있어요. 왜 정해진 길로만 가야 된다고 하는지 저는 잘 모르겠어요. 아, 반론은 사양할게요. 지시자님은 제가 선택했으니 일단 믿어보기로 하겠어요. 그런데 이 어둠에서 대체 언제쯤 벗어날 수 있을까요?"

"반론을 사양하겠다고 하니 이쯤에서 접어두죠. 그런데 놈들의 계략이 시작된 것 같습니다."

"계략이요?"

겁먹은 호석이 몸을 뒤로 돌려, 가시 철망의 벽을 살폈다가 다시 몸을 돌렸다. 벽에서 섬뜩한 가시들이 빠져나와, 자신을 공격할 것만 같은 생각에 저절로 몸이 움츠러졌다.

"저는 여기가 정말 싫어요."

지시자의 말은 이어졌다.

"모든 위험은 다른 지시자들이 개입해서 나타난 결과입니다. 혼돈을 통해 질서를 파괴하려는 음모입니다. 당신들의 마음을 흔들기 위한 계략이라고요. 이 어둠 속에서 무엇이 나와도 절대 흔들려서는 안 됩니다. 아시겠죠?"

"알겠어요. 그런데…."

"왜요, 뭐가 있나요?"

"아니에요."

그들의 긴장을 감지한 어둠이 손을 흔들었다.

"아줌마, 저기에 뭔가 있는 것 같아요."

덕순의 시선이 호석의 손을 따라갔다.

"아무것도 없는데 왜 그래요. 안 그래도 무서워 죽겠는데."

"아니에요, 자세히 봐요."

그제야 덕순의 동공이 흔들렸다.

"지시자님, 앞에 뭔가 있어요."

지시자가 긴장했다.

"움직이고 있나요?"

"모르겠어요. 너무 무서워요."

"일단 움직이지 말고 그 자리에서 기다려보세요."

덕순이 무언가를 발견했다. 일순간 두 눈이 크게 벌어졌고 몸이 휘청거렸다. 손을 벗어난 태블릿pc가 바닥을 굴렀다. 호석이 엉금엉금 기어가 태블릿pc를 주워들었다.

"무슨 일이죠?"

지시자가 물었다.

"사람들이에요."

"사람들이요?"

"두 사람인데 움직임이 없고 어딘가를 쳐다보고 있어요. 우리를 못 본 것 같아요. 어떡해요."

"그럴수록 침착해야 합니다. 움직이지 않고 있다고 하니 당신들을 공격할 의사는 없는 것 같습니다. 그렇다고 섣불리 접근해선 안 됩니다. 조금만 더 상황을 지켜보죠."

호석이 용기를 내, 어딘가를 쳐다보고 있는 사람을 자세히 살폈다. 곧이어 안도의 숨이 흘렀다.

"지시자님, 마네킹이었어요. 우리가 너무 긴장했었나 봐요."

"마네킹이었다니 다행이군요. 군인들한테 위치가 발각되기 전에 어서 이동해야 합니다."

마네킹을 지나치던 덕순이 터져 나오려던 비명에 급히 입을 틀어막았다. 떨리는 입술이 천천히 움직였다.

"아줌마, 왜 자꾸 놀래고 그래요. 이건 그냥 마네킹이에요."

"자세히 봐요. 마네킹이 우리하고 너무 닮았어요. 아니 닮은 게 아니라 아주 똑같이 생겼잖아요. 거울을 보고 있는 거 같아요. 어떻게 이럴 수 있죠?"

호석은 자신들과 똑같이 생긴 마네킹에서 공포가 느껴졌다.

"여긴 정말 이상한 데야."

덕순이 호석의 손에서 태블릿pc를 신경질적으로 낚아챘다.

"무슨 남자가 그렇게 겁이 많아요? 지시자님, 마네킹들이 우리하고 똑같이 생겼어요."

"어떻게 이런 곳에 당신들과 똑같이 생긴 마네킹이 있는지 저로서도 이해를 못 하겠군요."

"다른 길로 돌아갈 수 없을까요?"

"제가 파악한 바로는 그 길이 가장 안전하고 목적지에 이르는 유일한 길입니다."

"호석 씨, 길이 저기밖에 없다고 하잖아요. 계속 그렇게만 서 있을 거예요?

"저는 도저히 못 들어가겠어요."

호석을 빤히 쳐다본 덕순은 마네킹을 지나쳐 계단을 내려갔다. 그녀는 또 한 번 쓰러질 것처럼 휘청거렸다. 마네킹을 지나쳐 들어온 곳은, 지하실 같은 분위기에 음침한 조명이 수십 개의 마네킹을 비춰주고 있었다. 널브러져 있는 낡은 궤짝들이 작은 충격에도 부서질 것처럼 보였다. 덕순은 마네킹들의 기괴한 모습에서 섬뜩함을 느꼈다. 다섯 개의 문을 바라본 그녀가 몸을 부르르 떨었다.

비슷한 시각, 기성은 달아난 천수를 찾고 있었다. 천수는 어디로 갔는지 보이지 않았고 소리쳐 부를 수도 없었다. 음침한 복도는 정적만이 맴돌았다. 흰색 길을 나와 수많은 문들을 쳐다보고 있을 때였다. 튼튼한 철문이 벌컥 열렸다. 곧바로 들리는 군홧발 소리. 소총에 대검을 장착한 군인들이 복도로 쏟아져 나왔다. 아연실색한 기성은 바닥에 납작 엎드렸다. 그 순간 소리를 지를 뻔했다. 장착한 대검에 검붉은 피가 묻어있었다. 아, 천수. 천수가 죽었단 말인가. 분노가 극에 달했지만 섣불리 움직일 수 없었다. 앞서 걷던 대위가 갑자기 발을 멈췄다. 뭔가를 포착한 것 같았다. 갈래 길을 살피던 대위는 부하들을 향해 수신호를 보냈다. 군인들이 민첩하게 움직였다. 실험주관자 한철우 절대로 용서하지 않겠다. 어떻게든 여기서 살아나가 그 대가를 치르게 해주마. 기성이 몸을 일으키려다가 다시 엎드렸다. 군인들이 사라진 복도에 긴 그림자가 나타났다. 무기를 들고 있는 모습이 군인 같았다. 들켰단 말인가. 기성은 급히 몸을 일으켰다. 그림자가 한달음에 달려왔다. 기성의 번개 같은 발차기가 그림자의 무기를 떨어뜨렸다. 각목이었다.

"기성아, 나야."

천수였다. 천수는 죽지 않고 살아있었다. 그럼 대검에 묻어있던 피는 누구의 피였단 말인가. 생각하고 싶지 않았다.

"도망쳐야 해. 군인들이 근처에 있어."

기성과 천수가 뛰었다.

"호석 씨, 빨리 내려오지 않고 뭐 해요?"

호석이 엉거주춤 계단을 내려와 덕순 옆에 바짝 붙었다.

"이렇게 무서운 곳은 생전 처음이에요."

"그건 나도 마찬가지예요. 지시자님, 여긴 공동묘지보다 더 무서운 곳이에요."

"그렇게 무서운 곳인가요? 그곳의 상황을 설명해주세요."

몹시 겁먹은 덕순은 고개를 돌려가며 상황을 설명하기 시작했다.

"수십 개의 마네킹이 있는데 전부 벌거벗고 있어요. 표정은 전부 뭔가를 찾고 있는 듯한 표정을 하고 있고요. 문도 다섯 개나 있어요."

"문의 색깔은 없나요?"

"다섯 개 문 모두 나무판자로 덧댄 문이에요. 곰팡이가 피었고요. 아우, 더 이상 설명 못 하겠어요. 여기서 빨리 나가게 해주세요."

"상황을 직시하세요. 놈들의 계략이 시작됐다는 건, 곧 당신들의 위치가 드러날 수도 있다는 것을 의미해요. 지금 상황을 모르겠어요? 시간이 급박해요. 어서 설명하세요."

덕순은 지시자의 호통에도 입술이 움직이지 않았다. 마침내 그녀의 입에서 고함이 터졌다.

"몰라요! 더 이상 못하겠어요. 여기서 나갈래요!"

급히 몸을 돌린 그녀는 입구를 향해 뛰었다. 입구에 다다른 순간 두 발이 꼬여 몸이 비틀거렸다. 중심이 무너졌고 자신과 닮은 마네킹과 세게 부딪쳤다. 너무 놀란 그녀가 쓰러지는 마네킹을 가까스로 잡았지만 때는 이미 늦었다. 경보음이 울렸다. 곧이어 어디선가 군홧발 소리가 들리기 시작했다. 정신을 차린 그녀는 나온 곳으로 다시 들어갔다.

"이게 다 아줌마 때문이에요. 무턱대고 도망치면 어떡해요."

호석의 말이 귀에 들어오지 않았다. 덕순은 떨어져 있는 태블릿pc를 움켜잡았다.

"지시자님, 어떡해요. 군인들이 오고 있어요. 살려주세요."

"어리석은 일을 범하셨군요."

"제가 잘못했어요. 다신 안 그럴 테니 우릴 구해주세요."

지시자가 잠시 침묵했다.

"당신들이 다치는 건, 저도 용납할 수 없습니다. 그러니 태블릿pc를 들고 나가서 복도가 갈라지는 위치에 갖다 놓고 오세요. 교란작전을 펼쳐야 합니다. 어서요."

덕순은 호석을 쳐다보았다.

"호석 씨, 뭐 해요, 안 가고."

"저는 도저히…."

"아우, 진짜."

울음을 머금은 덕순은 어둠을 더듬기 시작했다. 어둠을 뚫고 나오는 군홧발 소리가 자신을 덮칠 것만 같았다. 지시자가 말한 곳에 태블릿pc를 놓고 오니 온몸이 납덩이처럼 무거웠다.

군홧발 소리가 가까워질 무렵 경보음이 울렸다. 지시자의 교란작전이 시작됐다. 군홧발 소리가 가까워졌다가 다시 멀어졌다. 경보음이 울렸다 그치기를 반복했고 그에 따라 저벅거리는 군홧발 소리가 요란했다. 마침내 군홧발 소리는 더 이상 들리지 않았다. 덕순이 태블릿pc를 다시 들고 돌아왔다.

"지시자님, 감사합니다."

"안심은 일러요. 포기를 모르는 놈들이니 분명 여기를 찾아낼 겁니다. 빨리 그곳의 상황을 설명해주세요."

"제가 설명할게요."

일말의 도움이라도 주고 싶은 호석이 머리를 바짝 디밀었다.

"낡은 궤짝들이 널브러져 있는데 금방이라도 부서질 것만 같아요. 궤짝 안에는 뭐가 들어있는지 보이지 않고요. 그리고 중앙을 지나서 벽 쪽으로 제단 같은 게 있어요. 거기까진 불빛이 미치지 못해서 뭐가 있는지 모르겠지만 너무 무서운 게 있을 것 같아요."

지시자가 잠시 생각했다.

"참, 마네킹들이 뭔가를 찾는 듯한 표정이라고 했죠? 그게 단서일 수 있습니다. 특이한 점을 찾아보세요."

덕순이 마네킹들의 공통점을 발견했다.

"있어요, 마네킹들은 모두 한 곳만 바라보고 있어요. 근데 그게…"

"왜 그러세요?"

"그게 하필 제단 쪽이에요."

"거기에 뭐가 있는지 가서 봐야 합니다. 가기 싫어도 어쩔 수 없군요."

"호석 씨, 뭐해요. 빨리 가보세요."

태블릿pc를 받아든 호석은 내키지 않은 걸음을 옮겼다. 입술에 경련이 일기 시작했다. 한 번 시작된 경련은 멈추지 않았고 제단이 가까워질수록 점점 더 심해졌다. 급기야 그의 입에서 비명이 터졌다.

지시자가 다급하게 물었다.

"무슨 일이에요! 괜찮아요?"

마네킹의 쭉 뻗은 손가락이 눈을 찌를 것만 같았다. 제단 위에 앉아 있는 마네킹은 다른 마네킹과는 비교할 수 없을 정도로 엄청난 크기였고, 권위와 공포가 동시에 느껴지는 모습이었다. 호석은 커다란 손가락에 몸을 움직일 수조차 없었다.

"거기 뭐가 있나요? 호석 씨, 대답하세요."

호석이 간신히 입술을 움직였다.

"엄청나게 큰 마네킹이에요. 두꺼운 외투를 입고 있는데 몸은 튼튼한 밧줄로 묶여 있어요. 아니 묶여 있는 게 아니라, 스스로 자기 몸을 묶은 것 같은 모습이에요. 그리고 한 손에는 두꺼운 책이 들려있고요. 다른 마네킹들은 이 마네킹의 손가락을 바라보고 있는 거였어요."

"알겠어요, 이제 거기서 진짜 문을 찾아야 합니다."

다섯 개의 문중에 어느 문이 진짜 문이란 말인가. 호석은 앞길이 막막했다.

"그 마네킹이 들고 있는 책을 봐야 할 것 같습니다. 위험하지만 선택의 여지가 없네요."

덕순이 다가오고 호석이 조심스럽게 마네킹에서 책을 빼냈다. 그 순간 경보음이 울렸고, 사라졌던 군홧발 소리가 다시 들리기 시작했다. 호석은 책장을 넘기기 시작했다. 그런데 이상했다. 한참을 넘겨도 책에는 글씨가 전혀 보이지 않았다.

"지시자님, 책에 글씨가 없어요."

"글씨가 없어요?"

"네, 없어요."

"그럴 리가 없습니다. 자세히 보세요."

두꺼운 안경에 땀이 맺히도록 끝까지 넘겼지만 한 글자도 찾을 수 없었다.

"책은 그냥 백지 상태예요."

"이리 줘 봐요."

덕순이 책을 빼앗았다.

"정말 한 글자도 없어요."

덕순의 몸이 연체동물처럼 흐느적거렸다.

난감했다. 지시자의 입술도 움직이지 않았다. 덕순의 손에서 책이 빠져나갔다. 군홧발 소리가 귀를 울렸다.

드디어 지시자의 입술이 움직였다.

"그럼, 해답은 그 마네킹에 있을 겁니다. 옷을 벗겨 보세요."

덕순과 호석이 마네킹의 옷을 벗기기 시작했다. 꽁꽁 묶인 밧줄은 좀처럼 풀리지 않았다. 이윽고 마네킹에서 밧줄이 흘러내렸고, 두꺼운 외투가 벗겨졌다. 그런데 외투는 하나가 아니었다. 마네킹 속에 보물을 숨겨놓은 듯 옷은 계속해서 나왔다. 마침내 얇은 속옷만 남았다. 마지막 한 장이었다. 덕순이 떨리는 손으로 마지막 한 장을 벗겨냈다. 그러나 드러난 알몸에는 그 어떤 것도 보이지 않았다. 덕순이 그 자리에 털썩 주저앉았다.

"마네킹도 아니었어요. 우린 여기서 죽겠죠?"

"우리가 여기서 왜 죽어요! 난 죽기 싫어요!"

벌떡 일어난 호석이 낡은 궤짝들을 발로 걷어찼다. 그러나 궤짝들은 모두 텅 비어있었고 부서진 파편들만 주위를 뒹굴었다.

"여기도 아무것도 없어."

군홧발 소리만 들리는 공포의 시간이 이어졌고 지시자의 목소리가 다시 들렸다.

"마네킹의 등까지 확인했나요?"

"벽에 딱 붙어있어서 확인할 수 없어요."

호석이 성큼 다가가 마네킹을 벽에서 간신히 떼어내고 좁은 틈으로 머리를 집어넣었다. 그의 얼굴에 화색이 돌았다.

"글씨가 있어요."

그 순간 마네킹에서 굉음이 울리며 쩍쩍 갈라지는 소리가 들렸다. 곧바로 바닥으로 떨어진 머리가 산산조각 났고, 수많은 실금이 마네킹의 몸통을 휘감았다.

"마네킹이 부서지고 있어요!"

"글씨를 빨리 읽으세요!"

호석은 마네킹이 부서지기 직전, 극적으로 글씨를 읽어낼 수 있었다.

"진리는 네 안에 있다고 써있어요!"

호석이 부서지는 마네킹에서 잽싸게 몸을 피했다.

"어디 다친 데는 없어요?"

"네, 없어요. 그런데 지시자님, 정말 미치고 환장하겠네요. 진리는 네 안에 있다니 도대체 무슨 말일까요?"

갈수록 첩첩산중이고 도무지 해답이 보이지 않았다. 군홧발 소리는 바로 앞까지 다가왔다.

"진리는 네 안에 있다. 진리는 네 안에 있다. 진리는…"

반복해서 되뇐 지시자가 외쳤다.

"해답을 찾았어요! 해답은 바로 마네킹이었어요."

"마네킹이요?"

"네, 진리는 네 안에 있다는 말은 당신들과 똑같이 생긴 마네킹을 말하는 것이었어요. 그 마네킹들이 바라보고 있는 문이 진짜 문이에요."

입구로 달려가 마네킹들의 시선을 따라갔다. 마네킹들은 분명히 한 곳을 바라보고 있었다. 그 순간 모퉁이를 돌아 나온 군인들과 눈이 마주쳤다. 덕순이 그 자리에 얼어붙었다. 군인들이 사격자세를 취했다. 호석이 덕순의 손을 잡았다.

"뛰어요!"

덕순과 호석이 마네킹이 가리키는 문을 통과했다. 곧바로 문이 닫혔다.

아름다운 도시의 정체

경민과 정태는 소리에 집중하고 있었다. 군홧발 소리는 들리지 않았지만 안심할 순 없는 일이었다. 하마터면 군인들과 개에게 목숨을 잃을 뻔했다. 생각만 해도 등골이 오싹했다. 그 개새끼를 죽이고 돈을 가져왔어야 했는데. 경민은 못내 아쉬운 듯 허공에 주먹을 날렸다.

"군인들이 돈을 지키고 있었던 걸까요?"

"그런 것 같진 않았어. 만약 그렇다 하더라도 그 돈을 포기할 순 없어."

"당연하죠. 돈을 가져올 수 있는 기회는 분명 있을 겁니다."

"그렇지, 분명 기회는 있을 거야. 상황이 이런데 이것들은 왜 길을 안내해주지 않은 거야. 우리가 여자들을 잘못 선택한 건가?"

경민은 신경질적으로 지시지와 접속했다.

"우리는 죽을 뻔했어요. 대체 어떻게 된 겁니까?"

"참, 한심한 분들이군요."

파란 옷의 지시자가 말했다.

정태가 황당한 표정을 지었고, 경민의 눈썹이 사납게 치켜 올라갔다.

"뭐라고요? 우리가 한심한 사람들이라고요? 이것 보세요, 우리는 당신들을 선택했어요."

"당신들은 우리를 선택만 했지, 우리에게 어떤 메시지도 주지 않았고 제멋대로 행동했어요. 그래도 우리는 당신들을 포기하지 않고 당신들의 메시지를 기다렸어요. 하지만 당신들은."

"잠깐만이요, 잠깐만!"

경민은 금방이라도 두 여자를 잡아먹을 듯한 표정을 지었다.

"우리가 처음부터 메시지를 보내지 않았어요? 메시지를 보냈지만 응답해 주지 않은 게 누군데요. 그리고 당신들은 의견이 일치하지도 않았어요. 당신은 노란색, 당신은 파란색 문을 가리켰어요. 도대체 우리가 어디로 갔어야 돼요?"

노란 옷의 지시자가 나섰다.

"그건 당신들의 진정성이 느껴지지 않아서 빚어진 결과였어요. 당신들은 처음부터 건성으로 길을 물었고, 건성으로 이 실험에 임했어요. 모든 게 건성이었어요. 제 말이 틀렸나요?"

발끈한 정태가 나서려고 했지만 경민이 제지했다.

"모든 게 건성이었다고요?"

"가슴에 손을 얹고 생각해 보세요."

경민은 끓어오르는 화를 간신히 억눌렀다.

"알았어요, 알았어. 그만합시다. 이제 어디로 가야 하죠?"

"또 건성으로 물으시는군요. 다시 한 번 말하지만 우린 진정성이 느껴지지 않은 메시지는 수용할 수 없어요. 하늘은 스스로 돕는 자를 돕는다고 했어요. 그 말의 의미를 파악하세요."

"그 말이 왜 여기서 나와!"

급기야 경민은 태블릿pc를 주먹으로 내리쳤다.

"시발, 어디서 설교질이야 설교질이."

"지금 무슨 짓을 하는 거죠?"

"내 승질 건드리지 말고 길 안내나 똑바로 해. 안 그러면 아예 부숴버릴 테니까."

파란 옷의 지시자가 가소롭다는 표정을 지었다.

"우리의 도움 없이 목적지에 도착할 수 있다고 생각하나요? 정말 그렇게 생각해요?"

경민의 입술이 움찔거렸다.

"그렇게 생각했다면 큰 오산이에요. 목적지는커녕 당신들은 밖으로 나가지도 못하고 이 성안에 갇혀서 일생을 보낼 수도 있어요. 어디, 자신 있으면 마음대로 해보세요. 지금 당장 부숴보세요."

경민의 눈동자가 심하게 흔들렸다. 태블릿pc에 머물렀던 시선이 주위를 훑어 나갔다. 어디로 통하는 길인지 알 수 없는 복도와 무엇이 기다리고 있는지 알 수 없는 수많은 문들. 거기에 조금 전부터 생겨난 가시철망의 벽들까지. 막막했고, 한편으로 겁이 나는 것도 사실이었다. 경민이 처한 현실을 받아들였다.

"미안합니다."

"이제야 우리의 말을 이해했나요?"

"네, 이해했어요."

"환영합니다. 우리를 선택한 이상 우리는 당신들이 목적지에 도착할 수 있도록 최선을 다해 돕겠어요. 혹여 마음에 들지 않는 부분이 있다고 해도, 그건 목적지에 이르기 위한 방편이라 생각하고 우리의 안내에 잘 따라주세요. 아시겠죠?"

경민이 고개를 끄덕였다.

"저, 한 가지 질문이 있어요."

"말씀하세요."

경민이 잠시 머뭇거렸다.

"왜 그러시죠?"

"아무것도 아닙니다."

"좋아요, 이제 이동하시죠."

경민은 몰래 볼펜을 꺼내 지나치는 곳을 표시했다. '나는 무슨 일이 있어도 개새끼를 죽이고 돈을 가져가고 말 거야.' 그의 머릿속은 오로지 개를 죽일 수 있는 방법과 돈이었다.

안내를 받으며 도착한 곳은 시작지점인 로비였다. 그들의 시선이 사방을 훑으면서 지나갔다. 걸레처럼 찢겨진 그림들과 파편이 되어 흩어진 조각상에서 무언가 심상치 않은 일이 있었음을 직감했다.

"여기서 무슨 일이 있었죠? 혹시 군인들?"

정태가 물었고 노란 옷의 지시자가 대답했다.

하늘의 갈등

"군인들은 당신들을 사냥하기 위해 이곳에 온 것 같아요."

"우릴 사냥해요? 도대체 뭐 때문에."

목소리에 울음이 배어 있었다.

"길게 설명하기엔 시간이 촉박해요. 우리가 당신들을 여기로 데려온 이유는 동료들이 위험에 처해 있음을 알리고 싶어서 데려온 거예요. 그러니 일단 동료들을 구해야 해요."

"우리 동료들도 각각 지시자가 있지 않나요?"

"그 지시자들은 동료들을 지켜줄 수도 없고, 동료들이 가고 있는 길은 목적지로 가는 길이 아니에요. 모두 속고 있는데 그것을 알아채지 못하고 있어요."

다시 또 경민이 나섰다.

"속고 있다니요? 그게 대체 무슨 말이죠?"

"그 지시자들은 아주 위험한 존재들이란 말입니다. 그런 사람들에게 당신의 동료들을 맡겨둘 수 없어요. 잘못된 길로 가고 있는 동료들을 구해내야 합니다."

젠장, 그게 우리와 무슨 상관이란 말인가. 여기서 처음 만난 사람들이고 여길 나가면 다시는 안 볼 사람들인데. 경민은 짜증이 확 밀려왔지만 내색하지 않았다.

"가고일 석상이 보이는 곳으로 가서 열려 있는 문으로 들어가세요. 최대한 조용히 움직이면서 동료들의 흔적을 찾아야 해요. 어서 움직이세요. 그들을 따라잡아야 합니다."

경민과 정태가 마지못해 움직이려고 할 때였다. 갑자기 테블릿pc에서 잡음이 들리기 시작했다. 점점 심해진 잡음은 귓속을 파고들었다. 머리가 어지러웠다. 경민이 전원버튼을 눌렀지만 꺼지지 않았다.

"왜 이러는 거야!"

경민이 소리쳤다.

두둥, 두둥, 두둥. 잡음이 사라지고 북소리가 들렸다. 그 북소리와 함께 태블릿pc에 이상한 사람이 나타났다. 긴 머리로 앞을 가린 남자는 얼굴을 알아보기 힘들었다.

"이 성에서 어서 빨리 나가야 합니다."

심하게 갈라진 목소리가 귀에 거슬렸다.

"당신은 누군데 갑자기 나타나서 그런 말을 하는 겁니까?"

"이 성에서 나간다고 하면 내가 도와드리겠습니다."

"우리 지시자는 어디 갔나요?"

"지금 지시자를 걱정할 때가 아닙니다. 여기서 나가지 않으면 당신들은 죽을 수도 있습니다."

놀란 정태가 경민의 손에서 태블릿pc를 낚아챘다.

"무슨 근거로 그런 말을 하는 거죠? 혹시 군인들을 말하는 건가요?"

"당신들은 이 성이 어떤 곳인지. 어떤 비밀을 안고 있는지 전혀 모릅니다. 여긴 아주 위험한 곳이란 말입니다. 거듭 말하지만 내가 도와드릴 테니 여길 나가세요."

경민이 다시 태블릿pc를 가져갔다.

"우린 여기서 할 일이 있어요. 그 일을 끝내고 나서 봅시다."

"허허, 이 성의 마수에 걸려들기 전에 나가야 합니다. 지시자는 당신들을 사지에 몰아넣고 도망칠 겁니다."

"지금 무슨 소릴 하는 겁니까!"

"당신들은 이 성이 으리으리한 겉모습과 달리 내부는 음침하고 공사 자재들이 즐비한 이유를 생각해보지 않았나요? 겉과 속이 완전히 다른 이 성이 의심스럽지 않나요?"

태블릿pc에서 잡음이 다시 시작됐다.

"어서 빨리 거기에서 도망치세요. 그게 살 길입니다."

남자가 사라지고 잠시 후, 파란 옷의 지시자가 나타났다.

"두 분 무사한 거죠?"

"네, 괜찮은데 갑자기 나타난 남자는 누구죠?"

"오, 정말 다행입니다."

지시자가 눈물을 흘렸다.

"그 사람은 군인들과 한패입니다. 아주 파렴치한 인간이에요. 당신들을 군인들한테 넘겨주기 위해 속임수를 쓰고 있는 거예요. 아마도 모종의 거래가 있었던 것 같아요."

"그럴 수도 있겠네요, 형님."

경민은 말이 없었다.

"혹여나 다시 나타나더라도 중심을 잃지 말아야 해요. 어서 이동하세요."

경민과 정태가 가고일 석상을 지나 문으로 들어갔다.

기성은 가쁜 숨이 지속되고 있었다. 온몸은 땀으로 흥건해 걷기조차 불편했다. 어디선가 부르는 소리가 들렸던 것 같아 다시 돌아왔지만 아무도 보이지 않았다.

"아무도 없잖아. 무슨 소릴 들었다고 그래?"

천수가 물었다.

"아니야, 분명히 들었어. 여자 목소리였어."

"군인들한테 너무 신경 써서 그런 거 아니야?"

기성은 대검에 묻어 있던 검붉은 혈흔이 머릿속에서 떠나지 않았다.

"그렇다면 그 단순한 덕순 아줌마일까?"

"글쎄, 덕순 아줌만지 윤혜영인지 모르겠어."

"그나저나 그 아줌마는 누구하고 짝이 됐을까? 혼자 갈 위인은 못되고. 만약 그 안경잡이 샌님하고 짝이 됐으면 걱정되는데. 갈팡질팡 이러지도 못하고 저러지도 못하고. 무사하겠지?"

"아마 무사할 거야. 그러길 바래야지."

"좋은 쪽으로 생각하자고."

기성이 태블릿pc를 열었다.

"우리 동료들은 어디로 가고 있을까요?"

"저도 사실 그게 걱정입니다. 금방 만날 줄 알았는데 쉽지 않군요."

"길을 제대로 가고 있을까요?"

"그건 분명히 아닙니다."

그의 확고한 말투는 계속 이어졌다.

"애석하게도 동료들은 지시자들의 농간에 놀아나고 있는 것입니다. 어서 빨리 동료들을 만나 그 위험을 알려야 하는데 상황이 그것을 허

하늘의 갈등

락하지 않네요."

"제가 그때 감정적으로만 행동하지 않았어도 이렇게 뿔뿔이 흩어지진 않았을 텐데 너무 경솔하게 행동하는 바람에 이런 사단이 벌어진 것 같습니다."

지시자가 인자한 미소를 지었다.

"그 마음 충분히 이해합니다. 반성은 곧 발전이고 발전은 승화입니다. 성숙해지는 과정이라 생각하시고 너무 자책하지 마세요."

기성과 천수가 계단을 내려 밟았다.

"근데 아까부터 우리는 왜 계속 내려가고 있죠? 올라가는 게 맞지 않나요?"

천수가 이상하다는 듯이 물었다.

"사람들은 흔히 정상은 높은 곳에만 존재한다고 생각하는데, 그것은 착각인 동시에 과시욕이고 곧 오만입니다. 낮은 곳에도 얼마든지 정상은 존재하니 저를 믿으세요."

천수의 질문은 이어졌다.

"무슨 말씀이신지는 알겠는데 이렇게 되면 동료들을 만날 수 없는 게 아닐까요?"

"그렇지 않습니다. 그 지시자들은 동료들을 속이기 위해 눈치챌 수 없도록 안내할 것입니다. 어느 지점에서 동료들을 만나고 헤어졌다가 다시 또 만남을 반복할 수 있으니 처음에 설득을 못 했다고 해서 크게 실망할 필요는 없습니다. 기회는 분명히 옵니다."

모호한 표정의 기성이 질문했다.

"우리는 지금까지 지시자님의 안내에 따라서 흰색으로 칠해진 길만 선택해서 왔어요. 그밖에 빨강이나 노란색 길은 피해서요. 그 이유가 뭐죠?"

"반복된 질문을 계속하는 걸 보니 저에 대한 확고한 믿음이 없나 보네요. 저도 그럼 반복된 답변을 하죠. 그 길만이 목적지에 이를 수 있는 유일한 길이니까요. 여기서 이유란 있어서도 안 되고 있을 수도 없습니다."

"이유가 있을 수가 없다니 그게 도대체…"

기성은 끝없는 논쟁으로 흘러갈 것 같아 바로 고개를 숙였다.

"죄송합니다. 위험한 상황이 계속되다 보니 믿음이 흔들리는 건 사실입니다."

"이해합니다. 그럴수록 마음의 중심을 잡아야죠. 어서 이동하세요."

"가자고."

천수가 기성의 어깨를 가볍게 쳤다.

흰색 길을 따라 내려온 두 사람은 눈앞에 펼쳐진 광경에 눈이 휘둥그레졌다. 화려한 네온사인과 물을 뿜고 있는 여러 개의 분수대. 휘황찬란한 조명을 받아 시시각각 변하는 건물들. 그 사이사이를 신나게 달리는 실개천이 반짝거렸다. 세상 어디에도 없을 법한 아름다운 모습이었다. 어떻게 이 성안에 이런 도시가 존재할 수 있는지 도무지 이해할 수 없었다. 어디선가 감미로운 음악 소리가 흘러나왔다. 그들은 도시의 아름답고 황홀한 모습에 잠시 빠져들었다.

"그곳은 어디인가요?"

하늘의 갈등

"말로 표현할 수 없을 정도로 너무 아름다운 도시입니다. 마치 천국에 들어온 것 같은 기분입니다."

기성이 도시의 풍경을 설명했다.

"여기도 거쳐 가야 할 장소인가요?"

"거기서 머무르고 싶나요?"

"할 수만 있다면 여기서 살고 싶습니다."

지시자가 너털웃음을 터트렸다.

천수가 물었다.

"근데 여긴 뭐 하는 곳이죠?"

"그건 저로서도 알 수 없습니다. 단지 저는 긴장을 늦추지 말라는 조언만 해드리고 싶네요."

"설마 이렇게 아름다운 곳에 위험이 있겠어요? 이곳은 즐기기 위해 만들어진 곳 같은데요."

기성은 도시의 풍경을 마음껏 음미해보고 싶었다.

"이 도시가 어디까지 연결돼 있는지 한번 가보자고."

"그럼 한번 가볼까."

두 사람은 실개천을 따라 거리를 오가고 높은 곳에 올라가 소리를 질렀다.

"기성아, 속이 다 후련하다. 이런 데서 살면 소원이 없겠어. 저기는 뭐가 있는지 가보자."

분수대를 돌아 흰색 길을 따라가는데 눈에 거슬리는 곳이 있었다. 고기를 판매하는 푸줏간이었다. 아름다운 도시와는 전혀 어울리지 않는 모습에 시선을 뗄 수 없었다. 기와지붕을 얹은 허름한 건물에 허름한 녹슨 칼들, 반쯤 열려있는 허름한 금고와 누렇게 변색된 허름한 전화기. 텅 빈 냉장고는 응고된 핏덩어리만 남아있었고, 그나마 남은 통돼지가 천장에 매달려 자신의 속을 가감 없이 보여주고 있었다. 음악 소리는 그치지 않고 계속됐다.

기성이 무언가 이상함에 고개를 갸웃하면서 물었다.

"뭔가 이상하지 않아?"

"푸줏간이 좀 이상하긴 하지. 여기와는 전혀 어울리지 않는 풍경이니까."

"그거도 그거지만 음악 소리."

"음악 소리?"

처음부터 들렸던 음악 소리는 같은 음악만 무한 반복되고 있었던 것이다. 감미로운 음악은 시간이 지날수록 소음에 가까웠다. 더 이상 참기 힘들었다. 음악 소리의 진원지를 찾아야 했다. 그들은 귀를 기울였다.

"이놈의 음악 소리는 어디서 나는 거야."

천수가 얼굴을 심하게 찌푸리면서 말했다.

그런데 얼마 가지 않아 기성의 고개가 또 한 번 갸웃거렸다. 이상한 생각에 몸을 돌려가며 도시를 유심히 살폈다. 한 건물에서 시선이 멈췄고, 그 순간 기성은 몸을 움찔했다. 정면으로 보이는 건물과 옆에 건물이 너무도 닮아있었다. 자신도 모르게 입이 벌어졌다. 믿을 수 없는 현실에 급히 몸을 뒤로 돌렸다. 그의 입이 더 크게 벌어졌다. 의심의 여지가 없었다. 건물은 단 하나였다. 도시라고 착각한 이곳은 본 건물의 옆모습과 뒷모습이 전부였다. 실개천이 그랬고 여러 개의 분수대도 단 하나가 전부였다.

"천수야, 너도 알겠지?"

"말도 안 돼. 어떻게 이럴 수 있지? 이건 정말."

거울의 방과도 같은 도시는 그 거울 속 너머로 똑같은 도시가 수도 없이 있었다. 거울을 겹겹이 세워 놓은 것처럼 같은 도시는 끝을 알 수 없게 펼쳐졌다. 어떤 도시가 주체이고 어떤 도시가 파생물인지, 진짜와 가짜의 경계가 모호했다. 그것을 알아챈 기성은 어디선가 고양이 소리가 들리는 것 같았다. 곧바로 호흡이 거칠어지고 몸이 덜덜 떨렸다.

기성이 숨을 헐떡거리며 말했다.

"이렇게 있으니까 어떤 게 진짜 내 모습인지 모르겠어. 내가 가짜고 저 너머에 있는 내가, 진짜가 아닐까라는 이상한 생각이 들어."

"나도 마찬가지야. 도무지 뭐가 진짜고 뭐가 가짜인지 모르겠어."

기성이 떨리는 손으로 태블릿pc를 꺼냈다.

"여기서 나가야겠습니다. 길을 알려주세요."

"갑자기 왜 그러시죠?"

"여긴 도시가 아니었어요. 어서 빨리 길을 알려주세요."

소음에 가까웠던 음악 소리는 이제 고통으로 변했다.

"도시가 아니라니 그게 무슨 말인가요?"

"여긴 거울의 방 같은 곳이에요. 하나의 주체가 여러 개의 허상을 보여주고 있어요. 그런데 바로 앞에 있는 게 진짜인지, 너머에 있는 것들이 진짜인지 구분을 못 하겠어요. 어떤 것들이 진짜에서 파생된 것들이고, 우리가 거닐었던 거리가, 사실은 너머에서 파생된 가짜였는지 도무지 모르겠어요."

"아, 그런 일이."

지시자가 탄식을 흘렸다.

"이제 고양이 소리까지 들리는 것 같아요."

기성이 얼굴을 심하게 찡그렸다.

"알았습니다. 조금만 기다려보세요."

잠시 후, 태블릿pc에 지시자의 얼굴이 나타났다. 그의 얼굴이 자못 심각해 보였다.

"얘길 들어보니 심각한 곳이군요. 그런데 분명히 명심할 게 있습니다. 제 안내를 받으며 처음 내려섰던 그곳이 진짜입니다. 너머에 있는 것들은 모두 가짜이니 거기에 흔들리지 마세요."

"그런데 그게 잘 안 됩니다. 머리가 어지러워요."

"물론 그러시겠죠. 하지만 그걸 이겨내야 합니다. 그곳은 당신들에게 위험한 사상을 주입하고, 판단력을 흐려서 왜곡된 가치관과 왜곡된 신념을 심어주는 곳입니다. 가짜를 진짜로 믿게 만드는 아주 위험한 곳이란 말입니다."

기성은 지시자의 말에서 진짜와 가짜의 경계가 어디이고 그 기준이 무엇인지 판단이 서지 않았지만 그것까지 생각하고 싶지 않았다. 오로지 이상한 도시에서 어서 빨리 벗어나고 싶은 마음뿐이었다.

"그래서 어디로 가야 하죠? 빨리 좀 알려주세요."

고양이 소리가 분명해지기 시작했다.

"유감이지만 거기엔 흰색 길이 없군요."

"길이 없다고요?"

"네, 알아본 결과 길이 없어요."

"이제 와서 그게 무슨 말씀이세요! 우리는 당신을 믿고 여기까지 왔어요. 근데 길이 없다니 도대체 어떻게 하라고요!"

갑자기 태블릿pc의 화면이 꺼지면서 여러 사람의 목소리가 흘러나왔다.

"거기에는 흰색 길이… 거기에는 붉은색 길이… 거기에는 노란색 길이…."

"지시자님, 지시자님!"

태블릿pc가 삐삐거리며 접속이 중단됐다가 다시 접속됐다.

"거기에는 파란색 길이… 거기에는 검은색 길이…."

천수가 기성의 손에서 태블릿pc를 낚아채 소리쳤다.

"당신들은 누구야!"

여러 사람의 목소리는 중단되지 않았다.

"한 사람만 말하라고!"

화가 치민 천수가 태블릿pc를 내던지려고 할 때, 지시자의 다급한 목소리가 들렸다.

"기성 씨, 천수 씨. 일이 이상하게 꼬이고 있습니다."

천수가 화면에 비친 흰색 옷의 지시자를 확인하면서 물었다.

"어디 갔다 오셨나요? 일이 꼬이고 있다니 그건 또 무슨 말이고요? 그리고 이상한 목소리들의 정체는 뭔가요?"

"거기에서 뭔가 심상치 않은 일이 벌어질 것 같습니다. 두 분, 마음 단단히 먹어야 합니다."

"밑도 끝도 없이 그게 지금 무슨 말이에요?"

"이상한 목소리들은 두 분을 현혹시키기 위해 가짜들이 만든 목소리였습니다. 다른 지시자들의 농간이 표면으로 떠오를 징조란 말입니다. 그 목소리에 절대 흔들려선 안 됩니다."

"흔들리지 않을 테니 여기서 빠져나갈 길을 알려주시라고요!"

태블릿pc는 다시 먹통이 됐다.

"이거 또 왜 이러는 거야!"

기성의 빠른 손이 태블릿pc를 내동댕이치려는 천수의 손을 잡았다.

"지시자님, 응답하세요. 응답하세요."

기성이 태블릿pc를 두드렸다.

"소용없어. 지시자는 우릴 버린 거야."

"버리긴 누가 버렸다고 그래!"

소리친 기성은 태블릿pc를 미친 듯이 두드렸다.

"지시자님, 응답하세요!"

태블릿pc를 바라보던 기성이 소스라치게 놀랐다. 화면에 나타난 사람은 해골 같은 얼굴에 머리카락이 듬성듬성 빠져있는 흉측한 몰골이었다. 몇 개 남지 않은 치아도 빠질 것처럼 앙상한 잇몸에서 피가 흐르고 있었다. 그 흉측한 얼굴에 천수가 뒤로 물러났다.

"겉모습만 보고 사람을 판단하지 마세요. 저는 당신들을 도와주려고 왔으니까요."

심하게 갈라진 목소리는 귀에 몹시 거슬렸다. 갈라진 목소리는 계속 이어졌다.

"두 분을 안내하는 지시자가 바로 가짜입니다. 그 사람을 믿지 마세요."

"당신은 누군데 그런 말을 하는 거예요? 그리고 우리 지시자는 어디 갔습니까?"

"그 사람은 두 분을 버리고 도망쳤습니다."

"우리 지시자가 도망쳤다고요?"

기성은 믿을 수 없었다.

"저를 믿지 못하시는군요."

"당신의 정체를 밝히세요."

"내 정체요? 그럼 당신들은 지시자의 정체를 알고 믿는 겁니까?"

"당신의 정체를 밝히라고 말했습니다."

귀를 찢을 것 같은 심한 파열음에 접속이 중단됐다.

"기성아, 도시가 무너지고 있어!"

도미노처럼 무너지는 도시가 삼킬 듯 다가오고 있었다. 파편으로 변한 분수대와 실개천이 건물을 강타했고, 파편에 맞은 건물이 처참하게 무너졌다. 폭풍을 동반한 쓰나미가 도시를 들어 올렸다가 사납게 집어삼켰다. 한 번 시작된 쓰나미는 주체할 수 없는 식욕을 멈추지 않았다. 물보라를 일으킨 쓰나미가 거대한 소용돌이를 만들어, 조각난 도시들을 게걸스럽게 먹어치우기 시작했다. 여러 사람의 목소리가 쓰나미를 타고 흘러왔다.

"거기에는 흰색 길이… 거기에는 검은색 길이… 거기에는 붉은색 길이…."

심하게 갈라진 목소리가 마지막으로 들렸다.

"그 사람을 믿지 마세요!"

"도대체 뭘 어쩌라는 거야!"

기성의 손에서 빠져나간 태블릿pc가 바닥에 떨어졌다.

"제가 돌아왔습니다!"

천수가 지시자의 목소리에 태블릿pc를 얼른 주워들었다.

"지시자님, 도시가 먹히고 있어요! 여길 빠져나갈 길을 알려주세요!"

"어서 빨리 건물 안으로 들어가세요! 시간이 없습니다!"

놀란 천수가 하마터면 태블릿pc를 떨어뜨릴 뻔했다.

"그 사람 말이 맞았어. 당신은 우릴 죽이려고 하고 있어."

도시가 비명을 지르며 소용돌이 속으로 빨려 들어갔다.

"설명은 나중에 할 테니 빨리 건물 안으로 들어가세요!"

"당신을 더 이상 믿을 수 없어. 건물로 들어가면 우린 죽는다고!"

"저를 믿고 어서 들어가세요!"

소용돌이는 건물 바로 앞까지 다가오고 있었다.

"나는 가지 않겠어. 지시자는 우릴 죽이려고 하는 거야."

천수는 내려온 계단을 다시 오르려고 했다. 하지만 가시 벽이 계단을 가로막고 있었다.

듣고만 있던 기성이 결정을 내렸다.

"우린 저 건물이 아니면 빠져나갈 길이 없어. 선택의 여지가 없다고."

마침내 건물까지 이른 소용돌이에 땅까지 흔들렸다. 천수가 몸을 뒤로 뺐다.

"여기서 죽고 싶어? 빨리 가자고."

천수가 기성을 죽일 듯이 노려보면서 말했다.

"니가 뭔데 결정을 내리는 거야. 너도 지시자하고 한패야?"

"무슨 말을 그렇게 해!"

"이 새끼가 진짜."

천수가 주먹을 휘둘렀다.

주먹을 가볍게 피한 기성이 천수의 손을 잡아 흔들리는 건물 속으로 몸을 집어넣었다. 소용돌이가 건물을 완전히 집어삼켰다.

기성은 머리가 빙빙 도는 것 같았다. 눈꺼풀을 들어 올린 그는 주위를 둘러보았다. 천수는 여전히 눈을 감고 있었고, 검은색 길과 붉은색 길에 이어 노란색 길이 부채꼴처럼 펼쳐져 있었다. 가시 벽이 묘하게 빛을 발했다. 기성이 천수의 등을 두드렸다.

"여긴 어디지? 우리가 죽은 건 아니겠지?"

천수가 두 눈을 비볐고, 기성은 대답 없이 곧바로 지시자와 접속했다.

"도시에서 무사히 빠져나왔습니다."

"혹시나 그 건물로 들어가지 않을까 걱정했었는데 정말 다행입니다."

"지시자님의 덕분입니다. 근데, 갑자기 나타나서 지시자님을 믿지 말라고 했던 사람은 누구였습니까?"

"그 사람은 저를 밀어내고 제 자리를 차지하려고 했던 사람입니다.

저도 하마터면 그 사람한테 속아 두 분을 버리고 도망치려고 했습니다. 다행히 속임수를 바로 알아채고 그 사람을 몰아냈으니 이제 저만 믿고 가시면 됩니다."

"처음부터 그런 지시자는 없었잖아요."

"저도 그 사람이 누구고 어떻게 제가 있는 곳까지 오게 됐는지 모르겠습니다."

"그렇군요. 근데 여긴 지시자님의 말씀대로 흰색 길이 없네요. 어느 길로 가야죠?"

"일단, 아무 길이나 선택해서 가세요. 중요한 건 동료들이 가고 있는 길입니다. 그들의 길을 막지 못하면 더 큰 위험이 올 수 있어요. 다른 지시자들의 농간이 표면으로 떠오르기 전에 최대한 빨리 동료들의 길을 막아야, 목적지로 가는 길이 열리고 또한 수월해질 겁니다. 지급품에 방법이 있습니다."

"지급품에요?"

천수가 배낭을 벗어 지급품을 확인하려고 할 때 귀에 거슬리는 소리가 들렸다. 거울이 깨지는 소리였다.

"에이, 시팔 진짜."

기성과 천수가 검은색 길로 뛰었다.

박탈된 자유의 아름다움

비슷한 시각, 경민은 화가 잔뜩 올라 있었다.

제길! 여기가 어디야! 경민은 가던 길을 멈추고 다시 몸을 돌리고 있었다. 벌써 몇 번을 반복했는지 다리가 후들거렸다. 구불구불한 길은 도무지 어느 길로 왔는지 알 수 없었고, 볼펜으로 표시했던 문들은 시야에서 사라진 지 이미 오래였다. 선택의 순간에서 파란색과 노란색 길은 미련이고 갈등이었다. 다시 제자리로 돌아온 그는 어떤 길을 선택할지 잠시 고민했다. 두 년 중에 어떤 년이 이용하기에 좋을까? 어떻게 해야 이년들을 마음대로 움직일 수 있을까? 고민만 깊어질 뿐 방법은 쉽게 떠오르지 않았다. 그때 정태가 돌아왔다.

"어떻게 됐어? 볼펜으로 표시한 문들을 찾았어?"

정태가 사시나무 떨듯 떨었다.

"무슨 일이야?"

"군인들이 오고 있어요. 빨리 숨어야 해요."

거구의 군인들이 모퉁이를 돌아 나오고 있었다. 문으로 들어온 경민과 정태는, 다가오는 군홧발 소리에 얼른 난간에 매달렸다. 문이 벌컥 열렸다. 경민은 군인의 창백한 얼굴에 심장이 오그라드는 것 같았다. 군홧발은 움직이지 않았다. 정태의 왼팔이 난간에서 떨어졌다. 경민이 두 다리로 정태를 잡아 올렸다. 정태가 난간을 잡으려다가 바닥을 쳤다. 다행히 소리는 나지 않았다. 두 사람을 발견 못 한 군인들이 밖으로 나갔다. 문이 닫히는 소리가 천둥 치는 소리처럼 들렸다.

경민과 정태가 난간을 올라와 숨을 돌리려고 할 때였다. 태블릿pc에서 목소리만 흘러나왔다.

"군인들과 정면승부를 벌이세요. 어서 빨리요."

경민이 작지만 강하게 물었다.

"당신은 누구야!"

대답이 없었다.

"형님, 목소리가 아까 그놈 같지 않았어요?"

목소리가 얼굴을 드러냈다.

정태가 남자의 흉측한 얼굴에 고개를 돌렸고, 경민이 남자의 해골처럼 움푹 들어간 두 눈을 똑바로 주시했다.

"당신은 아까 나타났던 사람이야?"

"그렇소, 군인들과 정면승부를 하는 순간 당신들은 이 성에 대한 비밀과 모든 정보를 알 수 있습니다. 제 말을 믿으세요."

"당신은 누군데 갑자기 나타나서 그런 말을 하는 거야?"

"지금 당장 군인들과 승부를 벌이시라고요! 당신들은 이 성에 대한 진실을 알고 싶지 않은가요?"

무장군인들과 정면승부를 벌이라니 자살하란 말인가? 경민은 화가 치밀었다.

"지시자의 말이 맞았어. 당신은 군인들과 한패였어!"

남자가 당황하는 기색을 보였다.

"당신들은 지시자의 음모에 철저히 말려들었어요. 실로 애석한 일이군요."

"음모는 당신이 꾸미고 있잖아! 당신은 우릴 군인들한테 팔아넘기려고 하는 거잖아!"

"기회는 내가 만들어주지만 기회의 문으로 들어가는 건 당신들의 의지에 달려있습니다. 지금이라도 늦지 않았으니 어서 군인들과 정면승부를 벌이세요."

"총으로 무장한 군인들과 싸우라고? 어디서 나타났는지 모르지만 당신은 미친 사람이야."

"저를 믿어야 합니다! 그래야 살 수 있어요."

"꺼져버려."

경민은 접속을 끊어버렸다.

"우린 어차피 돈만 찾아서 여길 나가면 끝이야."

"맞는 말이죠. 누군지 모르지만 그냥 미친놈일 겁니다."

경민의 두뇌가 빠르게 회전했다.

"우린 일단 노란색 길로 가야 해."

"노란색 길이요? 그리고 '일단'은 또 뭐예요?"

"어차피 이 많은 길들은 동시에 갈 수도 없고, 내 기억상으로 노란색 길이 돈이 있던 방하고 조금 더 가까워. 그리고 우린 언제든지 지시자를 바꿀 수 있어. 일단 노란색 년으로 선택했다가 나중에 기회를 봐서 다른 년으로 바꾸면 돼."

"그 여자가 돈이 있던 방까지 순순히 안내해줄까요? 지시자들은 그 목적이 아닌데."

"그러니까 그년을 속여야지."

"속여요? 어떻게요?"

"나한테 맡겨봐."

경민이 노란 옷의 지시자와 접속했다.

"저를 선택하셨군요. 잘하셨어요."

지랄하고 자빠졌네. 네년도 이젠 이용물에 지나지 않아. 경민은 속으로 비웃었다.

"그런데 여기서 왜 이렇게 시간을 지체하시는 거죠? 동료들을 구해서 목적지로 가야죠."

동료들? 목적지? 끊임없이 반복되는 말에 진절머리가 났다. 나는 처음부터 목적지 따위에는 관심도 없었어. 내 목적은 오로지 돈이야. 나는 눈앞에서 놓친 돈다발을 절대 포기할 수 없어. 경민은 속마음을 들킬 것 같아 공손한 말투를 사용했다.

"지시자님 한 가지 부탁이 있어서요."

"얘기해보세요."

"이 실험 처음부터 다시 시작하고 싶은데요."

"처음부터요? 이유가 뭐죠?"

경민은 최대한 침울한 표정을 지었다.

"우리는 지시자님이 말씀하셨던 것처럼 안일한 태도로 이 실험에 임했죠. 그 점 아주 깊게 뉘우치고 반성하고 있습니다. 하지만 반성만으론 제 마음이 편치 않네요."

"그 마음 충분히 이해합니다. 그렇다고 굳이 처음부터 시작할 필요는 없어요. 제 안내에만 잘 따라주시면 무사히 목적지에 이를 수 있어요. 그러니 지나간 일에 너무 연연하지 마세요. 그리고 앞서간 동료들을 생각해야죠. 그들을 위험의 구렁텅이에서 구하고 싶지 않으세요?"

그게 아니라고 이년아! 경민은 머리를 최대한 쥐어짰다.

"저라고 왜 동료들을 구하고 싶은 마음이 없겠습니까. 동료들을 구하기 위해서는 제 마음가짐이 우선돼야 한다고 생각합니다. 그래야 동료들을 만났을 때 그들을 기쁘게 대할 수 있고 올바르게 인도할 수 있겠죠."

경민은 지시자의 표정을 살피면서 말을 계속 이어나갔다.

"그래서 저는 처음부터 과정에 충실하고 싶어요. 그래야 목적지에 도착해서도 미련이 남지 않겠죠. 미련이 남으면 후회가 찾아올 수 있고 후회가 계속되면 절망으로 치달을 수 있을 것 같아서요. 그렇게 되면 동료들과 같이 목적지에 도착한다 해도 의미를 찾을 수 없겠다는 생각이 들어요. 그래서 처음부터 과정에 충실하면서 목적지에 이르고 싶습니다. 제 마음 헤아려 주세요."

잠시 생각한 지시자가 고운 입술을 움직였다.

"그렇게 생각하신다니 할 수 없군요. 그럼 처음 왔던 길로 다시 안내하죠."

경민은 속으로 쾌재를 불렀다.

기성과 천수는 배낭 속의 지급품을 확인했다. 이어서 어딘가로 급히 이동했다. 지시자의 말처럼 흰색 길은 보이지 않았고 검은색과 붉은색, 파란색 길만 곧게 뻗어있었다.

"두 분은 무슨 일이 있어도 동료들과 함께 목적지에 도착해야 합니다."

지시자의 간절한 바람이었다.

"우리 동료 중에 죽은 사람이 있나요? 대검에 피가 묻어있었어요."

"그건 저로서도 알 수 없습니다. 인정이 과하면 일을 그르칠 수 있습니다. 냉철해야 합니다. 명심하세요."

기성의 눈짓에 천수가 파란색 길로 뛰었다. 잠시 주위를 살핀 기성은 검은색 길로 뛰어 한 지점에 도착했다. 가시 벽이 미세하게 움직이는 것처럼 보였다. 기성이 날카로운 가시를 잡으려고 할 때였다. 군홧발 소리. 놈들의 정체를 파악하고 말리라. 기성은 군홧발 소리를 향해 천천히 나아갔다. 다섯 명의 군인들이 주위를 살피고 있었고 소총을 내려놓은 한 사병이 탄통을 확인하고 있었다. 소총을 탈취할 수 있는 절호의 기회였다. 배관 위로 올라 엉금엉금 기었다. 드디어 군인들이 발아래로 보였다. 대검의 핏자국이 더 선명했다. 저 대검에 누군가 희생

됐을 것이다. 기성은 소총을 탈취하는 순간 모두 쏘아 죽이기로 마음먹었다. 군인들이 움직이기 시작했고 탄통을 확인한 병사가 소총을 잡으려고 했다. 기성이 사병을 향해 몸을 날렸다. 무언가 이상했다. 군인들은 바로 밑에 있던 게 아니었다. 이미 형체가 희미할 정도로 멀어져 있었고, 어디론가 급히 이동하고 있었다. 포기할 순 없다. 기성이 내달렸다. 이상한 현상은 그치지 않고 계속됐다. 아무리 달려도 군인들과의 거리가 좁혀지지 않았다. 그때 무슨 일인지 군인들이 발을 멈췄고 대위가 몸을 돌렸다. 기성이 달아나려고 했지만 어느새 바짝 다가온 대위가 앞을 가로막았다. 정면으로 눈이 마주쳤다. 소총을 거머쥔 대위는 방아쇠에 손가락을 걸었다. 기성의 두 눈이 허물어져 내렸다. 빠져나갈 수 없는 죽음의 순간이었다. 그 순간 대위의 눈빛이 흔들리는 것처럼 보였다. 소총을 내린 대위는 곧바로 몸을 돌려 부하들과 함께 사라졌다. 온몸에 힘이 빠진 기성은 바닥에 털썩 주저앉았다. 군인들은 우릴 사냥하고 있었다. 그런데 왜 나를 살려 줬단 말인가. 사냥을 포기했단 말인가? 그건 아닐 것이다. 혹시 대위는 나를 알고 있는 것일까? 도무지 모를 일이었다. 군인들이 사라진 곳으로 뛰었지만 흔적조차 찾을 수 없었다. 기성이 몸을 돌리려고 할 때였다. 다시 또 나타난 희미한 형체는 군인이었다. 탄통을 확인했던 사병이었고 손에는 서슬 퍼런 대검이 들려있었다. 다른 군인들은 어디에 있는지 보이지 않았다. 대위의 명령이 있었는지 주춤하는 기색이 보였다. 그렇다고 함부로 접근할 수도 없었다. 자신을 노려본 사병이 비웃음을 흘리는 것 같았다. 기성의 눈동자가 크게 벌어졌다. 사병의 두 눈이 잔인하게 변했고, 날아온 대검이 귓가를 스치고 지나갔다. 사병이 소총을 들어 올렸다. 여지없이 총탄이 날아왔다. 기성이 죽을 힘을 다해 뛰었다. 홀연히 나타난 군인들이 복도를 잠식했다. 대위가 기성이 사라진 복도를 말없이 쳐다보았다.

한편, 시작지점으로 돌아와 다시 출발한 경민과 정태는 각각 나이프를 움켜잡았다.

"이 길이 틀림없어요."

정태의 목소리가 흥분에 들떠 있었다.

"방법은 알고 있겠지?"

"그럼요, 개새끼가 보이면 무조건 달려들어 인정사정없이 눈을 찌른다."

"그래, 동시에 달려들면 개새끼는 순간 당황할 거야. 그때 눈을 찌르는 거야."

경민은 사실 두려움이 앞섰다. 코끼리도 쓰러뜨릴 것 같은 무시무시한 이빨, 그때 만약 목줄이 금고에 걸리지 않았더라면 얼굴은 남아나지 않았을 것이다. 생각만 해도 끔찍했다. 개새끼가 어디선가 무섭게 튀어나올 것만 같았다. 흥분과 전율을 오가며 두 발이 멈춘 곳은 파란색과 노란색이 칠해진 문 앞이었다.

"노란색 문으로 들어가시면 길이 나올 겁니다."

돈다발이 있던 곳은 파란색 문이었다.

"파란색 문으로 들어가면 길이 없나요?"

"있긴 하지만 돌아가는 길이에요. 그런데 그건 왜요?"

"조금 돌아가도 괜찮으니 이 길로 가시죠."

"시간만 걸릴 뿐, 그 길은 목적지로 가는 데 전혀 도움이 안 돼요."

"제가 좀 볼 게 있어서 그러니까 이 길로 가시죠."

"그 길을 고집하시는 걸 보니 다른 목적이 있는 거죠?"

경민은 화가 치밀었다.

"내가 가자고 하면 갈 것이지 무슨 말이 그렇게 많아!"

지시자가 놀란 표정을 지었고 경민은 접속을 끊어버렸다.

"형님, 그렇다고 접속을 끊어버리면 어떡해요?"

"이젠 나가는 길도 알고 있고 이년들의 도움은 더 이상 필요 없어."

"하긴 그렇죠."

파란색 문을 활짝 열어젖힌 그들은 의기양양하게 몸을 밀어 넣었다. 나이프를 잡은 손에 힘이 들어갔다. 그런데 시커먼 입구는 전과는 다른 느낌이었다. 한참을 걸어도 금고를 품고 있는 응접실은 모습을 보여주지 않았다. 어두침침한 길은 어디까지 뻗어있는지 끝이 보이지 않았고, 가시 벽이 위협적으로 다가왔다.

"이상한데요. 분명히 같은 길인데 왜 응접실이 안 나오죠?"

"뭔가 잘못됐어."

암담했다. 경민은 다시 지시자와 접속하지 않을 수 없었다. 그때였다. 응접실이 눈앞으로 다가왔다.

"그렇지! 우리가 착각한 것이었어."

경민은 뛰는 걸음으로 응접실로 들어섰다.

"같이 가요."

이게 또 어찌 된 일인가. 믿을 수 없는 현실에 말도 나오지 않았다.

응접실은 전혀 다른 모습이었다. 아름다운 장식품과 화려했던 그림으로 치장했던 응접실은, 거지 소굴 같은 남루한 응접실로 변해 있었다. 바닥에 떨어져 있던 돈다발과 커다란 금고는 어디로 갔는지 흔적조차 남아있지 않았다.

"이럴 순 없어, 이럴 순 없다고!"

경민이 분노의 고함을 질렀다.

너무도 허탈했다. 망연자실한 표정은 한동안 지속됐다. 이제 어디로 가야 하나. 힘없이 발을 돌리려고 할 때였다. 어디선가 희미한 안개가 새어 나오고 있었다. 그들은 누가 먼저랄 것도 없이 안개를 따라갔다. 곧이어 두꺼운 안개가 앞을 가로막았다. 눈길을 주고받은 그들이 두꺼운 안개를 뚫고 들어갔다. 그 순간 눈과 입이 크게 벌어졌다. 놀랍게도 금고와 돈다발이 있는 곳은 식당이었다. 더욱 놀라운 것은 응접실을 화려하게 장식했던 장식품들이 식당으로 옮겨져 있었다. 금고에 채 들어가지 못한 돈다발은 고급스런 식기와 함께 식탁에 쌓여있었고 금고는 잠겨있었다. 식탁에 쌓인 돈만으로도 배낭을 가득 채울 정도로 많았다. 경민과 정태는 배낭을 열어 돈다발을 미친 듯이 쓸어 담았다. 연신 웃음이 터졌다. 무거운 배낭을 들쳐 메니 몸이 휘청거렸다. 그때 어디선가 으르렁거리는 소리가 들려왔다.

"드디어 개새끼가 왔어. 준비해."

고개를 끄덕인 정태가 나이프를 꺼내 공격 자세를 취했다. 그때를 기다린 으르렁 소리가 거대한 모습을 드러냈다. 모골이 송연했다. 곰 같은 덩치의 시커먼 개는, 아까 있었던 개와는 비교가 되지 않을 정도로 어마어마한 크기였다. 다리가 후들거려 움직일 수조차 없었다.

"형님, 이제 어떡해요. 목줄도 없어요."

총으로도 못 죽일 것 같은 어마어마한 모습에 어떤 방법이 떠오르겠는가. 배낭의 무게에 몸이 휘청거렸다. 어디선가 스르륵거리며 문이 열리는 소리가 들렸다. 문이 열린 곳은 화장실이었다. 문이 열린 이유를 알 순 없었지만 급박한 상황에 선택의 여지가 없었다. 활짝 열린 문이 다리에 힘을 불어넣었다.

"화장실이야!"

경민과 정태가 재빨리 화장실로 뛰어들었다. 이어서 세게 문을 닫아 세차게 달려드는 개를 막았다. 하늘이 도우려는지 천장에는 배기구가 설치돼 있었다. 밖에서는 으르렁 소리가 계속 들렸다. 변기에 발을 딛고 올라섰을 때, 열린 문으로 거대한 개가 몸을 비집고 들어왔다.

"빨리 올라가세요! 개가 들어와요!"

경민에 이어 정태가 배기구로 몸을 밀어 넣었다. 놀랍게도 어마어마한 머리가 배기구까지 따라왔다. 추격은 거기까지였다. 배기구에 몸통이 걸린 개는 사나운 울부짖음으로 배기구만 위협했다.

좁고 긴 배기구를 빠져나와 다다른 곳은 길이 사방으로 뻗어있는 복도였다. 경민이 기쁨에 겨워 배낭을 끌어안았다.

"우린 이제 부자야, 부자라고! 이 돈이면 뭐든지 할 수 있어."

"이제 돌아가면 치킨집 따윈 끝입니다."

웃음이 그치지 않았다.

이제 여기만 빠져나가면 끝이다. 정태는 다시 배낭을 짊어지고 방향을 가늠해보았다. 하지만 배기구를 질러온 길은, 성을 벗어날 수 있는 길을 알려주지 않았다.

"대체 우리가 들어왔던 입구가 어디였죠?"

"이번에는 파란색 길을 찾아야 해. 지금부턴 파란색 년을 이용하자고."

일단 가장 가까운 길을 선택한 그들은 천천히 걸음을 옮겼다. 얼마 지나지 않아 길이 끊겼고 그 너머로 파란색과 노란색, 검은색 길이 보였다. 선택의 길 앞에 이르렀을 때였다. 수상한 인기척이 몸을 타고 흘렀다. 분명 의도적으로 소리를 죽여 가며 오는 소리였다. 신경이 곤두섰다.

"누군가 오고 있어."

"혹시 동료들이 아닐까요?"

"우리 돈을 뺏으러 오는 놈일 수도 있어."

"만약 그렇다면 절대로 가만두지 않을 겁니다."

"목숨 걸고 가져온 돈이야."

경민은 사방을 살펴도 인기척이 느껴지는 방향을 가늠할 수 없었다. 내가 신경이 너무 예민해진 탓일까? 그의 생각에 일격이 날아들었다. 일격을 맞은 경민이 쓰러졌고 위에서 뛰어내린 무엇이 머리채를 움켜잡았다. 우악스런 큰 손은 경민의 머리를 사정없이 흔들었다. 이어서 넋이 빠져있는 정태에게 옮겨갔다. 무방비 상태에서 턱을 정통으로 맞은 정태가 바닥에 얼굴을 묻었다. 경민과 정태를 유린하는 모습은 피를 갈구

하늘의 갈등

하는 전사의 모습 같았다. 경민은 날아드는 주먹에 의식이 점점 혼미해졌다. 등을 벗어난 배낭이 바닥을 뒹굴었다. 안 돼, 절대 안 돼. 경민은 마지막 힘을 모아 배낭을 끌어안았다. 그 순간 우악스런 큰 손과 눈이 마주쳤다. 경민은 차라리 그 자리에서 기절하고 싶었다. 그것은 사람이 아닌 무시무시한 괴물이었다. 그때 귀에 익은 목소리가 들렸다.

"거기, 무슨 일이에요!"

소리를 지르며 다가오는 목소리는 분명 구세주의 목소리였다.

경민이 괴물을 가리켰다.

"여기… 괴물이."

다가오던 천수가 괴물의 무시무시한 모습에 입술이 떨어지지 않았다. 간신히 정신을 수습한 그는 기성을 불렀다.

"기성아! 이쪽으로 와! 괴물이 있어!"

기성은 어디에 있는지 모습을 보이지 않았다.

기괴한 웃음을 흘린 괴물이 모습을 감췄다.

긴장이 풀린 경민이 무거운 눈꺼풀을 들어 올리려다가 다시 감았다.

"정신 차려요, 정신 차리세요!"

경민의 의식이 서서히 빠져나갔다. 이내 캄캄한 세상이 그를 덮었다.

검은색 길에서 나온 기성은 군인들을 피해 어디론가 급히 이동하고 있었다. 온몸이 땀으로 흥건히 젖은 그는 가쁜 숨을 몰아쉬며 한 지점에서 멈췄다. 벽으로 바짝 붙어 소리에 집중했다. 군인들의 추격은 멈추지 않았다. 기성은 날렵한 고양이처럼 천장의 배관에 올라 몸을 숨겼다.

밑을 지나가던 대위가 어떤 낌새라도 챈 듯 발을 멈췄다. 쿵쿵 울리는 심장 소리가 군인들에게 전달될 것만 같았다. 대위의 눈빛에 군인들이 소총을 장전했다. 기성이 숨소리를 죽였다. 군인들의 총구가 배관으로 향했다. 여기서 끝이란 말인가. 기성이 두 눈을 감았다. 그때 어디선가 소리가 들렸다. 군인들이 소리가 나는 방향으로 뛰었다.

기성이 배관을 내려오려고 할 때 누군가 오고 있었다. 또다시 긴장이 밀물처럼 밀려왔다. 모습을 드러낸 형체는 다행히 천수였다. 얼른 배관을 내려온 기성이 천수를 따라 뛰었다.

그 시각, 명수와 혜영은 미로 같은 길을 걷고 있었다. 직선으로 뻗어 있던 길은 갑자기 세 갈래로 갈라졌다가 만났고, 그러다가 다시 또 갈라지기를 반복했다. 어느 지점에서는 붉은색 길이 보이지 않을 때도 있었지만 그때마다 지시자의 안내는 명확하고 틀림이 없었다. 한동안 지속됐던 침묵을 명수가 깨뜨렸다.

"그러고 보니 우린 서로에 대해 아는 게 너무 없었네."

"그러네요."

명수가 잠시 머뭇거렸다.

"욕을 해도 상관없지만 난, 사실 도박중독자야. 있는 재산에 퇴직연금까지 다 말아먹고 빚만 잔뜩 졌지. 빚쟁이들한테 쫓겨 다니는 중이라 마누라가 언제 집을 나갔는지도 몰라. 그나마 애가 없으니까 다행이지. 내가 생각해도 너무 한심한 인생이야."

"아까 카드 다루는 거 보고 조금은 눈치챘어요. 근데 처음에 자기소개 할 때 왜 직업을 얘기하려고 했어요?"

"그냥 회사원이라고 둘러대려고 했지. 그리고 다른 사람들은 뭐를 하는 사람들인지 궁금하기도 했고."

"아, 그랬구나. 아저씨는 이 실험을 통해서 뭐를 얻고 싶으세요?"

"계속 이런 식으론 살 수 없으니까. 굳이 말하자면 인생의 전환점이라고나 할까."

혜영이 고개를 끄덕였다.

"저는 외동딸이고 지방에 있는 이름도 없는 삼류대학을 나왔어요. 그러다 보니 취업이 여간 어려운 일이 아니에요. 나름 그림에는 소질이 있다고 생각하는데 그걸 믿고 너무 안일한 삶을 살았던 것 같아요."

명수가 쓴웃음을 지었다.

말하는 사이, 앞을 가로막고 있는 문은 붉은색과 파란색, 흰색 문이었다. 당연히 붉은색 문으로 들어선 그들은 믿을 수 없는 현실에 다리가 후들거렸다. 끝이 보이지 않는 계단이 어둠에 싸인 허공에 떠 있었고, 지그재그로 놓여 있었다. 계단은 두 사람이 간신히 지나갈 수 있을 정도로 폭이 좁았으며, 좌, 우 어디에도 잡을 수 있는 난간이 없었다. 자칫하면 추락할 수 있는 매우 위험한 계단이었다.

명수가 떨리는 손으로 태블릿pc를 들어올렸다.

"지시자님, 다른 길은 없나요? 전 고소공포증이 있어요."

"애석하게도 다른 길은 존재하지 않습니다. 그곳을 통과해야만 합니다."

"지시자님, 저도 도저히 못 가겠어요. 세상에 이렇게 좁은 계단을 어떻게 가라고. 다른 길 좀 알려주세요." 혜영이 애원했다.

"목적지에 이르는 길은 오직 하나뿐이고, 다른 길은 존재하지 않습니다. 그 길만이 유일한 길이니 저로서도 어쩔 수가 없군요. 힘들고 위험해도 통과해야 합니다."

후들거리는 다리를 진정시킨 명수가 앞장섰고 혜영이 뒤를 따랐다. 계단을 밟는 소리가 어둠을 울렸다. 얼마나 걸었을까, 명수의 다리가 다시 떨리기 시작했다. 그것은 의지의 문제가 아니었다. 죽음을 피하기 위해 유전적으로 물려받은 본능이었다. 급기야 명수는 계단에 주저앉았다.

"나, 더 이상 못 가겠어."

"그렇다고 여기서 주저앉으면 어떡해요. 이제는 내려가는 길이 더 위험할 수 있어요."

명수가 밑을 내려 보았다. 혜영의 말이 맞았다. 까마득한 깊이에 현기증이 일었다.

"정, 그러시면 제가 앞에 갈까요?"

"아니야, 천천히 가볼게."

명수가 마지막 자존심을 앞세워 힘겹게 몸을 일으켰다. 그의 몸이 휘청했다.

"위험해요!"

혜영이 명수를 붙들었다.

어디선가 쩍쩍 갈라지는 소리가 들렸다. 두 사람의 눈동자가 크게 벌어졌다. 지나온 계단들이 무너지고 있었다. 계단에서 빠져나온 파편들이 밑으로 떨어지며 소리를 질렀다.

"올라가야 해!"

혜영의 손을 잡은 명수가 괴력을 발휘했다. 믿을 수 없게도 위험한 계단을 성큼성큼 뛰어올랐다. 조금 전 나약했던 모습은 어디에서도 찾아볼 수 없었다. 무너지는 속도가 그들을 무섭게 추격했다. 뛰는 발소리와 파편들의 굉음이 공간을 흔들었다. 명수가 무섭게 질주했다.

"조금만 더 가면 돼!"

앞에서 구세주와 같은 환한 불빛이 새어 나오고 있었다.

질주하던 명수가 갑자기 뛰는 발을 멈췄다.

"아저씨, 왜 그래요?"

"앞이 뭔가 이상해."

앞을 바라보던 혜영이 소리쳤다.

"앞 계단에 금이 가고 있어요!"

명수가 혜영의 손을 세게 잡았다.

"내 손 꽉 잡아."

명수는 사력을 다해 빛을 향해 뛰었다. 계단은 불과 열 계단도 남지 않았다. 앞 계단이 서서히 무너지고 있었다. 여기서 죽을 순 없어! 명수는 젖 먹던 힘까지 쏟았다. 마지막 계단이 소리를 지르며 떨어졌다. 두 사람이 순간 공중으로 떠올랐다. 아름다운 빛이 그들을 감싸 안았다.

"괜찮아?"

명수가 혜영을 일으켜 세웠다.

"괜찮아요. 아저씨는요?"

"다행히 다친 데는 없어. 나한테 이런 면이 있었다는 게 믿어지지 않아. 평생 잊지 못할 거야."

"정말 멋있었어요. 저도 평생 잊지 못할 거예요."

혜영이 활짝 웃었고 명수가 뒷머리를 긁적였다.

"근데 여긴 어디죠?"

"설마, 또 무서운 데는 아니겠지."

"빛이 포근하게 느껴져요."

두 사람이 밝은 빛을 좇아 들어갔다. 이내 비현실적인 풍경에 입이 벌어지는지도 몰랐다. 나비가 날아다니는 정원에는 아름다운 꽃들이 만발했고, 동화에서나 나올 법한 신비스러운 나무들이 작은 연못과 어우러져 있었다. 계곡을 품고 있는 구릉 저편에서 무지갯빛 하늘이 서서히 다가왔다. 세상 그 어떤 수식어로도 이곳의 아름다움을 표현할 수는 없을 것 같았다. 온몸 구석구석 평안이 찾아왔다. 오직 은총으로 충만한 이곳은 그야말로 천국이었다.

"세상에, 너무 아름다워서 말을 못 하겠어요."

혜영의 벌어진 입이 다물어지지 않았다.

"여긴 말로만 듣던 천국이야."

명수가 갑자기 무릎을 꿇더니 하늘을 우러렀다. 두 눈에서 뜨거운 눈물이 흘렀다. 그의 눈물은 참회의 눈물이었고, 형언할 수 없는 아름다움에 대한 감동의 눈물이었다.

"아저씨."

가만히 다가간 혜영이 명수를 살포시 안았다.

"지시자님, 여기도 목적지로 가기 위한 과정인가요?"

혜영이 물었다.

"네, 그렇습니다. 표정을 보니 많은 아쉬움이 있는 것 같군요."

"여기는 말로 표현할 수 없을 정도로 아름다운 곳이에요. 만약 천국이 있다면 이런 모습일 것 같아서요."

"거기가 그토록 아름다운 곳인가요? 그렇다면 그곳은 마음을 정화시킬 수 있는 장소인가 보네요. 지친 몸과 마음이 충분히 회복되었다 싶으면 이동하시기 바랍니다."

혜영이 명수를 일으켜 세웠다.

"아저씨, 우린 가야 해요."

"가야지, 당연히 가야지. 내가 천국에 들어왔다는 사실 하나만으로도 만족할 수 있어."

명수는 천국의 곳곳을 음미하며 걸었다. 대지를 노래하는 물소리와 꽃들이 살랑이며 일으키는 바람결. 구름 위를 걷는 듯한 기분. 이 모든 것들이 가슴 벅찬 감동으로 다가왔다.

"젠장, 내가 인생을 왜 이렇게 살아왔을까."

지나간 인생이 새삼 몹시 부끄러웠고 극심한 후회가 밀려왔다.

"너무 자책하지 마세요. 저도 인생을…."

급히 입을 다문 혜영이 고개를 뒤로 돌렸다.

"왜 그래?"

"땅이 흔들리는 것 같지 않아요?"

"땅이? 글쎄 잘 모르겠는데."

"아니에요, 분명 땅이 흔들렸어요."

"착각이겠지. 이런 천국에서 땅이 흔들린다는 건 어딘가 맞지 않아."

그것은 명수의 착각이었다. 거대한 나무가 뿌리째 흔들리며 지축을 울렸다. 요동치는 나무는 잔뜩 화가 난 듯, 거대한 몸으로 두 사람을 덮쳤다.

"위험해요!"

혜영이 멍하게 서있는 명수를 밀쳤다. 주위는 고요했고, 삽시간에 평화가 찾아왔다. 하늘과 대지를 노래하는 새소리와 물소리가 다시 시작됐다. 꽃향기가 묻어있는 바람결이 몸에 감겼다.

"어떻게 된 거지? 왜 갑자기 나무가 쓰러졌을까? 그것도 우릴 향해서."

"그러게요, 이렇게 아름다운 곳에서 어떻게 이런 일이…"

"아마, 어떤 실수일 수도 있을 거야. 하마터면 재수 없게 여기서 죽을 뻔했잖아. 하하하."

다시 가슴 벅찬 표정으로 돌아간 명수가 걸음을 재촉했다. 그런데 채 십여 미터도 가기 전에 혜영이 무언가를 느꼈는지 발을 멈췄다.

"왜 또 그러는데?"

"이번에는 땅이 아니라 산이 이상해요."

혜영의 목소리가 떨렸다.

"산? 산이 왜?"

명수는 여전히 가슴 벅찬 표정을 지우지 않았다. 혜영이 심하게 떨리는 손가락으로 한 지점을 가리켰다. 그곳에는 커다란 바위가 들썩거리며 살벌한 기운을 내뿜고 있었다. 이어서 맹렬한 기세로 돌진해왔다. 명수는 보고도 믿기지 않는 듯 움직이지 않았다.

"아저씨, 정신 차려요!"

살벌한 바위는 두 사람을 향해 미친 듯이 굴렀다. 바위의 기세에 초목이 쓰러지고 만발한 꽃들이 처참하게 뭉개졌다. 바위는 정확하게 두 사람을 겨냥했다. 가까스로 바위를 피해 언덕으로 올랐다. 또다시 거짓말처럼 평화가 찾아왔고 새들이 아름답게 노래했다. 그제야 상황의 심각성을 깨달은 명수가 지시자에게 조언을 구했다.

"지시자님, 여긴 겉과 속이 너무 다른 곳입니다. 무슨 영문인지 모르겠지만 곳곳의 나무와 바위들이 우리 목숨을 위협하고 있어요. 벌써 두 번이나 죽을 고비를 넘겼어요. 여기서 빨리 나갈 수 있는 길을 알려주세요."

"난감하군요. 왜, 거기서 그런 현상이 일어나는지 그 이유를 찾는 게 우선일 것 같습니다. 그래야 그것을 바탕으로 빠져나갈 수 있는 단서를 찾을 수 있으니까요. 다소 위험하더라도 시간이 필요합니다."

"지금 한가하게 시간 타령을 할 때가 아니라고요!"

화가 치민 명수가 소리쳤다. 갑자기 무지갯빛 하늘이 급히 물러나더니 그 자리를 시커먼 구름이 차지했다. 괴기스러운 분위기가 펼쳐지더니 하늘이 울부짖었다. 곧이어 무서운 벼락이 쏟아졌다. 벼락에 맞은 나무가 비명을 지르며 쓰러졌고, 파편으로 변한 바위가 사방에서 날아들었다. 한 번 시작된 벼락은 멈추지 않았다.

"아저씨, 이쪽이요!"

명수와 혜영이 나무가 뽑혀 만들어진 흙구덩이로 뛰어들었다. 몸을 잔뜩 숙여, 벼락이 지나가기만을 기다렸다. 또다시 거짓말 같은 현상이 곧바로 일어났다. 벼락이 그치고 무지갯빛 하늘이 아름답게 펼쳐졌다. 너무도 변덕이 심한 이곳은 정말 이해할 수 없는 곳이었다.

"뭐! 이런 데가 다 있냐고!"

명수의 고성과 지축을 울리는 꽝음, 지시자의 목소리가 동시에 울렸다.

"명수 씨, 더 이상 말하지 마세요!"

명수가 급히 입을 다물었고 지시자가 다시 말했다.

"왜 그런 현상이 일어났는지 공통점을 찾았어요."

혜영이 물었다.

"공통점이요? 어서 알려주세요."

"명수 씨는 저와 대화를 하면서 계속 분노의 감정을 드러냈어요. 그곳은 그런 감정들을 용납하지 않는 겁니다."

"아, 이제야 알겠네요. 명수 아저씨는 '젠장' '재수 없게' 이런 말을…"

혜영이 급히 입을 다물었다. 무지갯빛 하늘이 시커먼 구름으로 덮였다. 수목이 뽑혀 날아가고 기괴한 울음소리가 대지를 훑고 지나갔다. 어디선가 굴러온 커다란 바위가 구덩이 바로 앞에서 멈췄다.

"가급적 말을 삼가세요. 그곳에서는 어떠한 경우에도 부정적인 단어나 분노의 감정을 절대로 드러내서는 안 되는 곳입니다. 아시겠죠?"

"아저씨, 너무 무서워요."

"괜찮아, 나만 따라 하면 여길 무사히 빠져나갈 수 있을 거야."

혜영을 다독인 명수가 휘파람을 불기 시작했다. 뜻을 알아챈 혜영이 명수를 따라 휘파람을 불었다. 두 사람의 휘파람 소리가 감미롭게 울렸다. 시커먼 구름이 물러난 자리를 무지갯빛 하늘이 차지했다. 어느새 생성된 붉은색 문이 연못 너머로 보였다.

"여기서는 인간의 감정을 마음대로 표출할 수 없는, 자유가 박탈된 곳이었어요."

명수가 말했다.

"그렇군요. 그곳은 자유의 박탈을 아름답게 표현한 곳이었네요."

지시자의 얼굴에 그늘이 드리웠다.

"이해할 수 없어요. 어떻게 박탈된 자유가 아름다울 수 있는지."

젠장! 제기랄! 뭐 이런 데가 다 있어! 명수의 속말이었다. 쓴웃음을 머금은 그들은 연못을 돌아 붉은색 문으로 들어갔다. 무지갯빛 하늘이 슬픔을 머금은 듯 보였다.

기성은 누군가를 미행하고 있는 것처럼 보였다. 모퉁이에서 그림자가 나타났다가 사라졌다. 기성이 그림자를 향해 민첩하게 이동했다. 다시 나타난 그림자가 왼쪽 길로 들어가고 있었다. 그림자를 쫓아 다다르니 검은색 길과 파란색 길이 나타났고, 이곳에도 흰색 길은 보이지 않았다. 군인들의 미세한 군홧발 소리가 들렸다가 사라졌다. 기성은 그림자를 쫓아 검은색 길로 들어섰다. 그런데 이상하게도 기성의 민첩했던 발놀림은 조금 전과 달랐다. 눈빛 또한 관망의 눈빛으로 변해 있었다. 그림자가 검은색 길에서 파란색 길로 들어갔다. 퍼뜩 정신을 차린 기성이 파란색 길로 달렸다. 하지만 그림자는 어디로 갔는지 보이지 않았고, 가시 벽의 가시들이 튀어나올 것처럼 꿈틀대는 것 같았다. 다시 어디선가 나온 그림자가 검은색 길로 뛰기 시작했다. 기성이 그림자를 향해 뛰었다. 순간 그림자가 몸을 틀었고, 눈이 마주쳤다. 그림자는 급히 몸을 돌려 검은색 길을 완전히 빠져나갔다. 기성은 한참 동안이나 움직이지 않았다.

괴물

"지시자님, 우리한테는 왜 이렇게 캄캄한 길만 계속되는 거죠?"

덕순이 물었다.

"조금만 참고 가시면 밝은 길이 나올 겁니다."

"설마, 목적지까지 이런 캄캄한 길이 계속되진 않겠죠?"

"제 신뢰의 점수가 그거밖에 안 됐나요?"

"아니⋯"

덕순이 당황했다.

"하하, 농담입니다. 저를 믿고 가시면 됩니다."

검은색 길은 다시 시작됐고, 복도 끝에 이르러 길이 두 갈래로 갈라졌다. 노랑, 파란색 길만 보일 뿐, 시작됐던 검은색 길은 사라지고 보이지 않았다.

"지시자님, 길이 보이지 않아요."

"길이 보이지 않아요? 그럴 리가 없어요. 거기엔 분명 검은색 길이 있을 겁니다. 잘 보세요."

길을 찾던 두 눈이 크게 벌어졌다. 움직임이 없는 물체는 분명 사람이었다. 바닥에 쓰러져 검은색 길을 가리고 있었다. 죽은 것 같은 모습에 다가갈 엄두가 나지 않았다.

"지시자님, 앞에 사람이 쓰러져 있어요. 그런데 죽은 것 같아요."

지시자의 얼굴이 창백하게 변했다.

"사람이 죽었어요? 누굽니까, 설마 동료들은 아니겠죠?"

"잘 모르겠어요. 가까이 가서 확인해야 하는데 차마 못 가겠어요."

호석의 두 눈이 미세한 움직임을 포착했다.

"죽지 않았어요."

호석이 사람을 향해 천천히 다가갔다. 입에서 짧은 신음이 터졌다. 죽은 듯 누워있는 사람은 한 사람이 아니었고 다름 아닌 경민과 정태였다.

"정신이 드세요?"

경민이 무거운 눈꺼풀을 간신히 들어 올렸다.

"내 배낭, 배낭은 어디에…"

"배낭이요? 배낭은 여기."

호석이 배낭을 잡으려고 하자, 경민이 재빨리 낚아챘다. 방금 전까지 쓰러져 있던 사람이라고 하기에는 믿어지지 않을 정도로 빠른 동작이었다. 호석의 시선이 무거워 보이는 배낭에 잠시 머물렀다가 경민의 상처 입은 얼굴로 옮겨갔다.

"그런데 얼굴이 왜 그래요? 누구하고 싸웠어요?"

"샌님은 알 거 없어."

퉁명스럽게 말한 경민은 몸을 돌려 배낭의 돈다발을 확인했다. 얼핏 보아도 돈다발은 그대로였다. 경민이 겁먹은 표정으로 주위를 두리번거렸다.

"왜 그래요? 뭐가 있어요?"

"여기에 괴물이 있어."

"괴물이요?"

호석의 얼굴이 새파랗게 질렸다. 의식을 차린 정태가 말했다.

"나도 분명히 봤어요. 내 얼굴도 괴물이 이렇게 만들었어요."

정태가 부어오른 턱을 어루만졌다.

"괴물이 있어요? 진짜요?"

다가온 덕순이 겁먹은 표정으로 주위를 둘러보았다. 그때, 어떤 소리가 벽을 타고 전해졌다. 실체를 알 수 없는 두려움이 그들을 옥죄었다. 숨 막히는 긴장이 언제까지나 계속될 것만 같았다. 벽의 소리가 그들을 휘감았다. 길은 세 갈래 길, 어떤 길에서 무엇이 튀어나올지 모르는 상황이었다. 네 사람의 시선이 길과 길에서 교차했다. 드디어 두려움의 실체가 시커먼 형체로 다가왔다. 악! 덕순의 비명에 세 사람이 몸을 잔뜩 웅크렸다.

"살려주세요."

덕순이 시커먼 형체를 향해 싹싹 빌었다. 시커먼 형체가 덕순의 어깨를 잡았다.

"제발, 살려주세요."

"아줌마, 놀라지 마세요. 저 천숩니다. 박천수."

덕순이 고개를 들어 천수를 올려다보았다.

"천수 씨? 진짜 천수 씨 맞아요?"

"네, 진짜 박천숩니다. 제 얼굴을 보세요."

"아, 천수 형님."

얼른 몸을 일으킨 정태가 반가움에 천수를 끌어안았다.

"여긴 괴물이 있어요. 아주 무서운 괴물이요."

"알고 있어."

"알고 있어요? 그걸 어떻게 알아요?"

경민이 대신 대답했다.

"너는 기절해 있어서 모르겠지만 그때 천수하고 기성이가 여길 지나가지 않았으면 우린 그 괴물한테 죽었을지도 몰라."

"그러지 않아도 지금 그 괴물을 쫓아갔다 오는 길입니다."

별안간 호석의 입에서 비명이 터졌다. 다시 엄습한 공포와 두려움이 그들을 옭아맸다.

"놀라지 마세요. 저 김기성입니다."

"아우, 저 샌님을 진짜."

호석이 경민의 사나운 시선에 고개를 떨궜다.

"괴물인지 귀신인지 잡을 수 있었는데 아깝게 놓쳤어요. 두 분 몸은 괜찮아요?"

정태가 기성의 팔을 붙들었다.

"고맙습니다, 형님. 고마워요."

"고맙긴, 근데 어떻게 여기에 다 모여 있어요?"

덕순이 여전히 떨고 있는 호석을 쳐다보면서 대답했다.

"호석 씨하고 제가 선택한 길은 검은색 길이에요. 그 길에 두 분이 쓰러져 있었던 거죠."

"우리가 선택한 길은 흰색 길인데 어느 지점에서 길이 끊겼고, 그래서 어쩔 수 없이…."

말을 멈춘 기성이 천수에게 눈으로 물었다.

"이렇게 된 거 할 수 없잖아."

"좋아요, 솔직히 얘기할게요. 여러분도 모두 지시자한테 동료들을 인도하라는 말을 들었죠?"

"목적지, 동료들, 인도. 아주 지겨울 정도로 들었지."

경민이 비아냥거렸다.

"그건 우리도 마찬가지예요. 그래서 우리 지시자는 다른 길로 왔다는 사실을 여러분들한테 절대 들키면 안 된다고 했어요. 그걸 알아채면 동료들을 인도할 수 없을 것이라고 하면서."

덕순이 물었다.

"그래서 두 분이 선택한 길은 어떤 길이죠?"

"아줌마, 기성이가 아까 흰색 길이라고 얘기했잖아. 얘기할 때 어디 갔다 왔어?"

덕순은 경민의 무시하는 말투에 화가 치밀었다.

"못 들었으니까 물어보는 거잖아요. 그리고 나이도 어린 사람이 기분 나쁘게 왜 자꾸 반말하세요. 원래 그렇게 예의가 없어요? 아무한테나 반말이나 하고."

"이 아줌마가 진짜."

천수가 경민을 가로막았다.

"지금 우리가 다툴 때가 아니에요. 기성이 얘기를 끝까지 들어보세요."

고개를 끄덕인 기성이 이어서 말했다.

"그래서 어쩔 수 없이 검은색 길로 오게 됐는데, 두 분이 괴물한테 공격받고 있었어요. 그런 절체절명의 상황에서 모른 척하고 넘어갈 수도 없잖아요. 그건 같이 참가한 동료관계를 떠나 인간의 도리가 아니죠."

호석이 경민의 눈치를 살피며 기성에게 물었다.

"그래서 요점이 뭐예요?"

"간신히 괴물의 뒤를 밟을 수 있었어요. 그 괴물은 검은색 길로만 따라가더니 사라졌어요."

"검은색 길은 우리 길이에요. 어떡하면 좋죠?"

불안한 호석이 곧게 뻗어있는 검은색 길을 쳐다보았다.

"괴물은 하나, 우린 남자만 다섯이에요. 목적지에 다다르기 전에 괴물을 먼저 잡고 가죠. 그러지 않으면 괴물한테 제가 당할 수도 있고, 천수가 당할 수도 있고, 우리 모두 당할 수 있어요. 힘을 합치면 충분히 잡을 수 있으니까 괴물부터 잡으러 가죠."

경민이 반론했다.

"상대는 사람이 아닌 괴물이야. 엄청난 놈이었다고. 우리가 아무리 다섯 명이나 된다고 해도 이길 수 없을지도 몰라. 설령 잡을 수 있다고 해도 우리 중 누군가는 괴물의 손에 죽을 수도 있어. 나는 그 희생자가 되고 싶지 않아."

천수가 기성을 거들고 나섰다.

"기성이의 탄탄한 근육질을 보고 어느 정도 짐작했을 겁니다. 기성이는 전직 격투기선수였어요. 저 역시 학창시절부터 지금까지 복싱을 꾸준히 해왔고요. 그러니 한번 해보죠."

정태가 기성을 감탄 어린 시선으로 바라보았다.

"정말, 격투기선수 출신이세요?"

"자랑은 아니지만 고위관료 경호원으로 일했던 전력도 있어. 그래서 지금도 성인 남자 두세 명은 거뜬히 상대할 자신이 있고."

"와, 대단하신 형님이셨네. 어쩐지 알통이 엄청나다 했어요. 다 이유가 있었네요."

정태는 기성의 굵은 팔을 잡았다가 놓으면서 다시 물었다.

"근데 경호원은 왜 그만두신 거예요? 대단한 직업인 것 같은데."

천수가 대신 대답했다.

"너무 눈에 띄는 외모도 경호원의 결격사유가 될 수 있어."

기성이 쓸쓸하게 웃었다.

"그래요? 너무 잘생겨도 안 좋은 데가 있었네. 그런 게 있는 줄은 몰랐어요. 그건 그렇고. 격투기선수 출신에 복싱선수까지. 한번 해볼만하겠는데요."

정태가 경민의 반응을 살폈다.

"격투기선수에 복싱선수고 간에 난 무조건 반대야. 그리고 괴물이 검은색 길로만 가다가 사라졌다고 했으니까 검은색 길만 피해서 가면 괜찮을 거야."

경민은 사실 두려웠다. 동료들과 같이 움직이고 싶은 마음이 없는 것은 아니었다. 하지만 배낭 속의 돈이 문제였다. 당장은 아니더라도 분명 들킬 것이다. 그리되면 목숨 걸고 가져온 이 돈은?

"나는 나대로 가겠어."

경민은 주저 없이 돌아섰다.

"잠깐만요, 그럼 이렇게 하죠."

기성이 경민에게 바짝 다가갔다.

"어떻게?"

"태블릿pc를 줘보세요. 아, 혹시 모르니까 정태 씨도 같이 줘봐."

태블릿pc를 받아든 기성은 GPS기능을 실행했다.

"찾아보니 GPS기능이 있더라고요. 이 기능을 실행하면 서로의 위치를 알 수 있어요. 만약 위급한 상황이 발생하면 이 비상버튼을 누르세요. 제가 바로 달려가겠습니다."

"음, 그거 좋겠네."

태블릿pc를 받아든 경민이 파란색으로 점등된 불빛을 확인했다. 아마도 GPS기능은 선택한 지시자에 따라서 색깔이 변하는 듯했다.

"내 건 파란색 불빛인데 거긴 흰색 불빛인가?"

천수가 대답했다.

“맞아요. 우린 흰색이죠.”

“그럼, 난 이만.”

경민이 출발했고 정태가 안절부절하더니 결국 따라나섰다.

“같이 가요, 형님.”

덕순이 투덜거렸다.

“난, 저런 사람 보면 도저히 이해를 못 하겠어요. 무섭다고 할 때는 언제고. 또 혼자 간다고 하고. 도무지 종잡을 수 없는 사람이라. 치킨집 사장도 참 이상한 사람이야. 저런 사람이 뭐가 좋다고 계속 따라다녀.”

“두 사람이 맞는 데가 있나 보죠.”

“아무리 그래도 이런 상황에선… 근데 기성 씨는 왜 저런 사람까지 도와주려고 해요? 우리도 지시자님이 동료들을 인도하라고 했지만 난 저런 사람까지 인도하고 싶진 않네요. 이 세상엔 구제 불능의 사람도 있는 법이니까.”

기성이 가볍게 웃어넘겼다. 덕순의 말은 이어졌다.

“기성 씨하고 천수 씨, 우리랑 같이 가요. 어차피 여긴 흰색 길도 없고 무엇보다도 우리 지시자님은 정말 유능하신 분이거든요. 목적지까지 인도해줄 분은 우리 지시자님밖에 없어요. 두 분은 속고 있는 거예요.”

덕순은 두 사람의 무덤덤한 반응에 호석에게 도움을 청했다.

“호석 씨, 얘기 좀 해봐요.”

호석이 우물쭈물하더니 자신 없는 표정으로 물었다.

“진짜 괴물을 봤어요?”

덕순이 어이없는 표정을 지었고 천수가 대답했다.

"사람 형상인데 그렇게 무시무시한 얼굴은 처음 봤어요. 꿈에서도 보고 싶지 않은 끔찍한 얼굴이었죠. 기성이가 없었다면 제가 아무리 복싱을 오래 했다 해도 어떻게 됐을지 몰라요."

"대체 이 실험을 기획한 사람은 우리한테 뭘 얻으려는 걸까요. 영화에서나 나올 법한 상상도 못 할 일들을 벌여놓고 괴물까지 만들어놨으니. 거기에다 무장군인들까지. 우리가 여기서 살아나갈 수 있을까요? 그리고 목적지가 있기나 할까요?"

호석의 절망이 성에 영향을 미친것일까, 고요했던 성이 이상한 소리를 내기 시작했다. 흐느낌과 웃음이 뒤섞인 소리였다. 네 사람은 소름 돋는 소리에 방향을 잡지 못하고 제자리를 맴돌았다. 갑자기 성이 대낮처럼 밝아졌다. 강한 빛이 망막을 파고들었다. 급히 눈을 가린 그들은 그곳을 벗어나기 시작했다. 성은 그것도 허락하지 않았다. 믿을 수 없게도 좁았던 복도가 넓은 복도로 변해 있었다. 그게 끝이 아니었다. 팽창하기 시작한 복도는 멈추지 않고 계속해서 늘어났다. 기성이 소리쳤다.

"복도가 갈라지고 있어요! 뛰어요!"

네 사람이 미친 듯이 뛰었다. 흐느낌과 웃음소리가 거머리처럼 따라붙었다.

"가시 벽을 조심해서 가상으로 붙어요!"

기성의 외침을, 흐느낌과 웃음소리가 삼켰다. 뛰던 발들이 갑자기 멈췄다. 아니 멈출 수밖에 없었다. 대낮처럼 밝았던 복도가 아무것도 보이지 않는 캄캄한 세상으로 변했다.

하늘의 갈등

"어디에 있어요, 모두 어디에 있어요!"

겁에 질린 덕순이 울면서 외쳤고, 천수가 말을 받았다.

"저 앞에 있어요. 그 자리에서 움직이지 마세요. 자칫하면 떨어질 수도 있어요."

하지만 덕순은 누구 목소린지 알 수 없었다.

"호석 씨, 호석 씨 무사하죠?"

"저 여기 있어요. 바로 옆에 있어요."

"손, 뻗어봐요."

덕순과 호석의 손이 허공에서 마주쳤다. 그 순간 덕순이 복받쳐 오르는 감정에 울음을 터트렸다.

"울지 마세요. 저 여기서 반드시 살아나갈 거예요."

호석이 울먹였다.

"그래야죠. 당연히 살아나가야죠."

캄캄한 세상이 물러나고 밝은 빛이 그 자리를 차지했다. 기성과 천수가 갈라진 복도를 사이에 두고 맞은편에 앉아있었다.

"오, 다들 무사하셨군요."

덕순의 목소리는 무언가 쿵쿵 울리는 소리에 묻혔다.

"그 자리에서 움직이면 안 돼요."

기성의 목소리 또한 복도가 무너지는 소리에 묻혔다. 다시 또 캄캄한 세상이 펼쳐졌고 잠시 후, 밝은 빛이 몰려와 캄캄한 세상을 물리쳤다. 그것은 반복됐고 캄캄한 세상과 밝은 세상이 속도를 빨리했다. 그것은 마치 환락가의 조명처럼 빠르게 깜빡거렸다.

"태블릿pc를 던져요!"

덕순의 손을 벗어난 태블릿pc가 기성의 손에 아슬아슬하게 안착했다. 연이어 호석의 태블릿pc가 기성의 손에 들어갔다.

"기성아, 빨리해!"

천수가 무너지는 복도와 기성의 손가락을 번갈아보면서 외쳤다.

호석이 양손을 벌렸다.

"김기성 씨, 다 됐으면 던지세요!"

GPS시스템이 깔린 태블릿pc가 호석의 손바닥에 정확하게 떨어졌다. 무너지던 복도가 잠시 주춤했다. 기성이 외쳤다.

"지금이에요! 빨리 가세요!"

덕순과 호석이 무작정 달렸다.

비슷한 시각, 명수와 혜영은 성이 흔들리는 느낌에 후미진 곳으로 뛰었다.

"조심해요!"

무작정 뛰던 명수가 섬뜩한 가시 벽 앞에서 급히 발을 멈췄다. 잠깐의 방심이라도 허락하지 않는 성의 모습에 두려움이 일었다. 그 자리에서 최대한 자세를 낮춘 명수는 재현된 악몽이 지나가기만을 기다렸다.

"또 시작인가 봐요."

혜영은 끊임없이 긴장과 공포를 몰고 오는 성이 너무 두려웠다. 그 어떤 것도 예측할 수 없고, 그 어떤 곳으로도 피할 수 없는 현실이 제발 꿈이었으면 좋겠다고 생각했다.

"이건 꿈이야, 이건 꿈이라고!"

같은 생각의 명수가 말없이 혜영을 토닥였다.

흔들리던 성이 움직임을 멈췄다. 명수가 태블릿pc를 실행했다.

"지시자님, 성이 흔들렸어요. 무슨 일이 일어나는 거죠?"

화면은 켜져 있지만 지시자는 나타나지 않았다.

"어떻게 된 거죠? 왜 지시자님이… 혹시 태블릿pc가 고장 난 거 아닐까요?"

"고장은 아닌 것 같은데."

"이리 줘봐요."

혜영이 태블릿pc의 전원을 껐다가 다시 켰지만 지시자는 여전히 모습을 보이지 않았다.

"아, 태블릿pc가 또 있잖아요."

"아, 또 있었지."

그때, 화면이 깜빡거리더니 지시자가 모습을 보였다. 그런데 지시자는 눈이 안 보일 정도로 모자를 깊게 눌러쓰고 있었다. 얼굴도 어딘가 이상하게 보였다. 혜영이 지시자의 달라진 모습에 고개를 갸웃하고 물었다.

"지시자님, 어떻게 된 거예요? 왜 갑자기 접속도 안 되고. 모자는 또 뭐예요?"

"저는 사실…"

지시자가 무슨 말을 하려다가 입을 다물었다.

"사실 뭐요?"

"아, 아닙니다. 그곳의 상황을 설명해주세요."

혜영이 명수를 한 번 쳐다보았다가 지시자의 얼굴을 살피면서 말했다.

"조금 전에 성이 흔들렸어요. 어떻게 된 거죠? 또 무슨 일이 벌어질 것만 같아서 무서워 죽겠어요."

"성이 흔들렸어요? 아."

지시자의 입에서 강한 우려가 묻어있는 탄식이 흘렀다.

"성이 흔들렸다는 건 지시자들의 농간이 표면으로 드러나고 있다는 증거입니다. 그 농간이 성에 더 크게 영향을 미치기 전에 빨리 손을 써야 합니다."

"어떻게 손을 써야죠? 방법을 알려주세요."

"사실, 지시자들은 아주 큰 약점을 갖고 있습니다."

"약점이 있어요? 어떤 약점이죠?"

지시자가 잠시 머뭇거렸다.

"왜 그러세요? 약점이 있다면 빨리 알려주셔야죠."

"말씀드리죠. 지시자들은 자신을 추종하는 사람들이 없으면 아무 힘도 발휘할 수 없습니다. 추종세력이 많으면 많을수록, 그들이 말하는 길이 두터워질수록, 힘은 강해져서 이 성에 막대한 영향을 줄 것입니다."

"바꿔 말하면 추종세력이 없는 지시자는, 이 성에 어떠한 영향도 끼칠 수 없다는 말인가요?"

"그렇습니다. 그래서 저는 처음부터 동료들을 설득해서 인도해야 된다고 끊임없이 말했던 겁니다."

"지시자님은 이 성에 어떤 영향을 줄 수 있나요?"

"매우 유감이지만 저는 이 성에 아무런 영향도 줄 수 없습니다. 하지만 확실한 건 당신들이 목적지에 도달할 수 있는 유일한 길을 알고 있습니다."

혜영이 이해할 수 없다는 표정으로 물었다.

"다른 지시자들은 이 성에 영향을 줄 수 있는 리모컨이라도 갖고 있다는 말인가요?"

"아주 좋은 비유를 해주셨네요. 결론부터 말씀드리면 그들은 리모컨을 갖고 있습니다. 바로 동료들을 위험에 빠트리기 위한 계략이 그 리모컨이고, 동료들을 속여 사지에 몰아넣으려고 하는 사악한 마음이, 이 성에 영향을 주는 아주 강력한 리모컨입니다."

혜영이 더더욱 이해할 수 없다는 표정을 지었다.

"그리되면 추종세력이 없어지는 거잖아요."

"그래서 전 그들을 불나방이라고 부르죠. 언제 죽을지도 모르고 불 속으로 뛰어드는 불나방이요. 그들은 추종자들을 조정할 수 있다는 쾌락에 눈이 멀어 미래는 물론이고, 자신들이 무슨 짓을 하고 있는지조차 모르는 자들입니다. 아주 무지하면서도 뻔뻔하고 비열한 자들이죠."

"목적지만의 문제가 아니었네요."

"그렇습니다. 보아하니 이젠 설득의 방법으론 지시자들이 가진 힘을 약화시킬 수 없을 듯합니다."

"그러면 어떻게 해요?"

"지급품을 확인해보세요."

듣고 있던 명수가 배낭을 열어 지급품을 확인했다. 흔히 볼 수 없는 공구들이 쏟아져 나왔다.

"세상에 이게 다 뭡니까? 우리가 사냥꾼도 아니고."

혜영이 얇은 철사를 들어 올렸다.

"설마 이걸로…."

명수와 혜영의 우려는 현실로 다가왔다.

"붉은색 길을 제외한 모든 길에 장애물을 설치해야 합니다. 동료들의 이동을 막으면 지시자들의 힘은 자연스레 약화될 것이고, 성은 처한 위험에서 벗어날 수 있습니다."

명수의 목소리가 거칠게 나왔다.

"그 과정에서 동료들이 다칠 수도 있잖아요."

"당연히 그럴 수 있습니다. 하지만 벌어지는 현상이 기회가 될 수 있다는 점 또한 간과해서는 안 됩니다. 모든 일에는 명과 암이 같이 존재하니까요."

혜영이 명수를 거들고 나섰다.

"지시자님은 우리한테 동료들을 설득해서 인도하라고 했잖아요. 그런데 갑자기 이런 무모한 방법을 사용하라니 납득할 수 없어요."

명수가 다시 혜영을 거들었다.

"혜영이 말이 맞아요. 무엇보다도 우린 동료들을 만날 기회조차 없었다고요."

지시자가 탄식을 흘렸다.

"두 분께 부끄러운 모습을 보이지 않으려고 했는데 이렇게 된 이상 어쩔 수 없군요."

잠시 생각한 지시자는 쓰고 있던 모자를 천천히 벗었다. 명수와 혜영의 눈이 크게 벌어졌다. 지시자의 두 눈은 심하게 부어올라 있었고, 눈꺼풀이 붙은 한쪽 눈엔 경련이 심하게 일고 있었다. 이상하게 보였던 얼굴도 맞아서 생긴 멍 자국 때문이었다.

"지시자님을 누가 이렇게 만들었습니까!"

화가 치민 명수는 주위를 둘러보면서 숨을 씩씩거렸다.

혜영이 지시자의 처참한 모습에 눈물을 글썽이며 물었다.

"지시자님의 상처가 그것 때문이었나요?"

"네, 저는 두 분의 수고를 어떻게든 덜어드리기 위해 다른 지시자들을 설득했습니다. 더 이상 동료들의 앞길을 방해하지 말고 물러나라고. 하지만 파렴치한 그들은 제 말을 들은 체도 하지 않고 오히려 저를 몰아세웠습니다. 그 과정에서 입은 상처입니다."

지시자가 고개를 떨궜다.

"그런 줄도 모르고…."

눈물을 훔친 혜영이 다시 말했다.

"우리 동료들이 그 길을 지나왔는지 아니면 지나갈 것인지 어떻게 알 수 있죠?"

"성에 있는 모든 길들은 돌고 도는 길입니다. 저를 믿고 실행하세요. 할 수 있겠죠?"

혜영이 즉답을 피했고, 보고 있던 명수가 답답하다는 듯 태블릿pc

를 빼앗듯 가져왔다.

"지시자님이 또 다치기라도 하면 어쩌려고 그래? 지시자님이 우릴 도와준 것처럼 우리도 지시자님을 도와야지."

"저는 도저히 못 하겠어요."

그와 동시에 성이 흔들렸다가 다시 잠잠해졌다.

"어쩔 수 없는 일이야."

명수가 참담하게 말했다.

"어쩔 수 없는 일이라니요. 아저씨는 그럼…."

"결과적으로 봤을 때 동료들을 위하는 길이니 그렇게 할 수밖에."

군인들이 가던 길을 멈췄다.

사납게 눈을 치켜뜬 대위가 가시 벽을 향해 방아쇠를 당겼다. 무수한 총탄이 가시 벽에 박혔다. 대위는 분이 풀리지 않는지 총질을 멈추지 않았다. 가시 벽이 계속되는 총질에 몸부림치는 것 같았다. 이윽고 총질을 멈춘 대위는 부하들을 이끌고 신속하게 움직였다.

"형님, 성이 왜 이러죠?"

정태가 가던 길을 멈추고 경민의 팔을 붙들었다.

"뭔가 이상해."

"형님도 성이 흔들리는 걸 분명 느꼈죠?"

"나도 분명히 느꼈어."

경민이 천장을 지나는 배관들과 가시 벽을 살폈다.

"무슨 일이 일어날 것 같은데요."

"재수 없는 말 하지 마."

그때 성이 또 한 번 흔들렸다가 잠잠해졌다.

"아우, 시팔. 여기서 빨리 나가야지."

"한시라도 빨리 나가는 게 상책이죠."

성은 더 이상 흔들리지 않았고 다시 찾아온 침묵이 성을 지배했다.

"별일 아닐 거야."

"그러길 바래야죠. 이제 어떻게 할 생각이세요?"

"파란색 길로 왔으니까 파란색 년을 이용해 봐야지."

"그 여자도 '일단'인가요?"

"그렇지. 일단 이년을 선택했다가 마음에 안 들면 다시 바꾸면 돼."

그는 성을 벗어날 때까지 두 여자를 번갈아가며 이용할 심산이었다.

"지시자를 번갈아가면서 이용한다고 하지만, 문제는 그 괴물이잖아요. 언제 또 괴물이 나타날지도 모르는 상황에서 무작정 갈 수도 없는 일이구요."

경민이 서슬 퍼런 나이프를 꺼내 들었다.

"아까는 전혀 준비가 안 된 상태여서 당했지만 이젠 상황이 달라. 만약 놈이 다시 나타나면 가차 없이 목을 따버릴 거야."

"상대는 괴물이에요, 형님. 괴물을 상대하겠다고요?"

"나도 싸움에는 이골이 난 놈이야. 길거리 싸움에서 단 한 번도 져본 적이 없어. 내 비밀을 말해줄까?"

"비밀이요?"

"나는 폭력에 절도 전과만 10범이 넘어. 제아무리 괴물이라고 해도 이 나이프에 모가지가 날아갈 거야."

정태는 경민의 섬뜩한 눈빛에 소름이 돋았다. 무슨 말을 하고 싶었지만 입술이 떨어지지 않았다. 그것을 눈치챈 경민이 본래의 표정으로 돌아가 미소를 지었다. 하지만 그 미소에는 묻어있던 살기가 채 가시지 않았다.

"이제부터 다른 생각은 하지 마. 우린 무조건 여기만 빠져나가면 돼."

"그야… 그렇죠."

정태가 어정쩡하게 대답했다.

"우린 다시 처음으로 돌아가서 여기를 빠져나갈 거야."

"어떻게요? 길도 모르는데. 무슨 방법이 있어요?"

"내 말 잘 들어."

정태는 경민의 목소리에 따라 가끔씩 몸을 움찔거렸다.

"그 방법이 잘 먹힐까요?"

"먹히지 않으면 다른 년을 이용하면 돼. 만약 그년도 먹히지 않으면 다른 놈들이 또 있고. 우리가 이용할 수 있는 지시자들은 충분해. 무슨 말인지 알겠지?"

"네, 형님만 믿을게요."

"빨리 움직여."

경민은 정태의 모습이 시야에서 벗어나자 태블릿pc를 실행했다.

"지시자님, 큰일 났습니다."

"갑자기 무슨 일이죠?"

"같이 다니던 정태가 없어졌어요. 아무리 찾아도 찾을 수가 없어요. 어떡하죠?"

"아, 난감하군요."

"정태가 다른 지시자와 접속하기 전에 빨리 찾아야 되는데 방법이 없어요."

"다른 지시자와 접속하면 절대로 안 되죠. 같이 다니면서 이상한 점이 없었나요?"

기다리고 있던 말이었다.

"지금 생각해보니 정태는 여기를 나가고 싶다고 계속 말했어요. 어디로 갔을까요?"

"계속 나가고 싶다고 말했다면 분명 성문을 찾고 있을 겁니다. 할 수 없군요. 시간이 지체되더라도 처음으로 돌아가서 찾아보는 수밖에요. 동료를 위해서 당신의 수고가 필요하겠네요. 안내해드릴 테니 어서 이동하세요."

이년아, 수고는 무슨 수고. 내가 바라던 게 이건데. 경민은 보이지 않게 비웃음을 날렸다.

몸을 숨기고 있던 정태가 거리를 유지하며 따라붙었다. 시작지점으로 다시 향하는 경민은 신기했고 한편으론 의아했다. 채 5분도 지나지 않아 눈에 익은 복도와 길이 나타났고, 부서진 석상들이 어렴풋이 보였다. 시작지점이었다. 그동안 이동했던 거리는 어림잡아도 5㎞ 이상이었다. 그 거리를 어떻게 5분도 안 돼서 올 수 있단 말인가. 성의 구조가 몹시 궁금했지만 묵직한 배낭이 궁금증을 몰아냈다. 드디어 찢겨진 카론의 배와 엘리시움, 지옥도가 눈앞으로 다가왔다. 이제 여기서 나가기만 하면 돼. 회심의 미소를 흘린 경민은 주저 없이 접속을 끊어버렸다.

"정태야, 이제 그만 나와."

바닥에 털썩 주저앉은 경민은 배낭을 열어 돈다발을 확인했다.

"하하하, 난 이제 부자야. 부자라고. 하하하."

그때까지도 정태의 모습은 보이지 않았다.

"나 먼저 갈 테니까, 너는 알아서 가라."

성문으로 다가간 경민은 거대한 성문을 힘껏 밀었다. 그런데 어찌된 일인가. 성문은 꿈쩍도 하지 않았다. 경민은 재차 성문을 힘껏 밀었다. 무엇이 가로막고 있는지 미동도 하지 않았다.

"이런, 시팔. 왜 이러는 거야!"

미친 듯이 밀쳤지만 거대한 성문은 밖을 보여주지 않았다. 지친 그는 불현듯 그라인더를 떠올렸다. 나무 재질의 성문은 그라인더로 쉽게 잘릴 것 같았다. 얼른 배낭을 열어 그라인더를 찾아보았다. 하지만 그라인더는 보이지 않았고 밧줄과 나이프만 나왔다. 나한테 없다면 정태에게 있을 것이다. 할 수 없이 정태를 찾아야 했다.

"야, 박정태! 어디에 있는 거야!"

공허한 메아리였다.

"시팔, 진짜 미치겠네."

그때, 날카로운 소음이 귀를 자극했다. 귀를 기울이니 지나왔던 길이었다. 경민은 얼른 나이프를 빼들고 천천히 이동했다. 등에서 식은땀이 흘렀다.

"박정태, 장난치면 죽는다."

역시나 아무 응답이 없었다. 경민이 석상에서 떨어져 나온 얼굴을 응시했다. 절반이 잘려나간 흉측한 얼굴이 자신을 노려보는 것만 같았다. 날카로운 소음은 계속됐고 보이지 않는 공포가 두 다리를 옭아맸다.

"박정태, 이 개새끼. 너 진짜 죽는다."

나이프를 다시 힘껏 말아 쥔 경민은 두 갈래 길에서 오른쪽으로 꺾었다. 그 순간 하마터면 뒤로 넘어질 뻔했다. 바닥에 얼굴을 박고 있는 사람은 분명 정태였다. 돌멩이를 손에 쥐고 연신 바닥을 긁고 있었다. 날카로운 소음의 정체였다. 경민이 얼른 뛰어가 정태를 일으켰다. 머리에서 흘러내린 피가 얼굴을 적셨다. 다행히 피는 더 이상 흘러내리지 않았다.

"어떻게 된 거야?"

"형님, 물, 물 좀."

몇 모금 물을 마신 정태가 의식을 차츰 회복했다.

"누가 이랬어? 괴물이야?"

"모르겠어요. 형님을 따라가는데 갑자기 돌이 날아왔어요."

"그러니까 잘 따라붙으라고 얘기했잖아."

"그러다가 지시자가 눈치라도 채면 모든 게 허사잖아요."

"그야, 그렇지. 여긴 아주 이상한 데야. 빨리 여길 나가야 돼. 걸을 수 있겠어?"

"네, 이제 좀 괜찮은 거 같아요."

경민의 부축을 받은 정태가 몸을 일으켰다.

"나가는 문은 찾았어요?"

"음, 찾았어."

"오우, 역시."

정태가 아픈 머리를 잡고 희미하게 웃었다.

다시 거대한 성문과 마주 선 경민은 그라인더의 스위치를 올렸다. 칼날이 돌아가는 소리가 경쾌한 음악처럼 들렸다. 이제 여긴 끝이다. 그라인더의 칼날이 성문을 파고들었다. 그런데 이게 또 어찌된 일인가. 금방 잘릴 줄 알았던 성문은 잘리지 않았고 불꽃이 일었다. 그것은 쇠를 자를 때 일어나는 현상이었다.

"형님, 이건 나무문이 아니라 철문 같은데요."

그라인더를 멈춘 경민은 문을 자세히 살폈다. 정태의 말이 맞았다. 나무무늬를 입힌 거대한 철문이었다. 화가 오르기 전에 허탈한 마음이 앞섰다. 현실을 부정하고 싶은 경민은 그라인더를 다시 작동시켰다. 무수히 일어났다가 사라지는 불꽃이, 암담한 현실을 대변해주는 것 같았다. 경민은 급기야 철문을 걷어찼다.

"에이, 시팔!"

"형님, 이제 어떡하죠?"

"빠져나갈 구멍을 찾아야 해. 어딘가 분명히 있을 거야."

두 사람은 미친 듯이 주위를 오가며 빠져나갈 길을 찾았다.

"형님, 저기가 좀 떨어져 있지 않아요?"

정태가 가리킨 곳은 성문과 천장의 틈새였다. 어두워서 잘 보이지 않았지만 분명히 빈 공간이었고, 사람이 통과하기에도 충분해 보였다. 그런데 높이가 문제였다. 거대한 성문은 족히 4m는 넘을 것처럼 보였다. 잠깐 생각한 경민은 밧줄을 펼쳤다.

"이 정도 길이면 충분해."

"성문을 넘어가시게요?"

"넘어가야지."

"아우, 전 자신 없어요. 잘못해서 떨어지기라도 하는 날엔."

"자신 없으면 하지 마. 나 혼자 갈 테니까."

경민은 절단된 쇠파이프를 주워 와 밧줄에 묶었다. 이어서 틈새를 향해 힘껏 던졌다. 하지만 쇠파이프는 틈새를 통과하지 못하고 떨어졌다. 몇 번을 시도해도 결과는 달라지지 않았다.

"제가 해볼게요."

"넘어갈 자신 없다면서."

"생각이 달라졌어요."

밧줄을 넘겨받은 정태가 틈새를 향해 힘껏 던졌다. 쇠파이프가 보기 좋게 틈새를 통과했다. 그 순간을 놓치지 않은 정태는 얼른 밧줄을 잡아당겼다. 성문과 천장에 세로로 걸린 쇠파이프가 딸려오지 않았다. 단 한 번으로 성공이었다.

"운이 좋았네요. 형님 먼저 올라가세요."

웃음으로 대답한 경민이 밧줄을 잡았다. 믿어지지 않을 정도로 빠르게 천장까지 오른 그는 성문에 배를 깔고 엎드렸다. 모든 동작들이 아주 능숙해보였다.

"빨리 올라와."

잠깐 망설인 정태는 용기를 내 성문을 오르기 시작했다. 몸과 배낭의 무게가 상당했다. 미끄러짐을 몇 번 반복한 그는 간신히 성문을 올랐다.

밧줄을 문밖으로 내린 경민이 그 역시도 능숙하게 내려갔다. 하하하. '이제 증말 끝이다.' 경민은 벅찬 감격에 소리라도 지르고 싶었다. 어둠에 싸인 바깥세상이 너무 아름답게 보였다. 하지만 성은 그들을 놓아줄 마음이 없는 모양이었다. 경민이 땅의 감촉을 느끼고 있을 때였다.

"형님, 조심하세요!"

화들짝 놀란 경민이 정태를 쳐다보았다.

"뒤요, 뒤. 뒤에 개가 오고 있어요."

엄청난 덩치의 개가 털을 곤두세운 채 달려오고 있었다. 화가 잔뜩 오른 개는 식당을 지키고 있던 바로 그 개였다. 개를 피해 숨을 곳을 찾았지만, 또 한 마리의 개가 옆에서 다가오고 있었다. 응접실을 지키고 있던 개였다. 개들을 피해 도망칠 수 있는 유일한 길은 다시 성으로 들어가는 길밖에 없었다. 미치고 환장할 노릇이었다.

"빨리 올라오세요!"

"개새끼들, 다 죽여 버릴 거야!"

그의 일갈을 성이 집어삼켰다.

코끼리도 쓰러뜨릴 것 같은 사나운 이빨이 바로 앞으로 다가왔다. 밧줄을 잡은 손이 덜덜 떨렸다. 그것은 참을 수 없는 분노의 떨림이었다. 비극은 거기서 끝나지 않았다. 밧줄을 오르던 경민이 갑자기 멈췄다. 무엇에 걸렸는지 더 이상 오를 수가 없었다. 기회를 잡은 개가 뛰어올랐다. 경민이 다리를 웅크렸고 개의 이빨이 부딪치는 소리가 섬뜩하게 들렸다.

"형님, 위험해요. 빨리 올라오세요."

경민은 힘을 끌어모아 몸을 당겼다. 그 순간 문고리에 걸렸던 배낭이 등을 벗어나 밑으로 떨어졌다.

"내 돈, 내 돈. 안 돼!"

경민은 차라리 밧줄을 놓고 싶었다. 그 참담한 모습에 정태가 두 눈을 질끈 감았다. 사나운 이빨의 개들은 연신 뛰어올랐고, 팔에서는 점점 힘이 빠져나갔다. 자신도 모르게 흘러내린 눈물이 얼굴을 적셨다. 간신히 감정을 수습한 경민은 성문을 올라 성으로 들어왔다.

"이제 어떡해요, 형님."

아무 소리도 들리지 않았고, 어떤 생각도 떠오르지 않았다. 멍하게 있던 경민이 나이프를 빼들었다.

"개새끼들, 다 죽여 버릴 거야."

성은 그의 분노조차 용납할 수 없는 모양이었다. 끝까지 유린해 굴복시킬 작정인 듯했다. 경민은 또 다른 비극이 다가오고 있음을 직감했다. 그것은 어디선가 들려오는 군홧발 소리였다. 더 이상 당하고 있을 수만은 없었다.

"좆같은 군바리 새끼들 다 죽여버릴 거야."

살벌한 기운을 머금은 소리가 바짝 다가왔다. 경민과 정태가 나이프를 움켜잡았다. 들려오던 소리가 갑자기 멈췄다. 서로의 호흡이 느껴졌다. 바로 그때, 총탄이 날아왔다. 타타타타 탕.

"형님, 엎드려요!"

수십 발의 총탄이 머리 위를 지나갔다. 섬광을 머금은 총탄은 쉬지 않고 날아왔다. 총기로 무장한 군인들과 어떻게 싸운단 말인가. 경민은 총탄이 날아오는 방향을 피해 필사적으로 기었다. 바닥에 쓸린 팔과 다리에서 피가 흘렀지만 느껴지지 않았다. 떨어진 배낭도 머릿속 깊은 곳으로 내려앉았다. 머리를 잠식한 건 오로지 살아야 한다는 일념뿐이었다. 경민은 미친 듯이 기어 가고일 석상이 있는 곳에 이르렀다. 총탄이 멈추고 군홧발 소리가 가까워졌다.

"뛰어!"

경민과 정태가 가고일 석상을 넘어 파란색 문으로 뛰어들었다. 이어서 벽에 붙은 그들은 숨소리를 죽였다. 문이 닫혔고 사방이 고요했다. 어떤 이유인지 조명이 깜빡거리기 시작했다. 일순간 모든 조명이 꺼졌다. 칠흑 같은 어둠이 그들을 덮었다.

"형님, 거기 계세요?"

정태가 속삭이듯 물었다.

"놈들이 올지 모르니까 말하지 마."

지나가는 시간의 무게가 어깨를 강하게 짓눌렀다.

경민은 손에 들린 나이프를 확인했다. 다행히 어떤 인기척도 느껴지지 않았다. 깊은 곳에 가라앉았던 기억이 표면으로 떠올랐다.

"배낭은 잘 메고 있지?"

정태는 어둠을 뚫고 들려오는 섬뜩한 목소리에 사지가 오그라들어 목소리가 나오지 않았다.

"왜 대답이 없어?"

"잘 메고 있어요."

목소리가 심하게 떨려 나왔다.

꺼져있던 조명이 천천히 깜빡이기 시작했다. 경민이 나이프를 움켜잡았다. 천천히 깜빡이던 조명이 속도를 빨리하더니 환해졌다. 순간 몸을 돌린 경민이 정태를 향해 나이프를 휘둘렀다. 허공을 가른 나이프가 벽을 찍었고 몸이 휘청했다. 당연히 있을 줄 알았던 정태가 보이지 않았다.

설마, 이 새끼가? 열린 문이 모든 것을 뒷받침했다. 헛웃음이 흘렀다.

"하, 이 새끼 봐라. 박정태, 넌 내 손에 걸리면 뒤진다."

분노가 극에 달한 경민이 정태를 찾아 나섰다.

연금술사의 방에서는 무슨 일이

그 시각, 무시무시한 얼굴의 남자가 흰색 길을 벗어나 붉은색 길로 접어들고 있었다. 절제된 동작과 가벼운 발걸음은, 이미 오래전부터 체득된 것처럼 자연스럽게 보였다. 그는 이동하려는 목적지를 정확히 알고 있는 듯, 붉은색 길에서 다시 검은색 길로 빠졌다. 조명 빛에 드러난 얼굴은 경민과 정태를 공격했던 바로 그 괴물이었다.

괴물이 지나간 길에 한 남자가 나타났다. 기성이었다. 기성은 괴물을 미행하고 있는 것 같았다. 일정한 거리를 유지한 채 괴물을 따라붙었다. 바삐 걷던 괴물이 갑자기 발을 멈췄다. 기성의 호흡이 가빠졌다. 고양이 소리가 들렸다. 여기서 이러면 안 돼. 양손으로 귀를 틀어막았다. 기성은 얼른 벽에 붙어 몸을 숨겼다. 고양이 소리가 그치지 않았다. 붉게 충혈된 눈에서 살기가 뻗쳤다. 괴물과 눈이 마주쳤다. 당황한 괴물이 주춤주춤 물러났다. 조명이 점점 흐려졌다. 괴물이 그 틈을 이용해 천천히 몸을 돌렸다. 기성이 괴물의 흐릿한 형체를 향해 돌진했다. 민첩하게 피한 괴물이 도망치려고 했다. 기성이 다시 괴물을 향해 돌진하려고 할 때였다. 복도가 칠흑 같은 어둠에 휩싸였다. "다 나와! 다 나와!"

무섭게 소리친 기성이 어둠을 공격했다. 주먹과 발을 연신 내질렀다. 숨이 턱까지 차올랐다. 다시 들어온 조명에 복도가 환해졌다. 조금 떨어진 곳에서 괴물이 자신을 쳐다보고 있었다. 등을 돌린 괴물이 뛰었다. 기성이 따라붙었다. 괴물이 전속력으로 뛰었다. 기성이 괴물을 앞질렀다. 괴물이 다시 기성을 앞질렀다. 고양이 소리가 계속됐다. 기성이 기묘한 웃음을 흘렸다. 다 죽여야 해. 다 죽여야 해. 어느새 고양이 소리가 사라졌다. 퍼뜩 정신을 차린 기성이 다리를 멈췄다. 내가 지금 뭐를 한 거지? 괴물이 다시 움직였고 기성이 괴물을 따라붙었다.

로비로 나온 정태는 도무지 정신을 차릴 수 없었다. 로비는 전혀 다른 모습을 하고 있었다. 어떻게 된 일인지 심하게 훼손됐던 엘리시움과 지옥도, 카론의 배는 흠집을 찾아볼 수 없을 정도로 완벽하게 복원돼 있었다. 이곳으로 처음 들어와서 보았던 그대로였다. 어디에서도 총탄의 흔적은 찾아볼 수 없었고, 전혀 다른 길이 정신을 흔들었다. 검은색 길은 창가를 가로질러 뻗어있었다. 경민을 피해 나왔던 길은 어디로 갔는지 보이지도 않았다.

"도대체 이게 뭐야."

목소리에 울음이 섞여 나왔다.

어디선가 경민이 튀어나와 나이프를 들이댈 것만 같았다. 선택의 여지가 없는 정태는 검은색 길로 방향을 잡았다. 어서 빨리 기성과 천수를 만나 도움을 청해야 했다. 우선 배낭을 숨길 곳을 찾아야 했다. 돌아보니 공사자재들이 아무렇게나 쌓여있는 곳이 적당했다. 여긴 이 실험이 끝날 때까진 사람들이 오지 않을 것이다. 공사자재로 얼른 배낭을 덮은 정태는 뛰기 시작했다. 이십여 미터를 지나 커브를 돌 때 발자국 소리가 들렸다. 혹시 경민일까? 순간 긴장한 정태는 나이프를 빼 들고 발소리에 집중했다. 하지만 묵직한 발소리만으로는 누군지 알 수 없었다.

"혹시, 기성이 형님이세요?"

대답이 없었다.

"저, 정태예요. 박정태. 대답 좀 해보세요."

역시나 대답이 없었다.

몹시 겁에 질린 정태는 몸을 뒤로 돌렸다. 우악스런 큰 손에 머리채가 잡혔다. 괴물이었다. 눈을 감은 정태는 나이프를 마구 휘둘렀다. 감촉이 전혀 느껴지지 않았다. 오히려 옆구리에 타는 듯한 통증이 느껴졌다. 이어서 복부에 주먹이 날아들었고 무릎이 굽혀졌다. 정태의 두 눈이 크게 벌어졌다. 그때 누군가 달려오고 있었다. 구세주 기성이었다.

"기성이 형님, 살려주세요!"

기성과 괴물이 서로를 노려보았다. 괴물이 한 발을 뒤로 뺐고 기회를 잡은 기성이 주먹을 날렸다. 실로 번개 같은 동작이었다. 간신히 주먹을 피한 괴물이 순간 주춤했다. 기성과 괴물이 빈틈을 노리며 천천히 움직였다.

"천수를 불러."

기성이 괴물에게서 눈을 떼지 않고 말했다.

"네?"

"빨리, 천수를 불러!"

"아, 네. 천수 형님! 여기요. 여기 괴물이요! 괴물이 있어요. 빨리 오세요!"

천수는 모습을 보이지 않았다.

잠깐 기성을 노려본 괴물이 정태를 뛰어넘어 달아났다.

"거기 서!"

기성이 괴물을 쫓아가려고 하자 정태가 일어섰다.

"가지 마세요, 형님. 저 혼자 여기 있기 싫어요."

"지금 괴물을 잡지 못하면 누가 당할지 몰라."

"제발요, 형님. 제발 가지 마세요. 경민이 형님이 저를 죽이려고 해요."

"무슨 말이야? 그 사람이 왜 너를?"

정태는 차마 돈 얘기를 꺼낼 수 없었다.

"그건 차차 얘기할게요. 여하튼 제발 가지 마세요."

어디선가 총소리가 들렸다. 반사적으로 몸을 숙인 두 사람이 총소리가 지나가기만을 기다렸다.

"여기 무장군인들이 있어요. 여긴 정말 이상한 데에요."

"그건 나도 알고 있어."

천수가 뛰어오고 있었다.

"형님, 어디에 있다가 오셨어요? 지금 막 괴물이 그쪽 길로 도망쳤는데. 어? 손은 어디서 다쳤어요?"

정태가 상처를 살펴보려고 하자 기성이 말했다.

"저기에서 군인들이 오고 있어. 빨리 도망가야 해."

군홧발 소리가 세 사람을 따라붙었다.

덕순과 호석은 검은색 길을 따라 걷고 있었다.

"호석 씨, 총소리 들었죠?"

"또 시작인가 봐요. 군인들이 우릴 쫓아오는 걸까요?"

호석이 몸을 잔뜩 웅크렸다. 다행히 총소리는 더 이상 들려오지 않았다.

"근데 괴물이 검은색 길로 갔다고 했잖아요. 아줌마는 어떻게 할 생각이세요?"

"어떻게 할 생각이라니요. 지시자님을 바꾸게요?"

"그것도 고려해 봐야 할 것 같아서요. 가다가 괴물이라도 만나게 되면."

"나는 절대로 그렇게 못 하겠어요. 아니 안 해요. 바꾸려면 혼자 바꾸세요."

덕순이 일언지하에 거절했다. 그녀의 말은 계속 이어졌다.

"지시자님이 우릴 도와주지 않았다면 우린 여기까지 올 수도 없었을 거예요. 그건 호석 씨도 잘 알잖아요. 그리고 무슨 일이 생기면 기성 씨하고 천수 씨한테 도움을 요청하면 되잖아요."

"그 사람들이 어디에 있는지도 모르는데…."

덕순이 홱 돌아섰다. 호석의 입에서 지친 숨이 흘렀다.

검은색 길을 따라 십여 미터를 지나니 여지없이 커다란 문이 가로막고 있었다. 지금까지 지나왔던 문들과는 확연히 다른 점이 있었다. 시시각각 변하고 있는 문의 색깔은 붉은색에서 파란색으로 변했다. 다시 또 변하기 시작한 문은 노란색에서 흰색, 검정을 반복하더니 붉은색으로 돌아왔다. 호석은 문 안에 무엇이 기다리고 있는지, 두려움이 앞섰다. 이윽고 문이 스르르 열리고 덕순과 호석이 계단을 내려갔다. 음침한 조명 아래 두 사람을 맞이한 것은 중세시대 강철 갑옷을 입은 인형이었다. 인형의 손에 들린 검에서 푸른빛이 감돌았다. 벽 모서리에 더 아래로 내려가는 작은 계단이 있었고, 희끄무레한 연기가 계단을 타고 올라왔다.

"여긴 무슨 비밀결사대의 비밀모임 장소 같은 느낌이네요."

호석이 말했다.

"저도 그런 생각했어요. 들켜서는 안 될 것 같은 일을 꾸미는 그런 장소. 근데 올라오는 저 연기는 뭘까요?"

"내려가 보면 알겠죠."

계단을 내려오니 화학 실험실에서 볼 수 있는 유리병들이 즐비했다. 타원형의 입구가 좁은 유리병들 속엔 무색의 액체가 담겨 있었고, 저마다 크기가 달랐다. 열이 가해진 액체가, 연결된 유리관으로 증기를 내보내고 있었다. 호석이 원판 위에서 돌고 있는 유리병을 보면서 말했다.

"여긴 중세시대 연금술사의 방이네요."

"저도 학창시절에 배운 기억이 나요. 물질을 변환해서 금을 만든다는 뭐 그런 거죠."

"그건 유럽의 얘기고요, 중국에서는 연금술로 불사의 영약을 만들려는 시도를 했고, 그리고 인도에서는 약품제조를 중점에."

호석은 설명이 길어질 것 같아 화제를 돌렸다.

"여기는 그냥 지나가는 장소일까요? 지나가는 장소라면 어딘가에 문이 있을 텐데 아무리 봐도 문이 없어요."

"그러게요. 근데 지금까지 지나온 장소는 어떻게 하나같이 으스스한 데만 있는지 모르겠어요. 여기도 그렇고."

"무슨 목적으로 이런 데를 만들어서 우릴 실험의 도구로 사용하는지 모르겠지만 여기서 나가면 반드시 그 죗값을 치르게 해줄 겁니다."

"혹시 저게 문 아닐까요?"

덕순이 가리킨 벽은 다른 벽과 차이점이 없었다.

"그냥 똑같은 벽이잖아요."

"다른 벽에 비해서 너무 깨끗하잖아요. 그리고 미세하게 출렁이고 있는 것 같지 않아요?"

자세히 보니 벽은 잔잔한 호수의 잔물결처럼 출렁이고 있었다. 분명히 이질감이 있었지만 발을 들여놓기가 께름칙했다.

"보고만 있을 거예요?"

"안에 뭐가 있을지 몰라서…."

호석이 머뭇거릴 때 덕순이 벽에 손을 집어넣었다.

"봐요. 아무 일 없잖아요."

벽으로 위장하고 있던 것은 두꺼운 안개였다.

"이제 들어갈 수 있겠죠?"

두꺼운 안개를 뚫고 들어온 두 사람은 두 눈을 가득 채운 벽화에 어리둥절했다. 덕순이 벽화를 뚫어지게 응시했다.

"이 그림들은 로비에 그려져 있던 그림들하고 비슷하지 않아요?"

"색깔이 없어서 그렇지 그 그림들이 맞는 것 같은데요."

카론의 배와 엘리시움, 지옥도는 로비의 벽화와 달리 스케치만 돼있는 상태였다.

"왜 여기는 스케치만 돼 있을까요?"

대답을 기대하지 않은 덕순은 천장의 그림을 향해 고개를 들었다. 벌거벗은 남자 옆에 포도나무와 항아리가 놓여있는 그림이었다. 덕순이 말했다.

"저 그림은 알 것 같아요. 면류관을 쓰고 있는 남자. 포도나무와 항아리. 예수가 물을 포도주로 만들었다는 그림이죠."

호석이 의문을 표했다.

"글쎄요, 예수의 벌거벗은 그림은 처음 보는데요. 들어보지도 못했고요."

"세상에는 수많은 예수의 그림이 있는데 저런 그림도 있을 수 있겠죠. 그리고 십자가 처형을 당하는 예수는 벌거벗고 있잖아요."

"십자가 처형을 당하는 예수는 팬티라도 입고 있지만 저 남자는 완전한 나체잖아요."

"아우, 계속 따질 거예요?"

"따지는 게 아니라…."

호석이 뒷머리를 긁적였다.

그림을 바라보던 덕순이 한 면을 장식한 시를 읊조렸다.

"나는 걷는 법을 배웠다. 그 후 나는 줄곧 달렸다. 나는, 나는 법을 배웠다. 그 후 나는 다른 사람의 도움 없이도 움직일 수 있었다. 이제 나는 가볍다. 나는 날고 있으며 나 자신을 내려다보고 있다."

시를 다 읽은 덕순이 호석을 쳐다보았다.

"무슨 말인지 알겠어요?"

호석이 고개를 흔들었다.

"지시자님한테 물어보죠."

덕순이 지시자와 접속하려고 할 때 유리병들이 흔들리는 소리가 들렸다.

"호석 씨, 연금술사의 방에서 무슨 일이 벌어지고 있나 봐요."

"제가 보고 올게요."

"같이 가요."

연금술사의 방으로 다시 나오니 유리병들에 담긴 액체가 부글부글 끓고 있었다. 물처럼 무색투명한 액체는 색을 띠기 시작했다. 그것은 놀랍게도 검은색과 흰색, 붉은색에 이어 노란색과 파란색으로 변해갔다. 지시자들의 색깔과 일치했다.

"호석 씨…."

"맞아요. 저건, 지시자들의 색깔이에요."

옅은 색깔은 점점 더 선명해지더니 이내 완전한 색으로 탈바꿈했다.

수십 개의 유리관에서 증기가 분출됐다. 완전한 색을 가진 액체는 다시 증기가 분출된 유리관으로 나누어지더니 어디론가 흘러갔다. 그때 어디선가 시작된 안개가 연금술사의 방을 덮기 시작했다. 덕순이 얼른 나왔던 방으로 다시 들어갔다.

"호석 씨, 일로 와봐요. 벽화에 색이 칠해지고 있어요."

스케치는 자신의 식욕을 억제하지 못한 듯, 다가오는 색깔들을 빠르게 먹어치웠다. 어느새 색깔들을 완전히 먹어치운 스케치는 완전한 엘리시움과 지옥도, 카론의 배로 다시 태어났다. 색상은 강렬했고, 로비에서 처음 보았을 때보다 한층 더 깊어진 느낌이었다. 덕순이 갑자기 눈물을 주르르 흘렸다.

"갑자기 왜 그러세요?"

"그림을 바라보고 있으니까 인생이 너무 허무하게 느껴져서요."

"그러고 보니 저도 이상한 기분이 드네요. 카론의 배를 보면 허무하다가도 엘리시움에선 마음이 편안해져요. 반면에 지옥도에선 엄청난 공포가 밀려오고요."

덕순의 목소리가 이상해지기 시작했다.

"여기가 목적지라는 생각이 들어요. 여기서 제 고민을 해결할 수 있을 것 같아서요."

호석은 덕순의 이상한 목소리를 전혀 눈치채지 못했다.

"그림이 살아있는 것처럼 보여서 그런 마음이 들 거예요. 정말 천국과 지옥이 있을까요? 아줌마는 어떻게 생각해요?"

덕순이 피식 웃었다.

"그걸 내가 어떻게 알아. 시발놈아."

소스라치게 놀란 호석이 뒤로 한 걸음 물러났다.

"아줌마, 갑자기 왜 이래요?"

덕순이 깔깔대고 웃었다. 표정이 급변한 그녀는 울음을 터트렸다. 실성한 사람처럼 웃다가 울기를 반복했다. 입에서 흘러내린 침이 옷을 적셨다. 호석이 덕순을 잡고 흔들었다.

"아줌마, 정신 차려요! 정신!"

덕순의 눈동자가 광기를 머금었다. 광기에 사로잡힌 그녀는 호석의 목을 조르기 시작했다.

"우린 여기 있어야 돼. 너는 여기서 못 나가."

"제발 정신 좀 차려요!"

덕순의 광기는 멈추지 않았다.

"여기가 목적지야. 목적지라고!"

마치 신들린 듯한 덕순은 엄청난 힘으로 호석의 목을 눌렀다. 호석은 눈앞이 노래지면서 의식이 몽롱해졌다. 마지막 힘을 모아 덕순을 밀어냈다. 심한 기침이 터졌다. 바닥으로 널브러진 덕순이 천장의 그림을 멍하니 응시했다. 연금술사의 방은 이미 자욱한 안개로 뒤덮였다. 간신히 정신을 수습한 호석이 지시자와 접속했다.

"지시자님, 어떡해요. 덕순 아줌마가…."

호석은 말을 잇지 못하고 울음을 터트렸다.

"마음을 가라앉히고 천천히 말씀하세요."

지시자는 호석이 진정될 때까지 말없이 기다렸다. 덕순이 엘리시움과 지옥도로 시선을 옮겼다. 그것 역시 멍하게 바라보더니 몹시 지친 얼굴로 잠에 빠져들었다.

"지시자님, 아줌마가 갑자기 실성했어요. 그림을 보고 있다가 이상해지더니."

호석은 연금술사의 방부터, 덕순이 목을 조르던 과정까지 빠짐없이 설명했다.

지시자가 긴 숨을 흘렸다.

"덕순 씨는 그림에 너무 깊게 빠져들었어요. 순간 최면에 기반을 둔 세뇌에 걸린 겁니다. 자신이 세뇌당했다는 사실을 알아채야 하는데 쉽지 않겠군요."

"사람이 그렇게 쉽게 세뇌될 수 있나요?"

"의지의 문제이고, 성에 들어온 순간부터 시작된 것이니 세뇌될 시간은 충분했죠."

"세뇌당했다는 사실을 알아채지 못하면 어떻게 되는 거죠?"

"절대로 목적지까지 갈 수 없습니다. 설령 목적지까지 간다 하더라도 세뇌에 사로잡혀 사리분별이 불가능한 상태이니 자신이 성에 들어온 목적조차 모를 것입니다."

"그럼 어떻게 해요. 덕순 아줌마를 여기에 두고 갈 수도 없고."

"덕순 씨를 두고 간다는 건 있을 수 없는 일이죠. 방법을 찾아봅시다."

자고 있던 덕순이 뒤척이더니 힘겹게 앉았다. 이어서 엘리시움과 지옥도를 번갈아 본 그녀는 또다시 웃다가 울기를 반복했다.

"아줌마, 제발 정신 차려요!"

덕순이 노래를 부르기 시작했다. 그녀의 노래 실력은 놀라울 정도로 탁월했다. 무엇을 갈구하는 애절한 목소리가 심금을 울렸다. 놀라움은 거기서 그치지 않았다. 자리에서 일어난 덕순은 자신의 노래에 맞춰 몸을 흔들었다. 무아의 경지에 도달한 듯한 춤사위가 애절한 목소리와 완벽한 조화를 이뤘다. 호석이 자신도 모르게 심금을 울리는 노래와 춤에 빠져들었다. 덕순의 노래는 계속됐고 눈을 감은 호석이 그 노래를 따라 불렀다.

"호석 씨! 호석 씨!"

지시자의 외침에 퍼뜩 정신을 차린 호석이 노래를 멈췄다.

"지시자님, 제가 지금 뭐를 한 거죠?"

"의지가 약해지면 안 됩니다."

"덕순 아줌마의 춤과 노래는 도저히 거부할 수 없는 마력이 있어요."

"마음 단단히 먹으세요."

덕순의 몸이 기우뚱하더니 손이 그림에 스쳤다.

"안 돼!"

호석이 손을 뻗었지만 때는 이미 늦었다. 경보음이 울렸다.

"지시자님, 큰일 났어요. 경보음이 울렸어요."

지시자가 난색을 표했다.

"설상가상이군요."

여지없이 군홧발 소리가 다가왔다. 덕순의 노래는 멈추지 않았다. 화가 치민 호석이 덕순의 몸을 흔들었다가 놓았다.

"아줌마, 이제 그만하라고요!"

군홧발 소리는 급속도로 다가왔고 계단을 내려오는 소리가 천둥 치듯 들렸다. 자욱한 안개를 뚫고 들어온 소리는 연금술사의 방에 이르러서 소리를 멈췄다. 몸을 잔뜩 오그린 호석이 식은땀을 흘리면서 속삭였다.

"지시자님, 군인들이 연금술사의 방까지 왔어요."

"덕순 씨는 지금 어떤 상태인가요?"

"멍하니 그림만 쳐다보고 있어요."

"군인들한테 발각되기 전에 그곳을 빠져나갈 단서를 찾아야 합니다."

호석은 난감했다.

"군인들이 지키고 있는데 어떻게 빠져나가요. 더군다나 덕순 아줌마가 저런 상태인데."

자욱한 안개 속에서 시커먼 총구들이 표적을 찾아 움직였다. 붉은색의 조준점이 유리병들을 지나 벽과 천장을 훑으면서 지나갔다.

"거기엔 분명 어떤 단서가 있을 겁니다. 특이한 점을 찾으세요."

"아무리 봐도 특이한 점이 없어요."

군인들의 총구가 불을 뿜었다. 타타타타 탕. 총탄에 맞은 유리병들이 깨지면서 색깔을 머금은 액체가 안개 속으로 퍼졌다가 떨어졌다.

그림을 쳐다보고 있던 덕순이 작은 소리로 읊조렸다.

"나는 춤을 춰야 해. 나는 춤을 춰야 해."

호석이 다가가 덕순의 입을 틀어막았다.

"제발 입 좀 다물어요."

빗발치듯 난사되는 총탄이 고막을 울렸다.

"지시자님, 천장에 그림이 있는데 단서가 될 수 있을까요?"

"그걸 왜 이제야 말하나요. 어떤 그림이죠?"

"면류관을 쓴 벌거벗은 남자 옆으로 포도나무와 항아리가 있어요. 혹시 예수인가요?"

"면류관이 가시면류관인가요?"

호석이 면류관을 자세히 살폈다.

"가시면류관이 아니고 무슨 넝쿨 같은데요. 아, 담쟁이넝쿨이요."

"담쟁이넝쿨이라면 예수가 아니고 그리스신화에 나오는 '디오니소스'입니다."

"디오니소스요?"

"네, 술과 황홀경의 신이죠. 그게 끝인가요?"

"아, 시도 있어요."

"시요? 빨리 읽어보세요."

안개를 뚫고 들어온 소총의 조준점이 호석의 머리 위를 지나갔다. 얼른 고개를 숙였다가 다시 고개를 쳐든 그는 빠르게 시를 읽었다.

"나는 걷는 법을 배웠다. 그 후 나는 줄곧 달렸다. 나는 나는 법을 배웠다. 그 후 나는 다른 사람의 도움 없이도 움직일 수 있었다. 이제 나는 가볍다. 나는 날고 있으며 나 자신을 내려다보고 있다."

"그건 철학자 '니체'의 책 '짜라투스트라는 이렇게 말했다'에 나오는 시입니다."

"이제 끝이에요. 시와 그림이 여기를 빠져나가는 단서가 될 수 있을까요?"

잠시 생각한 지시자가 탄성을 질렀다.

"해답은 덕순 씨가 갖고 있었어요. 처음부터 덕순 씨는 해답을 알고 있었던 겁니다. 정확히 말하면 덕순 씨의 잠재의식이 해답을 알고 있었던 것이죠."

"덕순 아줌마가 해답을 갖고 있다구요? 무슨 말이죠?"

"나는 춤추는 신(神)만을 믿는다. 니체는 엄격하고 경직된 신을 부정하고 자유롭게 춤추는 신, 디오니소스를 말한 겁니다. 춤에는 탈아(脫我)의 의미가 있어요. 나 자신을 벗어나는 거죠. 덕순 씨가 자유롭게 춤출 수 있도록 해줘야 합니다."

"그래서 덕순 아줌마는 춤을 춰야 한다고 계속 말했던 건데 바보같이 그것도 모르고."

호석의 눈시울이 붉어졌다.

"최대한 차분하게 니체의 시를 읽어주세요."

안개 속을 헤매던 총구들이 한 곳으로 집결했다. 드디어 표적을 찾은 총구들은 두꺼운 안개를 향해 서서히 접근했다.

호석이 덕순을 살포시 끌어안았다. 눈물이 주르르 흘렀다.

"아줌마, 정말 미안했어요. 제가 너무 몰랐네요."

호석의 울음 섞인 목소리가 차분하게 흘러나왔다.

"나는 걷는 법을 배웠다. 그 후 나는 줄곧 달렸다. 나는 나는 법을 배웠다. 그 후 나는 다른 사람의 도움 없이도 움직일 수 있었다. 이제 나는 가볍다. 나는 날고 있으며 나 자신을 내려다보고 있다."

멍하게 있던 덕순이 호석을 쳐다보더니 눈물을 주르르 흘렸다. 이어서 양팔이 하늘을 날고 가벼운 두 발이 구름을 거닐었다. 하늘거리는 몸짓은 무아의 경지에 이르러 하늘로 솟구쳤다. 그 순간 놀라운 일이 벌어졌다. 엘리시움과 지옥도가 사라지더니 흰 구름이 그 자리를 대신했다. 그것은 문이었다. 손을 마주 잡은 덕순과 호석이 구름을 밟고 사라졌다.

간발의 차이로 덕순과 호석을 놓친 군인들이 다시 나타난 엘리시움과 지옥도 앞에서 서성였다.

대위가 엘리시움과 지옥도를 힐끗 쳐다보더니 부하들을 향해 총구를 겨눴다. 타타타탕! 대위는 부하들을 가차 없이 처단했다. 부하들의 주검을 잠시 바라본 그는 계단으로 뛰어올랐다.

붉은색 길을 걷던 명수와 혜영은 네 갈래 길에서 발을 멈췄다. 네 갈래 길은 흰색 길과 노란색 길이 거의 붙어있었고, 파란색 길은 오른쪽으로 심하게 꺾여 있었다. 그 중간으로 자신들이 가야 할 붉은색 길이 보였다.

"총소리만으로도 무서운데 지금은 개 짖는 소리까지 들려."

명수가 심각하게 말했다.

"빨리 설치하고 가죠. 어디에다 설치하는 게 좋을까요?"

"가장 강한 힘을 갖고 있는 지시자는 흰색 길을 안내하는 지시자라고 했으니까 흰색 길에다 설치를 하는 게 낫지 않을까?"

"흰색 길이라면… 김기성 씨하고 박천수 씨가 가는 길이잖아요."

혜영은 영 내키지 않은 표정이었다. 그녀의 말은 계속 이어졌다.

"그러지 말고 파란색 길과 노란색 길 중에 하나는 어때요?"

"누가 그 지시자들을 선택했는지 모르지만, 그 지시자들은 힘이 너무 약해서 성에 미치는 영향이 거의 없다고 하지 않았나?"

"지금은 그렇지만 언제든지 힘이 강해질 수도 있으니 방심하지 말라는 말도 했죠. 그러니까 파란색과 노란색 길 중에 하나를 선택하죠."

"아니야, 그건 나중 일이고 일단 가장 강한 지시자부터 해결해야해. 이것이 우리를 위하고 동료들을 위하는 길이라는 것만 생각하자고. 성이 무너지기라도 하면 모든 게 끝이야."

혜영은 할 수 없이 배낭을 열었다. 잠시 후, 모든 일을 끝낸 그들이 붉은색 길로 걷고 있을 때였다. 태블릿pc에서 이상한 소리가 흘러나왔다.

"길을 멈추세요."

심하게 갈라진 목소리는 몹시 귀에 거슬렸다.

명수와 혜영이 기겁했다. 화면에 나타난 얼굴은 정체 모를 남자였다.

"당신들이 믿고 있는 지시자는 가짜고 제가 진짭니다. 가짜에 속지 마시고 진짜인 저를 믿으세요."

이건 또 무슨 말이란 말인가. 우리 지시자가 가짜라니.

"당신은… 당신은 누굽니까?"

명수가 떨리는 목소리로 물었다.

"저는 당신들을 도와드리려고 온 사람입니다."

"우릴 도와주러 왔다고요? 뭘 어떻게 도와줄 건데요?"

"지시자에 대한 진실을. 그리고 성을 빠져나갈 수 있는 방법을."

"지시자에 대한 진실이 뭐고 성을 빠져나갈 수 있는 방법이 뭔가요?"

"들고 있는 태블릿pc를 부숴버리세요. 그리하면 제가 당신들 앞에 지시자를 끌고 오겠습니다."

"지시자를 끌고 온다고요?"

"네, 당신들 앞에 나타난 가식 덩어리인 지시자를 죽이세요. 지시자가 없어지는 순간, 진실을 알게 될 것이고 당신들은 성을 나갈 수 있을 겁니다."

"지시자를 죽여요?"

"지시자를 죽이고 여길 나갈 것인지, 아니면 고난과 역경의 길을 계속 갈 것인지 결정하세요. 기회는 단 한 번입니다. 선택하세요. 지금 당장."

혜영이 발끈했다.

"우린 지시자님의 도움이 없었다면 여기까지 오지도 못하고 죽었을 거예요! 우린 당신이 누군지도 모르잖아요! 갑자기 나타나서 무슨 소릴 하는 거예요!"

"다시 한 번 말하지만 기회는 단 한 번뿐입니다. 어서 선택하세요."

"지시자님을 죽이라고? 당신은 미쳤어."

"지시자를 죽이지 않으면 당신들은 거기서 나갈 수 없습니다. 제 말 명심하세요."

한편, 혼자 남은 대위는 파란색 길을 나와 검은색 길로 접어들었다. 길을 살펴본 그는 다시 붉은색 길로 방향을 잡아 빠르게 이동해 튼튼한 철문 앞에서 멈췄다. 기다렸다는 듯이 철문이 열렸고 대위가 방안으로 들어섰다.

네 명의 사병들이 대위를 향해 거수경례를 올렸다.

새롭게 구성된 군인들이 성의 침입자들을 찾아 나섰다.

흰색 길로 이동하던 기성, 천수, 정태는 굳게 닫힌 커다란 문을 발견했다.

"어? 형님들, 이 문은 뭔가 좀 이상하네요. 점들이 박혀있는 게 다른 문들하고는 다르네요."

바둑돌처럼 박혀 있는 점들은 흰색, 검정, 노랑에 이어 파랑, 붉은색까지 점점이 박혀있었다. 옅은 색깔의 점들은 점점 밝아지더니 갑자기 강렬한 빛을 뿜어내기 시작했다. 아름다운 빛의 향연이 펼쳐지든가 싶더니, 빛을 뿜어내던 점들은 급격히 힘을 잃고 사그라졌다.

"어떻게 할까?"

천수가 물었다.

"형님, 뭐가 있는지 한 번 들어가 보죠."

정태가 기성의 팔을 끌었다. 그와 동시에 커다란 문이 소리 없이 스르르 열렸다.

"4차원세계로 들어가는 문 같은데요. 하하."

문 안으로 들어온 그들은 텅 빈 사각공간에 고개를 갸웃했다.

"이게 뭐죠? 아무것도 없네요."

"저기를 봐."

기성의 손가락이 오른쪽 벽을 가리켰다. 아무것도 없던 벽에서 작은 틈새가 나타났다. 금세 커다란 구멍으로 변한 틈은, 벽을 통과할 수 있는 문을 생성했다.

"우리보고 들어오라고 하는 것 같은데요."

여전히 신이 난 정태는 말릴 새도 없이 문 안으로 들어갔다. 서로의 얼굴을 바라본 기성과 천수가 할 수 없이 정태를 따라 들어갔다.

"형님들, 여기도 아무것도 없네요."

텅 빈 방은 지나온 방을 옮겨놓은 것처럼 아무것도 없었다.

"이게 대체 뭐 하자는 거야."

천수가 불만을 표출했다.

"여기서도 혹시 문이 생기지 않을까요?"

그때, 흐느낌과 기괴한 웃음소리가 텅 빈 방을 울렸다. 정태가 처음 들어보는 소리에 몸을 움찔거렸고, 이미 경험한 기성과 천수는 바닥이 갈라질 것을 대비해 가시가 없는 벽으로 붙었다.

"정태야, 일로 와."

기성이 불렀다.

"이 무서운 소리는 뭐죠?"

겁을 먹은 정태가 기성의 팔을 붙들었다.

"형님들, 미안해요. 괜히 저 때문에."

조명이 희미해지더니 캄캄한 어둠이 텅 빈 방을 삼켰다. 시작된 어둠은 좀처럼 가시지 않고 세 사람의 발을 묶어놓았다. 기괴한 웃음소리와 출구가 보이지 않는 어둠에 갇힌 그들은, 손을 맞잡아 서로의 안위를 확인했다. 기성이 태블릿pc의 희미한 불빛에 의존해 어둠을 더듬었다.

"손 놓지 말고 잘 따라와."

간신히 출구를 찾아, 첫 번째 방으로 나온 그들은 망연자실함에 발을 멈췄다. 굳게 닫힌 커다란 문이 앞을 가로막고 있었다.

"우리 여기에 갇힌 거예요? 이제 어떡해요, 형님."

울먹인 정태가 벽을 가리켰다.

"어? 저길 보세요."

홀연히 나타난 붉은 점 한 개가 벽에 박히기 시작하더니, 뒤를 이어 파랑과 노랑, 흰색, 검은색 점들이 몰려들었다. 벽을 점령한 무수한 점들은 그림으로 표현되고 있었다. 직소퍼즐처럼 윤곽을 보이기 시작한 그림은 강렬한 빛을 뿜으며 두 개의 그림을 완성시켰다. 놀랍게도 엘리시움과 지옥도였다.

"저건 엘리시움과 지옥도잖아."

천수가 말했다.

"위를 보세요. 또 그려지고 있어요."

역시 아무것도 없던 천장에 푸른 하늘이 그려지고 있었다. 흐느낌과 기괴한 웃음소리가 점차 커지더니 진동을 유발했다. 그에 따라 바닥이 갈라지고 있었다.

"위험해!"

기성이 정태를 잡아끌었다. 다시 또 악몽이 재현됐다. 갈라지는 바닥에서 넝쿨식물이 솟아올랐다. 동화 '제크와 콩나무'처럼 순식간에 자라난 넝쿨식물은 양팔을 벌리듯, 두 개로 나누어졌다. 이어서 서로 다른 잎을 틔우더니 벽을 타고 올랐다. 한쪽으로 고개를 숙인 나팔꽃이 수줍은 듯 피어났다.

"잎이 달라요."

"조심해, 만지지 마."

천수가 호기심에 잎을 꺾으려는 정태를 말렸다.

이윽고 나팔꽃을 피해 천장에 닿은 넝쿨식물은 푸른 하늘을 서서히 덮어나갔다. 푸른 하늘이 마지막 발악이라도 하듯 환해졌다가 다시 본래의 색으로 돌아갔다. 엘리시움과 지옥도가 강한 빛을 뿜었고 흐느낌과 기괴한 웃음소리에 이어 들려오는 소리는 사람의 목소리였다. 한 사람이 아닌 듯 웅얼거리는 소리는, 밀폐된 공간에서 여러 사람이 떠드는 소리처럼 알아들을 수 없는 소리였다. 그에 따라 엘리시움과 지옥도가 밝아졌다가 어두워지기를 반복했다. 급기야 기성이 소리를 질렀다.

"그만해! 그만하라고!"

비웃기라도 하듯 웅얼거리는 소리는 멈추지 않고 더욱 거세졌다.

"기성이 형님, 의미를 파악해야 되는 게 아닐까요?"

"의미?"

"네, 의미요."

"그렇다면 저건… 갈등이야."

"갈등이요?"

그 순간, 믿을 수 없는 일이 벌어졌다. 중장비로도 열리지 않을 것 같은 문이 스르르 열렸다. 재빨리 문을 나온 그들은 귀를 틀어막았다. 웅얼거리는 소리가 점점 작아지더니 이내 완전히 사라졌다.

"형님들, 이제 안 들려요."

양손을 귀에서 땐 정태가 이어서 말했다.

"근데 형님, 갈등을 어떻게 알았어요?"

"양쪽으로 갈라진 가지가 약간 다르더라고."

천수가 고개를 돌려 나뭇가지를 살피면서 물었다.

"같은 가지가 아니었나?"

"나도 처음에는 그런 줄 알았는데 잎 모양을 보고 다르다는 걸 알았어."

"하나의 나무에서 나온 가지가 서로 달라서 잎이 달랐던 거라구요?"

정태의 시선이 천수의 시선을 따라갔다. 기성의 말은 이어졌다.

"그렇지. 하나는 등나무, 다른 하나는 칡넝쿨이었어."

"등나무하고 칡넝쿨이요? 그래서요?"

"갈등을 표현한 것이지."

"갈등이요?"

"음, 칡 갈(葛)자에 등나무 등(藤)자. '갈등'의 어원이야. 등나무는 오른쪽으로 감으면서 올라가고 칡넝쿨은 왼쪽으로 감으면서 올라가. 서로 상반되는 상황, 갈등은 거기서 유래한 말이야."

"칡넝쿨하고 등나무가 갈등의 어원이었어요? 미처 몰랐네요."

듣고 있던 천수가 생각을 정리했다.

"그러면 하늘을 덮고 있다는 뜻은 하늘의 갈등을 말하는 것일까?"

"하늘의 갈등? 아마 그럴 것 같은데."

"하늘의 갈등이라면 뭐를 말하는 것일까요?"

"그것까진 모르겠어."

"참, 나팔꽃도 있었잖아요. 그건 또 뭐를 뜻하는 거죠?"

"그것도 잘…"

"어? 그림이 선명해지고 있어요."

하늘의 갈등이 선명해짐에 따라 엘리시움이 희미해졌다. 그와 반대로 지옥도는 더욱더 공포스러운 분위기를 자아냈다. 선명했던 하늘의 갈등이 희미해지는가 싶더니 이내 완전히 사라졌다. 뒤를 이어 엘리시움과 지옥도가 완전히 모습을 감췄다. 그 모습을 바라보던 세 사람은 꿈에서 깨어난 듯 멍하게 있다가 흰색 길을 따라 걸었다.

"참, 아까 이경민 씨가 죽으려고 한다는 말은 무슨 말이야?"

천수가 정태의 어깨를 감싸면서 물었다.

"사실은 형님들하고 가는 게 더 좋을 것 같아서 그렇게 말했어요. 경민이 형님은 툭하면 신경질에 욕이나 하고 너무 불편했어요. 그래서 그렇게 말했던 건데 제 연기 괜찮았어요?"

생각나는 대로 둘러댄 정태는 붙임성 좋게 천수를 안았다가 놓았다.

"그렇다고 위험한 길을 혼자 그렇게 와?"

"제가 원래 달리기 하나는 진짜 잘하거든요. 중학교 때까지 육상부였어요."

기성과 천수가 웃음을 터트렸다.

말하는 사이 그들이 다다른 곳은 세 갈래 길이었다.

"어떤 이유로 왔건 아주 잘 선택했어. 검은색 길은 괴물이 나오는 길이니 무조건 안 되고, 우리 지시자님을 믿고 함께 가자고."

기성이 정태의 어깨를 살살 두드리고 이어서 말했다.

"그리고 이경민 씨도 혼자 있으면 위험할 수 있으니 데려와야겠어."

"경민이 형님을 어떻게 데려와요?"

"잊었어? GPS 기능."

아, GPS가 있었지. 정태는 미처 그 생각까진 못했다. 일이 이상하게 꼬일 것만 같았다.

"경민이 형님을 데려오면 절대로 안 돼요."

"괜찮아, 우리랑 같이 있으면 언행을 조심하겠지."

"기성이 형님, 제발."

천수가 이상하다는 표정을 지었다.

"아니 지금까지 같이 있었으면서 왜 그렇게 민감하게 반응해. 우리한테 숨기는 거 있지?"

"제가 숨기긴 뭘 숨겨요."

"솔직히 말해봐."

분위기가 싸늘했다. 얼굴이 붉어진 정태는 천수를 스치는가 싶더니 냅다 뛰었다.

"야, 박정태!"

내달리던 정태가 비명을 지르며 쓰러졌다. 기성이 얼른 달려가 정태를 부축했다.

"발이요, 발에 뭐가 걸렸어요."

덫이었다. 동물을 잡을 때 쓰는 덫이 정태의 발을 물고 있었다. 그나마 다행인 건 긴 바지 덕분에 상처가 깊지 않았다.

"걸을 수 있겠어?"

"네, 괜찮아요."

그때, 다가오던 천수가 고통의 비명을 질렀다.

"갑자기 왜 그래? 설마 너도?"

기성이 다가가려고 하자, 천수가 손을 들어 막았다.

"발밑을 조심해."

바닥에는 낚싯바늘이 깔려 있었다. 세 개의 바늘이 한데 묶여, 위로 솟아있는 바늘은 일명 훌치기바늘이었다. 흰색 길에만 깔려 있는 것으로 보아 다분히 의도적이었다.

기성이 허공에 대고 소리쳤다.

"누가 이런 짓을 하는 거야!"

낚싯바늘을 바라본 정태는 위기를 모면할 수 있는 기회를 잡기로 했다.

"이건 분명 경민이 형님 짓이에요. 말을 안 하려고 했지만, 이렇게 된 이상 어쩔 수 없네요. 사실 그 사람은 형님들이 선택한 지시자를 쥐뿔도 모르는 사람이라고 하면서 계속 욕했어요."

"그 말 사실이야?"

기성이 눈을 부릅떴다.

"제가 이 상황에서 뭐 때문에 거짓말해요. 그 말까진 하긴 싫어서 도망치다가 이렇게 된 건데."

천수가 아픈 발을 잡고 일어나 그 말에 동의했다.

"정태 말이 맞을 거야. 그 사람이 아니면 이런 짓을 할 사람이 누가 있겠어. 그러고도 남을 놈이야. 나는 처음부터 그놈이 맘에 들지 않았어. 건방진 놈."

"이경민, 이 새끼. 가만두지 않겠어."

사납게 말한 기성이 태블릿pc를 꺼내 GPS 기능을 실행했다.

"기성이 형님, 조심해야 해요. 경민이 형님은 폭력에 절도 전과만 10범이 넘는다고 했어요."

"전과 10범?"

"네, 같이 다니다 보니까 그 말이 사실인 것 같더라고요."

"전과 10범이 아니라 20범이라도 문제없어. 천수야, 뛸 수 있겠어?"

"조금 아프지만 뛸 수 없을 정도는 아니야."

"이경민이를 잡으러 가자고."

사랑이란 이름으로 포장된 거래

로비로 나온 경민은 두 눈을 의심했다. 걸레처럼 찢겨져 있던 그림들은 처음 보았던 그대로였다. 자신이 잘못 나온 건 아닌지 착각마저 들었다. 하지만 성문에 그라인더 자국이 남아있는 것으로 보아 분명 착각이 아니었다. 저런 건 내가 상관할 바가 아냐. 나는 돈을 갖고 여기를 나가면 끝이야. 경민은 새롭게 나타난 세 갈래 길에서 잠시 고민했다. 파란색 길과 노란색 길은 직선으로 뻗어있었고, 검은색 길은 왼쪽 계단을 지나고 있었다. 정태는 어떤 길을 선택했을까? 붙임성 있는 성격으로 보아 분명 누군가와 합류했을 것이다. 그게 과연 누구일까? 덕순 아줌마와 샌님이라면 자신 있지만, 만약 기성과 천수라면 최악의 상황이다. 경민은 파란 옷의 지시자를 다시 한 번 이용해 보기로 했다.

"지시자님, 정태를 찾지 못했어요. 어떡하죠?"

"입구까지 갔는데도 없었나요?"

"네, 없었어요. 어디로 갔는지 도무지 모르겠어요. 혹시 다른 지시자와 접속했는지 알 수 없나요?"

"애석하지만 그것까진 알 수 없어요."

"그럼 어떡해요? 정태를 찾아야 하잖아요."

"이렇게 된 이상, 목적지로 이동하면서 찾아보는 수밖에요. 어서 이동하세요."

순간 잃어버린 배낭과 죽일 듯이 달려드는 개들이 떠올랐다. 머리끝까지 화가 치밀었다.

"목적지, 목적지, 목적지! 당신은 오로지 목적지밖에 몰라! 증말 지긋지긋한 년이네."

지시자는 그의 욕설에도 차분했다.

"당신을 화나게 한 게 뭔지 모르겠지만 마음을 가라앉히셔야 합니다. 도움이 되지 않아요."

"당신 도움 따윈 필요 없어!"

가차 없이 접속을 끊어버린 경민은 노란 옷의 지시자와 접속하려다가 GPS가 깜빡거리는 것을 확인했다. 이상한 느낌에 GPS모드로 변경한 그는 빠르게 다가오는 흰색 점들을 확인했다. 기성과 천수가 무서운 속도로 달려오고 있었다. 우려는 현실이 됐다. 놈들은 나를 잡으러 오고 있어. 전과 10범이 넘는 자의 직감이었다.

"박정태, 너는 내 손에 걸릴 날이 있을 것이다."

경민은 태블릿pc의 전원을 꺼버리고 노란색 길로 뛰었다. 다리가 휘청거렸다.

"하, 쥐새끼 같은 놈."

천수가 뛰던 발을 멈추고 이어서 말했다.

"기성아, 이경민이가 눈치채고 태블릿pc를 꺼버렸어. 그만 가."

"그렇다고 포기할 순 없잖아. 그놈은 또 무슨 일을 꾸미고 있을지 몰라. 그러기 전에 잡아야 해."

뒤늦게 달려온 정태가 숨을 헉헉거렸다.

"경민이 형님은 아마도 노란색 길로 갔을 거예요."

"노란색 길?"

"네, 파란 옷의 지시자와 노란 옷의 지시자를 번갈아 가면서 이용한다고 했었어요."

세 사람이 노란색 길로 뛰었다.

경민은 숨을 곳을 찾아야 했다. 멀리 들렸던 발소리가 점점 가까워지고 있었다. 이대로 가다간 잡힐 수 있다. 잔뜩 긴장한 그는 계단으로 무작정 올라 작은 철문을 열었다. 커다란 스크린이 희미한 조명 아래 드러났다. 언뜻 보아도 극장인 것 같은데 의자가 없었고 공사자재들만 널브러져 있었다. 숨을 곳이 마땅치 않았다. 다시 극장을 나온 그는 계단 밑 집수정을 발견했다. 물이 차 있는 집수정에 배수펌프가 설치돼 있었다. 한 사람이 들어가기에 충분한 크기였다. 잠시 망설인 경민은 차가운 물속으로 몸을 집어넣었다. 발소리가 계단에 이르러 멈췄다.

"너는 저기로 들어가 봐. 나는 이 근처를 찾아볼 테니까."

기성의 목소리였다.

"형님, 같이 가요."

정태가 천수를 따라가는 것 같았다.

박정태, 너는 절대 가만두지 않겠어. 이를 악문 경민이 고개를 내밀어 상황을 살폈다. 기성이 집수정을 향해 다가오고 있었다. 놀란 경민은 물속으로 잠수해 몸을 감췄다. 냉기를 머금은 물이 통증을 유발했다. 마치 바늘로 찌르는 듯한 통증은 온몸 구석구석을 파고들었다. 숨이 턱까지 차오르고 고통을 더 이상 이겨낼 수 없었다. 물 밖으로 고개를 내밀어 신선한 공기를 한껏 들여 마신 그는 주위를 살폈다. 다행히 기성이 보이지 않았다. 그렇다고 함부로 나갈 순 없는 일이었다. 아니나 다를까, 극장에서 천수와 정태가 나오고 있었고 기성의 모습은 찾을 수 없었다. 배수펌프에 쪼그려 앉은 그는 추이를 지켜봤다.

"이경민이 이 새끼를 어디 가서 찾지?"

"조심해서 이동하는 수밖에 없겠어요."

그 순간 경민은 배낭을 메고 있지 않은 정태를 확인했다. 배낭을 잃어버린 것일까? 아닐 것이다. 배낭을 잃어버린 사람이라고 하기 에는 표정이 너무 태연했다. 그렇다면 놈은 분명 어디엔가 배낭을 숨기고 나를 모함했을 것이다. 여기까지 생각이 이른 그는 배낭을 숨길만한 장소가 어디일지 그림을 그려보았다. 그때 기성이 돌아와 그들과 합류했다.

"아무리 찾아도 없어. 여기를 벗어난 것 같아. 일단 이동하자고."

잠시 기다린 경민은 집수정을 나와 생각을 이어갔다. 내가 정태라면

*

사랑이란 이름으로 포장된 거래

사람들이 오고 가는 길목에는 숨기지 않을 것이다. 잊어버리지 않고 쉽게 떠올릴 수 있으면서, 사람들의 왕래가 없을 장소는 성문뿐이었다. 가소로운 놈 박정태. 확신한 경민이 왔던 길로 뛰려고 할 때였다.

"이경민, 내가 그렇게 허술하게 보였나?"

기성이 계단을 내려오고 있었다. 소스라치게 놀란 경민이 뒤로 물러났다.

"너는 여기서 못 빠져나가."

천수와 정태가 뒤에서 다가오고 있었다.

"기성아, 내 얘기 좀 들어봐. 정태 저 새끼가 무슨 말을 했는지 모르지만 저놈 말을 무조건 믿어서는 안 돼. 너하고 천수는 저놈한테 속고 있는 거라고."

"내가 그렇게 나올 줄 알았어."

"시팔, 진짜라니까."

기성의 발차기가 날아들었다. 엉겁결에 팔을 들어 막았지만 팔이 욱신거렸다. 오른쪽으로 빠진 경민이 기성의 옆구리를 향해 주먹을 날렸다. 길거리 싸움꾼의 매서운 솜씨였다. 아슬아슬하게 주먹을 피한 기성이 거리를 벌렸다.

"제법인걸. 역시 전과 10범다워."

"이 새끼야, 나는 니네들하고 싸울 마음이 없다고!"

"아가리 그만 닥쳐라."

기성의 번개 같은 주먹에 가슴을 맞은 경민이 휘청했다.

"우리한테 왜 그랬어?"

"무슨 말인지 알아야 대답할 거 아냐!"

경민의 반격도 만만치 않았다. 경민의 매서운 주먹이 날아갔다. 순간 방심했던 기성이 고개를 돌려 피했지만 주먹에 쓸린 피부에서 피가 흘렀다. 보고 있던 천수가 공격 자세를 취했다. 자존심이 상한 기성이 손을 들어 막았다.

"나한테 맡겨."

승산이 없음을 직감한 경민이 나이프를 빼 들고 사납게 말했다.

"나를 그냥 보내줘라. 그러지 않으면 누군가 한 놈은 내 손에 죽어."

기회를 엿보던 경민이 갑자기 뒤로 돌더니 정태를 향해 돌진했다. 놀란 정태가 그 자리에 얼어붙었다.

"위험해!"

천수가 정태를 밀쳤다. 집수정으로 떨어진 정태가 물속으로 가라앉고 있었다. 천수가 집수정으로 뛰어들고, 기성이 경민을 향해 주먹을 날렸다. 주먹을 맞은 경민이 휘청거리더니 나이프를 마구 휘둘렀다. 기성이 나이프를 피하는 과정에서 틈이 생겼다. 그 틈을 파고든 경민이 계단으로 뛰어올랐다. 생각할 겨를도 없이 극장으로 들어가 철문을 잠갔다.

"이경민! 문 열어!"

무작정 극장으로 들어온 경민은 밀려오는 통증에 가슴을 어루만졌다. 기성의 주먹은 상상 이상이었다. 얼굴을 정통으로 맞았다면 혼절했을 것 같았다. 엄습한 두려움에 잠긴 철문을 다시 한 번 확인했다. 그제야 극장의 변한 모습이 눈에 들어왔다. 의자 하나 없이 스크린만 걸려있던 극장은 전혀 다른 모습을 하고 있었다. 변하지 않은 것은 공사 자재뿐이었고, 문이 없는 칸막이 방들이 미로처럼 펼쳐져 있었다. 차원을 뛰어넘은 것 같은 느낌에, 철문을 두드리는 소리도 잊은 채 앞으로 이동했다. 마치 무엇에 홀린 듯 두 다리가 저절로 움직이는 것 같았다. 네 개의 방들을 지나는 동안, 아름다운 들판과 숲을 그린 그림들이 걸려 있을 뿐 특이한 점은 보이지 않았다. 다섯 번째 방에 이르렀을 때였다. 어디서 본 것 같은 그림은 한 남자만 그려져 있었고, 뼈만 앙상하게 남아 고통에 몸부림치는 그림이었다. 이건 혹시? 뭔가 직감한 경민은 칸막이 방들의 그림을 확인하며 이동했다. 예상은 빗나가지 않았다. 조각그림으로 완성된 엘리시움과 지옥도가 마지막 방에 이르러 거대한 모습을 드러냈다. 그때 철문이 무언가에 의해 뒤틀리는 소리가 들렸다. 몹시 긴장한 경민은 숨을 곳을 찾아 방과 방을 옮겨 다녔지만 역시나 숨을 곳은 그 어디에도 없었다. 독 안에 든 쥐 꼴이었다. 뒤틀린 철문은 점점 더 벌어졌고 기성의 운동화가 벌어진 틈을 헤집고 들어왔다. 망연자실한 경민은 마지막 발악으로 나이프를 움켜잡았다. 갑자기 기성의 운동화가 다시 문밖으로 나갔다. 들썩이던 철문이 조용해지던가 싶더니 천수의 다급한 목소리가 들렸다.

"도망쳐!"

금세 철문까지 다다른 군홧발 소리가 그들을 따라갔다. 기회를 잡은 경민이 철문을 빠끔히 열었다가 닫았다. 사라진 줄 알았던 군홧발 소리가 다시 들렸고 멈췄다가 또다시 들리기를 반복했다. 섣부르게 밖으로 나갈 상황이 아니었다. 어떻게든 성문까지 다시 가야 한다. 그리고 놈들이 노란색 길로 왔다는 건, 내 동선을 파악하고 있다는 뜻이다. 경민은 파란 옷의 지시자를 계속 이용할 수밖에 없었다.

그 시각, 덕순은 무섭게 다가오는 발소리에 발을 멈췄다.

"호석 씨, 잠깐만요. 누가 우릴 쫓아오나 봐요."

겁에 질린 호석이 몸을 잔뜩 웅크렸다.

"한 사람이 아니에요. 열 사람도 넘는 것 같아요. 아줌마 어떡해요."

마치 성난 말들이 달리는 듯한 발소리가 지축을 울리며 다가오고 있었다.

"저기에 문이 있어요."

흰색 길과 검은색 길이 갈라지는 지점에 검은색 문이 보였다.

"뭐 하고 있어요. 빨리 일어나요."

덕순이 호석을 잡아끌고 검은색 문으로 들어갔다. 공사자재들만 널브러져 있는 방을 지나서 나오니 곧게 뻗은 검은색 길이 보였다. 지축을 울리는 발소리가 희미하게 들리고 있었다.

"더는 못 가겠어요."

벽을 짚은 호석이 헛구역질했다.

"조금만 더 가요. 여기서 있다가 잡힐 수도 있어요. 빨리 가야 해요."

손을 잡힌 호석이 비틀거리며 덕순을 따라갔다. 불과 열 걸음도 가기 전에 두 갈래 길이 다시 나타났다. 검은색 길과 흰색 길이었다. 호석이 울먹였다.

"여기는 진짜 이상해요. 아까는 갈래 길이 보이지도 않았는데 금방 또 갈래 길이 나타났어요. 여긴 도무지… 어떻게 이럴 수 있죠?"

"여기는 이상한 점이 한두 가지가 아니에요. 그러니까 우리는 일단 지시자님을 믿고…"

덕순이 하던 말을 끊고 구부러져 있는 흰색 길을 가리켰다.

"저기에서 누군가 오고 있어요."

덕순과 호석은 검은색 길로 들어서 벽에 바짝 붙었다. 흐릿하게 보였던 형체가 갈래 길에 이르러 확연한 모습을 드러냈다. 땀을 흘리며 뛰어오는 사람들은 다름 아닌 기성과 천수, 정태였다. 덕순이 반가운 마음에 기성을 불렀다.

"김기성 씨!"

대답이 없었다. 덕순은 다시 한 번 불렀다.

"김기성 씨, 우리 여기에 있어요!"

그 역시 대답이 없는 그들은 흰색 길로 들어서 속도를 높였다. 무엇엔가 쫓기듯 모퉁이를 돌아 사라졌다.

"내가 부르는 소리를 못 들었나 봐요. 근데 어떻게 치킨집 사장이 기성 씨하고 천수 씨랑 같이 갈까요? 그 건방진 이경민은 어디 가고. 혹시 헤어진 건 아닐까요?"

"지금 그게 중요한 게 아니에요. 저 사람들은 아무래도 군인들한테 쫓기고 있는 것 같아요."

"그럼 아까 그 소리는 군인들?"

"도망가요."

덕순과 호석이 검은색 길로 뛰었다.

뛰던 호석이 갑자기 고꾸라지더니 비명을 질렀다.

"호석 씨, 왜 그래요?"

"내 발, 발이…."

덕순이 몸을 부들부들 떨었다. 호석이 덫에 걸린 발을 부여잡고 애원했다.

"아줌마, 어떻게 좀."

"누가 이런 짓을…."

호석의 하얀 운동화가 금세 붉게 물들었다. 너무 긴장한 덕순은 방법이 떠오르지 않았다.

"아까 그 방에 공사자재들이 있었어요. 빨리 좀."

"금방 갔다 올게요."

공사자재들 중에서 도구를 찾는 일은 그리 어렵지 않았다. 그것은 적당한 크기로 잘린 철근이었다. 덕순이 철근을 품에 안고 뛰었다.

"조금만 참아요."

철근을 덫에 끼워 벌렸지만 덕순의 약한 힘으로는 벌어지지 않았다.

"같이 해봐요."

호석의 가해진 힘에 마침내 발을 물고 있던 덫이 입을 벌렸다. 흥건한 피가 바닥을 적셨다.

"아우, 어떡해. 어떡해."

"지혈이요. 지혈을 해야 돼요."

배낭 속에는 벌어질 일들을 예상이라도 한 것처럼 압박붕대가 들어 있었다. 지혈까지 끝낸 덕순은 온몸이 나른할 정도로 긴장이 풀렸다.

"좀 어때요? 괜찮아요?"

"네, 고맙습니다."

힘겹게 말한 호석이 몹시 피곤한 얼굴로 두 눈을 감았다. 덕순이 그 옆에 나란히 누웠다. 두 사람은 금세 깊은 잠 속으로 빠져들었다.

경민은 엘리시움과 지옥도 앞에서 망설이고 있었다.

"지시자님, 군인들이 언제 들이닥칠지 몰라 불안해서 미치겠어요."

"경민 씨, 그러니까 저를 절대적으로 믿어야 해요. 저는 경민 씨가 엘리시움을 거쳐서 성문으로 갈 수 있게 안내할 수 있어요. 그러니 저를 의심하시면 안 돼요."

"정태는 제가 오기만을 눈 빠지게 기다리고 있을 겁니다. 군인들이 정태를 찾아내기 전에 제가 먼저 성문까지 갈 수 있겠죠?"

경민의 거짓말이 통한 것일까.

"물론입니다. 그러니 저를 믿고 그림 속으로 들어가세요. 저는 사랑으로 당신을 안내할 거예요. 사랑이요."

지시자의 목소리가 사탕처럼 달콤했다.

"알겠습니다. 지시자님을 믿겠습니다."

경민은 주저 없이 엘리시움 그림 속으로 뛰어들었다. 순간 자신의 두 눈을 의심했다. 지시자의 말은 사실이었다. 그림 속의 아름다운 풍경이 현실이 되어 나타났다. 그 황홀함에 시련도 잊은 채, 어깨춤과 콧노래가 절로 나왔다. 개울을 건너 새들이 지저귀는 오솔길을 걷고 있을 때였다. 어디선가 첨벙거리는 소리에 외마디 비명이 따라왔다. 다시 또 예

하늘의 갈등

상치 못한 일이 생길 것만 같은 불안감에 얼른 지시자와 접속했다.

"지시자님, 여기서 이상한 소리가 들렸어요. 성문까진 멀었나요?"

"별일 아니에요. 저를 믿고 가세요."

"별일이 아니라고요?"

"네, 걱정 말고 이동하세요."

경민은 여전히 불안감이 가시지 않았지만 걷지 않을 수 없었다. 목적은 오로지 정태의 배낭을 탈취해 성을 벗어나는 것뿐이었다. 그래 배낭만 생각하자. 오솔길을 벗어날 무렵이었다. 경민의 두 눈이 크게 벌어졌다. 끔찍한 지옥도가 현실이 되어 길을 가로막고 있었다. 앙상한 사람들이 구덩이에 빠져 비명을 질러대는 모습이 소름 끼치도록 무서웠다. 길은 보이지 않았고 현실로 살아난 지옥도가 엘리시움을 점점 잠식하고 있었다.

"지시자님, 큰일 났습니다. 지옥도가 나타나서 엘리시움을 집어 삼키고 있어요."

지시자의 얼굴이 슬픔으로 물들었다.

"저를 향한 당신의 믿음이 너무 약해서 드러난 결과입니다. 당신은 저를 믿는 척만 했지 진심으로 믿지 않았어요. 정말 애석한 일이네요."

"그게 지금 무슨 말이에요. 엘리시움이 점점 좁아지고 있어요. 빨리 여기서 벗어날 수 있는 방법을 알려주세요."

오솔길이 꺼지면서 새들이 날아가고 풀과 나무들이 지옥도로 빨려 들어갔다.

"저는 믿음이 약한 자에게는 길을 알려 줄 수 없어요."

두려움에 빠진 경민이 애원했다.

"아까는 사랑으로 안내해준다고 했잖아요. 지시자님, 갑자기 왜 그러세요?"

"제가 말하는 사랑은, 저에 대한 절대적 믿음에 근거한 사랑이에요. 그게 제 사랑의 방식입니다."

"제가 어떻게 해야죠?"

점차 넓어진 구덩이가 발끝까지 침투했다. 구덩이에서 빠져나온 손가락이 발을 향해 다가왔다. 놀란 경민이 넘어지면서 태블릿pc가 땅에 떨어졌다. 방향을 바꾼 손가락이 태블릿pc를 움켜잡으려 했다. 빠르게 기어간 경민이 태블릿pc를 낚아채고 도망치기 시작했다. 그 와중에 지시자의 목소리가 들렸다.

"엘리시움이 지옥도를 물리칠 수 있도록 절대적 믿음을 보여주세요."

"시팔, 도대체 어떻게 하라고!"

경민은 들어온 입구를 향해 전속력으로 달렸다. 개울을 지나 오솔길에 이르니 벽이 가로막고 있었다. 개울과 오솔길이 순식간에 지옥도로 빨려 들어갔다. 눈을 감은 경민은 벽으로 뛰어들었다. 일순간 아무소리도 들리지 않는 고요가 찾아왔다. 천천히 눈을 들어 올린 경민은 사방을 살폈다. 다시 극장이었다. 엘리시움과 지옥도의 그림이 눈앞에 나타났고, 칸막이 방들이 어른거렸다. 변한 건 아무것도 없었다. 허탈했고 화가 치밀었다. 태블릿pc를 움켜잡은 손이 부들부들 떨렸다.

"당신은 나를 갖고 놀았어."

"당신은 제가 사랑을 베풀 수 있는 기틀을 제공하지 못했어요. 저를 향한 믿음이 너무 약했다고요. 아직도 이해를 못 하고 있으니 실로 애석한 일이네요."

"사랑에 조건이 있다고? 당신이 말하는 사랑은 사랑이 아니야. 그것은 사랑이란 이름으로 포장한 거래일뿐이야. 사랑과 거래를 착각하지 마."

"그래서 저는 엘리시움에 대한 당신의 믿음을…."

"지랄 그만 떨어."

경민은 가차 없이 지시자의 말을 자르고 접속을 끊어버렸다. 잠시 생각한 그는 철문으로 다가가 복도를 살폈다. 군홧발 소리는 여전히 들리고 있었다. 그림을 통과해야만 극장을 나갈 수 있을 것 같았다. 지시자의 도움은 선택사항이 아니었다. 하지만 순순히 지시자의 지시대로만 움직이고 싶지 않았다. 다시 엘리시움과 지옥도가 있는 곳으로 돌아와 지시자와 접속했다.

"좋습니다. 당신에 대한 절대적인 믿음을 보여드릴게요."

"저에 대한 믿음을 어떻게 보여주겠다는 거죠?"

"거래를 통해서."

"저와 거래를 하겠다는 말인가요?"

"저와 당신은 처음부터 거래의 관계가 아닌가요? 당신은 제 믿음을 통해서 만족을 원하고, 저는 당신의 만족에서 기인한 사랑을 원하죠. 그게 진정한 사랑인지 모르겠지만."

"꽤나 직설적이군요."

"그래서 저는 당신이 원하는 질서에 순응할 수 있게끔 수단과 방법을 가리지 않고 동료들을 인도할게요. 제가 당신에 대한 믿음을 증명할 수 있게 도와주세요."

지시자가 즐거운 웃음을 흘렸다.

"좋아요, 당신의 제안을 받아들일게요. 하지만 그 전에 당신의 믿음이 진심인지 시험해보겠어요."

"시험이요?"

"그래야 공평하지 않겠어요?"

불길한 생각이 들었지만 여기까지 온 이상 받아들이지 않을 수 없었다.

"좋습니다."

"좋아요, 아까처럼 눈을 감고 그림 속으로 들어가세요."

경민은 지시대로 눈을 감고 그림 속으로 뛰어들었다.

놀랍게도 엘리시움은 완벽히 복원돼 있었다. 어디에서도 지옥도에 파괴된 흔적을 찾아볼 수 없었다. 오히려 싱그러운 아름다움이 한층 더해진 느낌이었다. 하지만 그 아름다움은 자신과는 상관없는 다른 세상이었고 전혀 눈에 들어오지 않았다. 지시자는 어떤 시험을 하려는 것일까. 경민은 긴장감을 유지한 채 오솔길을 지나 개울을 건넜다. 아까는 여기서부터 지옥도가 펼쳐졌어. 자신도 모르게 발걸음이 느려졌다. 아니나 다를까. 비명을 머금은 구덩이가 생성되더니 바로 앞까지 다가왔다. 뼈만 남은 손가락들이 구덩이를 올라오고 있었다. 오솔길과 개울이 구덩이로 빨려들어 가기 시작했다. 순식간에 구덩이를 올라온 손가락들이, 수목을 긁어대는 소리가 소름 끼치도록 무서웠다. 경민은 입구를 향해 달렸다.

"지시자님, 여기서 어떻게 해야 돼요!"

"당신의 말은 모든 게 거짓이었어요."

"갑자기 또 무슨 말을 하시는 거예요!"

"거짓이 아니라면 거기서 멈추세요."

"멈추라고요?"

뒤를 돌아본 경민은 무섭게 쫓아오는 구덩이에 다시 달렸다. 입구에 도착하니 여지없이 커다란 벽이 가로막고 있었다.

"거기서 나가고 싶으세요?"

"도와주세요."

"그럼, 구덩이로 들어가세요."

경민은 아연실색했다.

"어서 빨리 구덩이로 들어가세요."

"구덩이로 들어가면 죽을 수 있어요!"

"저를 믿는다면 구덩이로 들어가세요."

"당신은 미쳤어."

이게 시험일까? 도무지 판단이 서지 않았고 구덩이는 발밑까지 다가왔다. 벽을 통과하면 다시 극장일 것이다.

"당신은 사람 목숨을 가지고 장난을 치고 있어."

"어서 빨리 들어가세요."

지시자는 너무 강하게 밀어붙이고 있어, 그렇다면 이건 필시 시험일 것이다. 내가 그렇게 호락호락한 줄 알았지? 넌 나를 잘못 봤어. 두 눈을 감은 경민은 구덩이를 향해 몸을 던지려고 했다. 하지만 그것은 교묘한 헐리웃 액션이었다.

"멈추세요!"

시험을 통과한 것일까? 역시 예상은 들어맞았다. 경민은 시험을 통과했다는 기쁨에 눈을 들어 올렸다. 하지만 구덩이는 엘리시움을 거의 다 먹어치우고 있었다. 시험을 통과한 게 아니었다. 그럼 진짜로 구덩이로 몸을 던졌어야 했단 말인가.

"빨리 벽으로 들어가세요."

벽으로 들어가라고? 그럼 처음부터 다시 시작이잖아. 도대체 뭘 어떻게 하라고! 분노가 극에 달한 경민이 소리를 지르려고 했다. 그 순간, 벽에서 커다란 문이 나타났다. 하마터면 속마음을 들킬 뻔한 경민은 얼른 문으로 들어갔다.

기성은 태블릿pc를 실행했다. 예리한 두 눈이 한 점을 포착했고, 표정은 중대한 일이라도 실행할 것처럼 비장했다. 한 점은 점점 가까워지고 있었다. 급히 일어서 점을 향해 뛰던 그는 앞을 지나치는 군인들을 발견했다. 예상에 없던 일이었지만 어차피 넘어야 할 산이었다. 기성은 나이프를 움켜잡아 뒤처진 사병을 향해 천천히 이동했다. 한 놈만이라도 죽이고 가야 한다. 침착해야 한다. 실수는 곧 죽음이다. 근육세포 하나, 하나가 나이프로 전달됐다. 하지만 거리는 좁혀지지 않았고 오히려 멀어지고 있었다. 반복된 현상이었다. 걷고 있는 군인들을 자신의 빠른 발놀림이 따라잡을 수 없다는 사실에 두려움이 일었다. 군인들의 모습이 어둠 속으로 스며들어가고 있었다. 그때 사병이 뒤를 돌아보았다. 눈이 마주쳤다. 저놈을 죽이지 않으면 내가 죽는다. 한달음에 사정거리까지 좁힌 기성은 사병의 입을 틀어막았다. 이어서 나이프를 목에 찔러 넣었다. 실로 번개 같은 동작이었다. 군인이 비명도 지르지 못하고 쓰러졌다. 이어서 또 다른 군인을 향해 돌진하려고 할 때 군인들이 발걸음을 멈췄다. 급히 모퉁이로 몸을 숨긴 기성은 터질 것 같은 가슴을 눌렀다. 도망치고 싶었지만 발이 떨어지지 않았다. 군인들의 총구가 금방이라도 불을 뿜을 것만 같았다. 숨 막히는 정적이 흘렀다. 그렇게 시간이 얼마나 흘렀을까. 기성은 고개를 내밀어 군인들의 동태를 살폈다. 그 순간 자신의 두 눈을 의심했다. 죽은 군인의 모습이 보이지 않았다. 분명 군인은 한 명이 줄어 있었지만 누구 하나 의심하지 않는 표정이었고 갈래 길을 살피고 있었다. 시신을 금방 어디로 치웠단 말인가. 그리고 놈들의 태연한 표정은 또 무엇이란 말인가. 대위의 눈빛이 날아왔다. 또다시 눈이 마주쳤다. 기성은 대위의 눈빛을 피하지 않고 맞받았다. 하지만 살벌한 눈빛은 자신이 감당할 수준이 아니었다. 자신을 잡으라는 대위의 명령이 떨어질 것만 같아 가슴을 졸였다. 꼼짝없이 잡힐 상황이었다. 대위는 이번에도 나를 놓아줄까? 정면승부를 걸어보기로 했다. 어차피 빠져나갈 길도 없었다. 기성이 모퉁이를 돌아나가 우뚝 섰다. 그 순간 강한 빛이 망막을 파고들었다. 눈이 감겼고 머리가 어지러웠다. 심한 이명에 정신을 차릴 수 없었다. 이명이 사라지는가 싶더니 음산한 목소리가 뒤를 이었다. 군인들의 목소리가 머리를 짓누르는 것 같았다. 고양이 소리가 따라왔다. 머리를 감싸 쥐었다. 누군가 울고 있었다. 고양이의 주검 앞에서 울고 있는 어린 기성이었다. 군홧발 소리에 어린 기성이 이미 죽은 고양이를 의자로 내리쳤다. 멈추지 않았다. 고양이의 핏물에 하얀 옷이 붉게 물들었다. 의자는 심하게 부서져 있었지만 손을 멈추지 않았다. 아니 멈출 수 없었다. 죽어! 죽어! 고양이의 핏물과 살점이 사방으로 튀었다. 발로 짓이겼다. 군홧발 소리가 크게들렸다. 기성은 학교를 나와 뛰었다. 우르릉 쾅, 우르릉 쾅. 천둥 번개가 계속 따라붙었다. 빗줄기가 쏟아졌다. 범람한 냇물이 벌판을 집어삼키기 시작했다. 주저앉은 기성은 소리 내어 울었다. 엄청난 파도가 사방에서 몰려왔다.

"안 돼!"

기성이 두 눈을 힘껏 들어 올렸다. 꿈이었다. 믿을 수 없었다. 채 마르지 않은 눈물이 볼을 타고 흘렀다. 이건 대체 무엇이란 말인가. 어찌된 일인지 군인들의 모습이 점점 멀어지고 있었다. 놈들은 내가 절망에 빠져 스스로 포기할 때까지 기다리는 것일까? 알 수 없다. 이내 군홧발소리가 어둠 속으로 완전히 스며들었다. 갑자기 나타난 그림자에 또다시 근육세포가 떨렸다. 그림자는 천수와 정태였다. 기성은 자신에게 일어난 이상한 현상을 말하려다가 그만두었다. 눈짓을 주고받은 세 사람은 이미 포착된 한 점을 향해 뛰었다.

덕순은 힘겹게 눈을 들어 올렸다. 천근 무게가 온몸을 짓누르는 느낌이었다. 호석이 부스럭거리는 소리에 눈을 떴다.

"우리가 얼마나 잔 거죠?"

"글쎄요, 시계가 없으니….'

"다리는 좀 어때요?"

호석이 몸을 일으키려다 다시 주저앉았다. 얼굴이 심하게 일그러졌다.

"안 되겠어요. 지팡이라도 찾아 갖고 올게요."

덕순은 공사자재가 있는 곳에서 각목을 찾아들고 뛰었다. 그때 커다란 그림자가 두 갈래 길로 향하고 있었다. 예감이 좋지 않았다. 덕순은 조심해서 그림자의 뒤를 밟았다. 두 갈래 길에 이른 그림자는 잠시 멈추더니 뒤를 돌아보았다. 흉측한 얼굴은 말로만 듣던 괴물이었다. 놀란 덕순이 얼른 몸을 숨기고 숨소리를 죽였다. 다시 움직인 괴물이 검은색 길로 가고 있었다. 그 길로 가면 안 돼. 제발 가지 마. 괴물은 멈추지 않았다. 호석 씨를 구해야 해. 바로 그때, 태블릿pc의 GPS가 떠올랐다. 맞아, 김기성 씨. 재빨리 GPS를 실행해 비상버튼을 눌렀다. 괴물은 계속해서 호석을 향해 가고 있었고 기성은 모습을 보이지 않았다. 아마도 멀리 있는 듯했다. 애가 탄 덕순은 비상버튼을 연속해서 누르고 괴물을 유인하기로 했다. 괴물을 향해 달려가 소리를 질렀다.

"이 나쁜 놈아. 여기야!"

뒤를 돌아본 괴물이 성큼 다가왔다. 덕순은 사지가 오그라들어 몸을 움직일 수조차 없었다. 괴물의 우악스런 큰손이 덕순의 머리채를 움켜잡았다.

"그 손 놔!"

기어온 호석이 괴물의 다리를 물었다. 덕순의 머리채를 놓은 괴물이 호석의 얼굴을 지그시 바라보더니 다리를 치켜들었다.

"안 돼!"

덕순이 각목을 휘둘렀다. 각목을 여유 있게 피한 괴물은 다시 덕순의 머리채를 움켜잡아 벽으로 끌고 갔다. 끌려가는 덕순이 각목을 휘둘렀지만 힘이 실리지 않은 각목은 어떤 상처도 주지 못했다. 괴물은 무서운 기세로 덕순의 머리를 가시가 박힌 벽을 향해 밀었다. 바로 그때였다. 달려온 기성이 소리를 질렀다.

"이 괴물새끼야. 여기야!"

천수가 달려와 합세했다.

"괴물새끼야. 그 손 놓으라고!"

덕순의 머리채를 놓은 괴물이 두 사람의 기세에 주춤하는 것 같더니 덕순의 각목을 빼앗아 휘둘렀다. 기성의 발차기가 작렬했다. 발에 맞은 각목이 바닥에 떨어졌고 천수가 각목을 잡아 휘둘렀다. 각목을 피한 괴물이 갑자기 몸을 돌려 검은색 길로 뛰었다.

"거기 서!"

기성과 천수가 괴물을 쫓아 뛰었다.

정신을 차린 덕순이 호석을 부축했다.

"호석 씨, 괜찮아요?"

"저는 괜찮은데 어디 다치지 않았어요?"

"저도 다행히 다친 데는 없는 것 같아요."

덕순이 헝클어진 머리를 매만지면서 덧붙였다.

"기성 씨하고 천수 씨가 제때 왔으니까 망정이지 정말 큰일 날 뻔했어요."

"괜히 저 때문에."

"이게 어떻게 호석 씨 때문이에요. 그런 말 하지 마세요."

"아줌마가 아니었으면 저는 아마도 그 괴물한테 죽었을지도 몰라요."

"호석 씨, 왜 자꾸 그런 말을 해요. 끝까지 같이 가야죠."

기성과 천수가 돌아왔다.

"괴물은 어떻게 됐어요?"

덕순의 물음에 기성이 아쉬운 표정을 지었다.

"보통 빠른 놈이 아니에요. 잡을 수 있었는데 아깝게 놓쳤어요."

호석이 벽을 짚고 일어나 감사를 표했다.

"두 분이 아니었으면 큰일 날 뻔했어요. 정말 감사합니다."

천수가 호석에게 각목을 건넸다.

"아니에요. 근데 그 발은 어디서 다쳤어요?"

"아, 이거요?"

호석의 말이 이어지는 동안 기성과 천수가 심각한 표정을 지었다.

"그런 일이 있었군요. 우리도 사실 정태가 덫에 걸리고 천수가 낚싯바늘에 다쳤어요. 다행히 심각한 부상으로 이어지진 않았지만 어디에 또 안전을 위협하는 것들이 깔려 있을지 몰라요. 이경민이가 음모를 꾸미고 있는 것 같더라고요. 그놈을 반드시 잡아야 합니다."

덕순이 흥분했다.

"그 사람은 충분히 그러고도 남을 사람이에요. 나쁜 사람. 근데 정태 씨는요? 같이 있었던 거 아니었어요?"

순간 기성의 얼굴이 하얗게 변했다.

"천수야, 정태는? 같이 안 왔어?"

"바로 뒤따라왔었는데."

"군인들이 근처를 돌아다니고 있어. 군인들한테 걸리기 전에 빨리 정태를 찾아야 해!"

"어머, 어떡해. 어떡해. 괴물도 돌아다니는데."

덕순이 안절부절했다. 그때 검은색 길에서 누군가 달려오는 소리가 들렸다.

"괴물이 다시 오나 봐요."

겁먹은 호석이 벽으로 붙었고 기성과 천수가 검은색 길로 천천히 움직였다.

정태가 검은색 길에서 모습을 보였다.

"형님들, 저만 두고 가시면 어떡해요. 무서워서 죽는 줄 알았어요."

"오, 무사했네요."

덕순이 반가움에 정태의 손을 잡고 흔들었다.

"니가 어떻게 검은색 길로 왔어?"

기성이 물었다.

"저도 잘 모르겠어요. 형님들을 찾다 보니까 어느 순간 제가 검은색 길에서 뛰고 있더라고요. 찾는 데 애먹었어요. 그렇게 빨리 달리면 제가 어떻게 형님들을 따라잡아요. 안 그래도 불알이 무거워 죽겠는데."

특유의 붙임성에 그들은 한바탕 크게 웃었다.

"덕순 아줌마, 우리랑 같이 가시죠. 지금까지 알아본 결과 괴물은 검은색 길로만 다니고 있어요. 두 분이 다니기엔 너무 위험합니다. 이경민도 견제를 해야 하니까요."

기성의 제안에 덕순은 쉽게 결정을 내릴 수 없었다.

"호석 씨는 어떻게 생각해요?"

"아줌마만 좋다면 저는 상관이 없어요. 어차피 검은색 길은 괴물이 돌아다니고 있으니 계속 가기도 그렇고요."

잠시 생각한 덕순은 마지못해 기성의 제안을 받아들였다.

"그럼, 그렇게 하죠."

"좋습니다. 그럼, 가시죠."

배낭이 없는 정태가 호석의 배낭을 어깨에 걸쳤다.

그들은 모두 흰색 길로 들어서 걸었다. 덕순은 왠지 모를 허탈함에 가슴 한편이 아려왔다.

"잠깐만요. 호석 씨 지팡이가 망가졌네요. 더 좋은 거로 구해올게요. 어디에 있는지 아니까 금방 갔다 올게요."

"그게 어디에 있어요?"

기성이 물었지만 덕순은 대답 없이 공사자재들이 있는 곳으로 향했다. 곧바로 지시자와 접속한 덕순은 모든 상황을 설명했다.

"얘기를 들어보니 거기에서 일어난 모든 사건들이 어떤 연관성을 지니고 있는 일련의 사건들인 것 같군요."

"모든 사건들이 연관성이 있다고요?"

"네. 예상한 대로 그들은 뻔뻔함의 극치를 보여주고 있습니다. 설마 했는데 막상 현실로 다가오니 저도 무척 당황스럽네요. 절대 그들을 따라가지 마세요."

"하지만 검은색 길에는 괴물이 돌아다니고 있어요. 말씀드렸잖아요."

"당신들은 속고 있어요. 그 속임수에 넘어가면 안 됩니다. 제 말을 믿으세요."

덕순의 심박동이 빨라졌다.

"속다니요, 누구한테 속아요?"

"당신은 음모에 말려들고 있어요. 무슨 수를 써서라도 그들의 마수에서 벗어나야 합니다. 뻔뻔함의 극치가 거기서 드러나고 있네요. 제 말 부디 명심하세요."

덕순은 누군가 다가오는 소리에 얼른 접속을 끊었다.

"아줌마, 여기서 뭐 하고 있어요?"

천수였다.

"아니, 그냥."

덕순이 얼버무렸다.

"다들 기다리고 있어요. 빨리 가시죠."

"네, 가야죠."

뒤를 따르던 덕순이 각목을 휘둘렀다. 엉겁결에 머리를 맞은 천수가 쓰러졌고 덕순이 부들부들 떨었다. 각목을 떨어뜨린 그녀는 달려가면서 소리쳤다.

"기성 씨! 천수 씨가 당했어요!"

"어디에 있어요!"

기성과 정태가 달려오고 있었다.

"천수 씨는 저쪽에 있어요."

기성과 정태를 지나친 덕순은 호석을 향해 달려갔다.

"호석 씨, 여기서 도망쳐야 돼요."

"네? 갑자기 그게 무슨 말이에요?"

"설명할 시간 없어요. 빨리 가요."

호석을 부축한 덕순은 흰색 길을 나와 검은색 길로 뛰었다.

어디론가 이동하던 군인들이 갈래 길을 향해 뛰었다. 하지만 갈래 길엔 아무도 없었고 먼지만 날리고 있었다. 사나운 표정의 대위가 부하들을 향해 소총을 겨눴다. 부하들이 부동자세를 취했다. 이내 소총을 내린 대위는 부하들을 이끌고 이동했다. 군인들이 도착한 곳은 또 다른 철문이었다. 스르르 문이 열렸고, 방 안으로 들어선 군인들이 일렬횡대로 늘어섰다. 대위는 부하들을 향해 가차 없이 방아쇠를 당겼다.

타타타타 탕! 난사된 총탄에도 부하들은 일체의 미동이 없었다. 부하들을 비켜난 총탄이 벽을 통과했다. 대위가 두꺼운 입술을 깨물었다. 소총을 거머쥔 군인들은 다시 철문을 나갔다.

같은 시각, 기성과 천수 정태는 덕순과 호석을 추격하고 있었다. 검은색 길로 방향을 잡았을 때 희미한 형체들이 붉은색 길에서 보였다. 우람한 덩치와 창백한 얼굴의 남자들은 군인들이었다. 기성이 손가락을 입으로 가져가 조용히 하라는 신호를 보냈다. 네 명의 군인들은 어디로 가는지 뒤도 돌아보지 않고 바삐 걸었다. 기성은 군인들의 정체를 알고 싶었다.

"정태야, 천수를 부탁해."

"네? 또 군인들을 미행하시게요?"

"분명 뭔가가 있어."

"그러다 들키기라도 하면 어쩌려고요. 그리고 천수 형님은 피를 많이 흘렸잖아요."

"내 경험상 그 정도는 괜찮아. 곧 의식을 회복할 거야."

덕순과 호석을 생각하면 치가 떨렸지만, 군인들의 정체 파악이 우선이었다. 천수를 바라본 기성은 군인들의 뒤를 밟았다. 붉은색 길을 나간 군인들은 세 갈래 길에서 멈췄다. 자신이 군인을 살해한 곳이었다. 대위의 표정이 자못 심각해보였다. 잠깐 머무른 군인들은 다시 이동해 열린 철문으로 들어갔다.

기성은 숨이 멎을 것만 같았다. 군인들은 다시 또, 다섯 명으로 늘어나 있었다. 자신이 죽인 군인과 새롭게 나타난 군인. 대체 여기에는 군인들이 얼마나 있고, 어디에 숨어있다가 곧바로 충원된다는 말인가. 이것을 알아내지 못하면 우린 여기서 살아 나가지 못할 것이다. 기성은 지나온 길을 꼼꼼히 체크하며 군인들의 뒤를 밟았다. 그런데 이상한 현상이 다시 펼쳐졌다. 천천히 걷고 있는 군인들을 도저히 따라잡을 수 없었다. 가까워졌다가 홀연히 멀어졌고 군인들은 모퉁이와 모퉁이를 돌아 모습을 감췄다. 기성은 내달렸다. 바로 그때 뒤쳐진 한 군인이 포착됐다. 전신에 아드레날린이 솟구쳤다. 한달음에 달려가 군인의 목을 움켜잡아 나이프를 찔러 넣었다. 믿을 수 없었다. 군인과의 거리

하늘의 갈등

는 크게 벌어졌고 양손은 허공을 휘저었다. 기성이 내달렸다. 그 순간 또다시 강한 빛이 망막을 파고들었다. 눈을 뜨려고 했지만 그럴수록 빛은 더욱더 강해졌다. 군인들의 음산한 목소리에 이어 고양이 소리가 따라왔다. 다시 학교였고, 어린 기성은 죽은 고양이 앞에서 울고 있었다. 어김없이 들리는 군홧발 소리. 어린 기성은 고양이를 의자로 힘껏 내리쳤다. 다른 고양이가 들어왔다. 의자로 내리쳐 죽였다. 고양이가 연이어 들어왔다. 기성은 미친 듯이 의자를 휘둘렀다. 고양이들이 에워쌌다. 사나운 이빨과 날카로운 발톱으로 무장한 고양이들이 천천히 접근했다. 겁을 집어먹은 기성이 뒤로 물러나려다 책상에 걸려 넘어졌다. 고양이들이 뛰어올랐고, 기성이 두 눈을 질끈 감았다. 그 순간 포근한 감촉이 느껴졌다. 바라보니 누군가 자신을 안고 있었다.

"이제 괜찮아, 내가 지켜줄게."

어른 기성이었다.

"왜 이제 왔어?"

눈물이 주르르 흘렀다.

"기성아, 미안하다."

"내가 얼마나 기다렸는지 알아?"

"그래, 알고 있어. 내가 너무 늦게 왔지? 미안해."

"이제 떠나지 않을 거야?"

"다시는 떠나지 않을게."

"정말이야? 약속할 수 있어?"

"약속할게."

어린 기성과 어른 기성이 부둥켜안고 엉엉 울었다.

우르릉 쾅, 우르릉 쾅. 천둥 번개에 이어 군홧발 소리가 크게 들렸다. 군인들이 교실로 들어서고 있었다. 살벌한 군인들은 어른 기성을 억지로 떼어냈다.

"안 돼! 가지 마!"

어린 기성이 미친 듯이 소리쳤다.

소총을 겨눈 군인들이 어린 기성을 향해 주저 없이 방아쇠를 당겼다.

"안 돼!"

꿈이었다. 믿을 수 없다. 어떻게 이런 일이… 어린 기성이 자신을 애타게 찾고 있을 것만 같았다. 자신도 모르게 눈물이 주르르 흘렀다. 저놈들을 가만두지 않겠다. 분노가 극에 달한 기성은 이동하는 군인들을 다시 따라붙었다. 다시 뒤처진 군인이 포착됐다. 그러나 군인과의 거리는 좀처럼 좁혀지지 않았다. 대체 저놈들의 정체는 무엇이란 말인가. 이내 군인들의 모습이 시야에서 완전히 사라졌다. 저놈들은 내 마음까지 읽고 있어. 기성은 비로소 알았다. 자신은 군인들의 상대가 아니라는 것을.

명수와 혜영은 붉은색 길에서 나와, 흰색 길로 가려다가 검은색 길로 방향을 틀었다. 긴장한 명수가 주위를 두리번거렸다.

"누가 오기 전에 빨리 끝내고 가자고."

"근데 아까 그 사람이 했던 말이 자꾸 걸려요."

"그럼, 우리 지시자님이 가짜고, 그 사람이 진짜란 말이야?"

"그런 뜻이 아니잖아요."

"그놈이 누군지 모르겠지만 미친놈일 뿐이야. 지시자님은 우릴 물심양면으로 잘 도와주고 있어. 그건 혜영이도 잘 알고 있잖아. 혹여라도 지시자님에게 내색하면 절대 안 돼."

"그런 뜻이 아니라고 했잖아요."

혜영을 빤히 쳐다본 명수가 조명이 흐릿한 지점으로 다가가 덫을 설치하고 돌아와 말했다.

"저 길은 누가 선택한 길일까?"

"저는 사실 그것을 알게 될까봐 두려워요. 설령 그 대상이 이경민이라고 할지라도."

"양심의 가책을 느끼나 보군."

"아주 많이요."

"하지만 어쩔 수 없는 일이잖아. 성을 보호해야 우리 모두가 살 수 있는 길이라."

"그건 지시자의 말일 뿐이죠."

"자꾸 왜 그러는 거야? 설마 지시자님을 의심하는 거야?"

혜영은 이 부분에서 아무 말도 할 수 없었다. 명수의 말은 이어졌다.

"아까도 말했지만 지시자님은 우리가 위험에 처했을 때마다 우릴 구해줬고, 자신의 능력을 우릴 위해 썼잖아. 그걸 몰라서 그러는 거야?"

"그럼, 다른 지시자들은 우리 지시자님만큼 능력이 없는 걸까요?"

"그럴 수도 있고, 아닐 수도 있겠지. 하지만 그것까진 생각하기 싫어. 나는 우리 지시자님을 절대적으로 신봉하기로 했어. 그게 우리 모두가 살 길이니까."

한숨을 흘린 혜영이 설치한 덫을 회수하려고 했다.

"지금 뭐 하는 거야?"

"더 이상, 내 양심이 허락하지 않아요."

그때, 성이 가볍게 흔들렸다.

"이것 봐, 성이 흔들렸다는 건 다른 지시자들의 농간이 또 시작됐다는 반증이야. 우린 그걸 막아야 해."

"이건 우연의 일치에요. 아저씨는 지시자님한테 너무 깊게 빠졌어요. 그리고 목적지는 가도, 가도 끝이 없어요. 태블릿pc상으로는 목적지가 아주 가깝게 있는데 거리가 좁혀지기는커녕 어쩔 땐 더 멀어질 때도 있었잖아요."

"우리가 지나온 길들이 모두 직선으로만 뻗어있지 않았잖아. 여기까지 잘 와놓고 이제 와서 갑자기 왜 그러는 거야. 여기서 이럴 게 아니라 가면서 얘기하자고. 누가 오기라도 하면 어쩌려고 그래."

명수가 배낭을 짊어지고 떠날 준비를 마쳤다.

"전, 가지 않겠어요. 가실 거면 아저씨 혼자 가세요."

"제길, 훌륭하군."

"그런 식으로 말하지 마세요."

명수는 어떻게 설득해야 할지 난감했다.

"좋아, 그럼 나도 내 방식대로 하겠어."

명수는 혜영의 손을 잡아끌었다.

"지금 뭐 하시는 거예요. 이 손 놔요."

명수의 힘을 당할 수 없는 혜영이 질질 끌려갔다. 혜영의 발악은 계속됐고, 명수는 그에 아랑곳없이 손을 놓지 않았다. 급기야 혜영이 소리를 질렀다.

"거기 누구 없어요!"

명수가 급히 혜영의 입을 틀어막았다.

"조용히 해봐."

명수의 손을 벗어난 혜영이 다시 소리를 지르려고 했다.

"조용히 하라고. 누군가 오고 있어."

혜영이 명수의 긴장된 표정에서 위험을 감지했다. 소리는 검은색 길에서 들리고 있었다. 곧이어 거친 숨소리와 함께 그림자가 위협적으로 다가왔다. 공포를 몰고 다니는 군홧발 소리는 아니었지만 그림자가 또 다른 공포를 가져왔다.

"숨어야 해."

명수와 혜영이 얼른 모퉁이로 숨었다. 그림자가 조명을 받아 거인처럼 늘어났다. 그에 따라 두 사람의 눈동자도 점점 크게 벌어졌다. 드디어 그림자가 본 모습을 보였다.

"어? 덕순 아줌마예요. 그리고 안경 쓴 저 사람은… 아, 이호석 씨가 맞을 거예요."

혜영이 모퉁이를 나가려고 하자, 명수가 붙잡았다.

"자꾸 왜 이래요?"

"나가면 안 돼."

"왜요?"

"저 사람, 발이 안 보여? 피가 잔뜩 묻어 있잖아."

혜영은 명수가 붙잡은 이유를 알 수 있었다.

"저 사람은 우리가 놓은 덫에 걸렸던 게 틀림없어."

"그러니까 우린."

혜영의 목소리가 컸는지, 겁을 먹은 덕순이 급히 몸을 돌렸다. 덩달아 몸을 돌리려던 호석이 기우뚱하더니 쓰러졌다. 호석이 고통의 비명을 질렀고, 보다 못한 혜영이 호석을 향해 뛰었다. 덕순은 혜영의 얼굴을 알아보지 못한 듯 뒤로 물러나더니 벌렁 자빠졌다.

"아줌마, 저예요. 혜영이요."

여전히 겁먹은 덕순은 앉은 채로 뒷걸음질했다.

"저, 윤혜영이에요 아줌마. 안심하세요."

그제야 혜영을 알아본 덕순이 눈물을 글썽였다.

"호석 씨가 많이 다쳤어요. 도와주세요."

호석은 생각보다 무거웠다. 힘에 부친 혜영이 명수를 불렀다.

"아저씨, 좀 도와주세요.

대답이 없었다.

"명수 아저씨, 이제 그만 나오세요."

혜영이 모퉁이로 다가갔지만 명수는 이미 사라지고 없었다. 명수의 빈자리가 커다란 공허함으로 다가왔다. 비록 짧은 시간이었지만, 서로를 의지하고 위기를 극복해 가며 함께 울고 웃던 지난 시간들이 주마등처럼 스쳐지나갔다. 눈시울이 붉어진 혜영이 고개를 숙였다.

맹목적인 믿음

명수는 혜영과 떨어지리라고는 상상도 못했다. 또한 혜영이 다른 지시자를 선택했다는 사실은 엄청난 충격으로 다가왔다. 지시자님의 지시를 나 혼자 수행할 수 있을까. 사실 무섭고 두렵다. 명수는 감당할 수 없는 무게에 어깨가 짓눌리는 느낌이었다.

"지시자님, 혜영이 떠났습니다."

한참 동안 대답이 없는 것으로 보아 지시자도 충격을 받은 것 같았다.

"지시자님?"

"큰일이네요. 혜영 씨가 떠났다는 사실을 믿을 수가 없어요. 어떻게 혜영 씨가."

"죄송합니다. 제가 조금만 더 신경을 썼어도 이런 일이 일어나지 않았을 텐데 제 불찰입니다."

"아닙니다. 지금은 누구의 잘못을 따질 때가 아니에요. 현실은 우리에게 너무 큰 고난을 주고 있어요. 현실을 직시해 위기를 타파해야 합니다."

"위기를 타파할 수 있는 방법을 알려주세요."

"당연히 그래야지요. 그 전에 한 가지 묻고 싶은 게 있어요."

"묻고 싶은 거요?"

"네, 현존하는 왜곡된 질서를 위협하면서 파괴할 수 있는 게 뭐라고 생각하시나요?"

"왜곡된 질서를 위협하면서 파괴할 수 있는 것이라면…."

명수는 지시자의 의도를 파악하려고 했지만 감이 잡히지 않았다.

"모르겠는데요."

"그것은 진리입니다."

"진리요?"

"네, 진리는 현존하는 왜곡된 질서를 위협할 수 있을뿐더러 나아가서는 파괴할 수도 있는 강력한 속성을 지니고 있죠. 다른 지시자들의 왜곡된 질서를 파괴해야 합니다."

명수는 여전히 지시자의 의도를 파악하지 못했다.

"왜곡된 질서라면…."

"그것은 '길'입니다. 동료들이 가고 있는 길이 곧 왜곡된 질서인 것이죠. 당신은 그 길을 모조리 없애야 합니다. 하나, 하나 순차적으로. 눈치채지 못하도록. 종국에 가서는 우리의 붉은색 길만 남을 수 있도록. 그것이 당신과 동료들, 그리고 이 성이 살아남을 수 있는 유일한 방법입니다."

명수가 두 주먹을 불끈 쥐었다. 지시자의 말은 계속 이어졌다.

"그들의 질서를 없애야만 진정한 질서가 구현된다는 사실을 잊어서는 안 됩니다."

"어디서부터 시작해야 되는 겁니까?"

"처음부터요."

"처음부터요?"

"네, 처음부터 시작해야 그들의 왜곡된 질서를 없앨 수 있고, 바로 잡을 수 있습니다."

"그리되면 목적지는 언제 갈 수 있나요?"

"매우 유감이지만 지금으로선 불투명합니다. 하지만 분명한 건 우리의 질서가 방해받지 않을 때 목적지는 바로 눈앞에 나타날 것입니다. 이 점 명심하세요."

"네, 명심하죠."

"그럼, 이동하세요."

명수는 붉은색 길을 따라 성문으로 향했다.

"어? 기성이 형님, 길이 없어요."

앞서 걷던 정태가 세 갈래 길에서 발을 멈췄다.

기성은 군인들의 생각에 정태의 소리를 듣지 못했다. 나는 분명 군인을 죽였다. 그런데 확신할 수 없다.

"기성이 형님?"

"어? 무슨 일 있어?"

"길이 없어요."

이상함을 감지한 기성이 천수를 내려놓았다.

"이젠, 나 혼자서도 갈 수 있어."

천수가 피딱지로 엉겨 붙은 머리카락을 매만졌다.

기성이 세 갈래 길에 이르러 뻗어있는 길들을 확인했다. 흰색으로 칠해져 있던 길은 세 갈래에서 끊어져 있었고, 유독 검은색 길만 곧게 뻗어있었다.

"봐요, 진짜로 없잖아요."

"가만, 검은색 길은 덕순 아줌마가 선택한 길이잖아."

"맞아요. 덕순 아줌마하고 그 샌님."

천수가 다가왔다.

"이 아줌마, 뭔가 꾸미고 있는 거 아냐? 내 뒤통수나 치고 달아나더니. 이 아줌마 일부러 어리버리한 척한 거 아냐? 이제 보니 아주 무서운 아줌마였네."

"그건 아닐 거야. 니 말대로라면 따라올 테면 따라오라는 것 같은데 그 정도로 영악해 보이진 않았어. 누군가 우릴 음해하려는 것 같지 않아?"

"그럼, 이것도 경민이 형님 짓일까요? 맞아요. 분명히 그 사람 짓일 거예요."

정태는 모든 일을 경민에게 뒤집어씌우려는 심산이었다.

"이경민?"

잠깐 생각한 기성이 지시자와 접속했다.

"지시자님, 갑자기 길이 없어졌어요."

"길이 없어요? 잠시만요."

화면에서 사라졌던 지시자가 다시 나타났다.

"거긴 길이 없어질 위치가 아닌 곳으로 나옵니다. 따라서 거기엔 분명 어떤 음모가 도사리고 있을 겁니다. 천수 씨와 정태 씨가 당했던 것처럼."

"그래서 우리도 여러 가지로 추측해봤는데 명확한 해답을 찾을 수가 없어요."

"당연한 말이지만 길을 찾지 못한다면 목적지에 이를 수가 없습니다."

"길을 찾을 수 있는 방법이 없을까요?"

"우리의 방법이 너무 약했어요. 처음으로 돌아가세요."

기성이 지친 숨을 뱉었다. 지시자의 말은 계속 이어졌다.

"방법은 그것뿐입니다. 아무래도 우리가 좀 더 강하게 밀어붙여야 할 것 같습니다. 처음으로 돌아가서 어디서부터 잘못되고 어떤 음모가 있는지 그것을 알아내면서 계획을 실행해야 합니다. 그러지 않으면 다른 지시자들의 농간에서 헤어날 수 없을지도 모릅니다. 상황이 점점 더 어렵게 돌아가고 있군요. 이럴수록 침착하게 행동해야 합니다."

순간 놀란 정태가 숨을 훅 들여 마셨다. 숨겨놓은 배낭이 들킬 것을 우려한 그는 띄엄띄엄 물었다.

"그럼… 목적지는요?"

"다른 지시자들의 농간을 잠재울 때 여러분이 바라는 목적지는 이미 눈앞에 와 있을 겁니다. 안내해 드릴 테니 저를 믿고 이동하세요. 시간이 많지 않습니다."

할 수 없이 그들은 왔던 길로 돌아갈 수밖에 없었다.

"그렇다고 처음으로 다시 가라고? 이건 아냐. 아니라고."

투덜거린 정태가 기성과 천수를 따라가면서 가시 벽을 쳐다보았다. 양옆으로 늘어선 가시 벽들이 조금 흔들리는 것처럼 보였다. 흰색 길을 따라 걷던 그들은 가로막은 문 앞에서 멈췄다.

"잠깐, 이 문으로 들어가면 바로 성문 아냐?"

천수가 이상하다는 표정으로 물었다.

"이동한 지 얼마나 됐다고 벌써 성문이 나오겠어요."

"아냐, 천수 말이 맞아. 이 문으로 들어가면 가고일 석상이 보일 거야. 거기서 왼쪽으로 돌아나가면 바로 성문이고."

기성이 문을 활짝 열어젖혔다.

예상대로였다. 가고일 석상이 바로 눈에 들어왔다.

"맞잖아. 가고일 석상. 일단 로비로 나가자."

로비로 나오니 이상한 점은 여기에서 그치지 않았다. 총탄에 맞아 부서졌던 석상들은 언제 그랬냐는 듯이 처음 그대로의 모습으로 돌아가 있었다.

"그림도 이상해요. 아까는 분명 선명한 그림이었는데 색깔이 흐려졌어요."

정태는 연신 배낭을 숨겨둔 장소를 곁눈질했다.

"그림들은 총에 맞아서 찢겨 있었어."

천수가 말했다.

"저도 찢긴 그림들을 봤었어요. 그런데 경민이 형님한테서 도망쳐 나올 때는 처음 그대로였어요. 근데 또 지금은 색깔이 많이 흐려졌고요. 그리고 보세요. 총알의 흔적도 없잖아요."

그림과 벽 그 어디에서도 총탄의 흔적은 찾아볼 수 없었다. 기성은 이상한 군인들을 생각하지 않을 수 없었다.

"도대체 뭐가 뭔지 모르겠네."

천수가 불만스럽게 말하고 멀쩡하게 복원된 천사와 악마의 석상을 쳐다보았다. 이어서 악마의 석상을 만지려다가 얼른 손을 내렸다.

기성이 쌓여있는 페인트 통들을 주시하면서 말했다.

"저거였어."

"뭐가요?"

뜨끔한 정태가 기성의 시선을 따라갔다.

기성은 대답 없이 공사자재들을 피해가며 페인트 통들을 확인했다.

"시너(페인트 희석제)가 없어졌어. 처음 봤을 때는 시너가 이렇게 적지 않는데 확실히 줄었어. 누군지 모르겠지만 시너를 갖고 가서 길을 지운 거야."

"나도 기억나. 처음에 덕순 아줌마가 사고 쳤을 때 분명 시너가 많았어. 정태야 너도 기억나지?"

"네? 아. 덕순 아줌마가."

천수의 시선을 피한 정태는, 얼버무리고 뒤로 살짝 빠져 배낭을 숨겨놓은 장소를 쳐다보았다. 배낭을 덮어 놓았던 판자가 너무 납작해 보였다. 곧바로 손발이 덜덜 떨려오면서 호흡이 가빠졌다. 안 돼. 이럴 순 없어. 광분한 정태가 페인트 통들을 걷어찼다.

"이경민이 이 개새끼 죽여 버릴 거야!"

정태의 발길질은 멈추지 않았다. 쏟아진 페인트가 바닥을 적셨고 사방으로 튀었다.

"박정태! 너만 화가 나는 게 아냐. 그런다고 지워진 길이 다시 나타나는 것도 아니잖아."

상황을 모르는 천수가 정태를 붙잡았다. 급기야 정태가 울음을 터트렸다.

"그게 아니라고요. 배낭이 없어졌어요. 내 배낭."

"배낭? 니 배낭은 잃어버렸다고 했잖아. 도대체 무슨 말이야?"

"내 배낭에는?"

퍼뜩 정신을 차린 정태가 입을 다물었다.

기성이 다가가 정태의 멱살을 움켜잡았다.

"너, 우리한테 뭐 숨기고 있는 거 맞지?"

"숨기긴 뭘 숨겨요."

"솔직히 말해. 숨기는 게 뭐야?"

눈빛이 흔들린 정태가 고개를 숙였다.

보고 있던 천수가 정태의 고개를 들어올렸다.

"그러고 보니 너 아까부터 이상했어. 너 이 새끼, 혹시 이경민이하고 짜고 이러는 거 아냐? 내가 모를 줄 알아? 지금이라도 사실대로 말하면 용서해 줄 테니까 말해. 어서!"

"너 혹시 군인들에 대해서 우리가 모르고 있는 사실도 알고 있는 거 아냐?"

기성이 사납게 물었다.

"에이 시팔. 그게 아니라고!"

정태가 철근을 집어 들고 발악했다.

"가까이 오지 마.. 형이고 뭐고 다 필요 없어. 오면 다 죽여버릴 거야."

기성이 배낭을 벗으며 말했다.

"박정태, 좋은 말로 할 때 철근 내려놔라."

"그게 시팔 좋은 말이야?"

"이 새끼가 진짜."

기성이 서서히 접근했다.

"가까이 오지 말랬잖아!"

철근을 마구 휘두르며 물러나던 정태가 몸을 틀었다. 이어서 천수를 향해 철근을 휘둘렀다.

"위험해!"

천수가 주춤하는 사이, 기성이 몸을 날렸다. 곧바로 비명이 터졌다. 순간의 정적이 찾아왔고 철근을 떨어뜨린 정태가 부들부들 떨었다.

"너, 이 새끼 무슨 짓을."

천수가 쓰러진 기성을 부둥켜안았다.

"기성아, 기성아."

머리를 정통으로 맞은 기성은 미동이 없었다.

"형님, 미안해요. 전 그저."

"저리 가!"

주춤주춤 물러나던 정태가 몸을 돌려 뛰었다.

엘리시움과 지옥도의 색깔이 다시 선명해졌다.

군인들이 성문 가까이 접근하고 있었다. 두 놈들은 무방비 상태였다. 기성과 천수였다. 소총을 장전한 부하들이 사격자세를 취했다. 대위가 급히 손을 들어 막았다. 대위는 어찌 된 일인지 부하들을 이끌고 왔던 길을 되돌아갔다.

배낭을 탈취한 경민은 만족감에 웃음이 절로 흘렀다.

가소로운 놈, 박정태. 너는 뛰어봤자 내 손바닥을 벗어날 수 없어. 이제 남은 건, 성을 벗어나는 것이다. 그러기 위해선 지시자에게 잘 보여야 한다. 아니 잘 속여야 한다. 시험을 잘 속인 것처럼. 배낭의 무게를 충분히 음미한 경민은 파란색 길로 걸었다. 그런데 파란색 길은 세 갈래 길에 이르러서 끊어져 있었고 그 어느 길에서도 화살표는 보이지 않았다.

"지시자님, 길이 없어졌어요."

"알고 있어요."

"네?"

경민은 지시자가 잘 못 들었다고 생각했는지 다시 한 번 말했다.

"길이 없어졌다고요."

"이미 알고 있었어요."

"알고 있었다고요?"

"제가 모를 거라고 생각했나요? 더 얘기해 보죠. 당신은 절대적으로 지켜야 할 게 생겼고 목적지엔 관심도 없어요. 따라서 당신이 저에게 제시했던 조건들은 다 거짓이었죠. 그런데 어쩌죠. 당신은 목적지로 갈 수밖에 없는 운명인데. 그래야 그 돈을 무사히 가져갈 수 있으니까요."

지시자의 웃음소리가 마녀의 웃음소리처럼 들렸다.

충격을 받은 경민은 아무 말도 할 수 없었다.

"저 또한 당신처럼 지켜야 할 게 있어요. 그건 '길'이죠. 파란색 길."

지시자는 '파란색 길'을 크게 강조했다.

"당신의 돈은 파란색 길에 있을 때만 지킬 수 있고 안전해요. 물론 거기에는 저에 대한 믿음과 노력이라는 전제조건이 붙지만. 제 말에 동의하시나요?"

"당신도 내 돈을 노리고 있는 거 아냐?"

"돈이요?"

지시자가 실소했다.

"그 돈이 당신 돈인가요?"

"똑바로 얘기해. 내 돈을 노리고 이러는 거지?"

"역시 당신이란 사람은 내 예상을 한 치도 벗어나지 않네요. 그건 편한 대로 생각하세요."

"편한 대로 생각하라고? 좋아. 그럼 내가 다른 지시자를 선택할 것이란 생각은 안 해 봤나?"

"당신이 다른 지시자를요?"

지시자의 웃음소리가 귀에 따갑게 들렸다.

"요즘 TV에서 개그프로가 사라진 이유를 알겠네요. 바로 당신 같은 사람들 때문이죠."

얼굴이 벌겋게 달아오른 경민은 받아칠 말을 생각했지만 떠오르지 않았다. 다른 지시자를 선택할 수 없다는 건, 자기 자신이 더 잘 알고 있기 때문이었다.

"이젠 서로를 위해서 일할 조건이 맞았네요. 저는 그 조건이 충족되기만을 기다리며 당신을 안내했는데 이제야 그 조건이 완벽하게 충족이 됐어요. 드디어 우리의 거래가 성사됐어요. 거래는 이렇게 하는 거예요. 아시겠어요, 이경민 씨!"

철저히 이용당했군. 경민이 실소를 머금더니 크게 웃음을 터트렸다.

이윽고 웃음을 그친 경민이 한 마디를 날렸다.

"멋있어. 아주 멋있어."

"그 말 칭찬으로 받아들일게요."

뜨끔한 경민이 표정 관리에 들어갔다. 지시자가 의미 모를 미소를 지었다.

"자, 그럼 우리의 파란색 길을 지킬 수 있는 방법에 대해서 상의해 보죠."

"상의요? 어차피 당신은 저한테 일방적인 지시를 내릴 게 아닌가요? 괜히 배려하는 척하지 마시고 지시를 내려주세요. 저는 언제든지 지시를 이행할 준비가 됐으니까."

"역겹다는 말인가요?"

"편한 대로 생각하세요."

지시자에게 한 방을 돌려준 경민은 다음 말을 기다렸다.

"받은 것을 바로 돌려주는 정신상태가 아주 좋아요. 그 정신을 계속 유지하길 바랄게요."

"요점을 말하세요."

"요점을 말할게요. 길이 없어졌다는 건 누군가 일부러 길을 지운 거예요. 길을 지울 수 있는 약품은 당신도 갔다 와서 알겠지만 성문에 있어요. 성문으로 가는 길목을 지키세요."

"그다음은요?"

"감히 우리의 길을 다시는 넘볼 수 없게 철저히 응징하세요."

"폭력을 사용하라는 말입니까? 당신은 동료들을 설득해서 인도해야 된다고 누차 말했잖아요."

"그 방법이 당신의 돈을 지킬 수 있다고 생각한다면 그렇게 하세요."

할 말이 없는 경민은 성문을 향해 뛰었다.

그 시각, 명수는 지워진 파란색 길을 확인하고 있었다. 방향을 가리키는 부분에 작은 얼룩이 남아있었다. 파란색이 조금이라도 남아있으면 절대로 안 돼. 명수는 걸레를 잡은 손에 힘을 주어 문질렀다. 지워진 길은 흔적을 찾아볼 수 없을 정도로 완벽했다. 길을 바꿔 검은색 길로 들어선 그는 같은 방법으로 길을 지워나갔다. 어느새 검은색 길도 흔적도 없이 사라졌다. 명수는 주위를 살펴가며 성문으로 향했다. 문을 나와 가고일 석상을 지날 때였다. 이상한 느낌에 페인트 통들이 쌓여있는 곳을 살폈다. 두 눈이 크게 벌어진 그는 벽으로 붙었다. 쏟아진 페인트와 흩어져있는 공사자재들은 그야말로 난장판이었다. 누군가 왔다 갔다. 그런데 여기서 뭘 했단 말인가. 누군가 또 오기 전에 이 일을 빨리 끝내야 한다. 잔뜩 긴장한 명수는 시너를 들고 뛰려는 찰나, 시너를 다시 내려놓았다. 아니야, 여기서 걸리면 모든 게 끝장이야. 펼쳐지는 상황에 따라 행동해야 안전할 듯싶었다. 다시 가고일 석상을 지나서 문을 나와 걷고 있을 때였다.

"어이, 형씨!"

소스라치게 놀란 명수가 뒤를 돌아보았다. 경민이 서슬 퍼런 나이프를 눈앞에서 흔들었다.

"어디서 오는 길이야?"

명수는 혹시나 들킨 건 아닌지, 경민의 표정을 살폈다.

"내 말에 이해력이 필요해? 어디서 오는 길이냐고 물었잖아."

"어, 그냥. 여기저기에서."

"여기저기라니 저 문에서 나왔으면 성문에서 온 거 아냐?"

"아닌데, 그 옆길에서 나와서 오다 보니까 이쪽으로 오게 됐어."

"증말이야?"

명수가 고개를 끄덕였다. 시너를 갖고 오지 않은 게 천만다행이었다.

"근데 아까는 왜 여기저기라고 했어?"

전과 10범에 취조 경험이 많은 경민은 형사처럼 몰아붙였다.

적당한 말이 떠오르지 않은 명수는 아무 말이나 둘러댔다.

"갑자기 나타나서 물어보니까. 긴장해서 그렇지."

"왜 긴장해? 반가워해야 되는 거 아냐?"

"칼을 들고 물어보는데 어떻게 긴장을 안 해."

"아, 이 칼."

경민은 칼을 내리면서 명수를 예리하게 주시했다. 손의 미세한 떨림과 둘 곳을 모르는 시선. 겁 많은 범죄인들의 전형적인 특징이었다.

"난, 그만 가봐야겠어."

명수는 이 상황을 빨리 벗어나고 싶었지만 경민이 놓아주지 않았다.

"왜, 성문 쪽으로 다시 왔어?"

명수는 경민의 날카로운 시선에, 꼬투리를 잡힐 것만 같아 강하게 밀어붙이기로 했다.

"내가 그걸 일일이 설명해야 하나?"

"오, 그렇게 나오시겠다? 좋아. 그 배낭에 뭐가 들었는지 한 번 봅시다."

"내가 당신한테 배낭을 왜 보여줘야 하는데?"

"어이, 형씨. 내 승질 건드리지 마."

경민의 눈빛에 살기가 돌았다.

"한 번만 더 말할게. 배낭 좀 봅시다."

명수는 난감했다. 배낭에는 걸레와 시너를 담을 수 있는 통이 들어 있기 때문이었다. 경민이 금방이라도 배낭을 벗겨 확인할 것만 같았다. 명수는 할 수 없이 배낭을 벗어 내려놓았다.

"열어."

배낭을 잡은 손이 심하게 떨렸다.

"당신 배낭이나 먼저 열어!"

깜짝 놀란 경민이 고개를 들었다. 정태가 다가오고 있었다.

"이경민, 내가 못 찾을 거라 생각했어?"

아뿔싸, GPS기능. 전원을 꺼놨어야 했다. 내가 왜 그 생각을 못 했단 말인가. 경민은 자신의 어처구니없는 실수를 깨달았지만 때는 이미 늦었다.

"명수 아저씨, 저놈을 잡아야 해요."

각목을 거머쥔 정태가 서서히 다가왔고, 명수가 뜻밖의 지원군에 힘을 얻어 협공에 나섰다.

무거운 배낭을 맨 채로 두 명을 어떻게 상대한단 말인가. 명수를 붙잡아 놓은 것도 실수라면 실수였다. 나이프를 치켜든 경민은 기회를 노렸다.

"내가 그까짓 칼에 겁먹을 것 같아? 나도 이젠 이판사판이야."

살벌하게 말한 정태가 각목을 휘둘렀다. 그와 동시에 허공을 가른 나이프가 정태의 손을 베고 지나갔다. 각목이 떨어졌고 경민이 주먹을 휘둘러 정태를 쓰러뜨렸다. 이어서 돌진하는 명수를 무릎으로 가격했다. 비록 기성의 상대는 아니었지만, 경민은 길거리 싸움꾼의 실력을 유감없이 발휘했다. 명수와 정태가 뒤로 물러나더니 동시에 공격했다. 주먹과 발길질이 오가는 난타전이 일었다. 두 사람을 상대하는 경민이 조금씩 밀리기 시작했다. 터진 입술에서 피가 흘렀고, 눈두덩이 부어올랐다. 그렇다고 돈으로 가득 찬 배낭을 내려놓을 순 없는 일이었다. 명수와 정태의 공격은 계속해서 이어졌다. 명수의 주먹을 연속으로 맞은 경민이 휘청거리는 몸을 간신히 지탱했다.

정태가 떨어진 각목을 움켜잡았다.

"배낭 내려놔, 이 새끼야."

설상가상으로 명수가 떨어진 나이프를 잡았다.

"너, 나한테 말끝마다 형씨라고 했지. 또 말해봐."

경민은 궁지에 몰린 상황에서도 배낭을 내려놓지 않았다.

"배낭 내려놓으라고 이 새끼야."

경민이 두 눈을 치켜떴다.

"지랄 떨지 마."

경민이 무섭게 돌진해 나이프와 각목을 치고 나갔다. 각목에 맞은 어깨가 뜨끔했다. 두 사람을 벗어난 경민은 사력을 다해 달렸다. 배낭의 무게도 달리는 속도를 줄이지 못했다.

"거기 서!"

누구의 소린지 알 수 없었다. 달리던 경민이 모퉁이를 돌아섰을 때였다. 그의 눈이 크게 벌어지면서 두 발이 갑자기 멈췄다.

"이경민, 넌 이제 죽었어."

각목을 거머쥔 정태가 다가갔지만 못 박힌 듯 서 있던 경민이 몸을 돌려 말했다.

"도망쳐야 돼."

"무슨 개수작이야? 이젠 안 속아."

"도망쳐야 된다고 이 새끼야!"

뒤늦게 도착한 명수가 앞을 가로막았다.

"에이, 시팔."

경민의 욕설에 으르렁거리는 소리가 뒤를 이어 따라왔다.

"시팔, 진짜."

그제야 상황을 파악한 정태가 슬금슬금 물러났다. 털을 곤두세운 개들이 표적을 발견하고 사나운 이빨을 드러냈다. 놀란 명수가 엄청난 개들의 출현에 나이프를 떨어뜨렸다. 경민과 정태가 성문을 향해 뛰었다. 명수를 지나친 개들이 두 사람을 추격했다. 개들의 목표는 오로지 두 사람뿐인 듯했다. 맹렬한 기세는 벽이라도 뚫을 것만 같았다. 다시 또 사력을 다해 뛰는 경민과 정태는, 가까스로 문을 통과해 문을 세게 밀어 닫았다. 으르렁 소리가 문을 통해 전달됐다. 성난 개들의 추격은 멈추지 않을 것만 같았다. 생사의 갈림길에서 힘을 합친 그들은 개들의 진입을 필사적으로 막았다. 이윽고 문을 통해 전달되는 소리가 잠잠해지던가 싶더니 어느 순간 전혀 들리지 않았다. 사방이 고요했고 침묵이 합세했다. 그 침묵을 경민이 깨트렸다.

"박정태. 이제 우리 둘만 남았어."

목소리가 위협적으로 들렸다.

"그 돈이 니 돈이야?"

정태가 벌떡 일어섰다.

"허, 이 새끼 봐라. 끝까지."

배낭을 내려놓은 경민이 여유를 부렸다.

"좋아, 갖고 갈 수 있으면 갖고 가봐."

싸움으로 이길 자신이 없는 정태가 배낭을 힐끗 쳐다보더니, 앞에 보이는 검은색 길로 뛰었다. 경민을 피해 기성과 천수에게 도움을 요청하러 가던 그 길이었다. 지금은 묘하게 꼬인 상황에서 누구의 도움도 기대할 수 없는 막연한 길이 돼버렸다. 경민과 거리를 벌린 정태가 소리쳐 말했다.

"내 돈 반드시 찾으러 올 거야!"

경민이 비웃음을 날렸지만 알 수 없는 긴장감에 얼른 배낭을 들었다.

한편, 기성과 천수는 성문에서 멀어지던가 싶더니 다시 가까워지고 있었다. 드문드문 보이는 흰색 길에서 제자리를 맴돌고 있었지만 그것을 알아채지 못했다. 기성은 생각할수록 자존심이 상하고 화가 치밀었다. 어떻게 내가 정태 같은 놈한테 맞고 기절을 했단 말인가. 위기에 처한 천수를 지키기 위한 행동이었다 할지라도 치욕이 씻기지 않았다. 자존심을 감싸기 위한 자기변명에 지나지 않았다. 이 치욕은 반드시 갚아주마. 기성은 이를 부드득 갈았다.

"기성 씨, 듣고 있나요?"

"기성아?"

천수와 지시자의 목소리에 기성이 고개를 들었다.

"아, 죄송합니다."

"그래서, 누군가 길을 지웠다고요?"

"네, 길을 지웠다는 증거를 찾았습니다."

"정말 야비하군요. 어느 정도 예상은 했었지만 이렇게까지 나올 줄은 미처 몰랐네요."

천수가 끼어들었다.

"누가 지웠는지는 대충 짐작할 수 있을 것 같습니다. 정태와 덕순 아줌마 쪽은 아니고."

지시자가 말을 끊었다.

"누가 그랬는지는 전혀 중요하지 않아요."

"중요하지 않아요?"

"네, 어차피 저를 제외한 다른 지시자들은 모두 우리의 적입니다. 따라서 그 지시자를 따르는 동료들을 미명에서 깨워야 하는데, 같은 방법을 사용해야 할 것 같군요."

"같은 방법이라면…."

"맹목적인 믿음이 얼마나 큰 피해를 줄 수 있는지 깨달았으니, 눈에는 눈, 이에는 이로 대처해야죠. 그게 우리가 살 길입니다. 참, 기성 씨. 다친 곳은 괜찮나요. 제 지시를 수행하는 데 지장이 없을까요? 심히 걱정되네요."

"문제없습니다. 지시를 내려주세요."

기성이 결연한 의지를 보였다.

"좋아요, 길을 지우세요. 보이는 모든 길을 없애야 합니다. 그 과정에서 발생하는 폭력은 필연입니다. 필연을 거부하지 마세요. 전에도 얘기했지만 우리가 사용했던 방법은 강도가 약했어요. 강도를 높여 대처해야 합니다. 무슨 말인지 알겠죠?"

"충분히 숙지했습니다."

"이 성을 지킬 길은 오직 흰색 길이어야만 합니다."

*

"그 또한 알겠습니다. 그리고 이경민과 박정태. 두 놈을 철저히 응징하고 목적지에 도착해야 의미를 찾을 수 있을 것 같습니다."

"기성아, 덕순 아줌마도 있잖아. 나는 그 아줌마를 도저히 용서할 수 없어."

"이경민과 박정태가 우선이야. 두 놈은 내 자존심을 짓뭉갰어. 도저히 용서가 안 돼."

"니 입장에선 충분히 그럴 수 있지만, 내 입장도 있잖아. 상대방의 입장도 존중해줘야 되지 않겠냐?"

"그러니까 우선이라고 했잖아. 누가 존중하지 않겠다고 했어?"

천수의 얼굴이 벌게졌다.

"우선이라고 해 놓고 내 입장을 존중한다고? 그런 좆같은 말이 어딨어."

"뭐? 좆같은 말?"

두 사람의 기류가 심각해졌다. 듣고 있던 지시자가 중재에 나섰다.

"두 분, 지금 다투는 건가요? 진정하세요. 지금 다투고 있을 때가 아닙니다. 일단 진정하고 제 얘기를 들어보세요."

하지만 서로를 노려보는 두 사람은 금방이라도 주먹다짐이 오갈 것 같았다.

"천수 너, 나한테 그렇게 말할 수 있어? 내가 누구 때문에 다친 건데."

"나 때문에 다쳤다고? 웃기지 마. 난 충분히 피하고 정태를 잡을 수 있었어. 니가 끼어드는 바람에 정태 그 새끼를 놓친 거 아냐. 일을 이 지경으로 만들어놓고 그걸 말이라고 하고 있어? 갈 길은 존나게 먼데 이게 뭐냐고. 시팔, 돌아버리겠네."

"이 새끼가 진짜. 너 말 다했어?"

"그래, 다했어. 어쩔 건데."

태블릿pc를 내려놓은 기성이 천수의 멱살을 움켜잡으려했다. 그것을 알아챈 천수가 얼른 피했다. 동시에 기성의 발차기가 작렬했다. 머리를 숙여 피한 천수가 정통 복싱을 구사했다. 주먹과 발길질이 허공에서 교차하며 소리를 냈다.

"싸움을 멈추세요!"

지시자의 목소리는 메아리에 불과했다. 그들은 서로의 빈틈을 찾아 공격했다. 마침내 기성의 주먹이 빈틈을 찾아 허공을 갈랐다. 전직 격투기선수다운 번개 같은 공격이었다. 하지만 주먹은 천수의 코끝에서 급격히 힘을 잃고 떨어졌다. 철근에 맞은 후유증이었다. 그것을 감추고 싶은 기성이 얼른 거리를 벌렸다. 그것 또한 일말의 자존심이었다.

"이렇게 나오면 나도 너하고 같이 다닐 생각 없으니까 니 일은 니가 알아서 해."

말을 마친 천수가 미련 없이 등을 돌렸다.

"갈 테면 가."

기성이 떠나가는 천수를 물끄러미 바라보더니, 터질 듯 울리는 머리를 감싸 쥐었다.

적막과 막연함에 기성의 고개가 절로 숙여졌다.

"기성 씨, 고개를 드세요. 그만한 일로 의기소침해선 안 됩니다. 과업을 생각해야죠."

"그만한 일이라니요. 말씀이 너무 지나치네요."

지시자가 너털웃음을 터트렸다.

"그 웃음의 의미는 뭐죠? 지금 저를 조롱하는 건가요?"

"조롱이라니요. 그럴 리가 있나요."

"이 상황에서 웃음이 조롱이 아니고 뭡니까."

"천수 씨가 어디로 갔다고 생각하나요?"

"그건, 무슨 말이죠?"

"생각해보세요. 천수 씨가 다른 지시자를 선택할 수 있을까요? 만약 선택한다면 어느 지시자를 선택할 수 있을까요? 그 지시자들의 길은 모두 틀린 길이라는 사실을 이미 알고 있는데. 어림도 없는 일입니다. 당신이라면 저를 배신하고 다른 지시자를 선택할 수 있나요?"

기성이 고개를 저었다.

"따라서 천수 씨는 당신을 떠날 사람이 아닙니다. 당신 또한 천수 씨를 떠날 수 없듯이. 제 말이 틀렸나요?"

기성은 아무 말도 할 수 없었다.

"사람은 결핍의 경험 없이 존재의 소중함을 알지 못하죠. 자, 천수 씨가 기다리고 있을 겁니다. 존재의 소중함을 깨달았으니 천수 씨가 기다리고 있는 곳으로 가세요."

"그렇다면 천수는"

"네, 공교롭게도 그곳에서 성문이 멀지 않네요. 천수 씨와 힘을 합쳐 우리의 과업을 완성하세요. 우리의 과업이 완성될 때 목적지는 빛이 되어 나타날 것입니다."

기성이 성문을 향해 뛰었다. 그런데 길이 이상했다. 드문드문 보였던 흰색 길은 어느 지점에서 완전히 사라져 보이지 않았다. 당황한 기성은 급히 지시자와 접속을 시도했지만 접속이 되지 않았다. 대체 어디로 가야 하냐고! 고양이 소리가 들리는 듯했다. 다시 또 이상한 꿈속으로 빠져들 것 같아 정신을 집중했다. 기성은 발놀림을 빨리했다. 음침한 복도에 희미한 빛이 새어나오고 있었다. 빛을 좇아 들어갔다. 한 무리의 사람들이 포착됐다. 다섯 명의 남자들이 철문에서 나오고 있었다. 남자들은 모두 간편한 옷차림에 배낭을 메고 있었다. 그들은 성을 배회하던 수상한 남자들이었다. 저 사람들은 누구란 말인가. 기성과 눈이 마주친 남자가 뒷걸음치다가 벌렁 자빠졌다.

"살려주세요."

뒤따라 무릎을 꿇은 남자들이 애원했다.

"가진 거 전부 드릴 테니 제발 목숨만 살려주세요."

남자들이 배낭과 지갑을 내려놓았다.

다섯 명이나 되는 남자들이 왜 혼자인 사람한테 목숨을 구걸한다는 말인가. 기성은 선뜻 이해하기 힘들었다.

"당신은 군인이 아닌가요?"

남자들은 자신을 군인으로 착각한 것이었다.

"네, 전 군인이 아닙니다."

"우린 길을 잃었어요. 등산을 갔다 오는 길인데 어떻게 하다 보니 여기에 들어오게 됐고, 군인들한테 쫓기고 있었어요. 나가는 길도 모르겠고."

남자가 울먹였다. 잠시 숨을 고른 그는 다시 말했다.

"근데, 댁은 누구신데 이런 곳에 혼자 있어요? 댁도 길을 잃었나요?"

"전 사실…."

뒷말을 삼킨 기성이 다시 말했다.

"혹시, 다른 사람들은 못 봤어요?"

"아, 맞아요. 어떤 아줌마하고 안경 쓴 남자를 봤었어요. 불러도 대답도 없고, 쫓아갔는데 어디로 갔는지 보이지 않았어요. 그분들하고 일행인데 헤어졌나 보죠? 댁들은 뭐 하는 분들인데 여길 들어왔어요?"

"그 사람들 말고 다른 사람들은요?"

"글쎄요, 우린 소리가 나면 군인들인 줄 알고 숨기 바빠서. 나가는 길을 아시면 좀 알려주세요."

그때 뒤에 있던 남자가 소리쳤다.

"도망쳐!"

군인들이 몰려오고 있었다. 남자들이 뿔뿔이 흩어졌고 기성이 주춤했다. 사방으로 갈라진 군인들이 총탄을 난사했다. 곧이어 비명이 들렸다. 누군가 군인들의 총탄에 맞은 것 같았다. 기성이 비명이 들린 곳으로 뛰려고 할 때였다. 한 사병이 자신을 향해 뛰어오고 있었다. 어디선가 고양이 소리가 들렸다. 경민과 정태가 눈앞으로 지나가고 덕순과 호석, 명수와 혜영이 홀연히 나타났다가 사라졌다. 고양이 소리가 심해졌다. 전부 죽여야 해. 기성이 성문을 찾아 뛰었다.

선택받은 자들이 벌이는 싸움

혜영은 태블릿pc를 조작하고 있었다.

"GPS기능이 삭제가 안 돼요. 어떻게 해놨는지 도무지 모르겠어요."

"포기하면 안 돼요. 다시 한 번 해봐요."

애가 탄 덕순이 덧붙여 말했다.

"GPS기능을 삭제시키지 않으면 기성 씨와 천수 씨가 우릴 잡으러 올 거예요. 그 사람들은 이제 무슨 짓을 할지 몰라요. 생각만 해도 끔찍해요."

"알겠어요, 다시 한 번 해보죠."

"치킨집 사장도 있잖아요. 세 명이나 된다고요."

호석이 부지런히 움직이는 혜영의 손가락을 쳐다보면서 말했다.

"맞아요, 세 사람이 포위하면 우린 빠져나갈 길이 없어요. 혜영 씨,

하늘의 갈등

GPS를 지워야 해요."

혜영은 다시 태블릿pc의 프로그램을 일일이 찾아들어갔다. 덕순과 호석이 초조한 마음으로 지켜보았다. 혜영의 얼굴에서 흘러내린 땀방울이 태블릿pc로 떨어졌다. 마침내 혜영이 천천히 고개를 들었다. 표정이 어두웠다.

"아줌마, 미안해요. 도저히 모르겠어요. 파일을 전부 뒤져봤는데도 없어요. 제가 봤을 때 이 컴퓨터는 프로그램을 한 번 설치하면 지울 수 없게 만들어놓은 것 같아요."

"방법이 없을까요?"

"네, 더 이상은…."

"이리 줘 봐요."

망연자실해 있던 덕순이 혜영의 손에서 태블릿pc를 빼앗듯 가져왔다. 하지만 컴맹에 가까운 그녀는 태블릿pc를 물끄러미 바라보더니 전원을 꺼버렸다.

"아저씨 컴퓨터는 어딨어요? 그거도 전원을 꺼야 되잖아요."

"내 건, 배낭에 있었는데 치킨집 사장이 들고 갔어요. 혜영 씨가 오지 않았다면 우린 한 걸음도 나가지 못했을 거예요. 설마, 다시 가는 건 아니겠죠?"

혜영은 대답하기에 앞서 호석의 피로 얼룩진 발을 살폈다. 양심의 가책을 느낀 그녀가 눈물을 글썽였다.

"갑자기 왜 그래요? 우리가 뭐 잘못한 거라도."

당황한 호석이 덕순의 얼굴을 쳐다보았다.

"아저씨 사실은…."

"사실은 뭐요?"

덕순이 물었다.

혜영은 도저히 말할 용기가 나지 않았다.

"아니에요. 다리를 많이 다친 것 같아서요. 그리고 제가 어디로 가겠어요. 절대 그런 일 없을 테니 안심하세요."

"고마워요, 혜영 씨. 우리 지시자님은 아주 유능해서 우릴 목적지에 데려다주고 이 성에서 빨리 해방시켜줄 분이에요. 그러니 혜영 씨도 우리하고 손잡고 같이 가요."

"당연히 그래야죠."

밝게 웃은 혜영이 지시자와 접속했다. 순간 그녀는 나타난 얼굴에 태블릿pc를 떨어뜨릴 뻔했다. 지시자는 다름 아닌 붉은색 난방 차림이었다. 몸에 배인 습관이 만들어낸 실수였다. 당황한 그녀가 검은 옷의 지시자와 다시 접속하려고 할 때 목소리가 날아들었다.

"혜영 씨, 명수 씨가 많이 힘들어하고 있습니다. 혜영 씨와 떨어진 뒤로 명수 씨는 하마터면 목숨까지도 잃을 뻔한 위기도 있었어요. 그런데 혜영 씨는 거기서 뭘 하고 있나요?"

혜영의 눈동자가 심하게 흔들렸다.

보고 있던 덕순이 태블릿pc를 낚아챘다.

"혜영 씨는 이제 우리하고 같이 가기로 했어요. 더 이상 상관 말아요!"

"덕순 씨, 당신이 선택한 지시자는 터무니없는 길로 당신을 안내하고 있는 겁니다. 지시자의 감언이설에 속지 마세요. 이젠 마음의 문을 열고 눈앞의 장막을 걷어낼 지혜를 발휘할 시점이에요."

"몰라요! 난, 그런 말 모르니까 상관하지 말라고요!"

매몰차게 말한 덕순이 접속을 끊어버렸다.

"아줌마, 잠깐 지시자님하고 얘기 좀 하고 올게요."

혜영의 두 번째 실수였다. 이 말이 어떤 결과를 초래할지 짐작도 못한 그녀는 모퉁이로 가서 지시자와 접속했다.

"그래서 명수 아저씨는 지금 어떻게 하고 있나요?"

"심한 충격을 받은 명수 씨는 실의에 빠져 아무것도 못 하고 있습니다. 그분은 가슴 깊은 곳에 강한 의지를 갖고 있는 분인데 안타깝게도 그걸 모르고 있어요. 혜영 씨가 가서 명수 씨의 잠자고 있는 강한 의지를 깨워줘야 합니다. 뭘 그리 망설이나요."

혜영이 발끈했다.

"도대체 무엇을 위하고, 누구를 위한 강한 의지라는 거죠? 전 솔직히 모르겠어요. 우리가 했던 일이, 우리가 하고자 하는 일이 과연 우리를 위한 것인지조차 모르겠다고요."

"그 이유가 저를 떠난 이유였군요. 그럼 말하죠. 명수 씨와 혜영 씨가 했던 일에 대해 양심의 가책을 느낄 필요는 없습니다. 왜냐하면 진리가 아닌, 거짓이 성을 지배할 때 이 성은 끝없는 나락으로 떨어지게 될 것이고, 거기서 파생되는 온갖 공포와 고통이 여러분의 목을 옥죌 것이기 때문입니다. 그것은 누구도 예외로 두지 않을 것입니다."

혜영을 덮칠 어둠의 그림자가 서서히 다가오고 있었다. 지시자의 말은 계속 이어졌다.

"따라서 당신이 있을 곳은 거기가 아닙니다. 당신이 향할 곳, 당신이 있어야 할 곳을 상기하세요. 거기에서 명수 씨와 혜영 씨는 목적지에 도착하기 전까지 동료들의 다리를 붙잡아 두어야 합니다. 그 길이 곧 당신들을 품고 있는 성을 위하는 길이라는 것을 명심하면서…."

인기척을 느낀 혜영은 얼른 접속을 끊고 뒤를 돌아보았다. 너무 놀란 혜영이 자신도 모르게 뒷걸음쳤다. 목석처럼 서 있던 덕순이 혜영을 향해 한 걸음 다가갔다.

"이제 보니 혜영 씨 짓이었어. 호석 씨 발을 망가뜨린 범인이 바로 혜영 씨였어."

"아줌마, 제 얘기 좀 들어보세요."

당황한 혜영은 어떻게든 변명을 해보려고 했지만, 덕순의 성난 얼굴에 입술이 제대로 떨어지지 않았다.

"너는 미쳤어, 미쳤다고!"

"아줌마, 그게 아니에요."

"뭐가 아니야 이년아! 뒤에서 다 들었어."

덕순은 다짜고짜 혜영의 머리채를 움켜잡았다.

"호석 씨 발을 망가뜨려놓고 여긴 왜 왔어? 이번에는 나를 죽이려고 온 거야!"

덕순의 힘을 당할 수 없는 혜영이 이리저리 끌려 다녔다. 호석이 싸우는 소리에 다가왔다.

"아줌마, 갑자기 왜 그래요?"

"이년은 우릴 죽이려고 왔어요."

덕순은 혜영의 머리채를 사정없이 흔들었다.

"아줌마, 그만하세요."

호석은 두 여자 사이에서 어찌할 바를 몰라 발만 동동 굴렀다.

"말해, 말해 이년아! 우릴 죽이려고 왔지!"

덕순은 멈추지 않았다.

"아줌마 제발 제 얘기 좀."

"니 말은 들을 필요도 없어."

급기야 혜영이 소리를 질렀다.

"이거 좀 놓으라고요!"

혜영이 쓰러지면서 덕순의 머리를 잡았다. 엉겁결에 같이 넘어진 덕순이 바닥에 머리를 세게 찧었다. 덕순의 머리에서 흘러내린 피가 바닥을 적셨다. 놀란 호석이 덕순을 부둥켜안았다.

"아줌마, 정신 차려요. 아줌마."

덕순의 몸이 축 늘어졌다.

입이 벌어진 혜영이 호석을 돌아보았다.

"아저씨, 일부러 그런 게 아니에요."

겁을 집어먹은 호석이 뒤로 물러나 울먹였다.

"가까이 오지 말아요. 가까이 오지 말아요."

무릎에 얼굴을 파묻은 호석은 계속 같은 말만 반복했다. 망연자실한 혜영이 덕순과 호석을 물끄러미 바라보더니 힘없이 일어서 말했다.

"미안해요. 오지 말았어야 했는데. 정말 미안했어요."

눈물을 보인 혜영이 모퉁이를 돌아 나왔다. 길을 살펴본 그녀는 잠시 생각하는 것 같더니 붉은색 길로 방향을 잡았다.

　한편, 정태는 빼앗긴 배낭을 되찾겠다는 일념뿐이었다. 그는 경민의 위치를 파악하기 위해 GPS기능을 실행했다. 역시 예상대로 경민의 태블릿pc는 전원이 켜져 있지 않았다.

　"이경민이 이 새끼를 어떻게 잡을까?"

　혼잣말을 내뱉은 그는 태블릿pc의 전원을 꺼버렸다. 자신 또한 기성과 천수의 추격을 받고 있기 때문이었다. 잠시 생각한 그는 다시 태블릿pc의 전원을 켜 기성과 천수의 위치를 확인했지만 흰 점은 나타나지 않았다. 두 놈은 어디로 갔단 말인가. 혹시 나를 잡기 위한 속임수? 그건 아닐 거야. 정태가 흰 점이 나타나기를 기다리고 있을 때 파란 점이 나타났다. 경민이었다. 촉각을 곤두세운 정태가 경민의 움직임을 예리하게 주시했다. 어찌 된 일인지 경민은 성문 쪽으로 움직이고 있었다. 미로처럼 뻗어있고 수시로 바뀌는 길을, 잘 찾아가는 것으로 보아 지시자의 안내를 받고 있는 게 분명하다. 그런데 왜 성문으로 가는 것일까? 이해할 수 없는 정태는 성문으로 가야만 해답을 찾을 것으로 생각했다. 호랑이를 잡으려면 호랑이굴로 들어가야 한다. 얼른 노란 옷의 지시자와 접속한 정태는, 자신도 모르게 숨을 헉하고 들여 마셨다. 하늘거리는 긴 머리에, 노란색 정장을 차려입은 지시자는 천상에서 내려온 선녀 같았다. 왜 지금까지 이토록 아름다운 여자를 알아보지 못했을까? 아름다움에 취한 정태는 헤쳐나갈 큰일도 잊은 채, 넋을 잃고 지시자를 바라보았다.

"정태 씨?"

감정을 숨긴 정태가 목소리를 가다듬었다.

"지시자님, 이유는 나중에 설명할게요. 일단 저를 성문까지 안내해 주세요."

지시자가 흔쾌히 승낙했다.

"알겠어요. 어떤 이유인지 모르겠지만 성문까지 안내하죠."

입술을 앙다문 정태는 성문을 향해 나아갔다. 역시 예상대로 길은 또 바뀌어 있었다. 분명 검은색 길을 거쳐 노란색 길로 이동한 거리는 어림잡아 삼십여 미터 정도에 불과했다. 구불구불한 길이라 할지라도 성문은 벌써 보였어야 했다. 헛웃음을 흘린 그는 노란색 길을 따라 계속 걷다가 세 갈래 길에서 멈췄다. 처음 보는 길이었고, 세 갈래 길 모두 어떤 색깔을 지니고 있지 않았다. 태블릿pc를 확인하니 경민은 사라지고 없었다. 경민은 후한을 없애기 위해 나를 반드시 찾아올 것이다. 그때 사라졌던 경민이 다시 나타났다. 성문이었다. 대체 성문에서 뭐를 하는 것일까?

"지시자님, 길이 없어졌는데. 여기서 어디로 가야 하죠?"

"그러지 않아도 걱정했었는데 우려했던 일이 벌어졌군요."

"그럼, 길이 없어질 걸 알고 있었단 말인가요?"

"이대로 두면 우리의 길이 완전히 없어질 수 있어요."

배낭에 대한 생각으로 가득 차 있는 정태가 무덤덤하게 물었다.

"만약 길이 완전히 없어지면 어떻게 되는데요?"

표정을 읽은 지시자가 매력적인 목소리로 말했다.

"만약 길이 없어지면 저는 당신에게 최고의 쾌락을 선물해 줄 수 없어요."

순간 정태의 몸이 후끈 달아올랐다. 나는 잘하면 두 마리 토끼를 다 잡을 수 있다. 흥분한 정태가 다급하게 말했다.

"그런데 저는 이경민과 풀어야 할 숙제가 있고, 김기성하고 박천수한테 쫓기고 있어요. 이런 상황에서 길을 지키기가 어려운데 방법이 있을까요?"

"저는 당신이 이경민과 풀어야 할 숙제가 무엇이고, 김기성과 박천수한테 쫓기는 이유를 알고 있어요. 당연히 그 일을 먼저 해결해야 우리의 길도 지킬 수 있겠죠. 당신이 가져온 호석 씨 배낭을 활용해서 그들을 유인하세요."

지시자는 모든 사실을 알고 있는 게 분명하다. 그렇다면 효과적인 해결 방법도 알고 있을 것이다. 생각한 정태는 배낭에서 호석의 태블릿 pc를 꺼냈다.

기성은 성문을 찾아 헤매고 있었다. 지시자는 여전히 접속이 되지 않았고, 자신의 위치가 어디인지 도무지 알 수 없었다. 기성은 붉은색 길을 따라 걷다가 파란색 길로 접어들었다. 아니 여기는. 남자들이 숨어있던 곳이었고, 육중한 철문은 굳게 닫혀있었다. 다시 원점으로 돌아온 것이었다. 남자들은 전부 다 죽었을까? 내가 상관할 바가 아니다. 기성은 그냥 지나치려다가 철문을 밀어보았다. 쇳소리와 함께 고양이 소리가 따라왔다. 기성의 두 눈이 크게 벌어졌다. 군인들이 자신을 쳐다보고 있었다. 순간 눈이 뒤집혔다. 전부 다 죽일 거야. 한달음에 달려가 군인의 턱을 올려 찼다. 이어서 다가오는 군인의 복부를 내질렀다. 군인들의 비명이 좁은 공간을 울렸다. 광기를 머금은 기성은 끝장을 보려는 듯 공격을 멈추지 않았다.

"살려주세요, 제발 살려주세요."

기성의 주먹이 주춤했다. 이게 어찌 된 일인가. 군인들이 아니었다. 조금 전, 군인들에게 쫓기던 남자들이었다. 네 명이었고, 두 명은 쓰러져 피를 흘리고 있었다. 아마도 한 사람은 군인들에게 희생된 듯했다.

"미안합니다. 전 군인들인 줄 알고."

"당신도 군인들과 한패였군요. 제발 우릴 죽이지 마세요. 우린 잘못한 게 없어요."

"아니에요, 전 군인들과 한패가 아니에요."

"근데 왜 우릴 공격했어요?"

"설명하긴 어렵지만 당신들이 순간 군인들로 보였어요."

남자의 두 눈이 의심으로 가득 찼다.

"진짜 군인과 한패가 아니에요?"

"군인들과 한패라면 제가 왜 이러고 있겠습니까."

"그 말 믿어도 되죠?"

기성이 고개를 끄덕였다.

"우리 친구가 군인한테 죽었어요. 우릴 좀 도와주세요."

눈물을 흘린 남자가 이어서 말했다.

"우리하고 같이 여길 빠져나가죠. 우리 힘만으론 군인들을 상대할 자신이 없어서."

"길을 아세요?"

"네, 다행히 아까 여길 빠져나가는 길을 알아냈어요. 군인들한테 쫓기다 다시 들어왔지만 기억할 수 있어요."

그사이 쓰러졌던 남자들이 일어났고, 기성이 남자들을 따라갔다. 어차피 빠져나갈 길을 알고 있어야 하기 때문이었다.

"저 길로 가야 해."

앞선 남자는 어두컴컴한 길을 걷다가 갑자기 발을 멈췄다.

"군인들이 있는 거 같아요."

군홧발 소리가 들리는 것 같았다.

"조금만 기다리면 군인들이 지나갈 겁니다. 그때 우린 저 길로 곧장 가면 안전해요."

남자가 팔을 길게 뻗었다.

잠시 기다리니 군인들이 지나가고 앞선 남자가 다시 걸음을 옮기면서 말했다.

"군인들이 다시 또 여기로 올 겁니다. 얼른 가야 해요."

기성이 남자들을 따라 계속 걸었다.

"이제, 거의 다 왔어요. 미친 군인 놈들을 빨리 신고해서 잡아야 해요."

기성은 지나온 길을 머릿속에 차곡차곡 새겨 넣었다.

군홧발 소리가 들리다가 사라졌다.

"바로 저 문입니다. 저 문으로 나가면 밖이에요. 다행히 군인들과 마주치지 않았어요. 어서 나가죠."

남자가 가리킨 문은 심하게 녹슨 철문이었다. 아마도 비밀 통로인 듯했다. 철문에 거의 다다르고 있을 때였다. 기성은 순간 걸음을 멈췄다. 무언가 이상했다. 남자는 어떻게 군인들의 움직임을 미리 알고 있던 것일까? 이건 함정이다. 머리가 쭈뼛 섰다. 이놈들은 나를 군인들에게 넘기려고 하는 것이다. 심장이 무섭게 요동쳤다.

"안 오고 뭐 해요?"

기성은 곧장 달려가 남자의 목을 움켜잡았다. 그 순간 관자놀이에 서늘한 감촉이 느껴졌다.

"후후후, 멍청한 놈. 여기까지 따라오다니."

믿을 수 없게도 남자의 손에는 권총이 들려 있었다.

"너는 여기서 죽어줘야겠다."

바로 그때였다. 어디선가 날아온 총탄에 남자가 픽 쓰러졌다. 총탄은 연이어 날아왔고 기성이 바닥에 납작 엎드렸다. 남자들이 도망치기 시작했다. 유령처럼 튀어나온 군인들이 무섭게 다가오고 있었다. 기성이 냅다 일어나 철문을 힘껏 밀었다. 열리지 않았다. 거듭된 발길질에 철문이 조금 밀려났다. 틈새로 몸을 집어넣었다. 하지만 성을 빠져나갈 수 있는 통로가 아니었다. 방공호처럼 길게 뻗어있는 길은 어디로 통하는 길인지 알 수 없었지만 무작정 달렸다. 군인들이 따라붙었다. 날아온 총탄이 귓가를 스치고 가시 벽에 박혔다. 미친 듯이 도망치던 기성이 힘을 잃고 흐느적거렸다. 막힌 길이었다. 더 이상 도망칠 곳이 없었다.

"여기예요."

누군가 부르고 있었다. 옆으로 작은 쪽문이 나 있었고 한 남자가 손짓했다. 희미하게 보이는 얼굴이 어디선가 본 듯한 남자였다. 이거 또한 함정일까?

"빨리 들어오지 않고 뭐 해요? 거기서 죽고 싶어요?"

문 안으로 들어서 남자를 따라 계단을 내려갔다. 하수구였다. 혼탁하지 않은 것으로 보아 빗물인 것 같았다. 미로 같은 하수구는 도망치기에 적합했다. 문 안으로 들어선 군인들이 계단을 내려오고 있었다. 왼쪽 길로 꺾어 들어가니 죽은 쥐들이 물에 둥둥 떠다녔다. 물살이 밀려왔다. 군인들이 뒤쫓아온 듯했다. 허리까지 잠기는 물에 속도가 나지 않았다. 남자는 길을 잘 알고 있는 듯 뒤도 돌아보지 않고 물을 헤쳐나갔다.

"여기서부턴 잠수해야 합니다."

기성이 소스라치게 놀랐다. 남자는 지시자를 가짜라고 몰아붙인 흉측한 몰골의 남자였다.

"아니, 당신은…."

"살고 싶으면 내가 시키는 대로 하세요."

"당신을 어떻게 믿어요?"

"그럼, 여기서 그대로 있을 겁니까?"

물살이 계속해서 밀려왔다.

"여기서 잠수해서 십여 미터 정도를 이동해서 수면으로 올라가세요. 그럼, 왼쪽으로 쪽문이 보일 겁니다. 하수구를 빠져나갈 수 있는 문이죠. 거기서 봅시다."

"아니, 잠시만요."

대답도 듣지 않은 남자는 물속으로 몸을 감췄다. 잠시 망설인 기성은 남자를 따라 물속으로 들어갔다. 흐릿한 세상이 펼쳐졌다. 군인들과 등산객은 한패가 아니었다. 그렇다면 등산객으로 위장한 놈들은 대체 누구란 말인가. 그리고 저 사람은 믿어도 되는 것일까. 생각하는 사이 십여 미터를 이동한 것 같았다. 수면으로 올라오니 기다리고 있던 남자가 급하게 말했다.

"여깁니다. 빨리 이쪽으로 오세요."

남자를 따라 쪽문을 나가 계단을 올랐다. 등에 멘 배낭에서 물이 뚝뚝 떨어졌다. 화살표가 없는 복도를 지나 철문 앞에서 멈췄다. 역시 또 녹이 잔뜩 슬어있는 문이었다.

"이 안에는 뭐가 있습니까?"

남자는 대답 없이 문을 열었다. 오래된 책상과 캐비닛, 낡은 소파가 자리를 차지하고 있었다.

"어서 들어오세요. 군인들이 오고 있습니다."

남자는 캐비닛을 밀었다. 비밀 통로였다.

"당신을 어떻게 믿고 거길 들어가요? 어디로 가는지도 모르는데."

"여기까지 따라와 놓고 이제 와서. 그럼, 거기서 도망치세요. 잡지 않을 테니까."

문득 지시자가 생각난 기성은 태블릿pc를 확인했다. 다행히 바로 접속이 이루어졌고 지시자가 초췌한 얼굴로 화면에 나타났다.

"지시자님, 왜 이렇게 접속이 안 됐습니까? 저는."

지시자가 말을 끊었다.

"기성 씨, 기성 씨는 지금. 이상한 사람한테 홀려있어요. 그 사람한 테 넘어가면 절대 안 됩니다."

슬픈 눈으로 쳐다본 지시자가 무슨 말을 하려다가 삼키는 것처럼 보였다. 그때 쪽문이 열리는 소리가 들렸고, 앞에서 한 무리의 남자들이 다가오고 있었다. 등산객으로 위장한 남자들이었다. 그들의 손에는 권총이 들려있었다. 앞뒤로 포위된 형국이었다. 다급한 기성은 남자를 따라 비밀통로로 들어가 뛰었다. 총소리가 들렸다. 아마도 군인들과 남자들이 일대 결전을 벌이는 것 같았다. 통로는 전등 하나 매달려 있지 않았지만 앞을 분간하기는 어렵지 않았다. 성의 구조가 궁금하고 의심스러웠다.

"이쪽입니다."

모퉁이를 돌아가니 철문이 나타났다. 오래된 책상과 캐비닛, 낡은 소파가 철문 너머로 보였다.

"아니, 여긴."

돌고 돌아서 다시 원점으로 온 것이었다.

"군인들이 지나갔으니 안전할 겁니다."

"당신은 누굽니까? 당신이 진짜 지시자입니까?"

"흐흐흐. 대답하기 전에 한 가지 물어볼 게 있어요. 진짜가 뭐죠?"

어안이 벙벙했다.

"지금 무슨 말을 하는 겁니까? 당신은 지시자가 가짜고 당신이 진짜 라고 말했잖아요!"

"나는 분명 그렇게 말했어요. 지시자가 가짜고, 내가 진짜라고. 그런데 진짜의 정의가 뭐죠?"

말문이 막혔다. 남자의 말은 계속 이어졌다.

"당신은 지금 말하고 있는 자신이, 진짜 자신이라고 확신할 수 있나요?"

"말장난하지 말고 정체를 밝히세요!"

"좋아요, 이제 말하죠. 나는 당신이 생각하고 있는 영역에선 진짜입니다."

내가 생각하는 영역에선 진짜?

"그럼 그 영역을 벗어나면?"

"그건 나도 알 수 없죠. 왜냐하면 영역 너머의 개념은 존재하지 않으니까요."

저벅저벅. 군인들이 몰려오고 있었다.

"자, 나를 따라 이 성을 빠져나갈 것인지 아니면 당신의 지시자를 계속 따를 것인지 결정하세요."

남자가 얼른 고개를 돌렸다. 그 순간 기성은 분명히 보았다. 남자의 히죽 웃는 모습을.

"당신은 도저히 신뢰할 수 없어. 안전하다고 말했는데 군인들이 오고 있잖아."

"후후후, 당신도 어쩔 수 없는 인간이야."

남자가 품 안에서 권총을 꺼내 겨눴다.

"앞장서! 안 그러면 쏴 버릴 테니까."

기성의 발차기가 작렬했다. 권총이 날아가고 남자가 당황한 표정을 지었다. 기성이 권총을 잡으려고 할 때 총탄이 날아왔다. 기성이 군인들을 피해 내달렸다. 세 갈래 길에서 잠시 주춤한 그는 오른쪽 길로 뛰었다. 모퉁이에서 나오던 그림자가 다시 모퉁이로 들어가고 있었다. 돌아보니 남자는 어디로 갔는지 보이지 않았고, 군인들이 흐릿하게 보였다. 잽싸게 모퉁이를 돌아 주먹을 휘둘렀다. 몸이 중심을 잃고 쓰러졌다.

"기성아, 나야!"

숨어있던 천수가 기성을 잡고 뛰었다.

그 시각, 덕순과 호석은 끊어진 검은색 길에서 방황하고 있었다.

"아줌마, 갑자기 길이 왜 이러는 거죠?"

"이거도 분명 혜영 씨, 아니 혜영이 그년하고 대머리 명수가 저지른 짓일 거예요. 호석 씨, 이제부터 우리는 혜영이하고 대머리 명수를 잡아서 복수해야 해요."

"복수요?"

머리를 만진 덕순이 느슨해진 붕대를 다시 감고 지시자와 접속했다. 혜영이 미처 챙겨가지 못한 태블릿pc였다.

"지시자님, 혜영이하고 명수가 우리 길을 끊어 놓은 것 같은데 어떡하죠?"

"두 분을 다치게 한 것으로도 모자라 길까지 끊어 놓다니, 그들의 파렴치함은 끝을 모르고 달려가고 있군요. 제동을 걸어야죠. 아주 강력한 제동을 걸어 그들의 수족을 옭아매야 합니다."

잠시 말을 멈춘 지시자가 슬픔을 머금더니 다시 말했다.

"이제 모두 다 적이 됐어요. 너무 슬프네요. 거짓을 진실로 포장한 지시자의 말을 알아챘어야 했는데 동료들은 그것을 간과했어요. 안타깝지만 어쩔 수 없네요. 이제부턴 전쟁입니다."

덕순은 그다지 놀라지 않은 표정이었다.

"호석 씨는 많이 다쳤고 저도 정상이 아니에요. 이런 몸으로 어떻게 전쟁을 해요?"

"그것은 중요하지 않아요. 중요한 건 그들을 물리치겠다는 강한 의지와 저에 대한 절대적인 믿음입니다. 전쟁에 필요한 무기는 그것으로 충분합니다."

"그것만으로 충분하다고요?"

"네, 충분합니다. 일단 전쟁을 치르기 전에, 동료들이 자신들의 길을 알아보지 못하도록 혼동을 줘야 합니다."

"방법을 알려주세요."

"성문으로 가세요."

"그다음은요?"

"힘으로는 어려울 것이니 계략을 써야 합니다."

태블릿pc가 오작동을 일으키는지 지시자가 화면에서 사라졌다.

"지시자님, 지시자님?"

화면이 어두워졌다가 환해졌다.

"악!"

놀란 덕순이 태블릿pc를 떨어뜨렸다. 입술이 파랗게 질린 그녀는 얼굴에 경련까지 일으키며 움직이지 못했다.

"왜 그래요?"

"이상한 사람이…."

호석은 덕순이 떨리는 손으로 가리킨 태블릿pc를 주워들었다. 그 역시 입술이 파랗게 질렸다. 화면에 나타난 얼굴은 바로 흉측한 몰골의 남자였다.

"겉모습만 보고 사람을 판단하지 마세요. 저는 당신들을 도와드리려고 온 사람입니다."

호석이 말을 심하게 더듬었다.

"당신은… 당신은 누…누구세요?"

"당신들은 속고 있어요. 속고 있다고요. 제 말을 믿어야 합니다."

남자의 잇몸에서 피가 흘렀다. 욕지기를 느낀 호석이 입을 틀어막았다.

"지시자를 포함해서 거기에 있는 누구도 믿으면 안 됩니다. 절대 믿지 마세요."

덕순이 물었다.

"아무도 믿지 말라니요? 우리 지시자님은 어디 갔어요?"

"저는 당신들을 도와주고 싶어요. 도와주고 싶다고요."

남자는 자신의 말만 앞세워 계속 말했다.

"어서 빨리 편견에서 깨어나야 합니다. 제 말 귀담아들으세요."

"우리 지시자님은 어디 가고 당신이 나온 거냐고요?"

"당신들의 지시자는 감당할 수 없는 현실에 넋두리를 늘어놓고 도망칠 준비를 하고 있습니다. 저는 그 틈을 이용해 당신들 앞에 나올 수

하늘의 갈등

있는 거고요."

"우리 지시자님이 도망칠 준비를 하고 있다고요?"

"그렇습니다. 제 말을 믿으세요."

얼굴을 크게 일그러뜨린 덕순이 언성을 높였다.

"그건, 거짓말이야! 거짓말이라고! 당신이 뭔데 우리 지시자님한테 함부로 말을 해요!"

태블릿pc의 화면이 꺼졌다가 켜졌고 다시 지시자가 모습을 보였다.

"지시자님, 어떤 사람이 갑자기 나타나서 지시자님이 도망칠 준비를 한다고…"

"알고 있습니다. 미친 사람이 여기까지 어떻게 왔는지 모르겠군요. 그리고 저는 두 분을 버리고 도망치지 않습니다. 절대 그런 일 없을 것이니 안심하세요. 어서 빨리 성문으로 가야 합니다."

덕순과 호석이 성문으로 향했다.

홀연히 나타난 대위가 성문으로 향하는 덕순과 호석을 지켜보고 있었다. 그는 혼자였고 무장을 하지 않은 맨몸이었다. 표정이 이상하게 변했다가 제자리를 찾았다. 부하들이 각 길목에서 하나둘씩 모습을 드러냈다. 부하들 또한 맨몸이었고 군복이 바뀌어 있었다. 한자리에 모인 군인들은 일렬종대로 섰다. 이어서 앞으로 걷기 시작했다. 한 사람이 이동하는 것처럼 팔과 다리가 일치했고, 자로 잰 듯 간격이 정확했다. 그 기괴한 모습을 누군가 보았다면 소름 돋는 전율을 느꼈을 것이다.

혜영은 목적지에 거의 다다랐다고 생각했다. 그런데 어찌 된 일인지 같은 길은 계속 반복됐고, 끊어진 길이 나타나더니 급기야 길이 없어졌다.

"제가 말했잖아요. 동료들이 눈치챌 거라고. 우리만 생각한 너무 무모한 방법이었어요."

명수는 아무 말이 없었다.

"이제 어떡할 거예요?"

"어떡하긴 뭘 어떡해. 계속 밀고 나가야지."

"밀고 나가다니요? 뭘 어떻게 밀고 나간다는 말이에요?"

"여길 봐, 이제 목적지는 얼마 남지 않았어."

명수가 태블릿pc에 표시된 목적지를 가리켰다.

"그래서요?"

"이 길로 가면 분명 목적지가 나올 거야. 어서 가자고."

혜영이 지친 한숨을 흘렸다.

"아저씨, 이 길은 아까 지나왔던 길이잖아요. 알면서 왜 자꾸 이러세요?"

명수가 그 자리에 털썩 주저앉았다.

"젠장, 이게 다 다른 지시자 놈들 때문이야. 그 놈들이 꾸민 계략 때문에 이렇게 된 거라고."

"이게 어떻게 다른 지시자들 때문이라고 할 수 있어요? 우리가 자초한 거지. 저는 우리 지시자님을 더 이상 믿지 못하겠어요. 아니, 믿지 않겠어요. 제 솔직한 심정이에요."

하늘의 갈등

명수가 헛웃음을 흘렸다.

"그새 세뇌당했군. 잠깐 떨어져 있더니 아주 철저히 세뇌당했어."

"제가 세뇌당한 게 아니라 아저씨가 세뇌당한 거라고요. 어찌 보면 다른 분들도 다 피해자라고 볼 수 있어요. 어떻게 그렇게 아저씨 생각만 할 수 있어요?"

"내가 세뇌당한 거라고? 내가 내 생각만 했다고?"

명수가 어이없는 표정을 짓더니 혜영을 빤히 쳐다보았다.

"좋아 그렇다고 쳐. 그럼 이제 와서 뭘 어쩔 건데. 이미 주사위는 던져졌어. 던져진 주사위를 회수할 수 있다고 생각해? 동정은 그것으로 충분해. 이젠 현실을 직시해서 우리가 살 길을 찾아야 돼. 나 혼자만 살자고 이러는 거 같아? 우린 여기서 죽을 수도 있다고!"

명수의 어깨가 들썩였다. 혜영은 울고 있는 명수를 잠깐 가만히 응시했다.

"아저씨, 제가 미안했어요."

감정을 수습한 명수가 몸을 일으켰다.

"이러고 있을 때가 아니야. 우린 지시자님을 지켜야 해. 그게 우리가 살 길이니까."

혜영은 아무 말도 할 수 없었다.

"그게 살 길이라고 누가 그렇게 말했어?"

굵은 남자 목소리에 소스라치게 놀란 두 사람이 뒤를 돌아보았다. 경민이었다.

"누가 그렇게 말했냐고 묻잖아."

비웃음을 머금은 경민이 천천히 다가왔다.

"역시 형씨였군. 내 예상이 맞았어. 야비한 인간. 길을 지우고 본인들만 목적지에 가겠다고?"

경민은 철근으로 명수의 가슴팍을 가리켰다. 섬뜩할 정도로 끝이 뾰족한 철근이었다.

"이봐 뭔가 오해를 하고 있는 것 같은데 내 말 좀 들어봐."

명수가 비굴한 표정을 지었다.

"오해? 내가 오해를 하고 있다고? 거기 당돌한 아가씨, 한 번 말해봐. 내가 오해를 하고 있는 거야?"

경민은 섬뜩한 철근을 혜영의 눈앞에서 빙글빙글 돌렸다.

"맞아요, 분명 오해… 오해예요. 우리가 뭐 때문에 남의 길을 지우… 지우겠어요."

철근에서 시선을 떼지 못한 혜영이 말을 더듬었다.

"나를 아주 바보로 아는군. 그럼 그건 뭐야?"

경민이 명수의 배낭에서 흔들리는 걸레를 가리켰다. 낭패한 표정의 명수가 걸레를 집어넣었지만 때는 이미 늦었다. 철근을 내려놓은 경민이 주먹을 날렸다. 그는 쓰러진 명수를 향해 발을 높이 쳐들었다. 보고 있던 혜영이 떨어진 철근을 얼른 움켜잡았다.

"그만해! 안 그러면 찌르겠어."

발을 내려놓은 경민이 철근을 잡아 자신의 가슴에 갖다 댔다.

"이봐, 아가씨. 나를 찌른다고? 한 번 찔러보시지. 자신 있으면 찔러봐."

철근을 잡은 혜영의 두 손이 심하게 떨었다. 비웃음을 흘린 경민이 철근을 잡아챘다.

"내가 보여주지. 철근은 이렇게 사용하는 거야."

경민이 혜영을 향해 철근을 크게 휘둘렀다.

"안 돼!"

잽싸게 일어난 명수가 혜영을 감쌌고 철근이 허공에서 멈췄다.

"뭐야, 둘이 벌써 눈이 맞은 거야? 재밌네, 재밌어."

히죽 웃은 경민은 철근을 들어 명수를 똑바로 겨냥했다.

"기회를 주지. 다른 길은 필요 없고 파란색 길만 전부 복구해. 그렇지 않으면 더 이상의 자비란 없어."

"할게, 복구할게. 성문까지만 가면 문제 없어."

"만약 허튼수작 부리는 날엔 이 철근이 가슴팍에 꽂힐 거야."

"허튼수작 부리는 일은 절대 없을 거야."

"좋아, 가자고."

명수와 혜영을 앞세운 경민은 성문으로 향했다.

기성과 천수는 눈에 보이는 길들을 전부 흰색으로 덧칠하고 있었다. 파란색과 노란색 붉은색에 이어 검은색까지. 그들이 지나온 길들은 모두 흰색으로 바뀌어갔다. 다른 색은 아주 작은 점이라 할지라도 용납할 수 없었다. 오로지 흰색이었다. 땀과 페인트로 흠뻑 젖은 그들은 지치기라도 하련만 붓을 멈추지 않았다. 힘이 실린 붓끝은 성난 파도처럼 바닥으로 내리꽂혔다가 솟아올랐고, 다시 떨어진 붓끝은 갓난아기를 어루만지듯 부드럽게 움직였다. 이윽고 천수가 허리를 곧추세워 태블릿 pc를 확인했다. 노란 점이 새롭게 생성돼 있었다.

"정태가 나타났어."

정태가 선택한 길은 노란색으로 보아야 했다. 붓을 내려놓은 기성이 점등된 노란 점의 위치를 파악했다.

"준비해."

기성과 천수가 정태를 추격하기 시작했다. 복수심에 불타는 그들은 노란 점을 향해 무섭게 달렸다. 노란 점에 거의 근접하고 있을 때, 깜빡이던 노란 점이 갑자기 사라졌다.

"기성아, 노란 점이 사라졌어."

사라졌던 노란 점이 다시 나타났다가 위치를 파악하기도 전에 사라졌다. 잠깐의 사이를 두고 나타났다가 다시 또 사라졌다.

"하, 이 새끼 봐라. 잔머리 엄청 굴리고 있네."

천수가 말했다.

"이 새끼가 우릴 갖고 놀고 있어. 잡히기만 해봐 요절을 내줄 테니까."

군인들과 정체 모를 남자들의 공포와 분노가 그대로 전이됐다. 절대 용서하지 않겠다. 비슷한 패턴은 몇 번 더 반복됐고, 그에 따라 기성과 천수가 노란 점을 찾아 뛰었다.

"이놈이 지금 무슨 꼼수를 부리고 있어."

기성이 이를 부드득 갈았다.

"아무래도 그놈한테 말리고 있는 것 같아. 더 이상 말려들지 말고 확실한 기회를 잡아서 움직이는 게 낫겠어. 다시 가자고."

그런데 성문에 가까워질수록 무언가 느낌이 이상했다. 모퉁이를 바로 돌아 정면으로 보이는 길은 흰색에서 파란색으로 바뀌어있었다. 눈이 휘둥그레진 그들은 성문으로 뛰었다.

"누군가 왔다 갔어."

기성이 뚜껑이 열려 있는 파란색 페인트 통을 걷어찼다.

"누구야! 나와!"

소리친 기성이 어지럽게 흩어져 있는 붓과 페인트 통들을 연신 걷어찼다. 천수가 기성을 붙잡고 말했다.

"파란색 길은 이경민이 선택한 길이야. 놈은 우릴 대놓고 무시하고 있어. 멀리 가진 못했을 거야. 빨리 가서 놈을 잡아야 해. 다시는 우리 길을 넘볼 수 없게 철저히 응징하자고."

두 사람의 성난 발소리가 성을 울렸다.

그 시각, 명수는 흰색 길에 파란색 길을 입히고 있었다. 갑자기 붓을 멈춘 그는 귀를 기울였다. 조금 전부터 들리기 시작한 소리는 거친 숨소리와 발소리로 다가오고 있었다.

"누군가 오고 있어."

"뭔 개소리야. 내가 허튼수작 말라고 했지."

"아니야, 분명 누군가 오고 있어."

"개소리 말라니까."

경민이 주먹을 뻗으려고 했다. 보고 있던 혜영이 얼른 나섰다.

"진짜 누군가 오고 있어요. 뛰어오는 소리예요."

그제야 경민은 자신이 너무 방심한 것을 알았다.

"젠장, 숨어."

가시 벽을 피해, 숨을 곳은 모퉁이밖에 없었다. 모퉁이에 숨어 지켜 보는 경민은 제발 기성과 천수가 아니기만을 기도했다. 그러나 묵직한 발소리와 거친 숨소리는 정태가 아니었고 덕순과 샌님은 더더욱 아니 었다. 드디어 소리의 주인들이 나타났다. 기성과 천수였다. 몹시 긴장한 경민은 철근을 움켜잡았지만 자신도 모르게 손이 떨렸다. 기성과 천수 가 모퉁이로 서서히 다가왔다. 기회를 봐서 한 놈이라도 죽여야 해. 그 래야 내 돈을 지킬 수 있어. 생각한 경민은 손에 힘을 주어 철근을 천 천히 들어올렸다. 이어서 앞서 오는 기성을 향해 철근을 힘껏 던졌다. 그와 동시에 혜영이 경민의 손을 치면서 소리쳤다.

"피해요!"

날아간 철근이 기성을 살짝 비켜나 벽을 때리고 떨어졌다.

"에이, 시팔."

혜영을 노려본 경민이 도망치기 시작했다. 정신을 차린 기성이 경민 을 쫓아 뛰었다, 쫓고 쫓기는 추격전이 펼쳐졌다. 무서운 속도로 질주 하는 그들은 길을 가리지 않았다. 눈앞에 나타난 검은색과 붉은색 길 이 순식간에 지나갔고, 발에 묻은 페인트가 강한 흔적을 남겼다. 흰색 과 파란색의 발자국이 어지럽게 찍혀갔다. 경민은 배낭의 무게에 속도 가 현저하게 줄어들었다. 위기를 느낀 그는 공사자재들을 뛰어넘어 활 짝 열린 문으로 무작정 몸을 날렸다. 그 순간 거대한 머리의 남자가 자 신을 덮쳐왔다. 그 자리에 얼어붙은 경민은 덮쳐오는 남자를 올려보았다. 믿을 수 없게도 거대한 머리는 자기 자신이었다. 들어온 곳은 볼록 렌즈와 오목렌즈로 이루어진 방이었다. 거미줄처럼 서로서로 얽혀있는 길들은 처음과 끝이 어디인지 알 수 없었고, 볼록렌즈와 오목렌즈가 드문드문 붙어있었다. 크고 작은 분신들이 자신을 따라 움직였다. 그때 기성과 천수가 문안으로 들어섰다. 몸을 낮춘 경민은 소리 나지 않게 움직였다.

"이게 뭐야?"

놀라움에 입이 벌어진 천수가 사방을 두리번거리며 덧붙였다.

"도무지 어디가 어딘지 모르겠어."

화가 치민 천수는 렌즈를 향해 주먹을 뻗었다. 재빨리 손을 뻗은 기성이 천수의 주먹을 막으면서 말했다.

"지금 뭐 하는 거야? 시설물에 손을 대면 군인들이 올 수 있다는 걸 몰라? 이렇게 복잡한 곳에서 군인들까지 오게 되면 우린 여길 나가지 못하고 갇힐 수도 있어."

순간의 감정이 큰 화를 부를 뻔했다.

"이경민이 나와!"

분을 못 이겨 소리친 천수가 손을 들어 한곳을 가리켰다. 경민이었다. 눈빛을 주고받은 기성과 천수는 양쪽으로 갈라져 이동했다. 경민을 포위해 잡을 생각이었다. 그들은 소리를 죽여 가며 발을 놀렸다. 그에 따라 크게 부풀어 풍선처럼 거대했던 몸들이, 바람 빠진 풍선처럼 홀쭉해지기를 반복했다. 경민의 부푼 몸이 오른쪽에서 왼쪽으로 돌면서 홀쭉해졌다. 거리는 점점 좁혀졌다. 양쪽에서 다가간 기성과 천수가 경민을 한 곳으로 모는 데 성공했다. 경민은 이제 빠져나갈 길이 없었다. 기회를 잡은 두 사람이 몸을 날렸다. 그 순간 경민의 거대한 몸이 옆에서 덮쳤다. 하지만 그것은 렌즈에 비친 분신이었다. 잠시 주춤한 분신은 경민을 따라 사라졌다가 다시 나타났다. 기성과 천수는 경민의 추격을 멈추지 않았다.

"나를 쫓지 말라고 이 새끼들아!"

소리친 경민의 거대한 몸이 다시 또 크게 입을 벌렸다.

"나는 니네들한테 아무 관심도 없단 말이야!"

"그럼, 왜 우리 길을 지우고 지랄이야?"

천수의 물음에 경민이 잠깐 뜸을 들이고 대답했다.

"그건 내가 지운 게 아니라 대머리 꼰대가 길을 지우고 다녔던 거라고!"

기성과 천수는 소리의 방향을 잡는 데 성공했다. 렌즈에 비친 분신과 반대쪽이었다. 빠르게 이동한 그들은 펼쳐진 광경에 입이 벌어졌다. 드문드문 붙어있던 렌즈들은 이곳에 이르러, 빈틈을 찾아볼 수 없을 정도로 다닥다닥 붙어있었다. 자신들을 마주 바라보는 수백 개의 눈들에서 공포감이 엄습했다. 자기 자신을 바라본다는 사실이, 이토록 무섭고 두려운 일인지 처음 깨달은 기성은 고개를 숙일 수밖에 없었다.

"여길 나가야겠어. 여긴 거울의 도시 보다 더 이상한 데야."

그때 어디선가 웃음소리가 들렸다.

"하하하."

경민이 아니었다. 남자와 여자 목소리를 합쳐놓은 것 같은 웃음소리는 그치지 않았고, 웃음에 동조한 수백 개의 눈들이 자신을 비웃는 것처럼 보였다. 참을 수 없는 기성은 머리를 감쌌다.

"도대체 이게 뭐야!"

천수가 두려움을 극복하려는 듯 소리를 질렀다.

경민이 바로 옆을 지나갔지만 분신에서 헤어나오지 못한 두 사람은 알아채지 못했다. 손을 잡은 그들은 출구를 향해 뛰었다. 수백 개의 분신들이 두 사람을 따라 움직였다.

덕순과 호석의 붓놀림은 정교한 것 같으면서도 어딘지 모르게 어설프게 보였다. 성문과 길들을 부지런히 오가며 페인트칠을 마친 두 사람은 계책 마련에 들어갔다.

"어떤 방법이 좋을까요?"

덕순이 물었다.

"일단 지급품을 최대한 활용하기로 하고, 여기 있는 자재들을 이용해 계책을 세워야 해요."

덕순이 배낭을 열어 페인트 스프레이를 꺼냈다. 총 두 개였고 페인트는 가득 차 있었다. 호석이 시험 삼아 한 개를 집어 페인트를 분사했다. 검은색 페인트가 허공에 뿌려졌다.

"두 개밖에 없으니 이건 비상용으로 사용해야 해요. 아마 제 배낭에도 스프레이가 있었을 텐데 조금 아쉽네요. 하지만 여기 있는 자재들을 최대한 이용하면 괜찮을 거예요."

아쉬운 표정의 호석이 그라인더를 집었다. 경민이 성문을 자르려고 했던 그라인더였다. 호석은 그라인더를 이용해 철근을 날카롭게 만들기 시작했다. 한순간 강한 불꽃을 피운 철근은 자신을 희생한 보답으로 섬뜩한 무기로 변해 돌아왔다.

철근을 들어 올린 호석이 말했다.

"이건 누구를 위한 무기일까요?"

덕순은 잠시 무슨 뜻인지 몰라 머뭇거렸다.

"아줌마, 이 무기가 과연 우리를 위한 무기일까요?"

"갑자기 왜 그런 말을… 당연히 우리를 위한 무기지 누구를 위한 무기겠어요."

"과연 그럴까요?"

호석은 흉측한 몰골의 남자에게서 영향을 받은 듯 고개를 푹 숙이더니 다시 고개를 들었다.

"아줌마는 사랑을 위한 폭력이 존재할 수 있다고 생각해요?"

"사랑을 위한 폭력이요?"

답변이 궁색한 덕순은 호석을 지그시 응시했다.

"지금 호석 씨가 몸이 다쳐서 마음이 약해진 것 같은데 그럴수록 마음을 다잡아야 해요. 마음이 약해지면 우린 다른 사람들한테 당할 수 있어요. 호석 씨 다리를 보세요. 우리가 가만히 있으면 그놈들은 이제 무슨 짓을 할지 몰라요. 그걸 몰라서 그러는 거예요?"

호석은 아무 말도 할 수 없었다. 어서 빨리 이 지옥에서 탈출해, 자신을 기다리고 있는 가족의 품으로 돌아가고 싶은 마음뿐이었다. 섬뜩한 철근이 자신을 노려보는 것만 같았다.

*
하늘의 갈등

"호석 씨, 우린 아직 준비할 게 많아요. 서둘러야 해요."

"그래야겠죠."

힘없이 일어선 호석은 피할 수 없는 전쟁을 준비했다. 널브러져 있는 공사자재들이 호석의 손을 거치면서 무기로 탈바꿈했다. 작동시험을 끝낸 컴프레서가 이동 준비를 마쳤다.

덕순이 호석의 손을 잡고 말했다.

"다른 거 생각하지 말고, 목적지만 생각하기로 해요. 알겠죠?"

호석이 고개를 끄덕였다.

"그러지 말고 대답해봐요. 어서요."

호석이 엷은 미소를 머금고 대답했다.

"네, 그러죠. 목적지만 생각할게요."

"좋았어요. 난 이제부터 누구한테도 당하지 않을 거예요. 호석 씨도 그렇죠?"

호석이 고개를 끄덕이려다 대답했다.

"저도 이제부터 누구한테도 당하지 않을 겁니다."

"바로 그거예요."

덕순이 자신의 태블릿pc의 전원을 켰다. 곧이어 위치를 알려주는 검은 점이 점등됐다.

"자, 이제 출발해요."

덕순과 호석이 컴프레서를 힘껏 밀었다.

잊어가는 얼굴들

한편, 정태는 호석의 태블릿pc를 확인하고 있었다. 이젠 기성과 천수의 태블릿pc도 꺼져있었다. 그에 따라 두 사람의 위치도 파악할 수 없는 상태였다. 유인책은 처음부터 잘못됐다. 경민은 처음부터 거들떠보지도 않았고, 하마터면 내가 기성과 천수한테 잡힐 수도 있었다. 태블릿pc의 전원을 끈 정태는 생각을 이어갔다. 이경민은 내 속마음을 알고 있었던 것일까? 그래서 태블릿pc를 거들떠보지도 않은 걸까? 어차피 기성과 천수 또한 처리하지 않으면 안 될 대상이다. 그렇다면 다른 방법을 찾아야 한다. 그때 태블릿pc에 검은 점이 깜빡거렸다. 검은 점이라면 덕순 아줌마였다. 이 아줌마를 이용할 수 있을까? 기성과 천수가 가기 전에 먼저 가야 한다. 정태는 덕순을 향해 이동했다. 그런데 길은 노란색과 파란색, 흰색에 이어 붉은색과 검은색까지 수많은 점으

하늘의 갈등

로 찍혀 있었고, 본래의 색깔이 무엇인지 알 수 없었다. 어지럽고 혼란스러운 길들은 계속해서 이어졌다. 덕순과 샌님이 선택한 길은 검은색이었다. 정태는 수많은 색깔의 점들로 칠해진 길에서 본래의 색깔이 무엇인지 파악하기 위해 집중했다. 하지만 겹겹이 포개진 색깔들에서 본래의 색깔을 찾기란 불가능에 가까웠다. 끝까지 포기하지 않은 정태는 검은색 길을 찾아 자리를 옮겨 다녔다. 그러던 차에 무언가 다른 점을 발견했다. 그것은 표식인 듯했다. 어느 길은 다른 길들의 검은 점보다 많게 보였다. 본래의 색깔이 무슨 색인지 모르겠지만 어떤 차이가 있었다. 확신한 정태는 검은 점이 많이 찍힌 길을 골라가며 이동했다. 어느덧 성문에 가까워지고 있었고 깜빡이는 검은 점이 손에 잡힐 듯 다가왔다. 정태는 성이 길을 내키는 대로 이리저리 바꿔왔기 때문에, 또 바꿀 수도 있겠다고 생각했다. 최대한 빨리 눈과 발을 놀렸다. 확연히 눈에 들어온 검은 점들이 선명하게 보이기까지 했다. 부지런히 걷던 정태가 두 갈래 길에서 발을 멈췄다. 이상한 느낌에 뒤를 돌아보았다. 잊고 있던 악몽이 되살아났다. 다시는 마주치고 싶지 않은 개들이 노려보고 있었다. 사지가 마비된 것처럼 꼼짝도 할 수 없었다. 개들이 사나운 이빨을 드러낸 채 다가오고 있었다. 정태는 천천히 몸을 돌려 사력을 다해 도망쳤다. 크게 한 번 포효한 개들이 무섭게 따라붙었다. 개새끼들아, 그만 좀 따라오라고! 도망치던 정태가 기우뚱하더니 계단으로 굴러떨어졌다. 기회를 잡은 개들이 몸을 날렸다. 정태가 두 눈을 감았다. 몸을 덮쳐오는 느낌이 소름 끼치도록 차가웠다. 차가운 느낌은 이내 몸 구석구석을 파고들었다. 콧속으로 지독한 악취가 스며들면서 정신이 혼미해졌다. 이어서 목소리가 들렸다. 여기가 지옥이란 말인가. 정태는 천천히 눈을 들어 지옥을 맞이했다.

"정태 씨. 정태 씨!"

소름 끼치는 목소리에 정태가 바닥에 얼굴을 묻었다.

"정태 씨, 저 이호석입니다."

이호석? 이게 어찌 된 일인가. 어안이 벙벙한 정태는 상황 파악이 되지 않았다.

"움직이지 말고 기다려요."

호석은 어딘가에서 금방 무언가를 들고 와 몸을 닦아주기 시작했다. 그제야 정태는 자신의 몸에 페인트가 뿌려졌다는 사실을 알았다. 구석구석 파고든 페인트에 온몸이 끈적끈적했다. 그 느낌이 어떻게 소름끼치도록 차갑게 느껴졌는지 알 수 없었다. 곧바로 엄습한 공포감에 몸이 덜덜 떨렸다. 금방이라도 숨이 넘어갈 것처럼 호흡이 거칠어졌다.

"정태 씨, 왜 그래요?"

"개들이 있어요. 무서운 개들이 쫓아오고 있어요."

"개들이 쫓아왔어요?"

호석이 주위를 두리번거렸다.

"무슨 개들이 쫓아 왔다고 그래요? 여긴 아무도 없는데."

"아니에요, 분명 개들이 쫓아왔어요."

두려움이 가시지 않은 정태는 사방을 살펴보았지만 개들의 모습은 어디에서도 찾을 수 없었다. 하지만 포기를 모르는 개들은 어딘가에 숨어있을 것만 같았다. 그때 덕순이 다가와 정태를 노려보았다.

"호석 씨, 그 사람을 묶지 않고 뭐 하고 있어요."

정태가 얼른 나섰다.

"아줌마, 안심하세요. 이제 저도 기성이 형님하고는 같이 가지 않기로 했어요."

"그 말을 어떻게 믿어요? 우릴 잡으러 온 거 아니에요?"

"두 분을 잡으러 왔다면 저 혼자 왔겠어요? 그런 거 진짜 아니니까 의심하지 말아요."

덕순은 여전히 의심을 풀지 않았다. 호석이 거들었다.

"거짓말이 아닌 것 같아요. 어차피 우리 힘만으로는 부족할 수 있으니까 정태 씨를 받아들이죠. 그게 좋지 않을까요? 그래야 우리의 목적을 달성하는 데 도움이 될 것 같은데."

덕순의 표정이 풀어지던가 싶더니 일순간 크게 일그러졌다. 입술이 파랗게 질린 그녀는 손을 들어 정태를 똑바로 가리켰다. 호석이 심상치 않은 분위기에 정태와 덕순을 번갈아 쳐다보았다.

"호석 씨, 그 사람한테서 떨어져요."

"네? 갑자기 왜…."

"어서 빨리 떨어지라고요!"

덕순은 얼른 섬뜩한 철근을 집었다.

"괴물, 당신이 괴물이었어."

"지금 무슨 말씀을 하고 그래요."

정태가 웃음으로 넘기려 했지만 흔들리는 눈빛은 감출 수 없었다. 그것을 눈치챈 호석이 얼른 떨어져 경계태세를 취했다. 정태가 천천히 몸을 일으키려 했다. 덕순이 소리쳤다.

"움직이지 마!"

"아줌마, 무슨 오해가 있는 것 같은데."

"입 다물어!"

덕순의 철근이 정태의 눈앞에서 흔들렸다.

"그 손목의 상처. 나는 그때 분명히 봤어. 괴물은 당신이었어."

낭패한 표정의 정태가 순식간에 일어나 도망치기 시작했다. 덕순이 정태를 향해 철근을 힘껏 던졌다. 철근에 맞은 정태가 쓰러졌다. 덕순이 또 하나의 철근을 집어 들고 다가갔다. 쓰러져 있던 정태가 자신의 몸을 더듬더니 잽싸게 일어나 뛰었다. 배낭에 꽂혀있던 철근이 바닥으로 떨어졌다. 덕순의 철근이 정태를 향해 날아갔다. 철근은 아슬아슬하게 빗나갔고. 철근을 움켜쥔 호석이 사납게 다가오고 있었다. 오금이 저린 정태가 사력을 다해 달렸다. 도망치는 정태는 갈수록 꼬여가는 상황에 치가 떨렸다. 어디선가 개들이 뛰어나와 자신을 물어뜯을 것만 같았다. 너무나 두려운 정태는 속도를 줄이지 못했다. 몸에서 떨어진 페인트가 본래의 색깔을 알 수 없는 길에 한 점을 더했다. 눈물이 흘렀다.

기성과 천수를 따돌린 경민은 명수와 혜영을 찾아다니고 있었다. 무슨 일이 있어도 파란색 길을 복구해야 한다. 그게 돈을 지킬 수 있는 유일한 길이니까. 그는 돈을 지킬 수만 있으면 무슨 짓이든지 할 태세였다. 철근을 되찾은 경민이 두 눈에 불을 켰다.

기성과 천수는 분신들의 방에서 빠져나와 경민을 추격하고 있었다. 파란색 길은 거의 지워져 알아볼 수 없었지만 완전히 사라진 것은 아니었다. 두 사람은 미세하게 보이는 파란색 길을 찾아가며 이동했다. 끼리릭. 철문이 열리는 소리였다. 무언가 직감한 기성은 소리가 나는 방향으로 뛰었다. 역시 예상은 적중했다. 등산객으로 위장한 남자들이었다. 뒤따라온 천수에게 조용히 하라는 신호를 보냈다. 세 명의 남자들은 철문을 나와 어디론가 급히 가고 있었다.

　"저놈들은 또 누구야?"

　천수가 물었다.

　"나도 알 수 없어. 분명한 건, 저놈들도 군인들한테 쫓기고 있어. 그 과정에서 두 명이 군인들한테 죽었고. 나도 저놈들한테 속아서 하마터면 죽을 뻔했지."

　두 사람은 남자들을 따라붙었다. 바람결이 느껴졌다. 어디서 바람이 불어온단 말인가. 혹시 비밀통로? 기성은 남자들을 놓치지 않기 위해 빠르게 발을 놀렸다. 다시 또 철문이 나타났고 안에서 남자가 나오고 있었다. 기성이 숨을 훅하고 들여 마셨다. 흉측한 몰골의 남자였다. 그렇다면 저 사람은 나를 저놈들에게 넘기려고 했단 말인가? 남자들이 뭔가를 주고받고 있었다. 분노가 치솟았다. 고양이 소리가 들렸다. 기성이 남자들을 향해 전진했다. 한 남자가 뒤를 돌아보았다.

　"도망쳐!"

　기성과 천수가 도망치는 남자들을 따라붙었다. 옆에서 군인들이 치고 나왔다. 기성은 그에 아랑곳없이 남자들을 무섭게 쫓았다. 쫓고 쫓기는 대추격전이 펼쳐졌다. 남자들이 쪽문으로 들어가 하수구에 이르렀다. 그들은 일체의 망설임 없이 물속으로 첨벙 들어갔다. 돌아보니 천수가 보이지 않았다. 군인들이 바로 뒤까지 따라왔다. 고양이 소리가 그치지 않았다. 전부 다 죽이겠다. 기성이 물로 뛰어들었다. 수심은 가슴까지 차올라있었다. 한기가 느껴졌고 총탄이 날아왔다. 기성은 얼른 물속으로 들어가 헤엄쳤다. 출렁거리는 세상이 펼쳐졌다. 누군가 몸을 치고 지나갔다. 발을 잡아챘다. 순간 옆구리에 타는 듯한 통증이 느껴졌다. 칼이 스치고 지나간 자리에서 피가 흘렀다. 선홍빛 핏물이 물살에 흔들렸다. 뒤에서 남자가 접근해오고 있었다. 발로 내질렀다. 발에 채인 남자가 뒤로 물러났고 또 다른 남자가 접근해왔다. 숨이 찼다. 남자의 우악스런 큰 손에 머리채가 잡혔다. 몸부림쳤지만 빠져나갈 수 없었다. 의식이 점점 희미해졌다. 두 눈이 스르르 감기려고 할 때였다. 몸이 저절로 위로 올라가는 게 느껴졌다. 신선한 공기가 폐 깊숙이 들어왔다.

"여기서 빨리 나가야 합니다."

흉측한 몰골의 남자였다.

건너편에서 군인들이 주변을 살피고 있었다. 남자를 따라 다시 물속으로 들어간 기성은 군인들의 눈에서 벗어날 수 있었다. 여지없이 쪽문으로 나오니 또다시 철문 앞이었다. 고마움보다는 농락당한 기분이었다.

"왜, 나를 살려줬죠? 당신은 대체 정체가 뭐예요?"

남자가 권총을 꺼내 겨눴다.

"허튼짓하지 마."

남자는 금방이라도 방아쇠를 당길 태세였다.

"그대로 걸어. 만약 뒤를 돌아보면 방아쇠를 당기겠다."

이놈은 대체 누구와 얽혀있단 말인가. 칼에 스친 옆구리가 몹시 쓰라렸다. 심한 탈진에 몸이 기우뚱했다. 곧바로 권총의 감각이 등을 타고 흘렀다.

"똑바로 걸어."

화살표가 없는 복도를 계속 걸었다. 두 개의 쪽문을 지나치고 세 번째 쪽문에 이르렀을 때였다. 설명할 순 없지만 지나쳤던 문과는 무언가 다르게 보였다. 자신도 모르게 발이 멈췄다.

"이 문은 어디로 통하는 문입니까?"

"선택의 문."

"어떤 선택의 문을 말하는 겁니까?"

"멍청하군."

기성은 뒤를 돌아보려다가 그만두었다. 총탄이 등을 파고들 것만 같았다.

"이 문으로 들어가라는 말입니까?"

"움직이지 마. 한 발짝이라도 움직이면 발포하겠다."

뒤로 돌아 남자의 면상을 후려치고 싶은 충동을 간신히 억눌렀다.

"여기서 뭐를 어떻게 해야 하죠?"

대답이 없었다.

"여기서 뭐를 해야 하냐고요?"

또 대답이 없었다.

한참을 서 있었지만 남자는 어떤 지시도 내리지 않았다. 미치고 환장할 노릇이었다. 혹시 놈은 뒤에 없는 건가? 기성은 몸을 뒤로 살짝 기울였다. 얼굴이 일그러졌다. 총구의 감각이 곧바로 느껴졌다. 놈은 분명 뒤에 있다. 그런데 왜 아무 말도 안 한단 말인가. 서 있는 시간이 영겁의 세월처럼 길게 느껴졌다. 팔다리가 흐느적거렸다. 도대체 뭐를 어떻게 하란 말인가. 그때 어떤 이유인지 쪽문이 살짝 열렸다. 좁은 길은 터널처럼 길게 뻗어있었다. 무언가 흐릿한 형체들이 움직이고 있었다. 기성이 숨을 헉하고 들여 마셨다. 군인들이었다.

"군인들이 있어요."

"그 문으로 들어가."

드디어 남자가 지시를 내렸다.

"저기에는 군인들이 있어요!"

"들어가지 않으면 발포하겠다."

기성이 결정을 내렸다. 뒤로 몸을 돌렸다.

"차라리 여기서 죽고 말겠어. 어서 쏴. 어서 쏘라고!"

그 순간, 기성은 남자의 슬픈 표정을 보았다. 이해할 수 없었다.

"아직도 모르겠나?"

남자는 알 수 없는 말을 남기고 천천히 뒤로 물러났다. 뭘 모른단 말인가. 이내 그의 모습이 어둠 속으로 완전히 빨려 들어갔다. 군인들이 몰려오고 있었다. 기성은 문을 힘껏 밀어 닫았다. 난사된 총탄에 문이 심하게 흔들렸다. 어디선가 고양이 소리가 들렸다. 머리를 감싸 쥔 기성은 천수를 찾아 뛰었다. 문밖으로 나온 대위가 비웃음을 흘렸다.

하늘의 갈등

그 시각, 명수와 혜영은 복구했던 파란색 길을 찾아다니고 있었다. 다시 지워 흔적을 없애려는 것이었다. 그런데 파란색 길은 찾을 수 없었고, 처음 보는 길들이 펼쳐졌다. 작은 점으로만 이루어진 길들은 붓을 흔들어 뿌려놓은 것같이 보였다. 정교한 것 같으면서도 어설프게 보이는 길들은 붉은색이 있던 길까지 침범해 있었다. 파란색 길을 찾아 지우기 전에 자신들의 길을 찾아 복구해야 하지만 엄두가 나지 않았다.

"우린 난관에 봉착했어."

명수의 목소리가 절망에 가까웠다.

"난관에 봉착했으면 난관의 시작점을 찾아봐야죠."

"난관의 시작점? 그걸 찾을 방법이 있겠어?"

"길을 자세히 보세요. 붓놀림이 어설프고 티가 나요."

역시 혜영은 검은 점들을 한눈에 알아보았다.

"티가 난다고?"

"찍힌 검은 점들을 보세요."

눈을 크게 뜬 명수가 길을 자세히 살폈다.

"정말 그러네. 이 길이 다른 길보다 검은 점이 확실히 많이 찍혀있어. 가만, 검은색 길은 덕순 아줌마가 선택한 길이라고 했지?"

"맞아요. 검은색 길은 덕순 아줌마가 선택한 길이 확실해요."

검은 점이 많이 찍힌 길을 찾아 이동하는 동안 긴장을 늦출 수 없었다.

"잠깐만, 생각 좀 해보자고."

"무슨 생각이요?"

"이렇게 무작정 갈 게 아니야."

"무작정 갈 게 아니라면."

"이렇게 가서 덕순 아줌마를 찾았다고 쳐. 그다음엔 어떡할 건데?"

"그렇다면 무기가 필요하다는 말인가요?"

"그래, 우린 무기가 필요해. 길을 이렇게 만들었을 정도면 덕순 아줌마도 분명 어떤 방책을 갖고 있다고 봐야 해. 무조건 가다간 우리가 당할 수 있어. 그리고 혹시 모르니 이경민의 철근 정도는 아무렇지도 않게 물리칠 수 있는 아주 강력한 무기를 준비해서 가야 해. 그래야 우리의 길을 되찾을 수 있고 목적지에 갈 수 있어."

혜영은 점점 폭력적으로 변해가는 상황이 두려웠다.

"만나서 잘 설득하면 되지 않을까요? 지시자님도 처음에는 다른 동료들을 설득하라고 했잖아요."

"설득? 덕순 아줌마한테 그렇게 당하고도 그런 말이 나와? 또 그 알량한 동정심이 발동한 거야? 제발 정신 좀 차리라고!"

처음부터 지시자의 지시를 맹목적으로 받아들인 게 실수라면 실수였다. 처음부터 성에 들어오지 말았어야 했다. 아니, 처음부터 실험 따위엔 관심을 두지 말았어야 했다. 그러나 돌이킬 수 없는 일이었고, 살기 위한 방책이 필요했다.

"알았으니까 화내지 말아요."

"우린 할 일이 너무 많아. 파란색 길도 지우고 덕순 아줌마 동태도 파악해야 해."

"알았다고 했잖아요."

혜영을 빤히 바라본 명수는 배낭을 풀어 남아있는 덫을 확인했다.

남아있는 덫은 달랑 한 개였다.

"이거로는 부족해. 우린 또 성문으로 가야 해. 어쩔 수 없어."

성문으로 향하는 혜영의 발걸음이 무거웠다. 우린 왜 이렇게 성문을 오가며 성문에서 벗어나지 못하는 것일까. 이렇게 해서 목적지에 언제 도착할 수 있을까? 아니, 목적지는 과연 있기나 한 것일까? 성은 들어오는 순간부터 알 수 없는 물음표만 제공했다.

성문에 도착해 공사자재들을 뒤적거렸지만 무기로 사용할만한 자재는 남아있지 않았다. 그나마 남아있는 자재는 각목과 판자, 쓰다 남은 페인트가 전부였다.

"이런 젠장, 무기로 사용할만한 것들은 이미 다 가져갔어. 우린 강력한 무기가 필요하다고!"

화가 치민 명수는 판자를 발로 걷어찼다. 판자가 무너지면서 철근이 드러났다. 끝이 뾰족하게 갈려있는 철근은, 누군가 만들어 숨겨놓은 게 확실했다. 명수가 환호성을 질렀고 혜영이 고개를 숙였다.

"조금 부족하지만 이거라도 있어서 다행이야. 이제 가자고."

철근을 움켜쥔 명수는 전장에 나가는 전사처럼 앞장서 걸었다. 엘리시움과 지옥도가 더욱 선명해졌다.

경민은 누군가 다가오는 소리에 귀를 곤추세웠다. 어딘가에서 들려오던 소리는 모퉁이 안쪽으로 확인됐다. 경민은 벽으로 바짝 붙어 모퉁이를 뚫어지게 쳐다보았다. 빠르게 다가오던 소리는 모퉁이에 접어들어 현격히 느려졌다. 누구인지 몰라도 상대방 또한 위험을 감지한 듯

싶었다. 소리가 가깝게 들리든가 싶더니 한순간 멈췄다. 모퉁이를 사이에 두고 숨 막히는 긴장이 흘렀다. 저놈은 누구란 말인가. 눈앞으로 기성과 천수가 지나가고 정태에 이어 명수와 혜영이 차례로 지나갔다. 언제까지 이대로 있어야 된다는 말인가. 모퉁이에 집중해 있는 경민은 바닥을 기어오는 기성을 알아채지 못했다. 재빠르게 일어난 기성은 주먹을 휘둘렀다. 쓰러지던 경민이 철근을 휘둘렀다. 기성이 철근을 피하려는 순간 후유증이 찾아왔다. 머리가 빙빙 돌며 눈앞이 캄캄해졌다. 심한 후유증에 철근을 피하지 못한 그는 비명을 지르며 팔을 움켜잡았다. 철근이 훑고 간 팔에서 피가 흘렀다. 뒤에 있던 천수가 달려들었다. 허공을 가른 철근이 천수의 다리를 훑고 지나갔다. 쓰러지던 천수가 경민의 배낭을 움켜잡았다. 배낭이 떨어졌고 기성의 오른발이 경민의 가슴을 강타했다. 벽에 부딪힌 경민은 무서운 기세로 철근을 휘둘렀다. 경민의 기세는 두 사람의 접근을 허락하지 않았다. 상처 입은 기성과 천수가 주춤했다.

"이 개새끼들아, 난 니네들하고 감정이 없단 말이야"

기성이 매고 있던 배낭을 내려놓았다.

"지랄 떨지 마. 넌 이제 여기서 끝이야"

기성이 어지럼증을 떨쳐내려고 머리를 세차게 흔들었다.

위기를 느낀 경민은 철근을 쉬지 않고 휘둘렀다.

"가까이 오지 마, 가까이 오면 죽여 버릴 거야"

거리를 벌린 기성과 천수는 경민의 힘이 빠져나가기를 기다렸다. 철근을 휘두르는 속도는 현저히 느려졌고 기성과 천수가 서서히 접근했다. 경민은 금방이라도 울음을 터트릴 것처럼 얼굴이 심하게 일그러졌다. 바로 그때였다. 어디선가 시커먼 그림자가 튀어나왔다. 그림자는 일체의 망설임도 없이 경민의 배낭을 낚아채더니 쏜살같이 달아났다. 정태였다.

"안 돼!"

경민이 소리쳤다. 기성과 천수가 주춤하는 사이 경민이 정태를 향해 달렸다. 뒤를 돌아본 정태는 노란색 길로 들어서 배낭을 단단히 움켜잡았다. 경민이 정태를 향해 철근을 힘껏 던졌다. 날아간 철근은 정태의 발끝에서 떨어졌다. 미친 듯이 쫓아간 경민이 다시 철근을 잡아 던지려고 했지만, 정태는 끊어진 노란색 길에서 순식간에 모습을 감췄다. 포기하지 않은 경민은 듬성듬성 남아있는 노란색 길과 파란색 길을 오가며 정태를 찾아다녔다. 하지만 정태는 어디로 갔는지 사라지고 없었다. 벽을 후려친 경민이 소리쳤다.

"박정태! 안 나와!"

고개를 숙인 경민이 울음을 터트렸다.

"이 개새끼야, 그건 내 돈이란 말이야."

정태는 배낭을 다시 찾은 기쁨에 입이 벌어졌다. 땀과 섞인 페인트가 얼굴을 타고 흘렀지만 기쁨에 겨운 그는 배낭부터 확인했다. 지퍼를 여는 손이 미세하게 떨렸다. 역시 돈은 그대로였다. 전혀 예상하지 못한 어부지리로 얻은 결과였다. 아니 그것은 지시자가 가져다준 절호의 기회로 보아야 했다. 정태는 일말의 의심도 없이 그것을 받아들였다.

"지금 빨리 노란색 길로 가세요. 이경민과의 숙제를 풀 수 있는 절호의 기회가 왔어요."

역시 지시자는 모든 걸 알고 있었다. 비록 유인책으로 얻은 결과는 아니었지만 그것은 성공으로 가는 하나의 과정일 뿐이었다. 정태는 벅차오르는 기쁨에 연신 웃음이 흘렀다. 이제 남은 것은 노란색 길을 찾아 목적지로 가는 것이었다. 노란색 길은 지친 의식을 해방시키고, 지친 육신을 해방하면서 지친 삶을 해방시켜 줄 것이다. 정태는 노란색 길을 찾아 길을 옮겨 다녔다. 그런데 길을 찾는 일은 호락호락하지 않았다. 가는 길마다 덕순의 검은색 점들이 찍혀있었고, 그렇지 않으면 흰색과 붉은색 길들이 조금씩 남아있었다. 급기야 노란색 길은 완전히 끊어져 어디에서도 찾을 수 없었다. 정태는 할 수 없이 지시자와 접속했다. 위치가 발각될 수 있지만 어쩔 수 없는 선택이었다.

"지시자님, 숙제는 풀었는데 우려했던 일이 일어났어요. 길이 완전히 없어진 것 같은데…"

정태는 지시자의 더 아름다워진 모습에 제대로 말을 잇지 못했다. 그런 정태의 모습을 가만히 지켜본 지시자가 자못 심각해지더니 슬픈 표정으로 돌아가 말했다.

"아, 정말 우려했던 일이… 길이 없으면 저와 당신은 영원히 만나지 못할 거예요. 당신은 제가 드리는 최고의 쾌락을 받을 수 없겠군요. 당신을 기다리고 있는데 너무 슬프네요."

몸이 후끈 달아오른 정태는 손사래를 쳤다.

"안 됩니다, 안 돼요. 그렇게 되면 절대 안 돼요. 저는 무슨 일이 있어도 목적지에 가서 지시자님을 만나야 해요."

"그렇다면 서로를 위한 좋은 방법을 찾아보죠."

화면에서 사라졌던 지시자가 다시 모습을 드러냈다.

"정태 씨?"

"방법을 찾았나요?"

"우리의 길이 완전히 없어지진 않았지만 얼마 남지 않았어요. 우리의 길을 지켜야 해요. 우리의 길을 침범하고, 우리의 길을 오염시킨 자들을 응징해야 해요. 그것이 서로를 위한 유일한 방법이에요. 그들을 응징하지 못하면 우리의 길은 완전히 사라질 거예요."

정태가 호흡을 들이켰다. 지시자의 말은 이어졌다.

"이제는 철저한 응징으로 우리의 이야기를 만들어가야 해요. 그렇게 만들어진 이야기는 곧 우리의 길이 될 것이고 정태 씨와 제가 만날수 있는 징검다리가 될 거예요. 저는 정태 씨가 이 일을 해낼 수 있을것이라고 믿어 의심치 않아요."

"반드시 그 믿음에 보답하겠습니다."

"저를 실망시키지 않을 자신 있죠?"

"네, 자신 있습니다."

"그들을 응징할 자신 있죠?"

"무슨 일이든지 할 자신이 있습니다."

"제가 당신을 얼마나 기다리는지 알고 있죠?"

정태는 호흡이 거칠어졌다.

"좋아요, 다시 한 번 유인작전을 펼치세요. 어서요."

"알겠습니다."

"우리, 목적지에서 만나요. 당신을 기다릴게요."

정태는 지시자의 유혹적인 말에 정신이 몽롱했다.

기성과 천수는 모퉁이를 돌아 흰색 길로 들어서고 있었다. 상처 입은 그들의 모습은 패잔병들의 모습 그대로였다. 팔에 붕대를 감은 기성은 절뚝거리는 천수를 바라보더니 분노의 고함을 질렀다.

"다 나와! 다 나오라고!"

분노가 풀리지 않은 그는 배낭을 집어던지고 벽을 연신 걷어찼다.

"기성아, 정태가 나타났어."

"정태가 나왔다고?"

GPS의 노란 점은 어딘가로 빠르게 이동하고 있었다. 천수를 바라본 기성이 말했다.

"너는 천천히 와. 내가 먼저 가서 정태 새끼를 잡아놓고 있을 테니까. 아주 요절을 내주고 말겠어."

말을 마친 기성은 천수의 대답도 듣지 않고, 노란 점을 향해 뛰었다. 박정태 너는 내 손으로 반드시 잡고 말 테다. 발에 실린 분노의 무게가 한 발, 한 발 내딛을 때마다 몸을 타고 올라왔다. 빠르게 이동하던 노란 점은 점차 속도가 느려지더니 완전히 멈춰서 움직이지 않았다. 기성은 세 갈래 길에 이르러 움직임이 없는 노란 점을 확인했다. 그런데 길은 또 바뀌어 있었고, 세 갈래 길 모두 지워져, 어떤 색깔의 길이었는지 알 수 없었다. 노란 점은 직선으로 뻗어있는 길 중간에서 여전히 움직이지 않고 있었다. 몸을 낮춘 기성은 조용하면서도 빠르게 이동해 길 중간에 다다랐다. 왼쪽으로 닫힌 문이 있었고 회색으로 칠해진 문이었다. 아직까지 노란 점은 그대로 있었다. 가시 벽이 조금 흔들리는 것처럼 보였다. 또 후유증일까? 기성은 호흡을 가다듬고 문을 열어젖혔다. 기성의 얼굴이 일그러졌다. 아무도 없는 텅 빈 방이었다. 다시 복도로 나와 조금 더 전진했다. 앞에 또 하나의 닫힌 문이 있었다. 그 역시 회색 문이었다. 기성이 천천히 문을 밀었다. 어디로 통하는지 알 수 없는 길이 펼쳐지더니 길 안쪽에서 소리가 들렸다. 무엇을 긁는 소리가 벽을 타고 흘렀다. 아마도 정태가 무슨 일을 하고 있는 듯했다. 기성이 노란 점을 향해 빠르게 다가갔다. 다섯 걸음 정도 옮겼을 때 무언가 발에 걸렸다. 정태가 놓고 간 태블릿pc였다. 노란 점이 자신을 비웃는 것처럼 보였다. 참을 수 없는 분노가 치밀었다. 그때 모퉁이에서 누군가 나왔다. 명수였다. 눈이 마주친 명수가 얼른 몸을 돌려 모퉁이로 사라졌다. 기성이 명수를 쫓았다. 지워진 길들이 흔적을 남기고 있었다. 도망치던 명수가 넘어졌고 혜영이 기성을 향해 철근을 겨눴다.

"다가오지 말아요!"

"당신들 짓이라는 걸 이미 알고 있었어. 이제부터 우리 길을 전부 복구해."

얼른 일어난 명수가 철근을 건네받고 말했다.

"기성 씨, 내 말 잘 들어. 당신들은 속고 있는 거야. 목적지로 안내할 사람은 우리 지시자님이야. 이제라도 늦지 않았으니 우리와 함께 가자고."

"무슨 개소리야, 우리 길을 복구하라고!"

명수가 철근을 휘둘렀다. 그와 동시에 새처럼 날아오른 기성의 오른발이 명수의 팔을 차고 지나가던가 싶더니 명수의 가슴을 강타했다. 실로 보기 힘든 고차원의 무술이었다.

"아저씨!"

혜영이 쓰러진 명수를 감쌌다.

"엄살 부리지 말고 일어나. 일어나서 우리 길을 전부 복구해놔!"

악에 받친 기성이 다가가려다 머리를 감쌌다. 또다시 찾아온 후유증에 몸이 제대로 움직이지 않았다. 기성의 이상함에 얼른 일어난 명수가 철근을 잡아 겨눴다.

"안 돼요. 그냥 가요. 저 사람은 보통이 아니에요."

기성이 눈을 부릅떴다. 명수와 혜영이 시야에서 사라질 무렵 정신이 완전히 돌아왔다. 곧바로 두 사람을 쫓아 뛰었다.

"아저씨, 김기성 씨가 쫓아와요. 도망가요."

얼른 바닥에 덫을 설치한 명수는 혜영의 손을 잡고 뛰었다. 눈에 불을 켠 기성이 덫을 뛰어넘어 두 사람을 무섭게 쫓았다. 그 모습은 마치 잘 조련된 말이 장애물을 가뿐히 뛰어넘는 것 같았다. 파란색 길로 도망치던 명수와 혜영이 문을 발견해 무작정 뛰어들었다.

"조심해요!"

명수가 급히 발을 멈췄다. 하마터면 계단으로 떨어질 뻔했다. 기성의 소리가 가까워졌다. 계단으로 성큼성큼 내려온 두 사람은 널브러져 있는 페인트 통들을 피해가며 뛰었다. 어딘지 모르게 이상한 느낌이 드는 길이었다. 기성이 문을 통과해 곡예사처럼 계단을 뛰어내렸다. 명수와 혜영이 모퉁이를 돌고 있었고, 눈으로 쫓은 기성이 모퉁이를 끼고 돌 때였다. 어디선가 핑 소리가 들리더니 무언가 구르는 소리가 따라왔다. 그것은 머리 위에서 나는 소리였다. 발을 멈춘 기성이 고개를 들었다. 밧줄에 매달린 페인트 통에서 시커먼 페인트가 폭포수처럼 쏟아졌다. 재빠르게 피했지만, 뒤를 따라온 페인트 통이 머리 위에서 쏟아졌다. 기성이 두 눈을 감았다. 온 몸을 덮는 페인트에 정신을 차릴 수 없었다. 누군가 다가왔다. 기성은 자신의 몸이 밧줄에 묶이고 있는 것을 알았지만, 혼미한 정신에 몸이 제대로 움직이지 않았다. 어디선가 고양이 소리가 들리는 것 같았다. 기성의 몸이 한없이 작아졌다.

명수와 혜영은 숨어서 이 모든 것을 지켜보고 있었다.

"김기성이 덕순 아줌마한테 잡혔어. 지금이 저들을 잡을 수 있는 절호의 기회야."

혜영이 무작정 나가려고 하는 명수를 잡았다.

"안 돼요."

"왜 또 그러는 거야?"

"여길 보고도 몰라요? 여긴 지금 지뢰밭이에요. 어디에 뭐가 숨어있는지 알 수 없어요. 그리고 이호석 씨도 안 보이잖아요. 어디에 숨어서 우릴 노리고 있을지도 모르는 일이에요. 김기성 씨가 잡히기 전에 하마터면 우리가 먼저 잡힐 수도 있었어요."

혜영은 어떻게든 충돌을 막고 싶었다. 한편으로 덕순과 호석의 계략이 무서운 것도 사실이었다. 그 대상이 자신들이 될 것만 같아 몸이 부르르 떨렸다. 눈동자가 쉬지 않고 움직였다.

"듣고 보니 그러네. 그 생각까진 못했어. 그러면 일단, 하던 일을 하면서 기회를 봐야겠어."

정태는 태블릿pc를 확인하고 있었다. 유인작전이 이런 결과를 만들어낼 줄은 꿈에도 몰랐다. 천하제일의 기성이 천하무식의 덕순에게 잡힐 줄 누가 알았겠는가. 통쾌하면서도 씁쓸했고 덕순과 호석이 두려워졌다. 덕순은 생각보다 예리했다. 아니 그 이상이었다. 이제부터 가장 위험한 적은 덕순과 호석이다. 생각하고 있을 때, 움직임이 없던 흰 점이 기성을 향해 빠르게 다가가고 있었다. 천수였다. 어떤 이유로 서로 떨어져 있었는지 모르지만, 아마도 기성의 위급함을 감지한 것 같았다. 천수를 막아야 한다. 그런데 복싱선수인 천수를 무슨 수로 막는단 말인가. 애가 탄 정태는 무기를 찾아 성문으로 뛰었다.

그 시각, 천수는 밀려오는 통증을 참아가며 이동하고 있었다. 정태를 쫓던 기성에게 무슨 일이 생긴 게 분명했다. 어서 빨리 이동해야 했지만 철근에 베인 다리가 도와주지 않았다. 이를 악문 천수는 쉬지 않고 움직였다.

성문에 도착한 정태는 무기를 찾아 공사자재들을 뒤적거렸다. 하지만 무기로 사용할만한 자재는 남아있지 않았다. 할 수 없이 적당한 각목을 찾아 천수의 위치를 확인한 정태는 태블릿pc의 전원을 껐다. 이어서 엘리시움과 지옥도를 힐끗 쳐다보더니 천수를 향해 뛰었다. 엘리시움과 지옥도가 현실적인 분위기를 연출했다가 다시 본래의 모습으로

하늘의 갈등

돌아갔다.

천수는 기성이 지나간 회색 문에 거의 다다라 태블릿pc를 확인했다. 조금 전까지 성문에 있었던 노란 점은 보이지 않았다. 기성이 쫓았던 노란 점이 정태의 술수임을 알아챈 천수는 긴장의 끈을 바짝 조였다. 세 갈래 길을 유심히 살피며 문을 밀었다. 어디로 통하는 길인지 알 수 없는 길이 펼쳐졌다. 조금 전진하니 모퉁이에서 어떤 소리가 들려오고 있었다. 소리는 분명 사람의 목소리였다. 대화를 주고받는 두 사람은 명수와 혜영이었다. 길을 지운 장본인들, 응징의 대상이었다. 목소리가 점점 가까워지고 있었다. 천수는 벽으로 붙어 서서히 이동했다. 갑자기 들리던 목소리가 조용해졌다. 눈치를 챈 것일까? 그때, 문으로 누군가 들어서고 있었다. 정태였다. 시커먼 페인트가 듬성듬성 남아있는 정태는 괴물처럼 보였다. 천수가 재빨리 모퉁이를 돌았다. 놀란 명수가 주춤하더니 주먹을 날렸다. 천수의 몸놀림은 가벼웠다. 다친 다리는 방해가 되지 않았다. 천수의 주먹에 명수가 쓰러졌다.

"아저씨!"

혜영의 외침에 모퉁이로 뛰어든 정태가 각목을 휘둘렀다. 그 역시 가볍게 피한 천수는 거리를 벌려 기회를 노렸다. 두 사람의 대치에 명수가 일어나 철근을 잡았다. 세 남자가 원을 그리며 서서히 돌았다.

"명수 아저씨, 저는 아저씨한테 아무 감정이 없어요. 힘을 합쳐서 저놈을 잡아요."

정태의 말에 천수가 긴장했다.

"박정태, 이 야비한 새끼야. 여기서도 야비한 짓 하는 거야!"

"야비한 짓? 웃기지 마."

그때, 어디선가 홀연히 나타난 경민이 정태를 노려보았다.

"내가 못 찾을 줄 알았지?"

경민은 태블릿pc를 정태 앞에 떨어뜨렸다.

"그거, 니가 갖고 다녔던 거 맞지?"

아뿔싸. 정태는 스스로 함정을 찾아 들어온 기분이었다.

경민의 매서운 눈초리가 명수를 향했다.

"형씨, 내 말 잘 들어. 만약 이놈하고 한패가 된다면 그땐 인정사정 없을 줄 알아."

경민의 눈초리는 천수에게 옮겨갔다.

"나는 너하고 기성이한테는 아무 감정 없어. 정태, 저놈의 농간에 놀아난 거야. 내 말을 믿으라고."

천수가 발끈했다.

"개소리 집어치워! 너는 더 용서가 안 돼."

성큼 다가간 천수가 주먹을 뻗었다. 가까스로 주먹을 피한 경민이 뒤로 물러났다. 기회를 잡은 정태가 각목을 휘둘렀다. 엉겁결에 각목을 막은 경민이 정태를 세게 밀쳤다. 정태가 쓰러지고 천수가 재빠르게 다가가 경민을 잡았다. 난타전이 일었다. 각목과 주먹이 오가는 난타전은 서로의 몸에 깊은 상처를 남겼다. 싸움을 지켜보는 명수는 누구를 먼저 공격해야 할지 갈피를 잡지 못했다.

"아저씨, 우린 도망가요."

혜영이 명수를 잡아끌었다.

잽싸게 다가간 경민이 명수의 손에서 철근을 빼앗았다. 입술이 터지고 눈두덩이 심하게 부어오른 얼굴은 피범벅이었다. 명수와 혜영이 서로를 죽일 듯한 싸움에 천천히 뒤로 물러났다.

"다 죽여버릴 거야!"

철근을 움켜쥔 경민이 소리쳤다.

천수의 주먹이 경민의 콧잔등을 정확히 가격했다. 쓰러지던 경민이 정태의 배낭을 잡았다. 그 바람에 멜빵이 끊어진 배낭이 바닥을 굴렀다. 천수의 매서운 주먹이 정태의 턱에 꽂혔다. 쓰러진 정태가 사력을 다해 배낭을 잡으려고 손을 뻗었다. 이미 배낭을 잡고 있던 경민이 정태의 얼굴을 후려쳤다. 코피가 줄줄 흘렀다. 복수심에 불타는 천수는 눈이 뒤집혔다. 바닥에 떨어진 철근을 사납게 잡아 휘둘렀다. 정태의 옆구리에 철근이 스치고 지나갔다. 처절한 비명이 터졌고 이성을 잃은 천수는 휘두르는 철근을 멈추지 않았다. 오금이 저린 경민이 머리 위로 떨어지는 철근을 간신히 잡았다. 그 순간, 커다란 울림이 바닥을 타고 전해졌다. 호흡을 가다듬은 천수가 고개를 옆으로 돌렸다. 두 눈이 크게 벌어지면서 철근을 잡은 손이 덜덜 떨렸다. 털을 곤두세운 개들과 눈이 마주쳤다. 무시무시한 개들은 지옥을 지키고 있다가 나온 것처럼 온몸이 시커먼 털로 뒤덮여 있었다. 으르렁, 으르렁. 사나운 울음소리에 심장이 오그라졌다. 철근을 떨어뜨린 천수가 도망치기 시작했다. 경민과 정태는 포기를 모르는 개들의 집요함에 진절머리가 났다. 사나운 이빨을 드러낸 개들이 달릴 준비를 하고 있었다. 배낭을 챙겨 달아나기엔 이미 늦었다. 경민과 정태가 벌떡 일어나 뛰었다.

도망치는 천수는 발을 멈출 수가 없었다. 지옥에서 빠져나온 것 같은 개들이, 자신을 찾아내 물어뜯을 것만 같았다. 난생처음 느껴보는 엄청난 공포였다. 개들의 공포에만 정신이 쏠려 있는 천수는, 덕순과 호석의 영역으로 들어섰다는 사실을 알아채지 못했다. 쓰다 버린 밧줄과 빈 페인트 통들이 아무렇게나 버려진 길은 몹시 어지러웠다. 천수는 비로소 자신이 이상한 길로 들어서고 있음을 알아챘다. 개들은 쫓아오지 않았고, 한 걸음 한 걸음에 새로운 긴장이 찾아왔다. 흩뿌려져 있는 페인트와 천장을 지나가는 밧줄. 그리고 강한 페인트 냄새. 대체 덕순과 호석은 무슨 일을 꾸미고 있는 것일까. 천수는 미지의 동굴을 탐험하는 것처럼 흐릿한 길을 조심해서 이동했다. 열 걸음 정도 이동해, 잊고 있던 태블릿pc를 실행했다. 검은 점과 흰 점이 나란히 붙어있었다. 움직임이 전혀 없는 것으로 보아 무슨 술수임이 분명했다. 주위를 둘러본 천수는 각목을 집어 이동했다. 그때 검은 점이 움직이기 시작했다. 이어서 흰 점이 따라붙었다. 덕순 또한 내 위치를 확인하고 있을 것이다. 그렇다면 위기를 느낀 덕순이 도망치고 기성이 쫓고 있는 것이다. 결론을 내린 천수는 아픈 다리를 최대한 빨리 움직였다. 갑자기 쫓아가던 흰 점이 뒤로 움직였다. 도망치던 검은 점이 흰 점을 쫓았다. 정반대 상황이 펼쳐졌다. 대체 누가 쫓고, 누가 쫓기는 것인지 판단을 내릴 수 없었다. 흰 점과 검은 점은 계속 다가오고 있었고, 극도의 긴장감에 다리가 저절로 멈췄다. 그때였다. 모퉁이에서 기성의 모습이 보였다. 천수가 기성을 향해 뛰었다. 기성이 다시 사라졌고 천수가 모퉁이를 돌았다. 드르륵. 무언가 구르는 소리에 이어 머리 위에서 페인트가 쏟아졌다. 재빨리 피한 천수가 고개를 들었다. 연이어 페인트 통이 밧줄을 타고 다가왔다. 각목을 휘둘러 밧줄을 후려쳤다.

"기성아! 어디 있어!"

다가오던 페인트 통들이 줄줄이 쏟아졌다. 천수는 페인트로 흥건한 길을 첨벙거리며 달렸다. 기계음이 들리더니 덕순과 호석이 바로 눈앞에서 나타났다. 천수가 각목을 높이 치켜들었다. 에어로 가득 찬 컴프레서가 강한 압력으로 페인트를 분사했다. 천수는 페인트의 역한 냄새에 무릎을 꿇었다.

궁극의 길

개들을 피해 성문까지 도착한 정태는 엘리시움과 지옥도를 바라보고 있었다. 이제 엘리시움과 지옥도는 선명함을 넘어 입체적으로 변해가고 있었다. 처음부터 다시 시작하고 싶지만 두려웠다. 감정이라곤 찾아볼 수 없는 경민이 두렵고, 싸움의 달인 기성과 천수가 두렵고, 그들을 상대하는 덕순과 호석이 두려웠다. 하지만 무엇보다도 가장 두려운 건, 길을 수시로 바꾸고 있는 성이었다. 새롭게 생성된 다섯 갈래의 길들은 커다란 손바닥을 펼친 것처럼 곧게 뻗어있었다. 또한 전부 회색이었다. 그런데 성이 길을 수시로 바꾸고 있는 상황에서도, 성문으로 금방 왔다는 사실은 이해 불가였다. 모든 게 두렵고 모든 게 이해 불가였다. 정태는 피딱지가 엉겨 붙은 콧잔등을 쓸어내렸다. 그때 가운데 길에서 누군가 걸어오고 있었다. 심하게 헝클어진 머리에 눈동자에 독을

하늘의 갈등

품고 다가오는 남자는 경민이었다. 그의 날카로운 인상에, 심하게 부어오른 눈두덩과 터진 입술이 사나움을 더했다. 보이는 모든 것들을 물어뜯어 버릴 것만 같은 얼굴이었다. 잽싸게 판자 뒤로 숨은 정태는 경민의 행동을 지켜보았다. 그 역시 엘리시움과 지옥도를 힐끗 쳐다보더니 페인트를 확인해, 남아있는 페인트를 한 통에 옮겨 담기 시작했다. 이윽고 붓을 움켜쥔 경민이 길에 색을 칠하면서 나갔다. 파란색이었다. 하지만 다른 색과 섞인 페인트는 제 색을 띠지 못하고 여러 가지 색이 만들어졌다.

"대체, 왜 이러는 거야!"

붓을 집어 던진 경민이 급기야 남은 페인트를 바닥에 쏟아버렸다.

"이건 파란색이 아니잖아!"

짓밟히는 페인트 통이 심하게 찌그러졌다. 경민은 튀어 오른 페인트에 온몸이 더럽혀졌지만 발길질을 멈추지 않았다. 그 모습은 마치 무속인의 씻김굿처럼 처절해 보이기까지 했다. 이윽고 경민은 태블릿pc를 실행해 지시자와 접속했다. 정태가 귀를 기울였다.

"나는 당신이 시키는 대로 했어. 근데 이게 뭐냐고, 이게 뭐냐고!"

지시자가 대답이 없는 것 같았다.

"이게 당신이 말하는 거래야? 당신은 나를 이용만 하려고 했어. 내 말이 틀려?"

경민의 터진 입술에서 피가 흘렀다. 그때, 지시자의 목소리가 흘러나왔지만 잘 들리지 않았다. 정태는 소리를 듣기 위해 판자에 몸을 바짝 붙였다. 그 바람에 판자가 스르륵거리며 살짝 밀렸다. 경민이 고개를 돌려 쌓인 판자를 쳐다보았다. 얼른 고개를 숙인 정태는 제발 들키지 않았기를 기도했다. 경민이 쌓인 판자를 향해 걸어오는 소리가 들렸다. 들킨 게 확실했다. 걸리면 끝장이다. 철근에 스친 옆구리가 뜨끔거리며 핏물이 흘렀다. 망연자실한 정태는 어떻게 해야 할지 판단이 서지 않았다. 그때 지시자의 목소리에 발소리가 멈췄다. 무슨 말인지 알아들을 수 없었지만 경민의 대답에 생기가 돌았다. 정태는 고개를 살짝 내밀었다. 지시자와 대화를 나누는 경민이 연신 고개를 끄덕이고 있었다. 경민의 밝아진 표정으로 보아 분명 돈과 관련 있을 것이다. 정태는 경민을 미행하기로 결심했다. 경민이 엘리시움과 지옥도를 힐끗 쳐다보고 가운데 길로 다시 들어갔다. 숨을 들이쉰 정태가 서서히 따라붙었다. 다섯 갈래였던 길들이 두 갈래 길로 줄어들었다.

기성과 천수는 팔이 뒤로 묶여 누워있었다. 호석은 축 늘어져있는 두 사람이 측은하게 느껴졌지만, 과업을 위해서는 어쩔 수 없는 일이었고 최선의 선택이었다.

"당신들이 이러고도 무사할 것 같아?"

기성이 말했다.

"이제라도 우릴 풀어주면 당신들은 건드리지 않겠어. 이건 약속하지."

천수가 몸을 뒤척이더니 이어서 말했다.

"우린 당신들을 도와주려고 했었어. 그건 당신이 잘 알고 있잖아. 그런데 왜 우릴 배신하고 이런 짓을 하는 거야? 좋아, 그건 따지지 않겠어. 우릴 풀어주기만 하면 없던 일로 할 테니까 덕순 아줌마가 오기 전

하늘의 갈등

에 우릴 풀어주라고. 이것도 기회라는 걸 명심해."

호석이 두 귀를 막았다가 뗐다.

"몰라, 나한테 그런 말 하지 마. 나도 이러고 싶지 않지만 우리의 길을 지키기 위해선 어쩔 수 없어. 당신들도 길을 지키기 위해서 이러는 거 아냐. 이젠 누구도 돌이킬 수 없게 됐어. 그러니까 나한테 더 이상 그런 말 하지 말고 가만히 있어."

"이제 보니까 덕순 아줌마한테 홀딱 넘어갔구만. 그 무식한 아줌마한테. 그러고도 당신이 남자야? 그런 무식한 아줌마한테 이용당하는 느낌이 어때?"

기성의 조롱은 다분히 의도적이었다.

"뭐라고? 내가 이용당하고 있다고?"

"그래, 이 샌님 새끼야."

"뭐? 샌님? 이 사람들이 보자 보자 하니까."

기성과 천수가 눈빛을 주고받았다. 열이 오른 호석이 안경을 밀어 올리고 두 사람에게 다가갔다. 그 순간 기성의 양발이 호석의 몸을 옭아맸다. 놀란 호석이 발버둥 쳤지만 다친 다리가 힘없이 구부러졌다. 호석이 비명을 질렀다. 천수가 발을 뻗어 호석의 입을 급히 틀어막았다. 기성이 다리의 반동을 이용해 상체를 일으켰다. 덕순이 오기 전에 밧줄을 잘라낼 도구를 찾아야 했다. 몸부림치던 호석이 천수의 다리를 힘껏 물었다. 천수가 비명을 지르며 다리를 풀었고, 호석이 기성의 옆구리를 가격했다. 계속되는 공격에 기성의 다리가 서서히 힘을 잃어갔다. 호석은 주먹질을 멈추지 않았다. 마침내 기성이 다리를 풀고 쓰러졌다.

호석이 울부짖었다.

"이 새끼들아, 그러니까 내가 가만히 있으라고 했잖아!"

호석은 쓰러진 기성에게 주먹을 쉬지 않고 퍼부었다. 그때 가까스로 몸을 일으킨 천수가 머리로 호석의 뒤통수를 힘껏 들이박았다. 호석의 몸이 푹 고꾸라졌다.

"호석 씨!"

덕순이었다. 경계를 서고 있던 덕순이 달려오고 있었다.

"지금 무슨 짓을…."

천수에 이어 몸을 일으킨 기성이 덕순과 대치했다.

"아줌마, 혼자 몸으로 우릴 잡을 수 있다고 생각해? 좋게 말할 때, 이 밧줄 풀어."

천수가 덕순에게 한 걸음 다가갔다. 그 순간 덕순은 재빨리 몸을 돌려 달아났다. 그러더니 컴프레서를 밀고 오기 시작했다. 컴프레서의 엄청난 위력 앞에 무릎을 꿇었던 천수가 뒤로 물러나면서 말했다.

"젠장, 도망쳐야 돼."

덕순은 컴프레서를 사납게 밀고 오면서 말했다.

"이래도 내가 니네들을 못 잡을 것 같아!"

기성은 도망칠 마음이 없었다.

"당한 만큼 돌려줘야지."

"무슨 소리야, 이 새끼야! 저게 오면 우린 또 잡힌다고!"

덕순이 페인트를 분사하면서 두 사람을 위협했다.

"보라고, 저건 보통 무기가 아니야!"

호석이 몸을 움직이고 있었다. 다급한 천수가 기성을 막았다.

"샌님이 깨어나고 있어. 우린 도망가야 돼."

분한 표정의 기성은 마지못해 천수를 따라 도망쳤다.

"호석 씨."

덕순이 쓰러진 호석을 부둥켜안았다.

"호석 씨, 호석 씨 괜찮아요?"

의식이 돌아온 호석이 힘겹게 눈꺼풀을 들어 올렸다.

"미안해요, 혼자 두고 가지 말았어야 했는데 정말 미안해요."

덕순이 눈물을 흘렸다.

"기성이하고 천수는요?"

"도망갔어요."

"도망갔어요? 아, 제 잘못이에요. 그놈들의 술수에 어이없게 넘어가는 바람에 이 지경이 됐어요. 아줌마, 이제 어떡해요. 그놈들은 분명 복수하러 올 텐데. 이제 정말 어떡해요."

호석이 심한 자괴감에 고개를 숙였다.

"호석 씨 잘못이 아니에요. 제 잘못이 커요. 방어만 하지 말고 이제부터 우린 공격할 준비를 해야 해요. 공격이 최선의 방어란 말이 있잖아요."

공격 위주로 태세를 전환한 덕순과 호석은 남아있는 페인트와 밧줄을 챙겼다. 이어서 컴프레서에 에어를 가득 채웠다. 마지막으로 비상용 스프레이 페인트까지 빠트리지 않은 두 사람은 공격 대상을 찾아 나섰다.

"우리의 길을 위협하는 자들에게 자비란 없어요."

호석이 덕순의 말을 따라 했다.

"우리의 길을 위협하는 자들에게 자비란 없어요."

컴프레서를 굴리는 소리가 사납게 들렸다.

명수와 혜영은 과업을 차분히 실행하고 있었다. 파란색 길은 거의 지워져 극히 일부분만 남았고, 회색빛을 띠고 있는 흰색 길은 본래의 색깔을 알 수 없게 변해 있었다. 이제 가장 많이 남은 검은색 길을 위주로 실행할 차례였다. 존재감이 상대적으로 적은 노란색 길은 차후의 문제였다. 명수와 혜영은 시너와 걸레를 챙겨 검은색 길을 찾아 나섰다.

"싸움이 끝났을까?"

"끝났겠죠."

"어떻게 됐을까? 서로 죽기 살기로 싸우던데."

"싸움이라기보단, 박천수 씨의 일방적인 폭행이라고 봐야 하지 않을까요?"

"맞아, 나는 박천수가 그렇게 무서운 사람인지 미처 몰랐어. 복싱선수라고는 들었지만. 깡패 같은 이경민이도 박천수한테는 어림없더라고. 그리고 보니 김기성하고 박천수는 보통 사람들이 아니었어."

"김기성 씨가 덕순 아줌마한테 잡힌 걸 다행으로 생각해야죠."

"그렇지."

명수가 발을 멈췄다.

"아니, 잠깐만."

"왜요? 뭐가 있어요?"

"박천수가 싸움에서 이겼으면 김기성은? 박천수는 김기성을 구하러 가는 길이었어."

"만약, 박천수 씨가 김기성 씨를 구했다면."

혜영의 표정이 울상이 됐다.

"자칫하면 최악의 상황이 펼쳐질 수 있어. 흰색 길이 없어진 걸 알면 물불을 가리지 않고 우릴 찾을 거야. 우린 두 마리 맹수를 상대해야 해. 이러고 있을 때가 아니야."

"그럼, 이제 어떡해요. 그 두 사람을 어떻게 상대해요?"

그때 누군가 뛰어오는 소리가 들렸다. 길은 외길 숨을 장소가 없었다. 가까워지는 소리에 소름이 돋았다. 모퉁이를 돌아 나온 사람들은 기성과 천수였다. 최악의 상황을 맞닥뜨린 명수와 혜영은 그 자리에서 움직일 수조차 없었다. 무섭게 다가오던 기성과 천수가 무슨 일인지 자신들을 그대로 지나쳐갔다. 그런데 뛰는 모습이 이상했다. 손이 뒤로 묶여 있었다. 안도의 숨이 흘렀을 때 무언가 나타났다. 커다란 원통을 앞세운 덕순과 호석이 뛰어오고 있었다. 성문에 있던 컴프레서였다. 명수와 혜영이 어리둥절했다.

"비켜! 길을 막지 말라고!"

소리친 덕순이 페인트를 분사했다. 명수와 혜영이 분사된 페인트에 손을 허우적거렸다. 명수가 호석이 휘두른 지팡이에 쓰러졌다. 덕순과 호석은 두 사람에겐 관심도 없는 듯 기성과 천수를 맹렬히 쫓았다. 이내 네 사람의 모습이 외길에서 완전히 사라졌다.

"아저씨, 어디 있어요? 눈이 안 보여요."

혜영의 손이 허공을 더듬었다. 명수는 대답이 없었다.

"아저씨, 어디 있어요? 대답해봐요."

어찌 된 일인지 여전히 대답이 없었다.

"아저씨!"

혜영은 미친 듯이 바닥을 더듬었다. 손끝에 명수의 얼굴이 만져졌다.

"아저씨, 어떻게 된 거예요. 아저씨."

명수는 미동도 없었다. 겁에 질린 혜영이 울음을 터트렸다. 눈물에 페인트가 씻겨 내려가면서 명수의 얼굴이 흐릿하게 보였다. 머리에서 흘러내린 핏물이 바닥을 적시고 있었다. 혜영이 얼른 붕대를 꺼내 명수의 머리를 감쌌다.

"아저씨, 죽으면 안 돼요. 제발 죽지 마요."

혜영의 눈물이 명수의 얼굴을 적셨다.

기성과 천수는 덕순과 호석의 집요한 추적에 점점 지쳐갔다. 컴프레서를 앞세운 그들은 태산도 무너뜨릴 것처럼 맹렬한 기세로 쫓아오고 있었다. 심한 움직임에, 뒤로 묶인 손이 참을 수 없는 통증을 유발했다. 하늘이 도우려는 걸까, 좌우로 벌어진 두 갈래 길이 나타났다. 없던 길이었다. 덕순과 호석을 잡을 수 있는 절호의 기회였다.

"천수야, 오른쪽 길로 가."

두 사람은 양쪽으로 갈라져 모퉁이를 끼고 덕순과 호석을 기다렸다. 컴프레서가 바로 뒤따라왔다. 컴프레서가 모퉁이를 돌았다. 동시에 페인트가 분사됐다. 페인트를 피한 기성이 컴프레서를 걷어찼다. 덕순이 강한 충격에 넘어지면서 잡고 있던 노즐을 놓쳤다. 덕순의 손을 벗어난 노즐이 뱀처럼 움직이기 시작했다. 사납게 움직이는 노즐은 사람과 길을 가리지 않고 페인트를 무차별적으로 분사했다. 에어로 가득 찬 컴프레서는 강한 압력으로 사람들을 가리지 않고 공격했다. 노즐은 천사처럼 하늘로 치솟았다가 악마처럼 떨어져 내리며 공격을 멈추지 않았다. 네 사람은 분사되는 페인트에 속수무책으로 당했다. 분사되는 페인트에 허우적대는 그들의 모습은 최후의 발악이라도 하는 것처럼 처참했다.

"호석 씨! 뒤로 빠져요!"

페인트에 흠뻑 젖은 덕순이 엉금엉금 기어 컴프레서와 떨어졌다. 이윽고 사납게 움직이던 노즐이 급격히 힘을 잃고 축 늘어졌다. 간신히 눈꺼풀을 들어 올린 덕순이 주변을 살폈다. 한바탕 휘몰아친 회오리는, 곳곳에 지워지지 않는 상흔을 남기고 거짓말처럼 사라졌다. 그 회오리에 기성과 천수가 쓸려간 듯 보이지 않았다.

"호석 씨?"

덕순은 엉금엉금 기어 얼굴을 바닥에 박고 있는 호석을 감쌌다.

"이제 다 갔어요. 괜찮아요."

얼굴을 들어 올린 호석이 소스라치게 놀랐다.

"호석 씨, 왜 그래요? 이제 다 갔다구요."

호석이 벌벌 떨면서 길을 가리켰다. 그와 동시에 박수소리가 들렸다. 덕순이 고개를 돌렸다. 경민이었다. 박수를 치면서 다가오는 남자는 분명 의심할 여지없는 경민이었다.

"대~단해."

실실 웃으며 다가온 경민은 주위를 둘러보며 다시 한 번 박수를 쳤다.

"어떻게 기성이하고 천수를 상대로. 하하하."

쪼그려 앉은 경민이 덕순과 호석을 번갈아 쳐다보더니 덕순에게 시선을 고정했다.

"안심해. 당신들을 잡으러 온 거 아니니까. 근데 아줌마, 어디서 그런 깡다구가 나와? 그것도 기성이하고 천수를 상대로 해서. 일부러 무식한 척한 거 아냐?"

덕순이 두 눈을 끔뻑거렸다.

"어이, 샌님 양반. 같이 다녀서 알 거 아냐. 이 아줌마, 일부러 무식한 척한 거 맞지?"

호석이 입술을 오물거렸다.

"뭐 어찌 됐든 기성이하고 천수를 혼내줘서 고마워."

덕순과 호석은 경민의 이외의 모습에 어리둥절했다.

"경고하는데, 다시 만나는 날엔 나도 어떻게 돌변할지 몰라. 내 말 명심해."

덕순과 호석의 어깨를 툭툭 건드린 경민은 왔던 길로 다시 걸었다. 하하하. 경민의 웃음소리가 성에 내려앉았다. 덕순과 호석이 넘어진 컴프레서를 일으켜 세웠다.

정태는 경민이 덕순과 호석을 응징해줄 것을 내심 기대했지만, 오히려 그들을 칭찬하는 모습에 어안이 벙벙했다. 하지만 한편으론 마음이 놓였다. 그것은 자신의 직감이 적중할 것이라는 생각 때문이었다. 그는 경민을 놓치지 않고 따라붙었다. 경민은 지시자의 안내를 받으며 어디론가 계속 이동했다. 곳곳이 파인 길은 페인트와 피로 얼룩져 몹시 지저분했다. 서로의 길을 지키기 위해 치열하게 싸웠던 흔적들이었다. 정태는 자신도 모르게 몸서리쳐졌다. 경민이 모퉁이를 돌아 계단을 올랐다. 정태가 조심해서 따라붙었다. 놀랍게도 도착한 곳은 처음 성에 들어왔을 때와 똑같은 모습을 하고 있었다. 튼튼한 성문과 엘리시움과 지옥도, 천사와 악마의 석상을 비롯해 높이 쌓아놓은 페인트와 공사자재들까지. 엘리시움과 지옥도가 현실적인 입체감에 조금 더 가까울 뿐 어느 것 하나 다른 게 없었다. 경민은 엘리시움과 지옥도를 뚫어지게 쳐다보더니 가고일 석상을 지나 문으로 들어갔다. 잠시 망설인 정태가 경민을 따라 문을 통과했다. 처음부터 다시 시작하는 느낌이었다. 지시자는 경민을 어디로 안내하는 것인지, 목적지로 가는 방향도 아닌, 색깔도 없는 콘크리트 길을 계속 안내했다. 경민은 미로를 헤매고 있는 것처럼 두 갈래 길에서 잠시 멈추더니 왼쪽 길로 꺾어 이동했다. 정태는 최대한 소리를 죽여 가며 따라붙었다. 경민은 다시 펼쳐진 세 갈래 길에서 직진해, 색깔이 없고 나무 무늬를 그대로 살린 문들을 연거푸 지나쳤다. 이윽고 경민은 커다란 문 앞에서 발을 멈췄다. 문이 기다렸다는 듯이 스르르 열렸다. 경민이 주저 없이 방으로 들어갔다. 정태가 숨을 훅 들여 마셨다. 그 방은 다름 아닌 등나무와 칡넝쿨이 하늘을 덮은, 하늘의 갈등을 표현한 방이었다. 시공을 초월한 느낌이었다. 경민은 무슨 일인지 나오지 않았고 애가 탄 정태는 방으로 들어가 계단을 내려갔다. 그 순간 두 눈이 크게 벌어졌다. 거대한 등나무와 칡넝쿨을 지나 개들이 갇힌 철창이 있었다. 자신들을 지긋지긋하게 쫓아왔던 바로 그 개들이었다. 개들의 평화로운 모습에 단숨에 달려가 목을 날려버리고 싶은 충동이 일었다. 그 옆으로 같은 모양의 철창 안에는 잃어버린 배낭이 있었다. 경민과 자신의 배낭이었다. 처절했던 경민이 갑자기 밝아진 이유는 여기에 있었다. 하지만 배낭이 있는 철창은 디지털 도어락으로 굳게 잠겨 있었다. 비밀번호를 모르면 그 어떤 도구로도 열리지 않을 것처럼 튼튼해 보였다. 정태는 지시자와 경민의 대화에 귀를 기울였다.

"저를 여기까지 데려온 이유가 뭐죠?"

"우리의 거래는 끝나지 않았으니까요."

"거래가 끝나지 않았다면 당신이 원하는 것과 제가 바라는 돈을 맞바꾸겠다는 말인가요?"

"역시 경민 씨는 저하고 거래할 자격이 충분해요. 저는 처음부터 그걸 알아봤죠."

경민이 발끈했다.

"내가 죽을 고비를 몇 번이나 넘긴 줄 알고 하는 소리야! 처음부터 알아봤다면 좀 더 쉬운 방법을 알려줬어야지 이제 와서 그런 소릴 해? 당신은 나를 또 이용하려고 하고 있어."

지시자의 웃음소리가 등나무와 칡넝쿨을 타고 하늘에 닿았다.

"웃지 마!"

"그 성깔 여전하네요. 죽을 고비를 많이 넘긴 사람치고는 아직도 힘이 넘치네요. 경민 씨는 우리의 과업을 수행하기에 아주 적합한 인물이에요."

"쓸데없는 말 하지 말고 본론을 얘기해."

정태는 도무지 제어가 안 되는 경민의 막무가내성격을 도저히 이해할 수 없었다. 자신이라면 절대로 지시자의 비위를 건드리지 않으면서 협상을 시도했을 것이다.

"좋아요, 본론을 말할게요. 이제부터 모든 걸 새롭게 시작해야 해요. 당신들이."

경민이 말을 끊었다.

"이제 와서 새롭게 시작하라고?"

"말 끊지 말고 계속 들어보세요."

정태가 지시자의 목소리에 더욱 집중했다.

"당신들이 지금까지 걸어왔던 길들은 너무 많이 훼손되고 오염이 심해졌어요. 따라서 이제부턴 여기서 새로운 길을 만들어가야 해요. 새롭게 만들어지는 길은 모든 갈등을 봉합할 수 있는 궁극의 길이 될 것이에요."

"궁극의 길?"

"제 말, 아직 끝나지 않았어요. 이 성의 마지막 보루는 새로 생기는 궁극의 길에 달려있어요."

"궁극의 길이 나하고 무슨 상관인데?"

"아직도 모르겠어요? 당신의 절대 신념. 바로 돈이죠."

"그래서 돈을 얻을 수 있는 방법이 궁극의 길을 만드는 거라고?"

"그런데 궁극의 길을 만드는 방법은 지금까지 해왔던 방법하곤 달라요. 그 방법은 다른 지시자들을 포섭하는 게 궁극의 길을 만드는 방법이에요."

"다른 지시자들을 포섭하라고? 어떻게?"

"당신의 동료들이 지시자와 소통할 수 있는 통로를 차단해야 해요."

지시자의 목소리가 잠시 끊어졌다가 다시 이어졌다.

"동료들의 손에서 태블릿pc를 전부 빼앗아 여기로 오세요. 각각의 태블릿pc에는 고유번호가 있어요. 고유번호를 조합해서 디지털 도어락을 열 수 있는 비밀번호를 찾아야 해요. 다른 지시자들이 눈치채기 전에 끝내야 해요."

순간 정태는 하마터면 소리를 지를 뻔했다. 이제부턴 전과는 비교할 수 없는 처절한 사투가 예상됐기 때문이었다. 정태의 손이 덜덜 떨렸다. 그러나 궁극의 길이 돈을 되찾을 수 있는 방법이라면 피할 수 없는 숙명인 것이다. 정태는 떨리는 손을 가까스로 진정시켰다.

경민과 정태가 지나간 복도에 희미한 안개가 내려앉았다. 안개를 뚫고 나온 군인들이 그 자리에 우뚝 섰다. 다시 또 소총으로 무장한 군인들은, 절제된 동작으로 열을 맞춰 이동했다. 음산한 복도가 군인들을 인도하는 것처럼 보였다. 갈래 길에 이르렀을 때, 대위의 얼굴이 급변했다. 군인들이 소리가 나는 방향으로 뛰었다.

하늘의 갈등

기성과 천수는 연이은 패전을 도무지 이해할 수 없었다. 특히 덕순과 호석의 계략에 처참히 무너진 일은, 기력과 의지를 상실하는 치명적인 결과를 가져왔다.

"우린 힘만 믿고 상대를 너무 과소평가했어."

천수가 말했다.

기성이 쓴 웃음을 지었다. 이전의 매력적인 얼굴은 온데간데없이 노숙자와도 같은 얼굴로 변해있었다. 기성은 페인트가 잔뜩 묻은 얼굴을 신경질적으로 긁었다. 긁는 속도가 점차 빨라지더니 급기야 얼굴에서 피가 흘렀다. 기성은 멈추지 않았다.

"그만해!"

천수가 기성의 손을 잡았다.

"이거 놔!"

기성이 그 손을 뿌리쳤다. 서로를 바라보는 눈에서 불꽃이 일었다. 또 한 번 싸움이 일어날 일촉즉발의 상황에 천수가 눈을 내렸다.

"기성아, 정신 차리고 이성적으로 상황을 바라보자."

"이성적으로 상황을 보자고? 여기가 지금 이성이 통하는 데라고 생각해? 너는 여기서 벌어진 일들을 이성적으로 이해할 수 있어? 여긴 이성이 말살된 정글 같은 곳이야. 너야말로 정신 차려."

"그럼, 어떡하라고 이 새끼야!"

천수가 벌떡 일어섰다. 기성이 따라 일어섰다. 그때였다. 누군가 오다가 급히 돌아서 뛰었다. 기성과 천수가 남자를 뒤좇았다. 뒷모습만으로는 도망치는 자가 누구인지 짐작할 수 없었다. 하나같이 페인트에 더럽

혀진 결과였다. 남자는 모퉁이를 돌아 모습을 감췄다. 급히 발을 멈춘 기성과 천수는 어이없는 실수를 반복하지 않기 위해 최대한 침착하게 모퉁이를 돌았다. 뒤를 돌아본 남자와 눈이 마주쳤다. 정태였다. 정태는 계단을 급히 올라 모습을 감췄다. 계단을 올라온 기성과 천수는 아래층과 똑같은 모습에 어리둥절했다. 정태가 가고일 석상을 지나 문으로 들어가고 있었다. 간사한 정태를 잡아야 했다. 투지가 발동한 두 사람은 가고일 석상을 지나 문으로 들어갔다. 기성이 내달리고 절뚝거리는 천수가 뒤를 따랐다. 기성이 모퉁이를 돌아가는 정태를 따라붙었다. 함정이었다. 못이 박힌 각목이 가로지르고 있었다. 걸려들지 않았다. 기성이 각목을 차올리며 뛰었다. 함정은 거기서 끝나지 않았다. 뾰족한 철근들이 지뢰처럼 깔려 있었다. 그것 역시 걸려들지 않았다. 바닥을 잘 살핀 기성은 정태의 속임수에 말려들지 않았다.

"천수야! 함정이 있어. 조심해!"

정태는 곳곳에 함정을 만들어 놓았다. 밧줄에 매달린 판자가 사납게 다가왔다. 기성은 동물적인 감각으로 판자를 피해 정태를 추격했다. 뒤를 돌아본 정태가 쌓아놓은 페인트 통을 무너뜨렸다. 그것까진 미처 피하기 어려웠다. 쏟아진 페인트에 발이 미끄러지면서 넘어졌다. 태블릿pc가 주머니를 빠져나갔다. 그것을 기다린 정태가 태블릿pc를 얼른 주웠다. 기성이 정태의 정강이를 올려 찼다. 정태가 기우뚱하더니 넘어졌다. 일어나려다 다시 넘어진 기성은 발을 들어 정태의 복부를 찍었다. 고통을 참은 정태는 개처럼 기어 빠져나가려고 했다. 독이 오른 기성은 정태의 발을 잡아 놓아주지 않았다.

"이거 놔! 가야 돼!"

정태는 그 와중에도 태블릿pc를 놓지 않았다.

"난 가야 된다고!"

정태의 발악하는 발길질에 기성의 이마가 찢어졌다. 이를 악문 기성이 정태의 발을 꺾었다. 비명을 지른 정태는 태블릿pc를 놓쳤다. 정태를 발견한 천수가 아픔을 무릅쓰고 뛰었다. 그때, 빠르게 다가오는 남자가 있었다. 경민이었다. 경민은 떨어진 태블릿pc를 잽싸게 주워 뛰었다.

"안 돼!"

정태가 절규했다.

천수가 못처럼 뾰족한 철근을 집어 던졌다. 철근에 맞은 경민이 다리를 부여잡고 쓰러졌다. 태블릿pc는 다시 경민의 손을 벗어나 떨어졌다. 엉금엉금 기어간 정태가 태블릿pc를 잡으려 했지만 천수의 발이 정태의 옆구리를 강타했다. 천수는 이어서 경민을 향해 무섭게 다가갔다. 위기를 느낀 경민이 철근과 공사자재들을 집어 던졌다. 천수가 주춤하는 사이, 정태가 도망치고 경민이 뒤를 따라 사라졌다. 휘몰아치는 회오리는 성의 주특기인 듯했다. 누운 채로 숨을 돌린 기성이 지시자와 접속했다.

"지시자님, 지금 우리는…."

지시자가 다급하게 말을 끊었다.

"그러지 않아도 기다리고 있었습니다."

"또 무슨 일이라도 있는 건가요?"

"큰일이 감지되고 있는데 그 이유를 모르겠군요. 그러고 있을 때가 아닙니다. 어서 빨리 그 이유를 알아내야 해요. 자칫하면 모든 게 수포로 돌아갈 수 있습니다."

또다시 찾아올 회오리가 예견됐다.

"지금 있는 위치에서 모퉁이를 돌아 직진하면 문이 나타날 겁니다. 그 문은 지름길을 숨기고 있는 문입니다. 지름길을 이용해 밖으로 나가면 커다란 문이 보일 겁니다. 그 안에서 이상한 기운이 감지되고 있어요. 거기에 뭐가 있는지 그것부터 확인해야 합니다. 서두르세요."

"서두르라고?"

헛웃음을 흘린 천수가 각목을 집어 던졌다.

"지금 우리는 너무 지쳤다고! 도대체 당신들의 정체가 뭐고, 저의가 뭐야. 우린 안중에도 없어? 우리가 당신들 노리개야 뭐야! 난 더 이상 못하겠어. 아니 더 이상 안 해!"

기성을 쳐다본 천수는 성문을 향해 성큼성큼 걸었다.

"천수야! 그렇게 가면 어떡해!"

성큼성큼 걷던 천수가 갑자기 발을 멈추더니 뒷걸음쳤다. 저벅저벅. 저벅저벅. 군홧발 소리가 사납게 들렸다. 잊고 있던 군인들이었다. 대위가 손을 올렸다. 군인들이 소총을 겨누었다. 천수가 얼굴을 심하게 찡그렸다.

"에이, 시팔 진짜."

얼른 달려간 기성이 천수를 잡고 뛰었다. 이어서 지름길이 숨겨진 방으로 들어가 숨도 안 쉬고 달렸다. 그런데 지름길은 하나가 아니었다.

세 갈래로 갈라져 있는 길은 어느 길로 가야할지 알 수 없었다.

"도대체 이게 뭐야."

천수가 기성의 손을 뿌리쳤다. 천수를 빤히 바라본 기성이, 다시 지시자와 접속했지만 어찌 된 일인지 응답이 없었다. 천수가 천장을 가리켰다. 등나무와 칡넝쿨이 천장을 타고 왼쪽 길로 돌아가고 있었다. 아마도 등나무와 칡넝쿨이 지름길을 안내하는 것 같았다. 예상은 들어맞았다. 왼쪽 길로 들어서자마자 문이 나타났다. 기성이 문을 살짝 열고 주위를 살폈다.

"저긴 등나무와 칡넝쿨이 있던 방이었어. 하늘의 갈등이었지."

천수가 말없이 커다란 문만 쳐다보았다.

"근데 저기에 또 뭐가 있었나?"

천수는 여전히 말이 없었다.

두 사람이 문을 나가려고 할 때, 하늘의 갈등이 있는 방에서 누군가 나오고 있었다. 덕순과 호석이었다. 기성이 문을 박차고 나가려는 천수를 급히 잡았다.

"저기 컴프레서가 있어."

컴프레서는 공포의 대상이었다.

덕순과 호석이 컴프레서를 밀고 모퉁이를 돌아 사라졌다. 마침내 방으로 들어온 기성과 천수는 현실적인 입체감이 뚜렷해진 엘리시움과 지옥도를 맞닥뜨렸다. 그런데 경민과 정태가 들어왔을 때와는 달리, 개들과 배낭은 어디로 갔는지 흔적도 없이 사라지고 없었다. 등나무와 칡넝쿨의 잎들이 점점 두꺼워지고 있었다. 푸른 하늘은 빼곡히 덮인 잎들에 간신히 숨만 쉬고 있는 것처럼 보였다. 기성이 지시자와 접속했다.

"그 이유를 알았으니 그 방에서 빨리 나가세요. 군인들이 가고 있어요. 위험합니다!"

저벅저벅, 저벅저벅. 숨통을 조여 오는 소리였다. 기성과 천수는, 빠르게 방을 나와 다시 지름길이 숨겨진 문으로 들어가 달렸다. 정신을 차리고 보니 성문에 도착해 있었다.

"이상한 기운의 원인은 궁극의 길이었어요. 지시자들은 모두 궁극의 길을 만들어가고 있던 겁니다."

지시자들은 하나같이 궁극의 길을 외치고 있었다.

"그것을 막아야 합니다. 우리가 만든 길만 궁극의 길이 될 수 있고, 그렇게 만들어진 길은 모든 게 하나로 통일된 궁극의 목적지로 연결될 것입니다."

"그래서 어떻게 해야 하는데요?"

천수가 도전적인 말투로 물었다.

"오만의 작태를 서슴치 않고 보여주는 지시자들을 전부 추방시켜야 합니다. 따라서 기성 씨하고 천수 씨는 지시자들의 태블릿pc를 전부 빼앗아 폐기해야 합니다."

그제야 경민과 정태가 태블릿pc에 집착한 이유를 알 수 있었다.

"과업이 더 험난해졌군요. 하지만 궁극의 길이 두 분의 고난과 역경을 보상해줄 겁니다."

명수와 혜영이 하늘의 갈등의 방에서 나오고 있었다.

"잠깐만이요."

혜영이 명수의 손을 잡았다.

"또, 덕순 아줌마야?"

겁을 집어먹은 명수가 도망치려고 했다. 의식이 돌아오긴 했지만 덕순과 호석에 대한 두려움으로 가득 찬 그는 작은 소리에도 민감하게 반응했다.

"그게 아니고…."

혜영이 측은하게 명수를 바라보았다.

"아저씨, 제 눈을 똑바로 보세요."

혜영에게 잠깐 시선을 맞춘 명수는 힘없이 고개를 떨어뜨렸다. 급기야 혜영이 소리쳤다.

"아저씨! 지금 그러고 있을 때가 아니라고요! 제발 정신 좀 차려요!"

화들짝 놀란 명수가 간신히 눈을 맞췄다.

"좋아요, 제 말 끝날 때까지 시선 떼지 말아요."

명수가 고개를 끄덕였다.

"무슨 일이 있어도 태블릿pc를 뺏기지 않겠다고 약속해요. 그리고 우린 동료들의 태블릿pc를 빼앗아야 해요. 할 수 있겠어요? 아니 무조건 해야 돼요. 알겠죠?"

명수는 연신 고개를 끄덕였다.

"제건 이미 덕순 아줌마가 갖고 있으니, 만약 아저씨 거까지 뺏기면 목적지는커녕 우린 여기서 빠져나갈 수 없을지도 몰라요. 아저씨, 여기서 살고 싶어요?"

"난, 여기가 싫어. 정말 싫어."

명수가 눈물을 글썽였다.

"그래요, 나도 여기가 싫어요. 그래서 우린 궁극의 길을 만들어서 목적지로 가야 해요. 그래야 여기서 해방될 수 있어요. 우리의 목적은 오직 목적지에 있어요."

"집에 가고 싶어, 집에 가고 싶다고."

명수가 눈물을 주르르 흘렸다.

잠재된 힘

아래층으로 다시 내려온 경민은 어딘가로 급하게 이동하고 있었다. 매서운 두 눈은 먹이를 찾는 살쾡이처럼 쉬지 않고 움직였다. 최대한 기억을 살려 이동했지만 길은 또 언제 바뀌었는지 생소한 길이 나타났다. 외길로 구불구불 뻗어있는 길은 검정과 흰색을 비롯해 붉은색과 파랑, 노란색이 어지럽게 칠해져 있었다. 경민은 구불구불한 길을 절뚝거리며 이동했다. 이윽고 눈에 익은 길이 나타났고 문이 보였다. 문으로 들어가는 와중에도 매서운 눈은 멈추지 않고 움직였다. 다시 계단을 내려가니 배낭을 빼앗기 위해 처절하게 싸웠던 흔적들이 고스란히 남아있었다. 경민이 이곳에 온 이유는 정태가 기성과 천수를 유인하기 위해 사용했던, 호석의 태블릿pc를 찾기 위해서였다. 그러나 태블릿pc는 어디로 갔는지 보이지 않았다. 자신이 잘못 온 건 아닌지 주변을 확인했지만 장소는 확실했다. 누군가 먼저 왔다 갔다. 그게 아니면 놈은 아직 이 근처에 있을 것이다. 생각한 경민은 각목을 주워 들었다. 아니나 다를까, 모퉁이에서 바스락거리는 소리가 들렸다. 모습을 보이지 않는 것으로 보아 기성과 천수는 분명 아니었다. 그렇다면 정태일 가능성이 컸다. 명수와 혜영일 가능성도 있지만, 생각은 얍삽한 정태로 굳어졌다.

"박정태, 거기에 있는 거 알고 있어. 나와! 안 나와!"

소리친 경민이 모퉁이를 빠르게 돌았다. 예상은 맞았다. 태블릿pc를 움켜쥔 정태가 달아나고 있었다. 경민이 따라붙었다. 정태는 사력을 다해 달렸지만 곳곳에 입은 상처로 거리는 점점 좁혀졌다. 다급해진 정태가 갑자기 뒤로 돌더니 바짝 다가온 경민을 몸으로 치고 나갔다. 예상을 빗나간 공격에 경민이 쓰러졌다. 곧바로 일어난 경민이 각목을 던졌다. 바람개비처럼 날아간 각목은 정태의 다리를 감고 떨어졌다. 쓰러지는 정태가 태블릿pc를 떨어뜨렸다. 그 순간 어디선가 홀연히 나타난 혜영이 얼른 태블릿pc를 주워 달아났다.

"안 돼!"

정태가 각목을 움켜쥐고 일어나 혜영을 쫓았다. 하지만 혜영은 이미 문으로 나갔는지 보이지 않았고, 경민이 쫓아오고 있었다. 경민을 향해 각목을 던진 정태는 계단을 빠르게 올랐다.

정신없이 문을 나온 혜영은 명수를 찾았지만 보이지 않았다. 당연히 기다리고 있어야 할 명수가 보이지 않자, 가슴이 쿵쿵 울리고 눈앞이 캄캄했다. 길은 외길이었고, 정태가 문을 나오고 있었다. 혜영은 미친 듯이 달려 외길을 빠져나와 세 갈래 길에 이르렀다. 이어서 보이는 문으로 무작정 뛰어들었다. 공교롭게도 붉은색이 칠해진 문이었다. 그 순간 소스라치게 놀란 혜영은 뒤로 넘어질 뻔했다. 바닥에 가부좌를 틀고 앉아있는 남자가 자신을 쳐다보고 있었다. 명수였다. 어떻게 이곳까지 오게 됐는지, 그리고 평소의 모습과는 전혀 다른 모습에 소름이 돋을 지경이었다.

"아저씨, 여기서 뭐 하세요?"

혜영은 무슨 일이 벌어질 것만 같은 생각에 마른침을 꿀꺽 삼켰다. 아니나 다를까 소름 끼치는 현상은 여기서 그치지 않았다. 벌떡 일어난 명수가 문을 벌컥 열어젖혔다.

"안 돼요!"

밖으로 나온 명수는 달려오는 정태를 향해 성큼성큼 걸었다. 마치 최면에 걸린 것처럼 무표정한 그는 정태의 멱살을 움켜잡아 들어 올렸다. 어디서 그런 힘이 나올 수 있는지 혜영은 보고도 믿지 않았다. 공중에 발이 뜬 정태가 빠져나가려고 안간힘을 썼지만 명수는 꿈쩍도 하지 않았다. 달려오던 경민이 주춤했다. 정태를 내려놓은 명수는 경민을 향해 성큼 걸었다. 명수의 괴물 같은 모습에 경민이 뒤를 돌아 도망쳤다. 그 자리에 우뚝 선 명수는 한참 동안 허공을 응시하다가, 다시 붉은색 문으로 들어가 가부좌를 틀고 앉았다.

"아저씨, 괜찮아요?"

명수의 시선은 여전히 허공에 머물러 있었다.

"아저씨, 아저씨."

혜영이 명수를 잡고 흔들었다. 명수의 멍한 시선에 초점이 잡히기 시작했다. 이내 허공을 빠져나온 눈동자는 혜영의 촉촉한 눈망울에 정확히 머물렀다.

"여기가 어디지? 내가 왜 여기에 있어?"

명수가 사방을 두리번거렸다.

"기억이 안 나세요?"

"무슨 기억? 뭔 일 있었어?"

"아저씨 혼자서 이경민과 박정태를 물리쳤어요. 그것도 아주 간단하게."

"내가 이경민과 박정태를 물리쳤다니 지금 무슨 말을 하는 거야?"

명수는 잠에서 깨어난 것처럼 어리둥절한 표정을 지었다.

"아저씨는 삼손 같은 사람으로 변해 저를 쫓아오는 이경민과 박정태를 물리쳤다고요."

"내가 삼손 같은 사람으로 변했었다고?"

"네, 직접 보고도 믿기지 않을 정도였으니까요."

"기억이 없어. 문 앞에서 혜영이를 기다린 것까진 기억나는데 그 이후론 무슨 일이 있었는지 전혀 기억이 안 나. 여기까지 어떻게 온지도 모르겠고. 도무지 뭐가 뭔지 모르겠어."

"어찌 됐든 우린 태블릿pc를 빼앗는 데 성공했어요. 그놈들은 다시 위로 올라갔을 거예요. 빨리 가서 태블릿pc를 뺏어야 해요."

혜영이 문을 여는 순간 비틀거린 명수가 머리를 감쌌다.

"아저씨, 왜 그래요?"

하늘의 갈등

"난 가지 않겠어. 너무 무서워."

명수는 울음을 터트릴 것처럼 얼굴을 심하게 찡그렸다. 난감한 혜영이 명수를 잡아끌었다.

"또, 왜 이러세요. 우린 가야 해요!"

문을 박차고 나간 명수가 오른쪽 길로 뛰었다.

"그쪽이 아니에요!"

"난 가지 않겠다고!"

혜영이 도망치는 명수를 쫓았다. 처음 보는 외길이 펼쳐졌고, 정태가 첫 번째 문을 나와 두 번째 문으로 들어가고 있었다. 명수는 일말의 주저함도 없이 정태를 따라 두 번째 문으로 들어갔다. 아마도 정태를 보지 못한 것 같았다. 그렇다면 큰일이었다. 애가 탄 혜영이 얼른 문으로 들어가 명수를 찾았다. 텅 빈 공간에서 명수와 정태가 대치하고 있었다. 자칫하면 본래의 모습으로 돌아온 명수가 당할 수 있는 위기 상황이었다. 순간 혜영이 기지를 발휘했다.

"태블릿pc를 내놓지 않으면 아저씨한테 죽을 수 있어요. 빨리 주세요!"

다행히 어두컴컴한 조명에 표정이 들키지 않았다. 정태가 명수의 눈치를 슬금슬금 살피더니 주머니에서 태블릿pc를 꺼냈다.

"거기 내려놓고 나가요. 어서요!"

"에이 시팔 진짜."

태블릿pc를 내려놓은 정태가 냅다 뛰어 문을 나갔다.

혜영이 명수의 손을 잡았다.

"아저씨, 잘했어요."

"무서워서 죽는 줄 알았어. 만약 그놈이 덤비기라도 했으면."

"눈치채기 전에 여기서 나가요."

생각지도 않게 태블릿pc를 획득한 그들은 위층으로 향했다.

덕순과 호석은 경민에게 쫓기고 있었다. 두 사람은 컴프레서를 숨겨 놓은 곳으로 미친 듯이 달렸다. 하지만 성은 길을 또 바꿔 놓았는지 이상한 길들이 보였다. 처음 보는 둥근 광장이 나타났고, 광장을 중심으로 다섯 갈래 길이 일정한 간격으로 펼쳐졌다. 쫓아오던 경민이 보이지 않았다. 덕순과 호석은 광장에 이르러 발을 멈췄다.

"이경민이 어디로 갔죠?"

덕순이 다섯 갈래 길을 하나, 하나 살피면서 물었다.

"저도 모르겠어요. 분명 조금 전까지 쫓아왔는데 감쪽같이 사라졌어요."

두 사람은 어느 길로 가야 할지 방향을 잡을 수 없었다. 그들의 불안한 눈동자는 쉬지 않고 움직였다. 경민이 소리를 지르며 광장으로 뛰어올 것만 같았다.

호석이 지팡이를 고쳐 잡으며 말했다.

"여기에 있으면 들키기 쉬우니까 일단 아무 길이나 가보죠. 우린 컴프레서를 찾는 게 우선이에요."

덕순과 호석은 정면으로 보이는 길로 들어갔다. 모퉁이와 모퉁이를 돌고 도는 동안 방향을 알 수 없는 길들은 계속 나타났고, 컴프레서를 숨겨놓은 위치는 더 멀어지는 것처럼 느껴졌다. 색깔이 전혀 없는 길들은 아래층보다 훨씬 더 복잡하고 위치를 짐작할 수 없었다. 몇 개의 갈래 길과 얼마나 많은 모퉁이를 지나치고 돌았는지 가늠하기조차 힘들었다. 지칠 대로 지친 덕순이 발을 멈췄다.

"여긴 도무지 어디가 어딘지 모르겠어요. 컴프레서는 고사하고 광장으로 다시 돌아갈 수 있을지도 모르겠어요. 끝이 안 보여요. 세상에 어떻게 이럴 수 있죠?"

"그러게요. 여긴…."

말을 끝맺지 못한 호석이 모퉁이를 쳐다보았다.

"왜 그래요?"

덕순의 불안한 눈동자가 호석의 시선을 따라갔다. 그때, 모퉁이에서 누군가 나오고 있었다. 사나운 얼굴의 경민이었다. 덕순과 호석이 뒤를 돌아 뛰었다. 경민이 무섭게 쫓아왔다. 뛰던 호석이 모퉁이를 돌더니 기우뚱했다.

"안 돼요!"

덕순이 손을 뻗었지만 이미 늦었다. 지팡이를 떨어뜨린 호석이 넘어졌다. 경민이 실실 웃으며 다가왔다.

"우린 아는 게 없어요. 정말 아무것.. 아무것도 몰라요."

겁에 질린 덕순이 말을 더듬었다.

"아줌마는 아무것도 몰라도 돼. 내가 관심 있는 게 뭔지만 알면 돼."

경민이 손을 내밀었다.

"내놔."

"뭘요?"

"이 아줌마가 진짜."

주먹을 치켜들었던 경민이 다시 내렸다.

"태블릿pc만 주면 나는 얌전하게 가겠어."

덕순이 머뭇거렸다.

"내가 경고했지. 다시 만나는 날엔 어떻게 돌변할지 모른다고."

덕순이 마지못해 주머니에서 태블릿pc를 꺼냈다.

"진작 그렇게 나왔어야지."

경민이 태블릿pc를 받으려고 할 때였다. 지팡이를 몰래 잡은 호석이 경민의 등을 내리쳤다. 그 틈을 놓치지 않은 덕순이 경민을 세차게 밀었다. 갑작스런 공격에 주춤했던 경민이 덕순의 머리채를 움켜잡고 패대기쳤다. 이어서 호석의 면상을 후려쳤다. 분노가 극에 달한 경민은 덕순의 머리채를 다시 잡아 흔들었다.

"일어나! 일어나 이년아. 내가 그렇게 우습게 보여!"

덕순의 머리가 사정없이 흔들렸다.

"그 손 놔!"

쓰러졌던 호석이 다시 일어나 지팡이를 마구 휘둘렀다. 지팡이를 피하지 않고 그대로 맞은 경민은 호석의 복부를 내질렀다.

"약골, 샌님 새끼야. 감히 나한테 까불어. 까불면 어떻게 되는지 보여주겠어."

쓰러진 호석이 경민의 치켜든 발에 눈을 질끈 감았다.

그때 덕순이 배낭에서 무언가를 꺼냈다. 비상용으로 준비한 스프레

하늘의 갈등

이 페인트였다. 분사된 페인트에 경민이 비명을 지르며 허우적거렸다. 앞을 분간할 수 없는 그는 바닥을 구르며 비명을 멈추지 않았다.

"까불면 태블릿pc를 이렇게 뺏기는 거야. 이 새끼야!"

경민의 태블릿pc를 빼앗은 호석은 지팡이를 들어 경민을 내려치려고 했다.

"호석 씨, 그만하면 됐어요."

경민을 홀로 남겨놓은 두 사람이 컴프레서를 찾아 나섰다.

방향을 알 수 없는 길들은 계속해서 펼쳐지고 있었다. 수많은 모퉁이와 수많은 길들을 지나는 동안 컴프레서는 보이지 않았다. 어디에 숨겨놓았는지 도무지 알 길이 없었다. 이제는 컴프레서를 찾기 전에, 어서 빨리 미로 같은 곳에서 빠져나가야 할 것 같았다. 덕순과 호석은 보이는 길로 무작정 달렸다. 갈래 길과 모퉁이를 헤아릴 수 없을 정도로 지나친 그들은, 마침내 미로 같은 곳에서 빠져나오는 데 성공했다. 그런데 이게 또 어찌 된 일인가. 눈앞에 펼쳐진 곳은 다시 광장이었다. 돌고 돌아 원점으로 돌아온 것이었다.

"아줌마, 이제 어떡해요. 우린 여기서 빠져나갈 수 없어요. 처음부터 여기로 들어오는 게 아니었어요."

덕순은 의외로 침착했다.

"쫓기는 상황에서 어쩔 수 없었잖아요. 그리고 왜, 빠져나갈 수 없다고 생각해요. 우린 여기서 틀림없이 빠져나갈 수 있으니까 행여라도 그런 생각 하지 말아요."

"어떻게 빠져나가요. 도무지 어디가 어딘지 모르겠는데."

"우리가 저 길에서 나왔으니까 다른 길로 가보죠."

"다른 길로 가면 여기서 벗어날 수 있을까요?"

"벗어날 수 있을 거예요. 여기를 벗어나면 컴프레서도 찾을 수 있을 거고요. 컴프레서가 없으면 태블릿pc를 뺏는 건 고사하고 다른 사람들 손에 죽을 수도 있어요. 내 말 알겠죠? 어서 가요."

덕순은 다섯 개의 길을 천천히 살펴보더니 손을 들어 가리켰다. 정 반대 길이었다.

"저 길로 가요."

미로 같은 길들은 두 사람을 지겹도록 따라붙었다. 갈래 길과 모퉁이는 위치만 다를 뿐, 빠져나왔던 곳과 차이가 없었다. 끝없이 반복되는 길에서 지칠 대로 지친 덕순은 지시자와 접속을 시도했지만 접속이 되지 않았다. 기성과 천수의 추격이 더해질 수 있기 때문에 태블릿pc의 전원을 켜둘 수도 없는 상황이었다. 덕순은 더 이상 헤쳐 나갈 용기가 나지 않았다.

"호석 씨 말대로 우린 여기서 빠져나갈 수 없을지 몰라요."

대답이 없었다.

"호석 씨?"

이상한 느낌에 뒤를 돌아본 덕순은 천 길 낭떠러지로 떨어지는 기분이었다. 따라오던 호석이 보이지 않았다. 호석을 살피지 못한 자신의 실수였다. 가슴이 쿵쿵 울리고 눈물이 핑 돌았다. 덕순은 왔던 길로 미친 듯이 달렸다.

"호석 씨! 호석 씨 어디 있어요!"

하늘의 갈등

호석은 어디로 갔는지 보이지 않았고, 미로 같은 곳에서 혼자 헤매는 모습이 어른거렸다. 가슴이 미어졌다. 덕순은 마침내 울음을 터트렸다.

"호석 씨, 호석 씨 대답 좀 해봐요."

한편, 호석은 덕순을 찾기 위해 길과 길을 헤매고 있었다. 잠깐의 한눈이 이런 결과를 가져올 수 있는지 믿기지 않았고, 무엇보다도 겁이 났다. 호석은 비로소 자신이 덕순을 얼마나 의지했는지 알 수 있었다. 덕순이 없으면 아무 일도 할 수 없을 것만 같았다. 무슨 일이 있어도 덕순을 찾아야 했다.

"덕순 아줌마! 어디에 있어요. 아줌마!"

덕순을 연신 불러대는 호석은, 길을 잃은 아이가 엄마를 찾고 있는 것처럼 보였다. 어디로 가는지 알 수 없는 길들은 계속 나타났고, 불안한 마음은 점점 더 커져갔다. 세 갈래 길에서 잠시 망설인 호석은 오른쪽 길을 선택해 걸었다. 다섯 걸음 이동했을 때 누군가 모습이 보였다. 정태였다. 얼굴이 페인트에 물들어 있었지만 확실히 알아볼 수 있었다. 사방을 두리번거리는 것으로 보아, 정태 또한 미로 같은 이곳에서 헤매고 있는 듯했다. 뒷걸음친 호석은 모퉁이에 숨었다. 덕순은 왜 정태를 괴물이라고 했을까? 미처 물어보지 못했지만 정태의 가벼운 모습에서 괴물이 연상되지 않았다. 호석은 지팡이를 움켜쥐고 정태를 기다렸다. 쩔뚝거리는 정태가 다가올수록 심장의 고동이 빨라졌다. 천천히 다가오던 정태가 갑자기 뛰기 시작했다. 긴장한 호석이 지팡이를 치켜올렸다. 세 갈래 길까지 나온 정태가 가운데 길로 뛰었다. 누군가에게 쫓기고 있음을 직감한 호석은 긴장을 늦추지 않았다. 드디어 추격자가 모습을 드러냈다. 그들은 바로 가장 상대하기 힘든 적, 기성과 천수였다. 정태를 쫓고 있는 그들조차도 다리를 찔뚝거리고 있었다. 기성과 천수가 가운데 길로 정태를 쫓아 들어갔다. 이내 그들의 모습이 시야에서 완전히 사라졌다. 호석은 다시 덕순을 찾아 나섰다.

덕순은 두 갈래 길에서 세 갈래 길로 접어들고 있었다. 주변을 유심히 살펴본 그녀는 망연자실함에 발을 멈췄다. 경민과 싸웠던 곳을 돌고 돌아서 다시 온 것이었다. 같은 상황은 벌써 세 번을 반복하고 있었다. 이동했던 길은 분명 다른 길이었다. 그런데 어떻게 또, 같은 곳으로 올 수 있는지 아이러니했고 겁이 났다. 다시 이동하려던 덕순은 어디선가 들려오는 소리에 급히 발을 멈췄다. 호석 씨? 그렇지만 일정하게 들리는 발소리는 지팡이를 짚은 호석의 발소리가 아니었다. 그럼, 이경민? 잔뜩 긴장한 덕순은 모퉁이로 숨어 페인트 스프레이를 준비했다. 가까워지는 발소리를 타고 후회가 밀려왔다. 그때 경민을 지팡이로 치려던 호석을 말리지 말았어야 했다. 때는 이미 늦었고 발소리가 아주 가깝게 들렸다. 한 사람인 줄 알았던 발소리는 두 사람이었다. 엎친 데 덮친 격이었다. 호흡이 몹시 가빠졌다. 벽으로 바짝 붙은 덕순은 페인트 스프레이를 서서히 들어 올렸다. 인기척을 느꼈는지 들려오던 발소리가 갑자기 뚝 끊겼다. 모퉁이를 사이에 두고 숨 막히는 긴장이 흘렀다. 공격이 최선의 방어라고 했던가. 덕순은 재빨리 모퉁이를 돌아 페인트 스프레이를 분사했다. 하지만 모퉁이에는 아무도 없었다. 갈래 길을 전부 확인했지만, 보이는 것은 사람을 지치게 만드는 길뿐이었다. 긴장이 분노로 바뀐 덕순은 페인트 스프레이를 허공에 대고 분사했다.

"도대체 우리한테 왜 이러는 거야! 왜 이러는 거냐고!"

분노가 풀리지 않은 덕순은 분사를 멈추지 않았다.

"당신들 정체가 뭐야! 정체가 뭔데 우리한테 이러는 거야!"

덕순은 스프레이를 던지고 호석을 애타게 불렀다.

"아, 호석 씨, 호석 씨 어디에 있어요."

그때, 또 발소리가 들리기 시작했다. 한 사람도 아니고 두 사람도 아니었다. 여러 명이 발맞춰 뛰어오는 소리가 귀를 울렸다. 저벅저벅, 저벅저벅 공포의 군홧발 소리였다. 긴장에서 분노로, 분노는 다시 공포로 바뀌었다. 덕순은 길을 가리지 않고 뛰었다. 군홧발 소리는 계속 따라붙었고 모퉁이와 모퉁이를 돌고 도는 덕순은 숨이 턱까지 차올랐다. 간신히 숨을 고르며 나온 곳은 다시 광장이었다. 덕순은 철저히 농락당한 느낌에, 따라오는 군홧발 소리도 잊은 채 광장 중앙까지 걸어 나왔다. 그때, 경민이 정면으로 보이는 길에서 걸어 나오고 있었다. 이내 그의 저승차사와도 같은 모습이 광장에 이르러 우뚝 섰다. 경민의 사나운 눈초리가 잡아먹을 듯이 다가왔다. 덕순은 그 자리에서 움직일 수조차 없었다.

"아줌마, 그동안 무식한 척하느라고 얼마나 힘들었어? 이젠 무식한 척 안 해도 돼. 내가 끝내줄 테니까."

겁에 질린 덕순이 얼른 태블릿pc를 내려놓았다.

"여기 있어요. 가져가세요. 전 필요 없어요."

"그건 이미 내 거야. 어차피 아줌마는 여기서 죽을 테니까."

"경민 씨, 제 말 좀 들어봐요."

"또 무슨 수작을 부릴라고."

"정말 수작이 아니에요."

"시끄러! 한마디만 더 하면 얼굴을 아예 뭉개버리고 시작하겠어."

덕순을 쓰러뜨린 경민은 그대로 올라타 목을 조르기 시작했다. 저벅저벅, 저벅저벅. 군인들이 오기 전에 끝내려는 듯 강하게 힘을 주었다. 덕순이 심하게 발버둥 쳤다. 경민은 있는 힘을 다해 목을 눌렀다. 덕순의 두 눈에 실핏줄이 드러나더니 고개가 옆으로 떨어졌다. 태블릿 pc를 챙긴 경민은, 잠깐 동안 덕순의 주검을 물끄러미 바라보다가 군홧발 소리를 피해 달아나려고 했다. 갑자기 경민의 두 눈이 허물어져 내렸다. 명수와 혜영이 길을 나와 광장으로 걸어오고 있었다. 허공을 응시한 명수의 눈빛은 정태를 들어 올렸을 때의 눈빛이었다.

"에이, 시팔."

"이경민이 덕순 아줌마를 죽였어요!"

혜영의 외침에 명수의 큰 손이 경민을 움켜잡았다. 경민의 발길질에 미처 피하지 못한 혜영이 쓰러지면서 덕순의 가슴을 짚었다. 그 순간, 덕순의 입에서 심한 기침이 터졌다. 거짓말처럼 깨어난 덕순이 허우적거렸고 명수는 경민을 잡아 던졌다. 어디선가 나타난 정태가 경민의 태블릿pc를 잽싸게 잡았다. 달아나려던 그는 앞에서 다가오는 기성과 천수를 보고 슬금슬금 물러났다. 이로써 호석을 제외한 실험 참가자들이 중앙을 사이에 두고 서로서로 대치했다. 다가오던 군홧발 소리가 어찌 된 일인지 갑자기 멈췄다. 여전히 허공을 응시한 명수는 기성을 잡으려고 했다. 명수의 변신을 까맣게 모르고 있는 천수가 주먹을 내질렀다. 명수의 큰 손이 천수의 주먹을 잡아 비틀었다. 천수가 비명을 질렀고, 잽싸게 전진한 기성이 명수의 복부를 정확히 가격했다. 그 틈을 이용해 경민이 정태를 공격했고 덕순과 혜영이 맞붙어 싸웠다. 괴성을 지른 명수가 닥치는 대로 잡아 던졌다. 서로의 태블릿pc를 빼앗기 위한 처절한 전쟁은 끝을 알 수 없게 흘렀다.

"모두, 꼼짝 마!"

호석이었다. 컴프레서와 함께 전쟁에 참가한 호석이 자못 당당하게 광장으로 걸어 나왔다. 덕순이 반가움에 얼른 달려가 호석의 옆에 바짝 붙었다. 안경을 벗어던진 호석은 노즐을 잡고 군대용어로 말했다.

"모두, 태블릿pc를 그 자리에 놓는다. 실시."

호석의 전혀 다른 모습에 싸움을 멈춘 그들은 어리둥절했다.

"다시 한 번 말하겠다. 모두 태블릿pc를 그 자리에 놓고 꺼진다. 실시."

명수의 눈동자에 초점이 잡히기 시작했다. 혜영이 명수의 손을 잡았다. 가만히 있으라는 신호였다.

"이경민, 내 말이 안 들리나!"

호석은 경민을 겨냥해 페인트를 분사했다. 페인트를 뒤집어쓴 경민이 넘어졌다. 얼른 다가간 덕순이 경민의 등을 사납게 밟아 비틀었다.

"니가 날 죽이려고 했지. 죽이려고 했지! 내가 니깟 놈한테 죽을 줄 알았어!"

컴프레서의 위력을 익히 알고 있는 그들은 호석의 눈치를 살피며 기회를 잡으려 했다. 옆에 있던 정태가 덕순을 잡기 위해 손을 뻗었다. 분사된 페인트는 여지없이 정태의 얼굴을 덮쳤다. 흐르는 페인트에 눈을 뜰 수 없는 정태가 양손을 휘저었다.

"이 괴물 새끼야, 또 한 번 변장해봐. 또 해봐!"

덕순은 정태의 다리를 힘껏 걷어찼다.

"진짜 괴물은 내가 아니란 말이야."

다리를 부여잡고 앉은 정태가 억울한 표정을 지었다.

"그게 다 김기성하고 박천수가 꾸민 짓이었어. 이 가면으로 말이야."

정태는 주머니에서 가면을 꺼내 던졌다.

"아줌마가 검은색 길로 가지 못하게. 이제 알았냐고. 저놈들은 처음부터 나쁜 놈들이었어."

호석이 기성을 향해 노즐을 겨냥했다.

"변명을 못 하는 걸 보니 사실이었군. 김기성, 그런 얄팍한 수로 우리가 넘어갈 줄 알았나?"

"우리도 지시자가 시켜서 한 일이었어. 본의가 아니었다고."

경민이 덕순의 눈치를 살피고 있다가 소리쳤다.

"시끄러! 변명 따윈 집어치워! 김기성, 나는 괴물로 변장한 니놈들한 테 맞아서 기절까지 했었어. 그런데 본의가 아니었다고? 이제 보니 GPS 기능도 우릴 도와주려고 했던 게 아니라 우리 길을 막기 위해서 그랬던 것이었어. 너는 모든 게 위선이었어. 너는 처음부터 괴물이었다고! 너하고 천수는!"

"이경민, 누가 끼어들라고 했어! 너는 맞아 죽어도 싼 놈이야!"

호석이 다시 노즐을 경민을 향해 겨냥했고, 정태가 다시 끼어들어 말했다.

"맞아요, 김기성은 저기 박천수하고 번갈아 가면서 변장을 하고, 의심을 피하기 위해 서로를 부르는 척했던 거였어요. 이제 내 말이 무슨 말인지 알겠어요?"

"그럼, 덕순 아줌마를 때렸던 괴물은 니놈이 변장하고 왔었단 말이잖아."

호석의 지적에 정태가 움찔했고, 기성과 천수가 변명에 나서려고 했지만 호석이 소리쳤다.

"모두 입 닥치란 말이야!"

주위가 심하게 분산되기 시작했다. 그 틈을 이용한 정태가 덕순의 팔을 잡고 늘어졌다. 당황한 호석이 정태를 겨냥했지만 덕순에게 가려져 조준이 되지 않았다. 그것을 놓치지 않은 기성이 호석의 손에서 노즐을 빼앗으려 했다.

"이거 놔!"

호석이 기성의 손을 힘껏 물었다. 기성이 비명을 지르며 떨어졌고, 기회를 포착한 천수가 노즐을 빼앗는 데 성공했다. 명수와 혜영이 동시에 달려들었다. 그 바람에 노즐이 공중으로 떠올랐다가 바닥으로 떨어졌다.

"안 돼!"

덕순이 소리쳤지만 노즐은 다시 한 번 사나운 뱀으로 변신해 사람들을 공격했다. 사납게 몸을 휘저으며 내뿜는 페인트에 사람들의 얼굴은 누가 누구인지 분간이 되지 않았다. 비명과 욕설과 아우성이 여기 저기서 터져 나왔다. 그들의 몸에서 빠져나온 태블릿pc가 발에 채이고 밟히며 요란한 소리를 질러댔다. 그사이 아비규환의 세상을 지배했던 사나운 뱀은, 자신의 시대를 마감하고 조용히 물러났다. 온몸이 페인 트에 젖은 그들은 사나운 뱀이 물러나자, 다시 싸움을 시작했다. 그것 은 태블릿pc를 놓고 벌이는 쟁탈전이었다. 앞을 제대로 분간할 수 없는 그들은 물고 할퀴는 막 싸움을 펼쳤다. 페인트에 오염된 태블릿pc는, 애초의 주인이 누구의 것인지조차 알 수 없게 변해갔다. 저벅저벅, 저 벅저벅. 군홧발 소리는 이 상황을 기다리기라도 한 것처럼 절묘한 타이 밍을 놓치지 않고 등장했다. 공교롭게도 각자 한 개의 태블릿pc를 들고 있는 그들은 군홧발 소리를 피해 달아나기 시작했다.

군홧발 소리는 계속해서 기성과 천수를 따라붙고 있었다.

"그쪽으로 가면 안 돼."

기성이 모퉁이를 돌아가려는 천수를 붙잡았다.

"그럼, 어디로 가라고. 앞에서도 들리잖아."

"우린 다시 뒤로 가야 해."

"미쳤어? 뒤로 가면 다시 광장이야."

"알아, 우린 다시 광장으로 나가서 다른 길로 가야 해. 그래야 군인 들을 따돌릴 수 있어."

"군인들이 잠복해 있으면 어쩌려고?"

"선택의 여지가 없어."

군홧발 소리는 두 사람을 포위하듯 다가오고 있었다.

"이러고 있으면 잡혀. 빨리 가야 해!"

기성과 천수가 다시 광장으로 달렸다. 그런데 길은 또 이상하게 바뀌어 있었다. 분명 갈래 길이 없었던 외길이었는데, 세 갈래 길을 지나 네 갈래 길로 접어들고 있었다. 어느 길이 광장으로 나가는 길인지 알 수 없었고, 군홧발 소리는 계속해서 따라오고 있었다.

"도대체 어떡하라고!"

소리친 천수가 고개를 푹 숙이더니 힘없이 말했다.

"우린 여기서 빠져나갈 수 없어. 다시 가봤자 광장이고, 다른 길로 가도 마찬가질 거야."

기성이 얼굴에 손을 가져가 땀을 타고 흐르는 페인트를 닦았다. 이어서 지시자와 접속했다.

"지시자님, 여기서 빠져나갈 수 있는 길을 알려주세요."

지시자가 흰색 와이셔츠를 근엄하게 차려입은 모습으로 나타났다.

"기다리고 있었습니다. 당연히 거기에서 빠져나갈 수 있는 길을 안내해드려야죠. 갈래 길에서 다른 길로 빠지지 마시고 가운데 길로 직진하면 광장이 나올 겁니다."

기성의 두 눈이 크게 벌어졌다. 페인트를 먹은 태블릿pc는 이상하게 작동하기 시작했다. 갑자기 지시자의 흰색 옷이 점점 검은색으로 변해가면서 목소리가 달라졌다.

"기다리고 있었습니다. 당연히 거기에서 빠져나갈 수 있는 길을 안내해 드려야죠."

지시자는 같은 말을 반복하려는 것일까? 하지만 그것은 착각이었다.

"갈래 길에서 다른 길로 빠지지 마시고 오른쪽 길로 가시면 광장이 나올 겁니다."

보고 있던 천수가 발끈했다.

"지금 무슨 소릴 하는 거예요! 길을 똑바로 알려줘야죠!"

이번에는 지시자의 검은색 옷이 붉은색으로 변해가고 있었다. 목소리가 온화했다.

"기다리고 있었습니다. 다른 길로 빠지지 말고 왼쪽 길로 가시면 광장이 나올 겁니다."

바뀐 옷 색깔에 따라서 안내하는 길이 전부 달랐다. 천수가 자신의 태블릿pc를 실행했다. 나타난 지시자는 더욱 가관이었다. 파란 옷의 지시자가 노란 옷을 입고 있었고. 검은색 지시자는 흰색 옷을 입고 있었다. 지시자들의 안내는 주먹구구식이었고 일관성이 없는 지시자들을 더 이상 믿을 수 없었다. 저벅저벅, 저벅저벅. 군홧발 소리가 바로 앞으로 다가왔다. 기성과 천수는 정면 돌파하기로 마음먹었다.

"저건 소리일 뿐이야."

기성이 자세를 가다듬었다.

"좋았어, 돌진하자고."

눈빛을 교환한 그들은 군홧발 소리 속으로 뛰어들었다. 그 순간, 군홧발 소리가 거짓말처럼 사라졌고 고요가 찾아왔다. 하지만 고요는 오래가지 않았다. 거구의 군인들이 다가오고 있었다. 모습을 드러낸 군인들은 사람이라고 믿기 힘들 정도로 감정을 찾아볼 수 없는 얼굴들이었다. 두 사람을 발견한 군인들이 소총을 장전했다.

"도망가!"

기성과 천수가 보이는 문으로 뛰어들었다.

사라졌던 고요가 다시 찾아왔다. 찾아온 고요는 두 사람의 정신을 흔들었다. 수많은 분신들이 자신들을 따라 움직이고 있었다. 깨진 거울의 방이었다. 깨진 자신들의 일부가 공간을 이동하는 것처럼 따라왔다. 기성과 천수는 열린 문을 통과해 들어갔다. 그곳 역시 갈래 길이 수도 없이 뻗어있었고, 깨진 거울들이 벽을 대신해 끝도 없이 늘어서 있었다. 깨진 얼굴과 팔다리가 주체를 잃지 않으려는 듯, 두 사람을 놓치지 않고 따라붙었다.

"증말 미치겠네. 우린 계속해서 이런 데만 오고 있어."

천수가 자신의 깨진 얼굴을 쳐다보면서 말했다.

"그렇다고 다시 나갈 수도 없잖아. 군인들이 지키고 있는데. 어찌 됐든 우리는 태블릿pc를 무조건 뺏어야 해. 궁극의 길을 찾아야만 여기서 벗어날 수 있어."

"그러니까 여길 벗어나서…."

"조용히 해봐."

말을 끊은 기성은 눈으로 한 곳을 가리켰다. 서서히 다가오는 남자가 발을 멈췄다. 얼굴이 처참하게 깨져 있어서 누구인지 알 수 없었다. 남자가 뒤를 돌아 도망치기 시작했다. 기성과 천수가 남자를 추격했다. 깨진 분신들이 주체를 따라 공간과 공간을 이동했다. 뒤처진 천수가 모퉁이를 돌 때였다. 기다리고 있던 정태가 튀어나와 돌진했다. 가슴을 강타당한 천수가 뒤로 자빠졌고 기성이 급히 돌아 달려왔다.

"천수야!"

어딘가에서 튀어나온 호석이 지팡이를 휘둘렀다. 덕순이 쓰러진 기성을 올라타 머리채를 잡고 흔들었다.

"태블릿pc를 내놔! 내놓으란 말이야!"

덕순은 기성의 태블릿pc를 빼앗는 데 성공했다.

"태블릿pc는 내 거야 이년아."

경민이 덕순의 머리채를 잡고 태블릿pc를 빼앗았다. 하지만 그 역시 호석의 지팡이에 쓰러졌다.

"태블릿pc는 니 게 아니라 우리 거야 이 새끼야!"

그들은 깨진 거울 속에서 공간과 공간을 이동하며 사투를 벌였다. 손에서 손으로 넘어가는 태블릿pc가 공중으로 튀어 올랐다가 떨어지기를 반복했다. 마침내 모든 태블릿pc는 처참하게 부서져 형체를 알아볼 수 없었다. 그들은 자신들이 싸우는 목적을 잃어버렸지만 싸움을 멈추지 않았다. 그것은 독선과 아집, 분노와 질투가 사라지지 않고, 깨진 거울 속에서 자신들을 쳐다보고 있기 때문이었다.

하늘의 갈등

한편, 명수와 혜영은 길을 헤매고 있었다. 혜영이 급히 발을 멈췄다.

"왜 그래?"

"저 앞에서 소리가 들렸어요."

긴장한 명수가 천천히 이동해, 세 갈래 길을 살피고 돌아왔다.

"아무것도 없어. 잘 못 들었을 거야."

"아니에요, 분명 소리가 들렸어요."

혜영은 작은 소리에도 민감하게 반응했다. 그것은 지극히 당연한 현상이었다.

"아저씨는 못 들었어요?"

"음, 아무 소리도."

"아무것도 없었다면 다행인데… 근데 우리 이제 어떡해야 돼요?"

명수는 말이 없었다.

"태블릿pc를 빼앗으라는 건 처음부터 잘못된 지시였어요. 불가능한 지시였다고요."

명수는 여전히 말이 없었다.

"아저씨, 무슨 말이라도 좀…."

명수가 입술을 꾹 다물었다.

포기한 혜영이 지시자와 접속하려고 했다.

"안 돼!"

명수가 태블릿pc를 가로채 바닥에 집어던지더니 발로 밟아 짓이겼다. 태블릿pc는 처참하게 부서졌지만 그의 발은 멈추지 않았다. 이어서 자신의 태블릿pc까지 던지려고 했다. 혜영이 얼른 명수의 손을 잡았다.

"지금 뭐 하시는 거예요!"

혜영의 손을 뿌리친 명수는 고개를 들어 외쳤다.

"당신들은 뭐야! 도대체 당신들이 뭔데 우릴 사지에 몰아넣고 갖고 노는 거냐고!"

명수는 어깨를 들썩이며 흐느꼈다. 그때 목소리가 태블릿pc를 타고 흘러나왔다.

"수고 많았습니다. 드디어 농간을 부리는 지시자들의 태블릿pc가 전부 파괴됐군요. 비록 빼앗진 못 했지만 어차피 파괴시키기 위한 과정이었으니 그것 또한 성공입니다."

"숨어서 지랄 떨지 말고 당장 나와. 당장 나오란 말이야!"

"많이 지치셨군요. 이제 곧, 지시자들의 숨통이 끊어질 때가 됐습니

하늘의 갈등

다. 마지막까지 용기를 잃지 마시고 끝까지 완주하시길 바랍니다."

"지지자들의 숨통이 끊어질 때가 됐다고? 지랄 떨지 마. 나는 당신의 숨통을 끊어 놓고 싶어. 나와, 숨어있지 말고 내 앞에 나오란 말이야!"

"그 마음 충분히 이해합니다. 하지만 어쩌겠습니까. 당신의 동료들이 위험에 처해 있습니다."

혜영이 나섰다.

"그들은 우리를 죽이려고 했어요. 동료가 아니라 적이었다고요. 그건 지시자님이 더 잘 아시잖아요. 아니 당신이 그렇게 만들었잖아요. 그런데 이제 와서 위험에 처해 있다니 그게 무슨 말이에요?"

"그래서 동료들을 죽이고 싶나요? 서로 싸우다 죽게 내버려 두고 싶나요?"

혜영은 말문이 막혔다.

"자, 마지막 선택입니다. 궁극의 길을 찾아 끝까지 가시겠습니까, 아니면 여기서 궁극의 길을 포기하고 성의 미아로 남겠습니까?"

혜영은 명수에게 눈길을 던졌다가 지시자를 바라보았다.

"좋아요, 길을 안내해주세요."

"잘 선택하셨습니다. 거기서 앞에 보이는 길로 곧장 가시면 불빛이 환하게 비추는 곳이 나오고 그곳을 우측으로 끼고 돌면 길이 보일 겁니다. 그 길이 책의 거리로 통하는 길이니 다른 길로 빠지지 않도록 유의하세요."

명수가 지친 숨을 흘리더니 지시자를 똑바로 쳐다보았다.

"책의 거리요? 저는 책하고는 거리가 아주 먼 사람입니다. 책에서 궁극의 길을 찾으라는 겁니까? 당신은 속임수를 써서 우리를 또 사지로 몰아넣으려고 하고 있어요."

"아저씨, 왜 그렇게 지레짐작해서 화를 내고 그러세요. 어떻게든 여길 나가야 할 게 아니에요. 저도 마음에 들지 않지만 일단 가보도록 하죠."

두 사람은 내키지 않은 걸음으로 책의 거리에 도착했다. 여지없이 커다란 문이 닫혀있었고 문 위에는 알 수 없는 글이 쓰여 있었다.

죽음의 길을 선택한 지혜로운 자여, 그대에게 삶이 있을지어다.

"진짜 또 난관이네요."
혜영이 투덜거렸다.

"내 말이 맞잖아, 지시자는 끝까지 우릴 농락하고 있는 거야. 저렇게 어려운 말은 무시하고, 혹시 다른 길이 있을지도 모르니까 찾아보자고."

책의 거리는 단층건물 한 개가 전부였고 길 건너에 자리 잡고 있었다. 아마도 그곳이 책방인 듯싶었다. 단층건물을 마주 보고 있는 곳에는 앉을 수 있는 벤치가 둥근 원을 만들고 있었고, 그 중앙에서 녹음이 우거진 느티나무가 벤치들을 품고 있었다. 벤치를 조금 벗어나 황토 빛깔 땅에서 잔잔한 바람이 일고 있었다. 하늘을 표현한 높은 천장에는 여린 나뭇잎들로 가득했다. 땅에서 시작돼 벽을 타고 올라간, 등나무와 칡넝쿨이 나뭇잎들의 모체였다.

"저건, 우리한테 궁극의 길을 주문했던 방하고 거의 똑같아요."
"거기하고 어떤 연관성이 있는 걸까?"

혜영이 고개를 저었다.

　같은 시각, 경민은 거울의 방을 빠져나와 달리고 있었다. 누군가에게 쫓기고 있는 듯 연신 뒤를 돌아보았다. 고개를 앞으로 돌렸을 때 눈에 익은 곳이 나타났다. 부서진 컴프레서와 페인트가 흥건한 광장이었다. 저벅저벅, 저벅저벅. 허물어져 내리려던 두 눈이 다시 자리를 잡았다. 거구의 군인들이 일렬횡대로 늘어서 소총을 장전했다. 맨손으로 싸워도 이길 자신이 없는 모습에 사지가 오그라졌다. 군인들은 곧바로 방아쇠를 당겼다. 타타타타 탕. 총탄이 빗발치듯 날아왔다. 경민이 가장 가까운 길로 몸을 날렸다. 환한 빛이 두 눈 속으로 스며들었다가 사라졌다. 믿을 수 없게도 성문이었다. 새로 생긴 다섯 갈래 길들은 검정과 흰색, 노랑과 파랑, 붉은색으로 각각 칠해져 있었다. 다시시작을 뜻하는 것 같았다.

　"다시 시작하라고? 난 더 이상 못해. 더 이상 못한다고!"

　경민은 각목을 집어 사납게 휘둘렀다. 페인트 통들이 와르르 무너지고, 컴프레서가 부서졌다. 분이 풀리지 않은 그는 공사자재들을 잡히는 대로 던졌다. 저벅저벅, 저벅저벅. 군홧발 소리는 경민을 놓아주지 않고 몰아붙였다. 기괴한 빛을 뿜어내는 지옥도가 손짓하는 것처럼 보였다. 어차피 군인들을 피해 달아날 수도 없는 상황이었다. 경민은 일말의 주저함도 없이 손짓하는 지옥도 속으로 뛰어들었다.

　"기다리고 있었습니다."

　파란 옷의 지시자였다.

"놀랄 것 없어요. 우리의 거래는 아직 끝나지 않았으니까요."

"당신은 어디서 말하는 거야?"

"제가 어디서 말하는지는 중요하지 않아요. 중요한 건 못다 한 거래를 마치는 거죠."

주위를 둘러보던 경민은 기겁했다. 커다란 구덩이가 발밑까지 다가와 있었고, 바닥이 보이지 않을 정도로 깊었다. 한 발짝만 앞으로 나가도 구덩이 속으로 떨어질 수 있는 아찔한 상황이었다. 군인들과 구덩이에 포위된 그는 손가락 하나 움직이는 것도 뜻대로 되지 않았다.

"거래? 나를 여기서 나가게만 해준다면 무슨 짓이든지 하겠어. 빨리 말해."

"경민 씨는 왜 제 마음을 몰라주나요. 저는 처음부터 경민 씨를 진실 된 마음으로 안내했어요. 그것은 사랑이었죠. 하지만 경민 씨는 사랑의 의미를 몰랐어요."

구덩이 속에서 무언가 스멀스멀 올라오고 있었다. 잘린 손들이었다. 경민은 발끝에 힘을 모아 흔들리는 몸을 간신히 지탱했다.

"돈을 받아들이겠어요? 아니면 당신을 사랑하는 저를 받아들이겠어요?"

그 순간, 구덩이 너머로 돈이 담긴 배낭이 뚝 떨어졌다. 눈이 휘둥그레진 경민은 눈앞에 닥친 위기도 잊은 채 배낭에서 시선을 떼지 못했다.

"돈을 받아들이면 어떻게 되는 거죠?"

경민은 자신의 기분에 따라 반말과 존댓말을 섞어가며 사용했다.

"당신이 저를 포기하고 돈을 받아들인다면, 저도 당신을 포기하고 구덩이 속으로 밀어 넣겠어요. 그 지옥에서 영원히 나올 수 없도록. 자, 선택하세요.”

경민은 쉽게 결정을 내릴 수 없었다. 잘하면 구덩이를 뛰어넘어 배낭을 가질 수 있을 것 같았기 때문이었다.

“대체, 그런 조건부 사랑이 어떻게 존재해요! 저는 돈도 받아들이고 당신도 받아들이겠어요.”

“그건 제가 원하는 대답이 아니에요. 만약, 여기서도 진심이 느껴지지 않고 거짓으로 저를 받아들인다고 하면 저는 가차 없이 당신을 지옥의 구덩이 속으로 밀어 넣겠어요. 어서 결정하세요.”

“이게 당신이 말했던 궁극의 길이야?”

“다른 지시자들을 제외한, 저에 대한 믿음만이 궁극의 길이었죠.”

뼈만 앙상히 남은 손들이 구덩이를 오르다가 떨어졌고, 몇 개의 손들은 구덩이를 거의 다 오르고 있었다. 그것이 기폭제가 된 듯 떨어졌던 손들이 미끄러지지 않고 구덩이를 무섭게 올랐다. 뼈와 뼈가 부딪치며 내는 소리가 징그럽게 다가왔다. 군인들이 소총을 장전하는 소리가 들렸다. 경민은 두 눈에 쌍심지를 켰다.

“당신에 대한 믿음만이 궁극의 길이었다고? 당신들은 모두 미쳤어.”

순간 다리에 힘을 모은 경민은 배낭을 향해 몸을 날렸다. 구덩이를 올라온 손들이 경민을 향해 날아올랐다. 경민의 몸이 배낭에 무사히 안착하는가 싶더니 기우뚱했다. 수많은 손들이 그를 잡고 구덩이 속으로 끌고 들어갔다.

“안 돼!”

꺼져가는 의식 속으로 어머니가 스며들어왔다. 유년 시절, 임종을 앞둔 어머니의 몹시 야윈 얼굴이었다.

"경민아, 천국과 지옥이 있을 거라 생각하니?"

"천국에 가려고 교회에 나갔던 거 아니었어?"

"그렇게 생각했니? 엄마가 교회에 나간 이유는 천국에 가고 싶어서 나간 게 아니라, 천국을 알고 싶어서 나갔던 거야."

"그 말이 그 말 아닌가?"

"생각해보렴. 자식을 사랑하는 엄마가, 자식이 죄를 졌다고 해서 자식이 죽을 때까지 고통을 줄 수 있다고 생각하니? 세상에 그런 엄마가 있을까?"

"그럼, 지옥을 만들어놓은 하나님은 사람을 미워하는 하나님이야?"

"하나님이 어떻게 사람을 미워할 수 있겠니."

"지옥을 만들어놨으니까. 아, 그게 아니고 지옥을 만들어놓고 사람을 사랑한다고 했으니까 거짓말쟁이 하나님이겠네."

엄마의 기침 소리가 들렸다.

"엄마, 많이 아파?"

"아니야, 괜찮아."

경민이 엄마의 야윈 얼굴에 눈물을 글썽였다.

"정말 괜찮은 거지?"

"괜찮대도. 조금 전에 뭐라고 했지?"

"조금 전에? 아, 하나님이 지옥을 만들어놓고 사람을 사랑한다고 했으니까 거짓말쟁이 하나님이라고 했어."

"그렇지 않단다. 사람을 사랑하는 하나님이, 어떻게 사람을 영원한 고통 속에 빠트릴 수 있겠니. 천국과 지옥은 마음이 만들어낸 이야기란다. 엄마는 그것을 알았어."

"아, 이제야 알겠네. 진짜 하나님은 사람을 미워하는 하나님도 아니고 거짓말쟁이 하나님도 아니었어. 그게 진짜 하나님이지. 엄마, 내 말이 맞지?"

"그럼, 그렇고말고."

엄마의 호흡이 가빠졌다.

"엄마, 왜 그래?"

엄마의 야윈 손이 경민의 작은 손을 꼭 쥐었다.

"경민아, 사랑…한다."

"엄마, 안 돼. 죽지 마. 엄마 죽지 마!"

의식이 돌아온 경민이 주위를 둘러보았다. 다시 성문이었지만 어딘지 모르게 느낌이 달랐다. 지옥도가 빛을 잃어가고 있었고 그와 반대로 엘리시움은 화사한 빛을 뿜어내고 있었다. 그리운 목소리가 들렸다.

"경민아, 사랑한다."

눈을 꼭 감은 경민은 엄마의 무한한 사랑을 느낄 수 있었다.

"엄마, 어딨어? 엄마!"

믿을 수 없게도 경민의 두 눈에서 뜨거운 눈물이 주르르 흘렀다.

"엄마, 보고 싶어. 왜 그렇게 빨리 떠났어? 엄마, 엄마."

마침내 그는 어린아이처럼 엉엉 소리 내어 울었다.

길을 건넌 명수와 혜영은 책방으로 들어섰다. 테이블에 놓인 축음기와 진공관 오디오가 시선에 잡혔다가 사라졌다. 너덜너덜한 케이스에 담긴 레코드판들은 어림잡아도 수백 장은 넘을 것처럼 보였다. 바닥에 널브러져 있는 책들과, 거대한 책장에는 두꺼운 책들이 빈틈이 없을 정도로 빼곡했다. 어디선가 굴러온 사과가 혜영의 발끝을 지나 테이블 밑으로 들어갔다.

"설마, 여기서 어떤 책을 찾아야 되는 건 아니겠죠?"

"그러지 않기를 바래야지."

명수가 무심결에 책 한권을 꺼내려 했다.

"아저씨, 만지면 안 돼요!"

명수가 얼른 손을 거뒀다.

"큰일 날 뻔했네."

"조심하세요. 길을 찾아보죠."

다시 밖으로 나온 그들은 등나무와 칡넝쿨이 가로수를 칭칭 감고 있는 길을 걸었다. 그런데 채 열 걸음도 가기 전에 길은 사라지고, 튼튼한 콘크리트 벽에 가로막혔다.

"제길, 우리가 빠져나길 길은 그 문이야."

명수가 허공에 주먹을 날렸고 혜영이 입술을 잘근 깨물었다.

"정말 미치고 환장하겠네요. 왜 우리가 이런 시련을 겪어야 하는지."

두둥, 두둥, 두둥.

"이게 무슨 소리죠?"

"북소리 같은데."

어디선가 시작된 북소리는 점점 더 기세를 올리고 있었다. 사극영화에서 나오는 북소리와는 차원이 달랐다. 기괴한 느낌의 북소리가 온몸을 휘감으며 다가왔다.

"지시자님, 여긴 지금…"

명수가 몹시 떨리는 목소리로 상황을 설명했다.

"그런 난관이 있을 줄은 저도 미처 몰랐습니다."

"빠져나갈 길을 알려주세요."

"벤치가 있는 곳에서 단서를 찾아야 할 것 같습니다. 그쪽으로 가세요."

북소리에 이어 음산한 피리소리가 뛰어가는 두 사람을 따라붙었다.

"일단, 위에서부터 시작하죠. 천장에 하늘을 표현한 그림이 있다고 했나요?"

"네, 궁극의 길을 주문했던 방하고 거의 흡사해요. 그리고 무서운 피리 소리까지 들리고 있습니다. 금방이라도 엄청난 일이 벌어질 것 같아서 어떻게 해야 할지 모르겠어요."

명수가 몸을 부르르 떨었다.

"판단에 혼동을 주려나 봅니다. 침착하시고 차근차근 대응해야 합니다. 상황을 들어보니 제힘만으론 어려울 것 같습니다. 힘을 합쳐야합니다. 최대한 상황에 집중하세요."

혜영이 고개를 높이 쳐들고 말했다.

"거기와 똑같이 등나무와 칡넝쿨이 하늘을 표현한 그림을 덮고 있어요. 이건 갈등을 의미하는 건가요?"

"그런 것 같습니다. 그런데 하늘의 갈등이라면 뭐를 말하는 것인지 저도 잘 모르겠네요."

듣고 있던 명수가 나섰다.

"하늘의 갈등이라면 경전을 말하는 게 아닐까요?"

"경전이라면, 성경이요?"

혜영이 물었다.

"경전이 성경만 있는 건 아니지. 어떤 경전을 말하는지 우린 그걸 찾아야 돼."

북소리와 피리 소리가 진동했다.

"책방으로 가서 단서를 찾아야 합니다. 어서 이동하세요."

두 사람은 수천 권이 넘을 것 같은 책들 앞에서 넋이 빠졌다. 어디서부터 시작해야 할지 판단이 서지 않았다. 어디선가 흙먼지가 일었다. 순식간에 책방으로 들어온 흙먼지는 책들을 덮기 시작했다. 설상가상이었다.

"아저씨, 흙먼지가 덮기 전에 빨리 찾아야 해요."

혜영이 책장에서 가장 두꺼운 책을 빼냈다. 그 순간 경보음이 울렸고 뒤를 이어 군홧발 소리가 시작됐다. 음산한 피리 소리와 북소리, 공포의 군홧발 소리에 이어 책을 덮어 가는 흙먼지까지. 그야말로 이곳은 아비규환의 세상이었다. 혜영은 떨리는 손으로 책장을 넘기기 시작했다. 두꺼운 책은 글씨를 전혀 찾아볼 수 없는 그림책이었다. 너무 막막했다. 손에서 빠져나간 책이 바닥으로 떨어졌다.

"어떤 책을 찾아야 할지 도무지 모르겠어요. 더 이상 못하겠어요."

*
하늘의 갈등

혜영이 바닥에 주저앉았다.

"그렇다고 여기서 포기하면 안 돼."

"그럼, 어떻게 하라고요. 이렇게 많은 책들을 언제 다 봐요. 이건 처음부터 불가능한 일이었어요. 전 더 이상 못해요."

"이제 거의 다 왔는데 여기서 죽고 싶어! 어떻게든 해봐야지!"

마지못해 책장으로 다가간 혜영이 흙먼지를 털어내기 시작했다. 흙먼지는 계속해서 날아들었고 소리의 기세가 바뀌었다. 군홧발 소리가 북소리와 피리 소리를 밀어냈다.

지시자의 목소리가 책방을 울렸다.

"거기서 빨리 나가세요. 위험합니다! 놈들이 그쪽으로 가고 있어요!"

두 사람은 그에 아랑곳없이 날아드는 흙먼지를 계속해서 털어냈다. 드디어 책들의 제목이 눈에 들어오기 시작했다.

"제목이 이상하지 않아요?"

혜영의 물음에 명수가 다른 책들의 제목을 살폈다. 미처 알아채지 못한 현실에 어안이 벙벙했다.

"책들의 제목은 전부 다 사람 이름 같아."

그들의 빠른 손놀림에 수백 권의 책들이 제목을 드러냈다. 책방의 책들은 서로 다른 이름들이었지만 모두 사람 이름이었다. 의심할 여지가 없고 황당했다.

"여기서 누굴 찾아야 하냐고!"

명수가 책을 집어던졌다.

지친 두 사람이 고개를 숙였다. 그때였다. 흙먼지를 뚫고 어디선가 빛이 새어 나왔다. 그것은 다름 아닌 혜영이 떨어뜨린 책이었다. 책에서 새어 나오는 밝은 빛은 흙먼지를 압도했다. 재빨리 책을 들어 올린 명수는 책장을 넘기기 시작했다. 그림으로만 이루어진 책은, 한 남자가 짐승들과 싸우고 있는 그림책이었다. 명수의 손가락이 마지막 장에 이르렀다. 한 남자와 눈이 마주쳤다. 근엄한 얼굴에 구불구불한 하얀 수염이 목까지 내려와 있었다. 상반신을 탈의한 근육질의 몸이 전사처럼 강인해보였다. 거대한 흰 구름과 먹구름 사이에 있는 것으로 보아 하늘의 남자였다. 뭔가를 직감한 혜영이 다른 책을 집어 책장을 넘겼다. 마치 복사본처럼 똑같은 그림책이었다. 또 다른 책을 집어 들었다. 예상은 빗나가지 않았다.

"여기 있는 책들은 이름만 다를 뿐, 전부 다 똑같은 책들이에요."

"거대한 흰 구름과 먹구름, 등나무와 칡넝쿨. 이 남자가 하늘의 갈등이었어."

"이 남자가 하늘의 갈등이라면, 이 남자가 궁극의 길을 알고 있다는 말일까요?"

"그것까진 좀 더 알아봐야겠지."

군홧발 소리가 위협적으로 다가왔다.

"우선 여기서 나가야 해."

긴박하게 말을 마친 명수가 책을 품에 안았다. 앞을 분간하기 힘든 극심한 흙먼지가 날아들었다. 일순간 모든 소리가 멈췄다. 명수가 혜영의 손을 잡아끌었다.

타타타타 탕! 총탄이 날아왔다. 총탄에 맞은 책장이 비명을 지르며 쓰러졌고, 수천 권의 책들이 속살을 보이며 떨어졌다. 섬광을 머금은 총탄은 책방을 벌집으로 만들었다. 그때, 총탄에 맞은 레코드판들이 날카로운 파편으로 변해 혜영을 향해 날아갔다.

"위험해!"

명수가 몸을 날려 혜영을 밀쳤다. 파편은 아슬아슬하게 혜영을 비켜 나 책장에 박혔다. 하마터면 혜영의 몸이 벌집으로 변할 수도 있었던 아찔한 순간이었다. 총탄은 쉬지 않고 날아왔고 너덜너덜해진 책들에 서 불길이 일기 시작했다. 혜영을 감싼 명수는 바닥을 기어 책방을 빠 져나왔다. 두 사람은 사력을 다해 달렸다. 앞을 가린 흙먼지에 벤치가 보이지 않았다. 혜영이 위치를 가늠해 보았다. 그때 책방이 펑, 소리를 내며 불길에 휩싸였다.

"저쪽이에요!"

간신히 흙먼지를 뚫고 벤치에 도착한 두 사람은 뒤를 돌아보았다. 거대한 화마로 변한 책방이 혀를 날름대고 있었다. 북소리와 피리 소리 가 사라지고, 공포의 추격자였던 군홧발 소리가 점점 작아지고 있었다. 뒤를 이어 극심했던 흙먼지가 거짓말처럼 사라졌다.

"이제 어떡하죠?"

"하늘의 갈등은 하늘의 남자를 가리키는 것 같은데 여기서 뭐를 어 떻게 해야 할지 모르겠어."

"일단 문으로 들어가 보죠."

문을 통과한 그들은 망연자실했다. 다시 성문이었다. 달라진 게 있 다면 엘리시움과 지옥도가 사라진 자리에 커다란 문이 생겨있었다.

"거기서 문을 찾아야 합니다."

지시자가 소리치듯 말했다.

"엘리시움과 지옥도가 사라진 자리에 새로 생긴 문이 있는데 이 문을 말하는 겁니까?"

"그 문은…."

갑자기 접속이 끊어졌다.

"어? 이러면 안 되는데, 아저씨 어떻게 된 거예요?"

"나도 잘 모르겠어. 저절로 접속이 끊어져버렸어."

당황한 명수가 태블릿pc의 전원을 껐다가 다시 켰지만 지시자는 접속이 되지 않았다.

"저 문으로 들어가라는 말이었을까?"

"무턱대고 들어갔다가 처음부터 다시 시작해야 하는 상황이 발생하면 어쩌려고요."

"그렇게는 절대 못 해."

명수는 태블릿pc를 만지작거렸다.

기성과 천수는 심한 갈증에 목이 타들어가는 것 같았다. 배낭은 어디서 잃어버렸는지 기억도 나지 않았다. 한 모금의 물이 간절한 그들은 흐릿하게 보이는 세상에서 물을 찾아 이동했다. 역시 또 갈래 길과 모퉁이를 돌고 돌아 나오니 집수정이 흐릿하게 보였다. 한달음에 달려간 그들은 집수정에 얼굴을 박고 물을 벌컥벌컥 들이켰다. 그런데 어찌 된 일인지 얼굴에 묻은 페인트가 지워지는 게 느껴졌다. 흐릿한 세상이 환해졌다. 기성은 자신의 몸 곳곳을 확인했다. 예상대로 흘러내린 땀방울에 페인트가 씻겨 내려간 자국이 선명하게 남아있었다.

"왜 그래? 어디 또 다친 데 있는 거야?"

천수가 기성의 몸을 살폈다.

"아니, 그게 아니라 이건 유성페인트가 아니고 수성페인트였어."

"수성페인트였다고?"

천수가 집수정에 얼굴을 넣고 벅벅 문질렀다. 의심할 여지없는 수성페인트였다.

"그런데 왜 수성페인트에 시너를 타서 뿌리고 지랄이야 지랄이."

"길들이 어딘지 모르게 이질감이 들었던 이유가 여기에 있었어. 그런데 우리도 수성페인트에 시너를 타서 칠했었잖아. 섞이지 않는 것을 억지로 섞어서."

"우린 모두 바보였어."

"길을 칠하는 기본도 모르고 색깔만 보고 칠한 바보들이었지."

명수와 혜영은 문 앞에서 결정을 내리지 못하고 있었다. 지시자는 여전히 접속이 되지 않았고, 어느 누구의 공격을 받을 수도 있는 상황이었다.

"대체 이게 뭐냐고!"

"아저씨, 저기."

혜영이 뒷걸음쳤다.

"왜, 그래?"

뒤를 돌아본 명수가 소스라치게 놀랐다. 경민이 쳐다보고 있었다. 혜영을 따라 뒷걸음치던 명수가 갑자기 돌변하더니 경민을 향해 돌진했다. 명수의 주먹에 맞은 경민이 쓰러졌다.

"이 새끼야! 이젠 더 이상 너한테 당하지 않겠어. 당하지 않겠다고!"

계속되는 주먹질에도 경민은 어떤 저항도 하지 않았다. 명수가 이상한 느낌에 주먹을 멈췄다. 경민의 얼굴이 심하게 일그러지더니 실룩거렸다.

"엄마가 보고 싶어."

경민이 눈물을 주르르 흘렸다.

명수와 혜영이 영문을 모르겠다는 얼굴로 서로를 쳐다보았다. 일어선 경민이 새로 생긴 문을 잠깐 응시하더니 문 속으로 몸을 집어넣었다.

"저 사람이 왜 저러죠?"

"미친 거 아냐? 엄마가 보고 싶다니."

"갑자기 왜 그랬을까요? 엄마가 보고 싶다고."

혜영은 경민의 어린아이와 같은 얼굴이 떠오르자 눈물이 핑 돌았다.

"감상에 빠질 때가 아니야. 저놈이 우리한테 무슨 짓을 했는지 몰라서 그래?"

"그건 알지만…."

눈물을 훔친 혜영이 물었다.

"이경민 씨는 근데 무슨 생각으로 저 문으로 들어갔을까요?"

"우리가 알 바 아니지."

"어? 아저씨?"

혜영은 뭔가 생각난 듯 책을 펼쳤다.

"궁극의 길을 주문했던 방하고 연관성이 있냐고 물었었죠?"

"연관성이 있어?"

"네, 그 방에는 아까 거기에 없던 나팔꽃이 피어있었어요."

명수가 고개를 끄덕였다.

"그건 그냥 나팔꽃이 아니었어요."

"그냥 나팔꽃이 아니라면."

"꽃봉오리가 거꾸로 매달린 천사의 나팔꽃이었어요. 즉, 천사를 꽃으로 표현해 놓았던 거죠."

명수는 혜영의 말뜻을 알아채지 못했다.

"흙먼지 속에서 이 책만 유독 빛을 발했었죠? 그리고 문 위에는 '죽음의 길을 선택한 지혜로운 자여 그대에게 삶이 있을지어다.' 이렇게 쓰여 있었고요."

"그랬지."

"빛은 지혜를 뜻하고, 천사가 있는 곳은 죽어야 갈 수 있는 곳이죠. 그리고 천사와 함께 새롭게 시작되는 삶. 죽음의 길을 선택한 지혜로운 자여 그대에게 삶이 있을지어다. 모든 게 맞아떨어지지 않아요?"

명수가 감탄했다.

"대단해, 그럼 우린."

"천사의 문을 찾아야 해요."

두 사람이 천사의 문을 찾아 나서려고 할 때, 다섯 개의 길 중에서 붉은색을 띠는 길이 보였다. 가운데 길이었고, 화사한 느낌이 전해졌다. 하지만 아무리 찾아도 천사의 문은 보이지 않았다.

"이러다 길을 잃을 수도 있겠어요. 다시 가죠."

다시 성문으로 돌아가려고 할 때였다.

"아저씨, 여기."

혜영이 새롭게 생성된 문을 가리켰다. 나팔을 불고 있는 천사가 정중앙에 문양처럼 새겨져 있었다. 그때 사라졌던 지시자가 나타났다.

"군인들이 가고 있습니다. 위험해요. 어서 빨리 그 문으로 들어가세요."

저벅저벅, 저벅저벅. 군인들이 뛰어오는 소리가 들렸다.

"지겨운 놈들. 이젠 끝이야."

혜영의 손을 잡은 명수가 천사의 문을 열어젖혔다. 순간 밝은 빛이 몸을 감쌌다가 사라졌다. 믿을 수 없는 광경이 눈앞에 펼쳐졌다. 명수는 자신도 모르게 휘청이는 몸을 간신히 지탱했다. 군인들이 기다리고 있었다. 대위가 비웃음을 머금었다. 군인들이 소총을 장전했다.

"위험해!"

명수가 혜영을 잡고 다시 문으로 들어와 뛰었다.

"이게 어떻게 된 거야?"

"이럴 리가 없어요. 이럴 리가 없어요."

"우린 뭔가를 빠트렸어."

"뭘 빠트려요? 지시자님도 여기로 들어가라고 했잖아요."

명수가 지시자와 접속을 시도했지만 예상대로 접속이 되지 않았다.

"젠장, 놈들은 우릴 처음부터 끝까지 갖고 놀고 있어. 나쁜 놈들. 다

하늘의 갈등

시 성문으로 가야겠어."

그 시각, 정태는 배낭이 보관된 방에 들어와 있었다. 하늘의 갈등을 건성으로 쳐다본 그는 계단을 내려가 배낭을 확인했다. 환호성이 터졌다. 무시무시한 개들과 튼튼한 철창은 어디로 갔는지 보이지 않았고, 처리한 흔적조차 찾을 수 없었다. 정태는 얼른 달려가 배낭을 품에 안았다.

"난, 이제 부자야. 난 부자라고. 하하하."

그때, 누군가 들어오는 소리가 들렸다. 돈은 절대로 뺏길 수 없어. 정태는 돌진자세를 취했다. 소리는 점점 가까워졌고, 주먹 쥔 손에 땀이 맺혔다. 드디어 소리의 정체가 모습을 드러냈다. 으르렁. 털을 곤두세운 개들이 출구를 가로막았다. 함정이었다. 도망칠 길도, 피할 곳도 없었다. 온몸에서 힘이 빠진 정태가 배낭을 끌어안고 주저앉았다. 으르렁! 으르렁! 크게 울부짖은 개들이 몸을 날렸다.

"안 돼!"

정태가 의식을 잃었다.

혜영은 불타버린 책방을 생각하고 있었다.

"왜 흙먼지 속에서 이 책만 유독 빛을 발했을까요? 그리고 수천 권이나 되는 책들은 전부 다른 이름들이었어요. 뭔가 이상했지만 제가 너무 단순하게 생각했어요."

"그것만으론 갈등의 부분을 설명하기에 부족했어. 우린 그 사실을 간과하고 지나친 것 같아. 일이 이렇게 쉽게 풀릴 리가 없었어. 뭔가 빠트린 게 있을 거야. 잘 생각해보자고."

골똘히 생각하던 혜영이 손뼉을 쳤다.

"생각났어?"

"이제 보니 빠트린 게 있었어요. 사과. 사과가 떨어졌던 거 기억하죠?"

"어, 기억나. 분명 사과가 떨어졌었지."

"억지스러운 주장 같지만 사과가 있을 곳은 바닥이 아니죠. 사과는 지혜를 상징하는 과일이고요. 사과가 바닥에 있다는 뜻은 바닥에 떨어진 지혜를 말하는 것이 아닐까요? 제 말이 맞는다면 우린 지혜를 상징하는 문을 찾아야 해요."

하지만 너무 막연했다.

"죽음의 길을 선택한 지혜로운 자여 그대에게 삶이 있을지어다."

암호와도 같은 문장을 천천히 말한 혜영이 문장에서 핵심적인 단어만 골라냈다.

"죽음, 지혜, 삶… 죽음, 지혜, 삶… 찾았어요. 우리가 찾아야 할 문은 바로 뱀의 문이에요."

"뱀?"

"네, 뱀이요."

"뱀은 사탄의 상징 아닌가?"

"그건 종교에서 뱀을 죽음을 불러온 존재로 매도한 결과이구요. 그이전에 뱀은 지혜를 상징하는 동물이었어요. 뱀의 탈피는 낡은 것을 버리고 새로운 것을 받아들임으로써 지혜를 상징하고 또한 새로 태어

남을 의미해요. 죽음의 길을 선택한 지혜로운 자의 삶은, 뱀을 뜻하는 말이었어요."

두둥, 두둥, 두둥. 북소리가 몸을 감으면서 다가왔다.

그래도 한 가지 의문은 남았다.

"거기까진 알겠는데, 똑같은 책들이 전부 다른 이름을 갖고 있는 이유는 뭘까?"

혜영은 막힘없이 술술 풀어나갔다.

"책들이 전부 다른 이름을 갖고 있다는 것은, 하나의 하늘에 서로 다른 해석들을 말하는 것이었어요. 그게 바로 하늘의 갈등이고, 바닥에 떨어진 사과는 그것을 웅변하는 거죠. 우리가 찾아야 할 문은 바로 뱀의 문이었어요."

사람의 목소리가 북소리를 타고 들려오기 시작했다. 남녀가 합창하듯 내는 소리는 박자가 전혀 맞지 않는 소음으로 다가왔다. 다섯 갈래 길들이 저마다 화사한 색을 띠고 두 사람을 유혹하는 것처럼 보였다.

"이번에는 어느 길로 가야지?"

"우린 뱀의 문을 찾으러 가지 않아도 돼요."

"그게 무슨 말이야?"

혜영이 경민이 들어간 문을 가리켰다. 언제 새겨졌는지 뱀의 형상이 정중앙에 자리 잡고 있었다. 문은 소리 없이 스르르 열렸다. 바로 그때, 지시자가 접속해왔다.

"그 문으로 들어가시면 안 됩니다. 절대로 안 돼요. 당신들은 죽을 수 있어요!"

북소리와 수많은 사람들의 목소리가 귀에 따갑게 달라붙었다.

"제 말을 믿으세요. 당신들은 붉은색 길로 가야 합니다."

명수가 비웃음을 날렸다.

"지랄 떨지 마, 이젠 더 이상 안 속아."

명수와 혜영이 뱀의 문으로 몸을 밀어 넣었다. 그런데 이게 또 어찌된 일인가. 군홧발 소리가 두 사람의 바람을 무참히 깨뜨렸다. 아, 지시자가 탄식을 흘리더니 접속을 끊어버렸다.

"뱀의 문도 아니었나 봐요. 어떡해요. 제 잘못이에요."

혜영이 울음을 터트렸다. 명수가 지시자와 접속을 시도하려다가 태블릿pc를 짓밟았다. 명수와 혜영이 붉은색 길로 뛰려고 했지만, 어느새 바짝 다가온 군인들이 소총을 장전했다. 굳게 다문 입술이 떨어질 것 같지 않았고, 창백한 얼굴에서 공포가 증폭됐다.

"도망쳐!"

급히 돌아선 명수가 혜영을 잡고 뛰었다. 군인들이 두 사람을 무섭게 쫓았다. 사력을 다해 뛰던 명수와 혜영이 갑자기 속도를 줄였다. 또다른 군인들이 붉은색 길에서 나오고 있었다. 유령 같은 얼굴의 군인들은 소총을 겨냥한 채 앞과 뒤에서 두 사람을 포위했다. 도망칠 길이 없었다. 방아쇠에 손가락을 거는 모습이 기계적으로 느껴졌다. 타타타타 탕.

"엎드려!"

명수가 혜영을 잡고 바닥에 엎드렸다. 빗발치는 총탄이 그들의 머리 위를 지나가 군인들의 몸을 뚫고 벽에 박혔다. 거구의 군인들이 고목이 쓰러지듯 바닥에 거꾸러졌다. 멈추지 않는 총탄은 군인들의 몸과 가시벽을 사정없이 찢어놓았다. 이윽고 총탄은 멎었고, 태초에 존재했을 것 같은 침묵이 찾아왔다. 밝은 빛이 내려와 두 사람의 몸을 감쌌다. 명수와 혜영은 군인들의 시신을 넘어 열린 문으로 들어갔다. 그곳은 다름 아닌 등나무와 칡넝쿨이 하늘을 가리고 있었던 방이었다. 등나무와 칡넝쿨이 사라진 자리에 커다란 '종'이 자리 잡고 있었다.

"저건 자유의 종이에요."

"자유의 종? 저게 왜 여기에 있지?"

"글쎄요."

계단을 내려간 그들은 포근한 잠자리를 발견했다.

"아저씨, 저 사람들이 어떻게…."

죽은 듯 깊은 잠에 빠져있는 사람들은 기성과 천수. 경민과 정태였다.

"저놈들을 어떻게 할까?"

"어떻게 해야 할지는 아저씨가 더 잘 아시잖아요."

"그런가?"

하하하. 명수가 크게 웃음을 터트렸다.

"우리도 같이 자자고."

명수와 혜영은 그들과 나란히 누워 깊은 잠 속으로 빠져들었다.

진짜와 가짜의 경계

덕순과 호석은 컴프레서에 에어를 채우고 있었다.

"호석 씨, 아직 멀었나요?"

"거의 다 됐어요."

마침내 호석이 손바닥으로 컴프레서를 찰싹 때렸다.

"다 됐어요."

"그럼, 출발하죠."

두 사람은 지나가는 길마다 검은색으로 칠하면서 이동했다.

"어? 군인들이 다 죽어있네요. 어떻게 된 일일까요?"

덕순이 물었다.

"이유는 모르겠지만 잘 죽었네요. 이제 걸림돌까지 없어졌으니 일이 잘 풀릴 것 같아요."

군인들의 시신을 지나친 그들은 한 지점에서 멈췄다. 하늘의 갈등이 있던 방은, 동료들이 깊은 잠에 빠져 있는 방이었다.

"아줌마, 여기가 맞죠?"

"맞아요, 지시자님은 마지막에 여기로 다시 오라고 했어요. 이제 궁극의 길은 우리 거예요."

덕순과 호석은 컴프레서를 끌고 계단을 내려갔다. 과연 모두가 깊은 잠 속에 빠져 있었다. 호석이 노즐을 잡고 외쳤다.

"모두, 기상!"

하지만 아무도 일어나지 않았다.

"내 말이 안 들리나! 지금 즉시 모두 기상한다. 실시!"

가장 먼저 눈을 뜬 기성이 벌떡 일어섰고, 뒤를 이어 경민과 천수 정태가 차례로 일어나 거리를 벌렸다. 또 한 번 일대 싸움이 벌어질 긴장이 흘렀다.

"거긴, 지금까지 안 일어나고 뭐 하는 건가! 기상!"

가까스로 눈을 들어 올린 혜영이 명수를 깨웠다.

"아저씨, 일어나 봐요."

"자, 지금부터 서로의 몸을 묶는다. 실시!"

밧줄을 던진 덕순이 거들었다.

"몸을 묶지 않으면 가차 없이 페인트를 뿌릴 거예요. 페인트 맛을 보고 싶지 않으면 어서 묶어요!"

호석이 바닥에 대고 페인트를 분사했다.

"열을 세겠다. 만약, 열을 셀 때까지 몸을 묶지 않으면 가차 없이 발포하겠다. 그때 가서 원망하지 않도록. 하나, 둘, 셋."

숫자는 계속 줄어들고 있었고, 서로의 눈치를 살핀 그들은 아무도 밧줄을 잡지 않았다.

"다섯, 여섯."

덕순과 호석의 얼굴이 심하게 일그러졌다.

"여덟, 아홉."

경민이 나섰다.

"어이, 샌님 양반. 이쯤에서 그만합시다."

"뭐? 샌님? 이 새끼가 진짜 보자 보자 하니까."

호석이 페인트를 분사했다. 경민이 잽싸게 몸을 돌렸다. 분사된 페인트가 등을 타고 흘렀다. 이어서 기성과 천수가 등을 돌렸고, 명수와 혜영, 정태가 차례로 등을 돌렸다. 등을 타고 흐르는 페인트는 전혀 위협이 되지 않았다. 당황한 호석이 컴프레서의 가속을 최대치로 올렸지만 컴프레서는 털털거리더니 이내 호흡을 멈췄다.

"호석 씨, 컴프레서가 왜 이래요? 빨리 고쳐 봐요."

덕순이 컴프레서를 만지작거렸다.

"소용없어요."

"이럴 수 없어, 이럴 수 없다고!"

악에 받친 덕순이 컴프레서를 발로 차 쓰러뜨렸다. 이어서 정태를 향해 달려들었다.

"그 배낭에는 뭐가 있는 거야! 뭐가 있어!"

살짝 피한 정태가 덕순의 머리채를 움켜잡았다. 호석이 지팡이를 휘

하늘의 갈등

둘러 정태를 후려쳤다. 정태가 쓰러졌고 기성이 배낭을 빼앗아 바닥에 쏟았다. 경민의 눈동자가 허물어져 내렸다. 돈이 아니었다. 종이 쪼가리였다. 정태의 두 눈이 이글거렸다. 그는 경민을 향해 달려들었다.

"니가 한 짓이지. 내 돈 가져와!"

경민이 정태를 잡아 넘어뜨렸다.

"나도 모르는 일이야, 이 새끼야!"

다시 그들의 마음에 회오리가 일기 시작했다. 기성이 명수를 향해 달려들었고, 덕순이 천수의 머리채를 움켜잡았다. 그때였다. 어디선가 고함이 들렸다. 확성기 소리였다.

"싸움을 멈추세요!"

사이렌 소리가 들리더니 다시 확성기 소리가 들렸다.

"모두, 싸움을 멈추세요!"

믿을 수 없게도 경찰차에서 경찰들이 내리고 있었다.

"당신들을 모두 폭행혐의로 연행하겠습니다."

앞선 경찰이 수갑을 빼 들었다.

싸움을 멈춘 그들은 경찰들을 바라보더니 성을 둘러보았다. 그들은 잠에서 깨어난 듯 눈을 비볐다. 믿을 수 없었다. 견고한 성은 온데간데 없고, 앙상한 건축물만 남아있었다. 금방이라도 떨어질 것 같은 녹슨 문들과 여러 권의 책들이 바람에 흔들리고 있었고, 마네킹과 깨진 거울들의 잔해만이 남아있었다.

"저 사람들이 밤새 소리를 지르고 서로 싸웠어요. 잠을 잘 수가 없어서 신고했어요."

*

구경나온 사람들 틈에서 들리는 소리였다.

"이 밤에 저기서 뭐를 한 건지, 저 사람들 모두 미친 거 아니에요?"

아이를 안고 나온 여자가 경찰의 제지로 물러나면서 말했다.

"김 순경, 박 순경. 니네들 지금 뭐 하고 있냐? 주민들 통제하라고 말했잖아."

김 순경이 부지런히 움직이며 말했다.

"여긴 이제 우리한테 맡겨주시고 집으로 돌아가세요."

경찰이 승합차의 문을 열었다.

"자, 빨리빨리 타세요."

가장 늦게 차에 오르려던 덕순이 발을 멈췄다.

"안 타고 뭐 하세요?"

"뭔가 이상해요. 여긴 분명 아주 큰 성이 있었어요. 우린 성 안에 있었다고요."

"할 말 있으면 서에 가서 하시고 어서 타세요."

"무장군인들이 총을 쏘고 다녔어요."

경찰이 어이없는 표정을 지었다.

"찾아보시면 군인들이 전부 죽어있을 거예요."

"지금 무슨 소릴 하는 거예요. 때가 어느 땐데 무장군인들이 여기에서 총을 쏘고 다녀요? 그리고 군인들이 여기서 죽었다면 시신은요? 시신이 어디 있다고 그래요? 자, 보세요."

거짓말처럼 군인들의 시신은 흔적조차 찾을 수 없었고 바닥의 흙먼지가 바람에 흩날렸다. 그래도 덕순은 포기하지 않았다.

"왜, 제 말을 믿어주지 않는 거예요?"

"그러니까, 할 말 있으면 서에 가서 하시라고요."

덕순이 이미 차에 오른 동료들을 보고 화를 냈다.

"왜 다들 아무 말도 안 하고 있어요! 무슨 말이라도 해야 할 거 아니에요!"

하지만 그들은 어안이 벙벙한 얼굴로 허공만 응시할 뿐 아무도 입을 열지 않았다.

"다들 무슨 말이라도 하란 말이야!"

"아주머니, 계속 이렇게 나오실 거예요? 공무집행방해죄가 얼마나 무서운지 몰라서 이래요?"

덕순은 마지못해 차에 올랐다.

마을을 벗어난 승합차가 속도를 올리려고 할 때, 흙먼지를 날리며 다가온 승용차가 승합차를 가로막았다. 양복을 잘 차려입은 남자가 승용차를 내렸다. 승합차를 얼른 내린 경찰이 거수경례를 올렸다. 아마도 고위 경찰인 듯싶었다. 경찰과 몇 마디를 나눈 남자는 승합차에 들어와 문을 닫았다.

"자, 이제 우리만 있으니 얘기를 나눠 볼까요?"

남자가 고개를 돌렸다.

"아니, 당신은…."

기성이 말을 잇지 못했다.

실험주관자인 한철우였다.

혜영이 철우를 무섭게 노려보았다.

"당신은 분명 우리를 성에 들여보냈어요. 근데 앙상한 건축물이었어요. 뭘 어떻게 한 거죠?"

"대답하기 전에 궁금한 게 있어요. 당신들은 이 세상이 실제로 존재하는 세상이라고 생각하나요?"

명수가 발끈했다.

"도대체 무슨 말이야? 말장난하지 말고 뭘 어떻게 했는지 얘기하라고!"

혜영이 명수의 말을 끊었다.

"아저씨, 잠깐만이요. 그럼, 성이 실제로 존재하지 않은 건물이었다고요?"

"역시 윤혜영 씨는 예리하군요. 쭉 지켜보면서 윤혜영 씨의 풀어나가는 솜씨에 감탄을 한 것도 사실입니다. 하지만 당신 또한 다른 분들과 마찬가지로 실체를 보려고 하지 않았어요. 나는 처음에 언제든 실험을 포기할 수 있다고 분명히 말했어요."

"사방이 다 가로막혀 있는 곳에서 어떻게 포기를 해요!"

"아직까지도 눈치를 못 챘어요? 당신들이 가시 벽으로 인식한 벽들은 모두 '홀로그램'이었어요. 그뿐만 아니라 무장군인들과 사나운 개들. 엘리시움과 지옥도. 그리고 돈과 자유의 종. 무시무시한 화염까지 모든 걸 홀로그램으로 조작한 거였어요. 당신들은 허상을 실제로 인식하고 있었던 겁니다. 이제 알겠어요?"

충격을 받은 그들은 한동안 아무도 입을 열지 않았다.

"그럼, 그 안테나가…."

기성이 물었다.

"그래요, 우린 안테나로 홀로그램을 만들어 길과 방의 위치를 수시로 바꿨던 겁니다."

"나는 거기에서 이상한 꿈을 꿨어요. 비슷한 꿈을. 그것도 두 번씩이나. 뭘 어떻게 한 거죠?"

"우린 김기성 씨한테 고양이 소리만 들려줬어요. 무슨 꿈을 꿨는지 모르지만 그건 기성 씨가 만들어낸 환상일 겁니다."

혜영이 운전석과 가로막힌 철망을 발로 차면서 말했다.

"우린, 당신이 말한 그대로 진술하겠어요."

"그건 뭐 알아서 하시고. 아마 지금쯤이면 내 추종자들이 흔적도 없이 처리해 놓았을 겁니다."

추종자들? 기성은 성에서 마주쳤던 남자들이 떠올랐다.

"목적지도 없이 우릴 갖고 논 당신은 악마야, 악마라고! 당신은 천벌을 받아야 돼. 천벌을 받아야 된다고!"

기성이 혜영을 제지하고 물었다.

"그럼, 우릴 안내했던 지시자들은 누굽니까?"

"지시자들이요? 결론을 말하기 전에 당신들은 지시자들을 너무 맹목적으로 믿었어요. 그 믿음에 따라서 당신들은 자신을 스스로 옭아맸던 겁니다. 그 믿음의 결과가 지금 당신들이 처한 현실이고요."

"그러니까 지시자들이 누구였냐고요?"

"내가 만든 AI."

"인공지능? 지시자들이 당신이 만든 인공지능이었다고?"

지시자들이 인공지능이었다니 믿기지 않았다. 아니 믿고 싶지 않았다.

"거짓말이야! 우린 분명히 성에 들어가기 전에 지시자들을 봤다고."

"그 또한 홀로그램이었고 태블릿pc의 지시자들과 군인들은 모두 인공지능이었던 겁니다. 스스로 생각하고 진화하는 인공지능. 당신들은 가상의 존재들을 실재하는 것처럼 믿고 도망치고 따랐던 것이죠."

"나는 성에서 분명 군인을 죽였어."

"사람은 자신이 믿고 싶은 것만 믿는 법이죠."

말문이 막혔다.

"하지만 나는 여러분 모두에게 기회를 줬어요. 흉측한 몰골의 남자. 그 남자는 진짜 사람이었으니까요. 비록 내 추종자이긴 하지만. 이제 기성 씨도 눈치챘겠지만 나는 기성 씨한테 기회를 유독 많이 줬어요. 하지만 기성 씨는 전혀 눈치를 못 챘어요. 그래서 내 마음은 혜영 씨한테 기울었던 것이죠."

호석이 열을 토했다.

"왜 이 사람한테만 기회를 많이 줬어요? 그건 공평한 게 아니잖아요!"

"기성 씨는 내가 선택한 사람이었으니까."

호석이 입을 다물었고 철우의 입술은 계속 움직였다.

"당신들은 그의 흉측한 겉모습만 보고, 그 사람의 말을 믿지 않았어요. 그리고 물과 시녀도 구분도 못 하고. 시녀 통에 담긴 물을 아무도 의심하지 않았어요. 나는 아직도 이해를 못 하겠어요. 어떻게 냄새도 없는 물을 시녀로 믿을 수 있었는지."

하늘의 갈등

철우가 운전대를 두드리면서 덧붙였다.

"결과적으로 당신들은 내가 운전하는 대로 아주 잘 따라와 줬어요. 인공지능을 시험해 볼 수 있는 절호의 기회도 됐고요."

고개를 숙이고 있던 경민이 고개를 들려다가 다시 숙이면서 물었다.

"이 실험의 목적이 뭐였나요?"

"나는 이경민 씨가 순식간에 그렇게 변할 줄은 꿈에도 몰랐어요. 지옥도에 빠져 의식을 잃었을 때 어머니를 만났던 거죠? 그때 어머니와 무슨 얘기를 나눴나요?"

"실험의 목적이 뭐였냐고 물었습니다."

"대답하기 싫은 모양이군요."

한바탕 시원하게 웃은 철우가 차에서 내리면서 말했다.

"나는 또 당신들 같은 사람들을 만나러 가야겠습니다."

빗방울이 떨어지기 시작했다. 성의 페인트 길이 빗물에 쓸려 내려갔다.

승합차가 마을을 벗어나 도로를 질주했다. 그들은 차창을 타고 흐르는 빗물에서 자신들의 얼굴을 보았다.